正宗白鳥考

佐々木雅發

明誠書林

正宗白鳥考　目次

小説家白鳥の誕生――第一創作集『紅塵』を中心に――

正宗白鳥の処女作「寂寞」は明治三十七年十一月の「新小説」に掲載された。後藤宙外に勧められて、自信も無く感興も起こらぬまま、ただ〈夜具を新調したかつた〉（「上京当時の回想」「文章世界」大正三年七月、のち『文壇観測』人文会出版部、昭和二年六月）と筆を執ったものという。と言って、「寂寞」に白鳥のいわゆる文学的良心が托されていなかった筈もなかろうが、「寂寞」が当時なんらの反響も呼ばなかったことだけは確かだったようである。

ところが、それから三年たった明治四十年には、白鳥は「塵埃」（「趣味」二月号）をはじめ数々の短篇を発表、一躍文壇の寵児になっている。

この年、白鳥はほとんど毎月のように「早稲田文学」「文章世界」「中央公論」などの有力雑誌に登場する。そして彼は、真山青果と並んで、当時もっとも有望な新進作家の一人として属目されるに至るのである。

白鳥自身は、自らの小説が博した突然の喝采に、〈さういふ小説でも日露戦争後の文壇の新しい気運に適応してゐたのか、世に認められて好評を得たので、私には今でも不思議に思はれる〉（『文壇的自叙伝』中央公論社、昭和十三年十二月刊）と語っている。〈不思議〉とは彼の卒直な驚きを示していよう。白鳥から見れば、「寂寞」を書いた自分も「塵埃」を書いた自分も、決して違ってはいなかったのだろう。事実、〈定まつてこれとはいへんけれど、只寂しくて心細くて〉という「寂寞」で露呈されたいわば白鳥的主題は、「塵埃」へ、さらに「何処へ」へと直線的に顕現されてゆく。白鳥は終始自己の主題を追っていたにすぎなかった。

もちろん、新人作家の歓迎のされ方などというものはえてして偶然なものなので、それはつねに当人達をこのように仰天させるものであろうが、この場合にはただそうとだけではすまされない、いくつかの理由が介在していたといえよう。

そこにはまず時代そのものの成熟があったのである。明治三十六、七年から四十一、二年にかけての時期は、おそらく明治が遭遇したもっとも艱難な時期のひとつであった。日露戦争をはじめとして幾多の政治的、社会的事件は、人々の生活や意識を大きく動揺させずにはいなかった。それはいうなれば日本の近代化が漸くその疑而非性を顕著に現しはじめた時期であり、そしてそのような時期にあってこそ、〈懐疑〉や〈幻滅〉という白鳥的主題は、はじめて人々の共感をかちえることができたのである。

だが、〈小説家白鳥〉の登場には、そのような外部的事情のみが係ったのではない。そこにはさらに白鳥自身の内部的深化が係っていたのである。「読売新聞」の文芸欄に評論の健筆を揮い、〈夜具を新調したかつた〉と小説の構想を練っていた〈批評家白鳥〉が、自ら進んで小説を書かなければならなかった、まさにその事情のうちにこそ、〈新進作家白鳥〉誕生の真の必然性があったのである。白鳥自身もまた微妙に成熟していたのだ。そしてその微妙な成熟によってこそ、白鳥は人々の正当な評価を得たのである。

ひたすら自己の主題に忠実であったことが、いつか時代の精神を表現することになっていたという意味で、白鳥は幸せな作家ということができる。しかしそのオーバー・ラップは偶然になったのではなかった。そこには自己の主題を時代の精神と観じた白鳥の直観があった。その直観を培うまでに白鳥が成熟していたということである。そして白鳥にとって、その直観を生かす唯一の道が、つまり小説を書いてゆくことであったのである。

＊

明治三十九年二月、白鳥は「新小説」に「破調平調」を執筆した。続いて同年八月「早稲田文学」に「二階の窓」を発表する。そしてこれを期に、白鳥は堰を切るように幾多の小説を書きつぐのである。同年九月「新小説」に「旧友」、十一月「趣味」に「近松会」、翌四十年一月「新小説」に「醜婦」、二月「塵埃」、三月「早稲田文学」に「幕間」、「太陽」に「我が兄」、四月「文章世界」に「批評家」、五月「新小説」に「独立心」、六月「趣味」に「安心」、七月「趣味」に「妖怪画」、「早稲田文学」に「好人物」、そして八月「中央公論」に「久さん」といった具合である。これらの大半は同年九月刊行の第一創作集『紅塵』（彩雲閣刊）に収録された。

これらの正宗白鳥の最初期の小説は、現在多くは埋もれている。いまいくつか挙げたなかにも、広く知られている作品は少ない。もっとも、それらは埋もれるべくして埋もれた感がないでもない。それらはおおむね稚拙であり生硬である。が、そのことと〈小説家白鳥〉誕生の様相を検討してゆくこととはおのずから別である。その稚拙さや生硬さによって、当時の白鳥の内面における観念なり心理なりの動向は、かえって端的に示されているのだ。その意味で、これらの作品は新鮮でさえあるといえる。

たとえば『紅塵』の巻頭を飾った「二階の窓」をとってみよう。そこでは、当時の白鳥の精神の様相が、彼独自の方法によって、明確に展開されている。

「二階の窓」の舞台は、大学生の下宿から窺われる向かいの借家である。そこには様々な敗残の人間達が移り住んでくる。出戻りの妹とその連れ子、彼女等を引きとった姉、二言目には〈「おれも男だ」〉と安請け合いをするその夫。彼等の陳腐な思惑と反目。とどのつまり、妹は子を置いて他の男と駆け落ちしてしまう。――このような庶民の索莫とした生活がテニスンやスコットを耽読し、卒業後の希望に思いを馳せる大学生の眼を通して描かれているのである。

　ここには、初めて実生活の実際を目撃した青年の驚きがあった。が、その驚きとは、〈「あの薄ぼんやりの頭で先にどんな希望を持つてるだらう」〉という驚きであり、実は庶民の無知や愚劣やへの容赦無い弾劾なのである。

　白鳥が『獨歩集』の諸編を評して、〈殆んど凡てが著者の感想録ともいふべく作中の人物は著者の変名たるに過ぎぬ感じがする〉（「『獨歩集』を読む」「読売新聞」明治三十八年八月二日）と評したことを、ここで想起する必要があろう。白鳥は、そのとき〈あれが新しい小説なら、おれにでも書けぬことはない〉と考え、ひそかに意を強くしたと言っている（『我が生涯と文学』新生社、昭和二十一年十二月）。白鳥もまた自己の〈感想録〉を書かんと決意した。その決意が、そのままその小説に反映したのである。

　そこでは、流動する対象を、作者の、あるいは作者の〈変名〉にすぎぬ作中人物の視線が追跡する。そしてそこにうまれる彼等の辛辣な〈感想〉こそが作品の一切であったのだ。岩村透が〈この作者は、下宿屋住ひをして新聞社へ通勤してゐるだけの作者〉（『我が生涯と文学』）と評したという白鳥にとって、それは最良の小説作法だったと言えよう。ただその感想がひとえに辛辣に徹していたところに、やはり白鳥の作品の独自な性格があるのである。

　対象にたいする辛辣な感想という点において、出世作「塵埃」はさらに露わである。そこでは、一生を新聞社に埋めた老校正係りの、まさに塵埃にまみれた落莫たる生活が、同じ校正係りの青年との対比のうちに描写されている。ある年の暮、二人は前からの約束で本郷附近の居酒屋で酒を飲む。周囲の喧噪をよそに老人は虚脱したように座っている。が、やがて酒が廻りはじめると、老人は自分の生涯を顧みて語りだす。老人は〈碌々として老ゆる〉という言葉の意味を得々として講釈する。老人は次第に陽気になって、謡曲などを口ずさむ――。

　片岡良一氏は「塵埃」を論じて言っている。

《碌々として老いた人の、その碌々という言葉の中に畳み込まれた人生の味わいなどを、しみじみした気持などで味わっている氏ではなかった。碌々として老いた癖に、僅の酒に酔えば得意になって自分の人生観を談じ、謡曲などを唸ろうとするその凡庸さを、むしろ嘲けろうとする氏であったのだ。》（「正宗白鳥」『自然主義研究』筑摩書房、昭和三十二年十二月）

たしかに、「塵埃」において白鳥の意図したことは、現実の凡庸や沈滞にたいする厳しい糾弾であったのだ。そしてそれが〈今こそ破れ布子で髪蓬々としてゐるが、明年を思ひ明後年を考へれば想像の糸己れを中心に幾百の豊かな絵画や小説を織り出す〉という青年の客気との対照においてなされているところに、白鳥のやや様になりはじめた小説技法があったのである。

「好人物」「久さん」等々もまたその好個の類型といえよう。そこにあるものは、小市民の卑少なエゴイズムにたいする、作者の、あるいは作者の〈変名〉にすぎぬ作中人物の仮借ない嘲笑であり嘲罵なのである。

＊

さて、このようにして見てくると『紅塵』の諸作を中心とした白鳥の最初期の小説の持つ性格が一応浮かびあがってくるだろう。それは「随感録」や「八面観」や「十人十色」に代表される白鳥の多くの評論の、ひとつの展開なのである。そこにはともに、現実の矛盾への、その矛盾を内包しつつ低迷する現実への、白鳥の激しい批判が籠められている。

明治三十九年二月十一日の「読売新聞」に、白鳥は「青年の勝利」という一文を書いている。白鳥はそこで、明治という時代を、西洋の影響下における急激な変遷の時代として、〈かく時代の変遷の急なる世に於ては、青年は常に老人よりも先輩なり、徳川時代の如く社会の秩序整然として、思潮好尚の変化の遅々たる時に於こそ、年少者は長老に指導さるゝの運命を有すれど、動揺甚だしき現時にありては、青年たる者宜しく感触の鈍き老人連を踏みのけて進むべき也〉と言っている。日本において西洋化とは近代化に他ならない。そしてその西洋化、近代化を、いわば生まれながらに享受した〈青年〉達は、すでにそのことで、〈感触の鈍き老人連を踏みのけて進むべき〉なのだと白鳥は言う。白鳥の現実批判の背後には、このような〈青年〉の一人であることの白鳥の自負があったのである。

それは言いそえれば、西洋化、近代化をいわば生まれながらに享受した〈青年〉達が、すでにそのことで日本的なるもの、封建的なるものを超ええているという、なにか独断的なまでの自負なのである。

だが、まさにその独断的であることのうちに、白鳥の自負の本質を指摘しなければならない。既成の権威と秩序との対決の必至を言いながら、当時の白鳥にその対決の具体的なイメージがありえたろうか。〈宜しく感触の鈍き老人連を踏みのけて進むべき也〉というような景気のよい言葉は、文字の上ではいくらでも吐けることなのである。

吉田精一氏が『自然主義の研究』上巻（東京堂、昭和三十年十一月）において紹介してもいるように、「読売新聞」紙上の正宗白鳥の評論は、おおむね激越な論調の冷罵漫罵に終始した。そこには、一切のものへの激しい憤懣と嫌悪が示されている。論語や聖書にたいする懐疑や否定、周囲の虚偽や偽善にたいする嘲笑や揶揄。

だがそれにしても、その冷罵漫罵はあまりにも空虚ではなかったか。白鳥自身も後に認めてもいるように、そこに示された反抗や批判が激越なものであればあるだけ、それは〈自暴自棄〉的な様相を伴っていたのだ。それは明らかに言葉の空転であり、そこには一抹の徒労感が漂っている。そして、そのことを一番痛切に自覚していたものこそ、ほかならぬ白鳥だったのである。文字の上での激越さにもかかわらず、白鳥の真情は、その反抗や批判の空しさを知って彷徨をかさねていたのだ。

＊

四十年三月、白鳥は「早稲田文学」に「幕間」を発表した。「幕間」はこの当時の白鳥の内面を窺うに足る作品として興味深い。それはいま述べた白鳥の空白感を隠約のうちに語っている。ちなみに、「幕間」は現在ではまったく忘れられた短篇になってはいるが、これが『紅塵』に収められたとき、野罌粟は「新声」(四十年十一月)において、〈『幕間』は実に『紅塵』中の圧感〉とさえ称揚したものなのである。

「幕間」の主人公吉見仙吉は八年前大学を首席で卒業、ただちに某省へ出仕した高等官五等の秀才である。多額の年俸が約束され、上司や同僚の評判も悪くない。名門から娶った美貌の妻との生活は他の羨望の的である。白鳥はまずこのような状況に主人公を配置し、そこに彼一流の陰影を投写してゆく。

そのような、〈過去を顧みても、将来を慮つても〉〈春の日に包まれて、暗い影はかかりそうにもない〉仙吉の胸に、最近時として理由のない寂寥の感が襲う。博士論文を書いていても、〈急にいや気がさし、つまらない気がする〉。一日仙吉はその憂欝を一掃するために、妻と歌舞伎見物に出かける。しかし絢爛たる舞台を眺めていても、仙吉には一向に感興が湧いてこないのだ。そして「幕間」は、劇場から帰ってきた夫妻の、これまた索然とした会話によって閉じられるのである。

こう言ってしまえば、野罌粟の言葉にもかかわらず、「幕間」はまったくの凡作と言わなければならない。しかし、このなんら特徴的なものをもたない短篇にあって特徴的なことは、外なる幸福と内なる不幸という齟齬に悩む主人公の設定にある。しかもそのかなり意識的な設定にある。そしてその主人公のまさに意識的な設定のなかに、この時期の白鳥の微妙な内部的変化が示されている。

ここで注意すべきは、「幕間」の主人公吉見仙吉の現在の栄華こそ、たとえば「二階の窓」の〈自分〉や「塵埃」の〈予〉が、日頃見つづけていた見はてぬ夢であり、さらにそれらの作品においては、そのような夢において現実の無知や愚劣や凡庸や沈滞が批判されていたこと、そのことである。彼等が現実を批判し、〈青年の勝利〉を予期しえたのも、実はその胸の中に、彼等がひそかにこのような夢を織りなしえていたからにほかならない。だが白鳥は「幕間」において、その夢の空しさを唄い出す。それはいうならば現実批判の拠点としての青年の自負への、白鳥の哀しき惜別の唄だったのである。

が、まさにそう言ったとき、「二階の窓」や「塵埃」における深く隠された作者の意識が、あらためて思い起こされてくるのである。「二階の窓」の〈自分〉に、白鳥は決して現実を批判するものとしての確信を付与してはいないのだ。「二階の窓」は〈スコットにでも誘はれて昔の夢でも見やうか〉という言葉で閉じられている。現実の無知と愚劣を軽蔑しつつ、しかし〈自分〉にあるものは、〈昔の夢〉によるただ一時の恍惚ばかりなのである。

そのことは、〈己れには将来があると、心で慰めながら〉という「塵埃」の〈予〉の独白において、一層象徴的に語られていよう。そこには白鳥の作品には稀な哀愁が漂っている。〈将来〉によって〈現在〉が否定しえれば幸いだった。しかし〈現在〉を否定しうる〈将来〉を信じえぬまま、しかも己れを〈将来〉に托さなければならないところに、〈予〉の哀愁は生まれるのである。

現実を批判しながら、その批判の拠点そのものに懐疑の眼をむけなければならなかった白鳥の、精神の二重性に注意しなければならない。白鳥は「幕間」を発表した翌月「文章世界」に「批評家」を、翌々月「新小説」に「独立心」をそれぞれ発表する。これらの作品において、その二重性はようやくあきらかである。たとえば「独立心」であるが、それはこのときの白鳥の内面の、まさに一篇の戯画なのである。

「独立心」の主人公〈僕〉銀河国造の貯金はやがて百円に達しようとしている。人は早く独立しなければならない。そしてそれにはなによりも〈お金〉がものをいう。しかしそんな〈僕〉に、叔母は娘を近づけて〈僕〉を婿にしようとする。〈これで十年も辛抱すれば、僕は千円にあまる貯金をして、確固たる独立の生涯は送られるのだ〉。まことに叔母達は〈理想の敵々々々々〉——。

「独立心」においても、主人公〈僕〉によって周囲の人間達の貪欲や老獪やが手厳しく指弾されている。が、その指弾にもかかわらず、その指弾の拠って立つ根拠が、実は他でもない、小金をためること、所詮はそれほどのことに過ぎないこと。小金をためることが〈僕〉の独立（以下断らぬかぎり傍点筆者）であり、そのような独立が〈僕〉の理想であったのである。そしてこの拙い諧謔の中に、はっきりと白鳥の自嘲を読みとることができるであろう。ここにはすでに現実にたいする一方的な冷罵漫罵はその影を潜めている。ここにうかがえるのは、冷罵漫罵するその自己を力無く嘲る、白鳥の疲れた横顔なのである。

＊

『紅塵』は好評であった。四十年十一月の「趣味」「新声」「明星」「ホト、ギス」等々の諸誌は、こぞってその合評を掲載した。前年島崎藤村の「破戒」を持ち、またこの年田山花袋の「蒲団」をもった自然主義文学は、さらにここにひとつのささやかな道標を打ちたてたのである。

片上天弦はその「ホト、ギス」の合評において次のように書いている。

《『紅塵』収むるところの作十二篇は、いづれも一度雑誌の上で見たものばかりであるが、かうして纏つて見ると今更に、どの作にもどの作にも、一種の新らしい空気が通つてゐるといふ感じがする。各篇を一貫する作者の態度、作者の胸、心持ちといつたやうなものが、いつとなく判る。作者の筆の巧拙を問ふ前に、作者と吾々との間に黙契会心するところがあつて、その力で作を生かして行くといふやうな気味がある。青年の心に宿る新時代の空気が、文句との間に流れてゐていつの間にか引きつけて行くといふ心地がする。（略）新時代の思想感情の調子、自意識の強い、批判的な、随つてややともすれば自棄的な愴悦《さうきやう》索莫の感ともいふ調子が、作全体を貫いてゐる。この作の面白味は第一にここにある。》（「『紅塵』を読む」）

天弦がいうように、『紅塵』はその〈新時代の思想感情の調子〉によって青年の共感を捕らえることができた。だが天弦がつづけていうように、『紅塵』がその共感を、〈自意識の強い、批判的な、随ってややともすれば自棄的な愴悦索莫の感ともいふ調子〉によってはじめてとらえることのできた意味は大切である。

初期の自然主義文学の多くがそうであったように、『紅塵』もまた徹頭徹尾旧套なるものへの抗議であった。旧套なるものとは、つまり現実を支配している秩序であり価値であり、そしてそれらはすでにそのことによって愚劣であり陳腐であったのである。『紅塵』はそのようなものへの白鳥の精一杯の抗議であった。だが天弦もいうように、その抗議はつねに〈自棄的〉であり〈愴悦索莫の感〉を湛えなければならなかったのである。旧套なるものへの抗議は存在していた。だが言うまでもなく、その抗議が有効であるためには、その抗議を支える主体側の充足が肝要なのではないか。

と言って、「二階の窓」の〈自分〉にも「塵埃」の〈予〉にも、その抗議を支える充足がなかったわけではなかった。それは彼等の〈将来〉の姿、ひとりの成功者としての〈将来〉の姿であった。すくなくとも〈将来〉の姿を夢みうる自恃において、彼等は現実に抗議しえた。いや嘲笑し揶揄さえした。だがその〈将来〉の姿とは、たかだか「幕間」の吉見仙吉にすぎない。たかだかひとりの模範的な官僚にすぎなかったのである。

無論ひとりの選良たらんとする青年の願望に不思議はない。が重要なことは、その選良たらんとする彼等の夢を、所詮〈多額な年俸〉とか〈美貌の妻〉とかいうもので枯らしてしまう、そのような時代と社会の制約である。その制約のうちにあっては、選良たらんとすることは、その時代と社会を超越し、それを指導せんとすることではなく、もっぱらその時代と社会に追随し、局促としてそれを保持せんとする、つまりはひとりの模範的な官僚たらんとすることに過ぎなかったのである。

だが、そのような制約に同情しつつ、ここで決して看過できないことは、〈多額な年俸〉とか〈美貌の妻〉とかいう次元にまでしか自らの夢を織りなしえなかった、その主体側の内的貧困である。そしてこの内的貧困こそ、『紅塵』に限らず、当時の正宗白鳥の文学の行間に漂う深甚な剝落感だったのである。
「読売新聞」紙上の居丈高な現実批判の評論はたしかに白鳥の楯の一面を示していた。しかしその裏面においてすでにその現実批判の空転を知っていた白鳥が、評論においてはもはや表現しえなかった内面の真情を、このような作品を描くことによって辛くも表現しえたので、ここに白鳥における〈評論〉から、〈小説〉の誕生との深い事由があったのである。そしてまた、〈小説〉の誕生のこの過程のうちにこそ、以後の白鳥の〈小説〉の性格――その限界や分裂やが宿されていたのである。

*

猪野謙二氏は「初期の正宗白鳥」（『明治の作家』岩波書店、昭和四十一年十一月）の中で、白鳥の登場を語って次のように言っている。
《白鳥の場合には、「無理想」「無解決」とか「幻滅」とかいうことが、もはやたんに旧思想・旧道徳への反抗や幻像破壊のための標語にとどまっていない。むしろそれが、どこまでも新しい知識人青年のぬきさしならぬ属性として確認されているのだ。しかもその「無理想」が、根の浅い近代化に浮かされた新しい理想主義それ自体をも否定する点で、一種の若々しさを帯びているのを見落すことはできない。》（傍点猪野氏）
たしかに猪野氏のいうようなことは、白鳥と、それに先行する田山花袋、長谷川天渓などとの比較において明瞭であろう。同じ〈無理想〉〈無解決〉と言いながら、花袋や天渓の場合には、それはむしろ〈旧思想〉〈旧様式〉打破のためのスローガンという側面が大きかった。そしてその〈無理想〉〈無解決〉の背後には、別の〈理想〉や〈解決〉を期待する健康な精神があったのだ。だが、白鳥の場合には、そのような〈理想〉や〈解決〉は決して予期されてはいないのである。それはいわば絶対的な〈無理想〉〈無解決〉として、〈どこまでも新しい知識人青年のぬきさしならぬ属性〉として確認されていたのである。

〈主義に酔へず、読書に酔へず、女に酔へず、己れの才智にも酔へぬ身を、独りで哀れに感じ〉つつ、〈「阿片を呑みたい」〉と呟く「何処へ」(「文章世界」四十年一月~四月)の主人公菅沼謙次の無惨な頽廃の日々。そこには、明治の急激な近代化の根底に潜む多くの矛盾に、自己の内面を深く傷つけられた一人の鋭敏な知識人青年の無為と倦怠が示されている。が、「何処へ」という作品の性格は、単にそのような時代と社会の矛盾を反映した人間像の提出ということだけにあるのではない。「何処へ」という作品の真に見落とせない性格とは、そのような矛盾に拱手するばかりで、ついにそのような矛盾を解決しようとしなかった主人公側の内的頽廃である。現実の専横と醜悪を憎みながらも、その憎しみを、現実を進んで変革せんとする意志にまでは、主人公は到底育てえなかったのである。なによりも、そうするだけの方法と目的を彼は欠いていたのだ。

だが、このことはひとり「何処へ」のみにかかわる問題ではない。それは自然主義文学全般をおおう問題であったのだ。島崎藤村や田山花袋の文学もまたこのことに関連している。つねに自然主義の理論的旗手であった島村抱月は、「序に代へて人生観上の自然主義を論ず」(『近代文芸之研究』早大出版部刊、明治四十二年六月)の中で、〈人生の理想は自愛である。自己の生である。自分の実行的生活を導いて来たものは事実この外に無かつた〉といっている。抱月はこう言うとき、〈自己の生〉を抑圧することで維持されてきた旧来の秩序や価値へ、果敢な戦いを挑んだのである。それは近代的自我確立への困難な戦いであったのだ。しかしその自我確立の戦いも、畢竟〈自己という其の内容は何と何とだ。自己の生を追ふ行止りは何うなるのだ〉という自問に絶句しなければならなかったとき、其の幕を閉じなければならなかったのである。戦いが苛烈だったのではない。戦う以前に、抱月はすでにその戦うことの意味を見失っていたのである。自我の確立を追求しながら、そしてそれを阻止する四囲との対決の焦眉であることを明言しながら、その自我そのものの内容を喪失していた抱月の自家撞着こそ、また白鳥の自家撞着であり、ひろく自然主義がその出発より負っていた自家撞着だったのである。

＊

ところで、ここで、これよりさきに白鳥の病弱であったことの意味を述べなければならない。それは白鳥の文学を解明する、やはり最大の契機なのである。

白鳥の数多い回想からも推測しうるように、宿痾であった胃病は、青年期の白鳥にとってきわめて深刻な意味を持っていた。当時白鳥の綴った文章からも、そのことはまざまざと察知できる。「寧ろモーメントに生くるに若かんや」（三十六年八月二十三日）、「酔生夢死も亦可ならずや」（「十人十色」三十七年八月二十三日）、「死」（「同」三十七年十一月十一年）などの「読売新聞」紙上における白鳥の随筆の湛える戦慄は、当時の白鳥が、いかに自己の病弱を思い、それを呪っていたかを示している。〈生の問題よりも寧ろ死の準備にのみ屈托していた〉（「三十代」『文壇観測』）という言葉は、決して誇張ではなかったのである。

たしかに、このこと自体の意味を忘れてはならない。白鳥にとって、それはもっとも直接的な苦痛であり不快であったのである。だが重要なことは、単なる胃病が、なぜ白鳥のいわゆる〈生の不安〉〈死の恐怖〉に連なっていったかということである。胃病であることはそのままでは〈生の不安〉〈死の恐怖〉に連なってはゆかない。が、それはしばらく問わぬとしても、ではなぜ白鳥のいわゆる〈生の不安〉〈死の恐怖〉が、単に〈不安〉〈恐怖〉に止まらず、一挙に〈生〉を否定せんとする〈懐疑〉や〈虚無〉やにまで脹らんだのか。病弱という現実、そこに胚胎する死の予感、が、それはいわば人間に科せられた運命であり、ひとり白鳥のものではない。しかもその運命を知るがゆえに、人間はこの一時の人生を、来たるべき死を超えるものたらしめんと努めるのである。人生とは人間ひとりびとりが、〈死〉という冷厳な現実のうえに、〈生〉という永遠の観念を打ちたてんとする壮絶なドラマにほかならない。

だが、白鳥はこのようなことに関して次のようにいっている。すなわち、〈身命を賭して事をせよとは吾人のよく聞くことだが、これ位又無理な注文はない。如何なる悪因縁か、人間は如何にするも生きてゐたいのだ。釈迦やキリストが何と云はうと、理屈もない、是非もない、只生きてゐたいのだ。身命を安々と賭する程生命が惜しくない位なら、初から何事をする必要もないのだ。主義も名誉も天下も国家も生きようとする力に比ぶれば第二義だ〉（傍点白鳥、「近刊雑誌」「読売新聞」四十一年四月二十六日）。

〈身命を賭して事をせよ〉とはいかにも陳腐ないい方である。が、自己の〈生〉を永遠のものたらしめんために、〈身命を賭して〉まで事に当たらんとする人間性について白鳥は無知であったのだろうか。

白鳥は四十年九月二十二日の「随感録」の中で、〈十九世紀の欧州の青年が旧来の宗教や道徳に飽足らずして、寄所がなかつたのは、その有名な文学の多くの厭世的悲痛の調の籠つてゐるによつても明らかである。今の日本の青年の一部も彼等と同じやうな精神状態になつてるのだ。徳川時代の人々が理想とした武士道は、最早吾人の依り頼む者でなく、仏教も基督教も無論駄目だ。人生に対する新方針新理想の吾人を随喜せしむる者は一つとなく、従来の形式に満足して惰眠を貪らぬ上は、安んずる所が絶無なのだ。懐疑的虚無的ならざるを得ない〉と言っている。

ここには、いわゆる〈生の不安〉〈死の恐怖〉を瞬時に払拭すべき観念の到来を祈願する、白鳥の切迫した呼気がある。〈身命を賭して〉まで事に当たらんとする人間性について白鳥は無知だったのではない。いや、だれよりも熟知していたがゆえに、〈身命を賭して〉なお悔いない〈新方針新理想〉の不在に白鳥は絶望するのである。

白鳥における観念性は強かった。そしてそうであるがゆえに、その病根は、単に肉体の場をこえて、常に精神の場において病みつづけていたのである。〈三十歳前後の私は、肉体の衰弱とともに精神までも衰弱してゐる人間の妄想を、不器用な筆を動かして吐露していた〉（『文壇的自叙伝』）と白鳥は言う。〈肉体の衰弱〉もたしかに苛酷な現実であることにちがいはない。が、その苛酷な現実に終に耐ええぬ〈精神の衰弱〉こそが、真に剣呑なものであることを、白鳥は知っていたのである。

＊

このようにして論じてくると、四十年七月「趣味」に発表された「妖怪画」を、どうしても論じなければならない。この作品は発表当初から現在までつねに多くの誤解を被ってきた。しかしその奇異な外貌にもかかわらず、「妖怪画」は白鳥の文学にあって、きわめて本質的な位置を占めている。

「妖怪画」の主人公新郷森一は天才的な青年画家である。大酒家で女狂いの父や〈ヒステリー風〉の母を嫌い、彼等の死後上京した今では、〈病狐に相応した穴倉〉のような下宿の一室に閉じこもり、下宿先の〈白痴の片輪娘〉をモデルにして妖怪画を描くことに専念している。がある時旧知の美人記者の誘惑を退けたのち、夢中でお鹿と通じる。翌朝そのことを知って動顚し、自殺を計るが、誤ってお鹿に射殺される。〈一幅の背景は暗憺たる森林、中心はお鹿に凄味を持たせせた女で、周囲《まはり》には森一の父母や友人の誰れ彼れに似た妖魔がゐる〉という未完成の遺作「百鬼夜行」は天才の作として評判をとる――。

「妖怪画」には、『自然主義の研究』（下巻、東京堂、昭和三十三年一月）の中で吉田精一氏がいったように、白鳥のもっとも独自な世界の最初の現れがあった。異常な幻聴や幻覚の錯綜する狂的な世界、以後白鳥はこのような特異な世界を、ほとんど執拗なまでに追ってゆく。「地獄」（「早稲田文学」四十二年一月）、「徒労」（「同上」四十三年七月）などはその途上になった力作である。

では、白鳥はなにゆえにそのような特異な世界を、ほとんど執拗なまでに追ったのか。

白鳥も自認していたように、〈百鬼夜行〉の「妖怪画」に象徴される白鳥の心象は、たしかに、〈自分の不安や恐怖は、畢竟肉体の脆弱なのに基いてゐるのに過ぎぬので、痴人の夢と同じく、根拠のない妄念〉にすぎなかった。だがその〈妄念〉は、〈心の底に蟠つてゐて、いくら嘲けつて見ても、退けようとしても、頭を持ち上げて凄い舌を出す〉のだ。そしてこの時白鳥は、〈浅間しい忌々しい、人間に生まれたことを悔いて恥じて憎むやうな思ひ〉に悶えるのである（「落日」「読売新聞」四十二年九月一日～十一月十六日）。

ここには、白鳥が「妖怪画」の系譜を書きつがなければならなかった内面の混沌が、ほとんどそのままに語られている。自己の〈不安や恐怖〉を単に〈肉体の脆弱〉による〈妄念〉と思いながら、しかもそれをひとえに〈妄念〉と断じきれない内的空白のゆえに、その〈妄念〉は一挙に〈生〉を否定しさる〈懐疑〉や〈虚無〉にまで脹らんでしまうのだ。

「妖怪画」の系譜につらなる諸作の世界は、まさしく悪夢の世界である。だが白鳥はその世界を、たんに悪夢であるがために描いていたのではない。錯乱と狂気の陰惨な世界、それは白鳥が人間の存在に見た深淵であり、さらに白鳥は、その深淵を描くことの中に、その深淵に終に架橋しえない自己の内的空白への激しい呪詛を、たたきこんでいったのである。

しかもこのとき、この呪詛は、そのような精神の内実を欠いた時世への、真っ向からの絶望に化していた。ひとりの人間の危機すらも救援しえない事実――それこそ人間を〈死よりも強し〉とする一代の理想の、完全なる喪失の事実だったのである。

＊

だがまさにそのような徹底した絶望のうちに、白鳥はひとつの光明を探りあてていた。たしかに白鳥にとって、人生とは恐怖図にほかならない。がそれにもかかわらず、白鳥の胸に、〈生きてゐたいのだ〉〈理屈もない、是非もない、只生きてゐたいのだ〉という呟きは繰り返されていたのである。

〈生きてゐたい〉、この刻々を生きたい！　とすれば、すでにそのことをしも虚妄とすることはできない。前出の「近刊雑誌」の中でも白鳥は、國木田獨歩の言葉に言及して、〈吾人は「新潮」誌上獨歩氏の談話中、「人間の生きようとする力ぐらゐ恐しいものはない、どれぐらゐ強いものか知れぬ」とあるあたりを読んで深く感動した。今月の雑誌中真に身に染みたのはこれ一つなり〉（傍点白鳥）と公言している。ここには〈生〉の果敢無さに絶望しながらも、なおそこに縋りえる最後の光明を求める白鳥の必死な姿がある。そして、〈人間の生きようとする力ぐらゐ恐しいものはない、どれぐらゐ力強いものか知れぬ〉という獨歩の言葉に、涙ぐむほどの共感を示すとき、以後の白鳥の生き方は決定されていたのである。この〈生〉を翻弄し破壊する一切の激情を回避する、白鳥の徹底した保身の生き方が定着されていたのである。

それはまた、エゴイズムの根強さに対する白鳥の喜ばしい驚きでもあった。かつて白鳥が嘲笑し揶揄した、蠢くような人間の生命力こそ、実は白鳥自身が縋りつかなければならなかった生きるための背骨であったのである。「微光」（「中央公論」四十三年十月）や大正期の名作「牛部屋の臭ひ」（同五年五月）などに見られる静謐な世界、すでにそこでは、白鳥があれほど叱咤せずにはいなかった庶民の卑少と厚顔が、淡々として活写されている。『紅塵』にみられるような激昂は影をひそめ、そこには、白鳥の彼等のエゴイズムにたいする許容の跡がうかがえるのである。

〈天の上や地の底や自分の心の底にのみ放つてゐた眼を転じて、雑多紛々の世相を見据ゑると、そこから、今まで感じなかつたやうな興味が起らないではなかつた〉（「三十代」）――白鳥にはこのような余裕が生じていたのである。〈つい先頃まで「何処へ」を書き、「地獄」を書いたりした私も、「悪縁」を書き「微光」を書き、それ等に類似した幾つもの短篇を書きつづけるやうになつた。男女関係について、女の心について私も多少理解し得らるゝやうになつた。二十代の「死の恐怖」から離れて、「死よりも強し」の経験を得た〉（同前）のである。

だがそれにしても、白鳥の到達した心境は、真に〈死よりも強し〉というものであったのか。

――「日本近代文学」第三集（昭和四十年十一月）――

白鳥の拘執——「妖怪画」の系譜——

一

「妖怪画」は明治四十年七月、「趣味」に発表された。一読、その奇妙な作品世界に当惑したものも多かったにちがいない。そのいささか誇張された偏執的、妄想的世界は、ほとんど広津柳浪の深刻小説に近似している。自然主義的客観主義が次第に呼号されてゆく時期、この小説の出現の意味を、どう解釈したらよいか。

この時期に限ってみても、白鳥には、「妖怪画」に始まって、「朱虹」(「新思潮」明治四十年十二月)、「強者」(「中央公論」同四十二年一月)、「地獄」「徒労」と続く、一種異様な感触を湛える作品群がある。これらの作品に登場する人物たちは、すべて正常ではなく、あるいは〈狂人〉であり〈白痴〉であり、あるいは〈不具〉であり〈病人〉である。彼等の展開する世界はまさに陰惨であり、醜悪でさえある。

吉田精一氏は『自然主義の研究』下巻の中で、「地獄」「徒労」などを経て「冷涙」(「婦人公論」大正十年一月)、「人生の幸福」(「改造」大正十三年四月)、『人を殺したが』(聚芳閣、大正十四年十月刊)などへ連なる作品脈を指して、〈余人にない白鳥的世界〉と評し、そこに揺曳する不気味な鬼気、妖気を、〈白鳥文学の最も本質的な性格の一つ〉と書いている。異常神経や強迫観念の世界、幻覚や錯乱の世界、まさしく「妖怪画」の系譜こそは、白鳥文学に対面するものを、その場に凝立せしめずにはいない特異な戦慄の世界である。

もっとも、当時の世評は、概してこのことに介意していない。これもまた一の自然主義的現象として評価している。

たとえば相馬御風は、白鳥に対する最初の纏まった論評であるその「正宗白鳥論」（「新潮」明治四十五年五月）の中で、「妖怪画」の系譜を「何処へ」（「早稲田文学」明治四十一年一月〜四月）や「世間並」（「趣味」明治四十一年七月）と同じく、旧来の権威や慣習への反抗や幻滅の表出として、直線的に位置づけている。（もっとも、ここには多分に御風一流の、自派の主張や自家の論旨の一貫性を計るやや強引な文脈がないではない。おそらくそこには、思想的革新運動としての自然主義文学運動の、政策的一面が露頭しているといえよう。）

たしかに、総括的にいえば、御風の言は正しいかもしれない。しかしそう結論できるとしても、なおそこまでゆくには多くの逕庭があるといわなければならない。

それにしても、なぜ白鳥はこのような不気味な戦慄を、ほとんど執拗に描出しつづけたのか、むろんそこには、さまざまな原因が輻輳しているであろう。おそらくここには、明治末期の深刻な社会的、政治的閉塞状況という、客観的条件が作用していたにちがいない。その戦慄は、激しさを増す明治絶対制の支配と再組織から、疎外され脱落してゆく知識人の深甚な不安と無関係ではない。しかし、個人の精神の軌跡が、時代や社会の単純な反映ではなく、所与の条件と主体との複雑な葛藤のうちにあるとすれば、白鳥の戦慄もまた、彼独自の深淵との関連において、探索されなければならないといえよう。

とまれ、「妖怪画」の系譜には、同じ白鳥の作品でありながら、ある極端なもの、ある激越なものが底流する。自然主義的客観主義を志向しながら、ときにあのような、きわめて主観的な世界を創造していった白鳥の、独自な深淵とはどのようなものであるか。

二

よく引用される文章だが、白鳥は改造社版『現代日本文学全集』の『正宗白鳥集』の跋文において、〈「地獄」と「徒労」とには、ある時期の作者の心境が現はれてゐると思ふ〉と書いている。白鳥が自己の旧作を、このような口吻で語ったのは稀である。問題作として白鳥文学を代表する観のある「何処へ」を、〈上つ調子の浅薄なもの〉（「旧作回顧」）と言い、その創作技量のある到達を示すものとして評判を取った「微光」（「中央公論」明治四十三年十月）を、〈通俗味の勝つた浅薄な作品〉（『文壇的自叙伝』）と評した素気無さと比較すれば、「地獄」や「徒労」によせる彼の懐旧の情は、いささか注目するに足りるといってよい。「地獄」や「徒労」こそは、他のどの作品にもまして、白鳥の内面の危機の、まさにぎりぎりの表白であったと見なければならない。

ところで、「地獄」は明治四十三年一月、「早稲田文学」に発表された。秋浦乙吉という腺病質の少年が郷里を離れ中国地方の小都会に出て、ある〈耶蘇教学校〉に通っているうちに、次第に精神の異常を来し発狂に至るというものである。よくチェーホフの「六号室」からの影響を指摘されるが、それ以上に、痼疾の胃病と闘いながら岡山の薇陽学院に学び、ひとり〈生の不安〉〈死の恐怖〉の孤独な想念に耽っていた白鳥の、自伝的要素の濃い作品というべきである。

「地獄」には、白鳥がその多くの回想記で語った幼時期の体験が、少なからず挿入されている。草双紙の醜怪な挿絵を見たり、祖母から地獄の惨たらしい光景を話してきかされたり、様々な怪談、奇談を耳にしたりすることによって、その無垢な心に拭いがたい傷痕を負った体験は、そのまま乙吉の過去として記述されているのだ。これまたよく引用される一節だが、白鳥は「冬の日」（「表現」大正二年三月）において、〈幼い時分に、熱でも出ると、よく「大きな者が来る」と云つて泣いたのであるが、その茫漠たる大きな者は、少年期を経て老境に入りかけた今にいたるまで、身心の衰へた時などに突如として現はれては、彼れの魂を掻浚《かつさら》つて苛まうとするのである〉と書いている。この〈茫漠たる大きな者〉は、やはりそのまま乙吉の幻覚に出没し、彼の狂気の中心に、死霊のように蟠踞するのだ。

この意味で「地獄」とは、白鳥の恒常の悪夢の記録であり、その苛烈な苦悩の再現であったといえる。幼少から羸弱であり、しかも近い将来、確実に〈死〉を予想しなければならなかった白鳥の青春。「地獄」とは実は白鳥が長い間親しみ住んだ国であり、また白鳥の心の底に、〈死〉は住みついていたのである。

白鳥にあって、〈人間の生命がこの世限りではつまらない〉（「私の文学修業」）という想念は重く深い。人間は必ず滅び、死んでゆく。死のあとに来るものはない。この〈不安〉や〈恐怖〉に胚胎するニヒリズムは、白鳥の青春に暗い陰翳を投げかけている。彼のキリスト教入信とは、かえって彼の、いわば存在の恐れ、存在そのものの痛みの表白であったのだ。

だが、「地獄」の戦慄は、ただ単にそのような〈恐れ〉や〈痛み〉からのみ生まれたものであろうか。そのような〈恐れ〉や〈痛み〉が、「地獄」の戦慄に結実するには、なおなんらかの媒介がなかったか。

白鳥は「地獄」を指して、〈ある時期の作者の心境〉の投影と言った。この〈ある時期〉とはいつのことか。薇陽学院に在学していた当時か、それともまさしく「地獄」を執筆していた当時か。このいささか瑣末主義的説問の瑣末的解答はともかく、この説問の暗示する意味は重要だと思う。

もし〈表現〉が〈心境〉の直接的な投写ではなく、〈心境〉の意味を把握する〈思想〉の上にのみ成立するとすれば、一人の少年の〈生の不安〉〈死の恐怖〉は、それがいかに熾烈を極めたものだとしても、決してそのままでは〈表現〉に至りえないといえるだろう。とすれば、「地獄」を書く白鳥の胸底に、その〈生の不安〉〈死の恐怖〉

を、ある普遍的な戦慄にまで深めたなんらかの〈思想〉が、介在していたはずである。いやむしろそこには、それあるがゆえに、不断に戦慄を重ね、それあるがゆえに、〈表現〉を強いられた、いわば呪われた〈思想〉が存在してはいなかったか。

あの少年の日以来、白鳥は確実に成熟したのだ。しかし、それは一面不幸な成熟ではなかったか。そして先走りしていえば、彼のその不幸な成熟には、近代日本の歴史が、〈価値〉崩壊のドラマが照応しているのだ。

三

白鳥は「芸術上の懐疑」(「早稲田文学」明治四十四年二月)において、〈私は小説では何よりも描写を重んずる〉と言っている。現実を凝視し、そこに人生の〈事実〉を発見するいわゆる自然主義的客観主義は、なににもまして白鳥の方法であった。「塵埃」(「趣味」明治四十年二月)をはじめ、「二階の窓」(「早稲田文学」同八月)、「玉突屋」(「太陽」明治四十一年一月)、さらに「五月幟」(「中央公論」同三月)、「明日」(「同」同十月)という、通常の意味の自然主義的作品は、このような方向に出現する。そしてその系統は、白鳥が作家的成長や円熟を加える大正期の作品へと連続してゆくのである。

しかし同時に白鳥は、その追尋すべき〈事実〉について、〈事実などは、どこまで突きつめて行つたたつて描けるものではない〉と言い、〈自分がいくら正確だと思つてゐたつて、或は事実はどうだか分らぬ。事実の裏に事実があり、正確の外に正確がある〉と言っている。〈結局私は、読者に事実だと思はせるやうに書くのが芸術だと思つてゐる。だから事実ばかり書いてゐないで、自分の在り得ると思つた範囲で想像を加へて書いても差しつかへないと思つてゐる〉。

こうした発言は、田山花袋に代表される自然主義陣営内の客観主義的描写論と呼応しながら、またかえってそれへの本質的な批判となっている。〈事実〉を〈自分の在り得ると思つた範囲〉にまで拡大解釈する方向は、〈在り得ると思〉うことを〈想像〉として排斥した花袋等の方向と根本的に異質なのである。

だが、いま重要なことは、白鳥が〈事実〉を〈在り得ると思つた範囲」〉にまで敷衍したとき、その〈在り得ると思〉うという推測、あるいは確信を支えていたものはなにかということなのだ。

たとえば「妖怪画」において彼は、主人公新郷森一の病的な鬱情を核に、その両親の淫乱や自殺、〈向ひの土蔵の壁に守宮《やもり》が赤い腹を出し〉ている暗いじめじめとした裏長屋、〈病狐に相応した穴倉〉のような一室、〈百鬼夜行〉の地獄絵図の制作、錯乱、白痴娘との交情などを、ほとんど偏執的に連鎖させてゆく。このようないわば一連の変質的なもの、偶発的なものを、〈在り得る事実〉として重層してゆく信念を支えていたものはなにか、ということである。

ところで、このようないわば集約的方法は、「地獄」においても顕著なのだ。乙吉もまた発狂した祖父を持ち、酒乱の父親の子である。しかも現在、〈慢性胃加答児〉のために〈神経衰弱〉に陥り、自分の〈真の病源は後脳の一部にあつて、其処に何か有毒物が潜んでゐる〉と妄想する。そして〈遺伝の理法〉や〈生理上の定則〉を知ってからは、自分を〈見事な刑状持ち〉と観念する。さらに聖書の講義で〈ソドムとゴモラ〉の惨状を聞き、その幻覚に苛まれる。――乙吉はこうして日一日と憔悴してゆくのである。

繰りかえすまでもなく、たしかにここには宿痾の胃病に悩み、心の拠所としていたキリスト教からも離れ、一日として寧日のなかった当時の白鳥の、絶望的な心象風景が映されている。だがここで注意しなければならないことは、そのような自己の心象風景を根底にしながらも、のちに発狂することによって、まさに自身とは異質な乙吉という人間を造型してゆくときの、白鳥の独自な方法なのである。

特に乙吉を発狂した男の孫とし、酒淫の男の子とした点、しかもその父親の放蕩の間に生まれ、同じくそのころ生まれた二人の兄弟を、襁褓のうちに相ついで死なせた点、さらにこれらの事実がその病弱な体質を決定するとした点、等々は重要である。断るまでもなくこれらの事実は白鳥とは無縁である。(1) それは乙吉の神経の昂進や異常や狂気を必然的な事実とするために、白鳥が選び設けた文学的虚構といえよう。

もはや言うまでもないが、ここに介在する方法は、やや拙劣なゾライズムではなかったか。

四

白鳥は「人物を描く用意」(「新潮」明治四十四年七月)の中で、〈人間の心理とか、性格とか、挙動とか云ふやうなものは、絶えず生理状態の影響を受けるのだから、人間を正しく観ようとするには、生理上の知識がなければならぬ〉と言い、〈境遇や、其の時の胃の加減や——或は飯を一杯余計食つたと否とで、最う其所に違ひが生じて来る。睡眠不足などは殊に然うだ。犯罪などでも、其の時若し一杯飯を余計食つて居るか適度の睡眠をしてゐたら犯されずに済む場合があることだと思ふ〉と言っている。もちろんこれらの言葉は、〈僕なぞ殊に身体が弱いから、其の時の生理状態で気持が支配され易い〉という、白鳥の一種痛切な実感に根ざしているのだが、それはやがて、彼の独特な〈人物描写〉〈心理描写〉を支える方法と結びつくのである。

ことにこのことは、「妖怪画」の系譜に連なる作品群の中で、頻出し強調される突発的な変心や錯乱や強姦や殺人などと深く関係しているといえよう。そこに介在するものは、このかつて神にも似た存在であった人間が、実は〈遺伝〉とか〈生理〉とかいう暗澹とした、しかし決定的な事実によって、無惨にも翻弄され左右されてゆくという〈思想〉であり、しかもそれは単なる茫漠とした〈生の不安〉〈死の恐怖〉を超えた一つの確実な理念として、白鳥の胸底深く澱んでいったのである。[2]

ところで、人間の行為や性格に、〈遺伝〉や〈生理〉の原理が深く係わっているという〈思想〉は、自然主義、ことにゾラにおいて根源的なものであったろう。十九世紀の驚異的な科学文明の発展に対する当時の人々の圧倒的な共感は、文学の方法にもまた科学を導入せしめずにはいなかった。人間を遺伝的体質や社会的環境によって形成される〈大小の猛獣〉(テーヌ)と規定し、生物学的、生理学的、病理学的な観察と記録と研究に依拠して、善悪美醜にかかわらず、奇形や疾病までをも、必然的、合理的な生成物として検証し、その一切の結果から、新たに人間の強烈な映像を写しだしてゆく方法は、かくてゾラによって樹立され、一貫して鼓吹されたのである。[3]

そしてこのことは、明治三十年代中期の日本の文学、いわゆる前期自然主義の作品群に濃い影響を落としている。小杉天外や小栗風葉のゾライズムとは、たしかに作品の構想力や写実性を獲得するための、もっぱら技術的、表面的な模倣にすぎなかったが、それが彼等において、当代における必至な文学の方法と見なされていたことは事実であった。しかも、人間を一匹の野獣として醜怪なままに表現しようとする方法のうちから、やがて旧来の矯飾的観念によって壅蔽されていた人間の実態を暴き、その赤裸な相貌を一種逆説的に自己定立の主張と化した日本の自然主義の誕生があったとすれば、そこにもゾライズムは大きな波紋を投げかけていたといってよいだろう。

しかし、たとえばその主流をなした田山花袋が、ゾラの科学的、実証主義的概念性を敬遠して、自己の客観主義的描写論を、あくまでも現実の〈ありのまま〉の表現に限定したとき、それは引いては、日本の自然主義の独自な性格を決定したのである。つまり彼は、いわばゾラを跨いだといってよい。彼がゴンクールに倣って〈平面描写〉〈印象描写〉を唱導してゆく過程は、そのままゾライズムが、前期自然主義の未熟な方法論として埋没してゆく過程であった。そしてそれはまた、近代文学の方法としてのリアリズムが、その思想性や社会性、積極性や革新性を、ひとつひとつ捨象してゆく過程でもあったといえる。

だがその過程にあって、白鳥は終始ゾライズムに固執しつづけていたと言えるのではないか。とくに「妖怪画」の系譜に見られる集約的方法と虚構の世界、前期自然主義の作品に通う書割的な趣向――その拙劣で生硬なるがために、作家的欠陥を云々され、むしろイデオローグとしての一面を強調されなければならなかったまさにその一点において、そのことがいえるのではないか。言えるとすれば少なくともここには、もっぱら小説作法の領域において利用されて終わったゾライズムが、はじめて作家の内面の危機において共感され生きつづけた事実があったといえる。むろんそれは本来のゾライズムから遠く隔絶したものであり、ゾラの巨大な構想力と、それを支える学識や資料の蒐集や調査や記録、さらにその結果生ずる彼の小説の風俗史的性格や社会史的性格などを往々欠落しているのだが、そこに底流する生物学的、生理学的、病理学的発想のみは、ほとんど執拗に、いわば妄念にも偏執にも似て継承されているのである。(4)

五

明治四十年九月十三日、「読売新聞」の「随感録」で、白鳥は次のように書いている。

《十九世紀の欧州の青年が旧来の宗教や道徳に飽足らずして、寄る所がなかつたのは、その有名な文学の多くの厭世的悲痛の調の籠つてゐるによつても明らかである。今の日本の青年の一部も彼等と同じやうな精神状態となつてゐるのだ。徳川時代の人々が理想とした武士道は、最早吾人の依り頼む者でなく、仏教も基督教も無論駄目だ。人生に対する新方針新理想の吾人を随喜せしむる者は一つとなく、従来の形式に満足して惰眠を貪らぬ上は、安んずる所が絶無なのだ。懐疑的虚無的ならざるを得ない。》

ここには、過去において人間の内面を支えていた権威や価値の失墜が、当代に齎した深刻なニヒリズムの体感がある。白鳥は同じ月、第一創作集『紅塵』（彩雲閣刊）を上梓し、翌四十一年一月より「早稲田文学」へ「何処へ」を連載する。それらは疑いもなく、日本の自然主義の前途を飾る道標であったが、そのような若き旗手の言葉として、〈懐疑的虚無的ならざるを得ない〉という言葉が相応しいものであったところに、日本の自然主義の困難な位置があったと言えよう。

〈無理想〉〈無解決〉の下に純粋に蒸溜する〈自我〉を追求するために、既成の道徳や慣習、形式や理想に挑戦することから出発した日本の自然主義ではあったが、その探りあてた〈自我〉の相貌は、欲望に捕縛され保身に汲々とする肉体の蠢動でしかなく、いかに逆説的にそれを自己定立の根拠にしようとも、そのこと自体、〈幻滅の悲哀〉を徒に助長するものでしかなかったといえる。

いわば白鳥は、そうした喪失の世代の子であり、すでに彼等には一切のロマンティックな夢はなかった。〈無理想〉〈無解決〉の下に残留した空無な〈自我〉の相貌を、どこまでもぬきさしならぬ自己の相貌として自覚するところから、彼等は出発しなければならなかったのである。

ところで、「読売新聞」紙上における白鳥の評論、ことに「十人十色」欄（明治三十七年）や「八面鏡」欄（同三十八年）におけるそれは、まさに痛烈をきわめ辛辣をきわめていて、いささか気違いじみて見えるが、それを丹念に追ってゆけば、明治四十年前後を境にして、そういった痛罵文字が次第に影を潜めてゆくことが判るのである。初期の美術批評や演劇批評から、やがて文学批評に筆を染めるに従って、いままでの、いわば白と言えば黒といい黒といえば白と言うといった、八ツ当り的な放言は消えて、自然主義の出現に伴い、それへの応接に暇無い頃には、彼の語気はほとんど告白に近づいているのである。「早稲田文学」の自然主義の推進に呼応しながら、あるいはチェーホフ文学の蕭条たる感触を称し（「随感録」「読売新聞」明治四十一年一月五日）、あるいは長谷川天渓の「現実暴露の悲哀」に共感を示す（「新年の文壇」「同」十二日）その筆致は、彼の内面の絶望が托されていて哀切ですらある。

そこにはおそらく、喪失の世代の子としての自覚の深化があり、軽躁な痛罵文字の消滅は、かえって白鳥内部の絶望の亢進を語っている。

《武士道や常識道徳に対して何等の不満もなく、先人の与へた形式の中に跼蹐して足れりとする人々は、それでも結構だが、それで心が安きを得ない者は、詮方なし。暗中摸索して光明を求めて苦しむか、いつそ自暴自棄今日主義で押通して行く外仕方がない。自暴自棄にも色々ある。無性でのらくらして一生を過す無神経の自暴自棄もあるが、吾人の最も同感する現代青年の一種の自暴自棄は、無性でもなく無神経でもなく、腹の中の苦悶が持切れないあまりの自暴自棄だ。倫理学者道徳学者の卑しむ自暴自棄にも吾人は多大の意味を認める。(5)》(同上)

ヨーロッパから輸入された近代思潮――個人主義、自由主義は、たしかに〈因襲打破〉のための対決の思想とはなりえても、それ自体、決して生きるための価値の光源とはなりえなかった。旧い価値はすでに廃れ、新しい価値はいたずらに空しい。白鳥の世代にとって、〈近代〉とはまさしくそういう中間の時代であり、そこに瀰漫する蒼白なニヒリズムこそ、彼等の生の条件であり内容であったのだ。彼等にとって〈自暴自棄〉という異常な生き方も、かえってぎりぎりの誠実な生き方であり、その一種倒錯した激情は、時代の根源的な病疾を背負っていたのである。

六

それにしても、人間が自己の裸身の醜悪さを慙愧し隠蔽するために幾重にも纏った理想の錦衣を、ふたたび一枚一枚剥がして、そこに露呈され鳥肌立ててうち震える裸体を、嘲笑することの意味はなにか。なるほどそれは人間の真実を追求する行為であったかもしれないが、その哄笑は自らの胸に空しく反響してはいなかったか。

だが、たとえそのことが空しいとしても、そこにしか自らの世代が負った宿命がないとしたら、むしろその自らの方法とともに、自爆して果てるべきではないか——白鳥の激情の中に、そのような盲目的な衝動がなかったとはいえない。

たとえば「読売新聞」明治四十年十月六日の「随感録」で、白鳥は前期自然主義の写実を〈決して極端まで行つていない〉と咎め、〈肉欲を描いても読者をして面を背けしむるやうな峻酷な者は一つもない〉と言っている。こうした言葉には、ほとんど自虐的な酷薄感が漂っているとさえいえると思う。

さらに十一月十日の「随感録」では、真山青果の「茗荷畠」等に触れ、その現実観察の不徹底を責めて、〈吾人は今日の日本でも誠心誠意鋭い観察をしたら、もつとどす黒い潮流が漂うてゐはしないかと思ふ〉（傍点白鳥）と書いている。この〈どす黒い潮流〉とは、社会的現実や生理的現実の底に蟠まる暗黒を指すのであろうが、それを剔抉することの要を説きながら、なにかここには、そうすることへの嗜虐的な欲情さえ窺われるのである。

おそらく、このような矯激な文脈を誘う暗澹とした情念は、彼の青春をかけたキリスト教の信仰の挫折に旺胎したものであるだろう。それは報いられることのなかった信仰が、彼の精神に残した傷痕の執拗な疼きであったのだ。祈ろうとしても祈れずに死んでいった獨歩のように、白鳥もまた祈れなかった。〈神〉は存在しない。崇めたり崇められたりしてきた人間も、所詮肉と骨との凝塊にすぎない。確実なものは、その肉と骨という物質の量的な因果律であり、人格とか才能とか情熱とか努力とか、すべてはその因果律によっている。この冷酷な論理——〈科学〉の洗礼ののちに、白鳥にはついにふたたび祈ることはできなかったのである。

生の一切の価値を、一度はキリスト教の〈神〉に一元化し、その〈神〉を青春をかけて信じていた白鳥の眼前で〈神〉は死んだ。しかもその〈神〉を死に追いやった〈科学〉は、まさに両刃の剣として、人間内部の暗黒の事実を劈開する。それは心弱いものにとっては、〈どす黒〉く〈面を背けしむる〉事実である。しかしたしかにそれこそが唯一の確実なものであり、人間はその事実に立脚するしかないのだ。

こうした逆説的な自己定立の論理は、時代そのものの忠実な、おそらく過度に忠実な精神の反映であった。明治三十年前後における自由主義神学の移入にともなう日本のキリスト教教会の無惨な分裂に徴表される信仰の終焉。それを着実に用意した時代の唯物論的人間観。科学技術文明の採用という国家的要請のもとに、科学的に覚醒することに熱中した民衆。むろんそれは軽薄な熱中であり皮相な覚醒であったろう。だが時代の空気はまさに不可逆的に、日本人の精神を変質させていったのだ。そしてこの変質のうちにこそ、日本の〈近代〉があったといえないか。少なくとも白鳥にとって、〈近代〉とはそのようなものであったといえよう。

長い〈中世〉――〈神〉の存在と魂の不死を証す宗教の時代、確信に満ち、全体として統一され調和された牧歌の時代は終わった。とすれば〈近代〉とは壊頽の時代、末法末世であり終末である。しかもなおそこに生きてゆくとすれば、人は虚無を抱いて〈自暴自棄〉に生きるしかないではないか。ここに白鳥の生涯に亙って止まぬ慟哭があった。しかもその慟哭の底で、彼の手があたかも無意識に握っていたものは、自己をそこに陥れた非情な〈科学〉の刃であったのだ[6]。

〈生神様〉として信者に慕われる人格高潔な牧師が、瀕死の昏睡状態の床で、〈淫猥極まること〉を口走る顚末を描いた〈安心〉(「趣味」明治四十年六月)という作品。だが一体この暴露主義はなにに通じているというのか。〈説教よりも、高僧伝よりも、断食祈祷よりも、柴谷牧師の譫言が私には大なる慰藉であつて、数ケ月の重荷が急に軽くなつた気がする。私一人地獄へ行くのではない〉。瀆聖と嘲笑の先になにがあるのでもない。己れもまた〈地獄〉へ堕ちるのである。

呪われた〈科学〉の刃を翳し、一匹の悪魔として生きること、この自爆への衝動にも似た生き方こそ、白鳥が時代に強いられた生き方であったといえよう。

七

ところで「徒労」は明治四十三年七月、「早稲田文学」に発表された。単に「妖怪画」の系譜に特徴的な猟奇性において興味深いばかりではなく、白鳥におけるその猟奇性の意義を鮮明にしている点で興味深い作品である。

主人公沢井壮吉は〈天主教〉に凝り、〈日本政府の誤つた施政方針を正して、日本の貧しき国民を救ふのが、汝、沢井壮吉の使命である〉という〈神の声〉を聞く。一時郷里の精神病院に入れられ、〈偏執狂〉と診断されるが、やがて〈ヒヨツクリ墓から出て来たやうに〉知人の前に現れる。しかし相変わらず常軌を逸していて、誇大妄想狂、追跡狂的症状を呈している。

ところで、前出の改造社版全集の跋文にもあるように、「徒労」の沢井壮吉もまた「地獄」の秋浦乙吉と同じく、白鳥の精神的自画像であることに変わりない。「徒労」もまた、彼の精神の耗弱が生んだ〈百鬼夜行〉図であるといえよう。

あるいは壮吉は白鳥の〈青年期の宗教的傾向を自ら戯画化した人物〉[7]といえるかもしれない。さらに白鳥が〈青春を生きた時代の理想主義にたいするカルカチュア〉[8]といえるかもしれない。その意味で「徒労」は、たしかに「二階の窓」などのモチーフを継いで、ひたすら狂人の心象を追った「地獄」などよりも、はるかに複雑な客観的世界を表している。

だが、杉森久英氏も言うように[9]、白鳥は壮吉を単なるカルカチュアとして描出しているのではない。むしろ壮吉の狂気を中心にして展開する世界の暗い陰湿な感触を、〈ある種の悲哀の感情〉を湛えつつ表出しているのである。たとえばその〈悲哀の感情〉は、弟の真造が兄の下宿先を訪れる箇所などに示されている。

《唯一人の兄、唯一人の相談相手が、あの肩を揺ぶつて歩いてゐる男なんだ。蠣のやうな目で自動車の後を見送つてゐる男なんだ。真造はそれを見ると、今更のやうに手頼りない感じが胸に迫つた。崩れかゝつた家を支へて行くのは、自分の繊弱《かよは》い腕一つである。自分が離れたら四五人の家族は皆惨《いた》ましい境涯に陥らねばならぬ。それが今目の前に見えてゐるやうだ。》

真造は〈家〉を出て、〈自分一人きりの気儘な生涯〉を送ることを熱望している。しかし〈家〉はそのような真造の気持を無視し、当然のごとく彼の犠牲を請求する。その厚顔な要請は忌わしく耐えがたく真造に迫るのである。真造の一家は郷里の家を畳んで上京している。職があるわけではない。僅かな金で居食いしているにすぎない。にもかかわらず父はまたぞろ女を囲い、母と毎日のように醜い争いを続けている。頼みとする兄は〈気違ひ〉であり、自分はまだ学生、妹も幼い。そうした〈家〉の荒廃、しかもその荒廃の責任をだれかが負わなければならないという不条理な〈家〉の構造、そしてその絶望的な位置に立つ真造の深い悲哀——「徒労」という作品にはこのような情感が流れている。

ところで「何処へ」の菅沼謙次もまた〈家〉との相剋に疲弊している。父や母や妹たちは謙次を〈命の綱〉と期待し、刻々彼の若々しい感受性を削り、痩せ細らせてゆくのだ。日露戦争以後の日本の国家的繁栄から脱落し、実質的に解体しながらも、なおその存続と社会的上昇を幻想する都市小市民の、擬制としての〈家〉の圧力は、青年たちの胸に重く暗くのし掛かっていた。そして猪野謙二氏の言葉を借りれば、[10] 青年たちの置かれていたこのような状況を、〈その憂愁と孤独、倦怠と無為の姿それ自体〉において捉えたところに、「何処へ」の意味があり、ひいては白鳥文学のアクチュアルな側面があったといえよう。真造を中心として見た場合、「徒労」もまたそのような評価があて嵌るのである。

しかし、「徒労」の主人公はあくまで壮吉であって真造ではない。そして「徒労」が「何処へ」ではなく、まさしく「徒労」（「妖怪画」の系譜！）であったことの意味はここにあるのだ。

　思うに、「徒労」における〈家〉の意味は、「何処へ」におけるように、ただ人間的に生きようとする青年の〈自我〉を拘束する外的な制約としてのみ構想されてはいない。白鳥が「徒労」に托した他の重要なモチーフは、〈家〉にまつわる、より内的な頽廃の根源の剔抉であったのである。

　壮吉の狂気は亢進する。しかも彼に感染し、母親までが変調を来し形相を歪めてゆく。最後に、壮吉の追跡狂が昂じ、夜中に起きだして家中を歩きまわる――。

《父は壮吉の手からランプを奪つて、圧へ付けるやうに坐らせたが、壮吉は手向ひもせず首を垂れて、「僕一人が寝ずの番をしてりや大丈夫です。安心してズツと寝てゐらつしやい。幾ら戸の外まで来ても入りやしないよ」と素直に云つて、懐からペテロの彫像を出して、恭しく十字を切つた。

「お前こそ気を落着けて寝ろ。」と、父は後から蒲団を掛けてやつた。そしてランプを明るくして、家中揃つて壮吉を取囲んで通夜《つや》をした。

「僕は十日でも二十日でも少しも眠らなくつても構ひません。」と、壮吉は同じ事を繰返し〳〵した。そして皆なが気遣はしい顔をしてゐるのを不愍に思つた。

不断でも話の少い家族は眠い目を張つて、それ〴〵に思ひに耽つてゐるのみで、互ひに口を利かなかつた。》

　一家はこうして、呆然と廃疾の肉親を囲繞する。彼は父や母にとっては子であり、弟や妹にとっては兄であり、彼の狂気はそのような血の結合を通して、否応無く彼等の現実であった。彼等の体内には、そのような一切の紐帯を切断してもなお断ちえない、濃蜜な〈血の縁〉――人間存在の絶対的宿命がいきづいているのだ。真造の〈悲哀の感情〉とはこのことに結びついている。ここで〈家〉とは、生の自由と真実を獲得するために対決し克服すべき対象ではなく、決して対決し克服しえない絶対的宿命である。わが肉体の血の中に、連綿として流れつづける

〈家〉というものの宿命は、永遠に消滅することなく、自己の死と血統の絶滅、人類の終末においてのみ離れえるものなのだ。

ここに白鳥における遺伝や生理の人間解釈が、屈折した形ではあるが明白に語られているといえるだろう。白鳥が提示するものは、〈血〉にまつわる人間の呪われた宿命であり、それゆえの人間の危機の実相であったのだ。

人間を〈科学〉的に解釈しながらも、それによって人間を変革してゆこうとする意志はここには存在しない。むしろその解釈は、人間の宿命的限界を無目的的に暴露する契機でしかないのである。だが、〈近代〉をそのまま世界の終末として見なすとすれば、〈科学〉はそれ以外のなにものたりえるだろうか。

八

白鳥は明治四十一年八月三日、「読売新聞」の「随感録」で、〈小杉天外氏嘗つて小説家には田舎物がいい。田舎ではその村民の先祖以来の事がよく分つてゐて遺伝も明かに辿ることが出来ると話された。田舎ではつまらぬこと迄一村全体に影響を及ぶ様にも分るし、人間と人間との交渉も明瞭に分る。風土とその村民との関係も分る。狭くとも深く人生を研究するには田舎に住むのが便利だ。殊に郷里だと村民の先祖以来の変遷も知られ、人生研究には都合のいゝことがある〉と書いている。「五月幟」以下、白鳥の作品には郷里を題材にしたものが多い。しかしそれもまた他の目的があってのことではない。狭い海浜の村落における閉鎖的な血縁伝承の中に壊廃してゆく人間の姿に、白鳥の視線は向けられている。それは藤村が「家」において、狭い山間の旧家に見たものと同一であったといえる。たしかに、長男でありながら郷里から遠く隔たり、またそのことを父や母や弟妹たちから容認されていた白鳥に、藤村につき纏っていた〈家〉の触手は届いていない。〈家〉は日常の細々とした些事を借りて、いよいよ忌わしくいよいよ厭わしく藤村を束縛していた。だがまた白鳥にも、〈家〉の遠隔装置は働いていたのである。肉眼に捕えられないその〈血〉の呪いに、まさしく白鳥は戦慄しているのである。[11]

だがどちらにしても、自己を不断に頽廃と破滅に追いこむ現実を、絶対的宿命として把える認識は、そしてその表現の方法としてのリアリズムは、決して現実変革の武器ではなく、宿命の自虐的な確認の契機でしかない。とすれば白鳥の「妖怪画」の系譜に示された彼の〈思想〉とは、ある〈拘執〉と名状するしかあるまい。しかしたしかにここに、時代に強いられた、ある精神の軌跡があったと言えよう。

注

（1）大岩鉱『正宗白鳥』（河出書房新社、昭和三十九年十二月）に、乙吉の父親のモデルが母方の叔父らしいという記述があるが。

（2）「妖怪画」の系譜のある頂点を形づくる『人を殺したが』を書いたあとで、白鳥は、〈胸の詰る思ひをしたり、誰かを尖つた爪でかきむしつてやりたいと思つたりしながら、唇を噛んで書いたわが心の真実中の真実、人生生活の真の真を抉り出すつもりで書いた〉と言い〈私は懲りないで、今一度かういふものを書いて見たい〉と言っているが（「歳晩の感」「週刊朝日」大正十四年十二月）、この言葉からは、「妖怪画」の系譜を綴る白鳥の異様な情熱を窺うことができよう。

（3）河内清「フランス自然主義とその時代」（河内清編『自然主義文学―各国における展開―』所収）。

（4）当時白鳥はゾラについて多くの事を語っている。「エミール・ゾラ」（「簡易生活」明治三十九年十一月〜明治四十年五月）はその代表的なものであるが、おそらく当時、白鳥がこれほど深い関心を示していた外国作家はいなかったのではないか。

（5）これと同旨の事を白鳥は当時随所で書いている。たとえば「虚無思想の発芽」（「文章世界」明治四十年十二月）で彼は、〈今日の青年の間に一種の暗い思想が湧きつゝあるのは争ふべからざる事実だ。一方に青天白日に科学を流布させながら、一方にいろんな迷信を以つて民心を維持しようとする国家政策の愚は少くも明治に生れた人間には冷笑を禁じがたい。まだ漠としてゐるが多少虚無思想の萌芽が発しつゝあるのは事実だ〉と言っている。ここで注目すべきは、彼において〈科学〉的覚醒がそのまま〈虚無思想〉の萌芽に結びついていることである。

（6）拙稿「正宗白鳥とキリスト教―棄教について―」（「国文学研究」昭四十三年九月、本書収録）で触れた。
（7）中村光夫「正宗白鳥」（『作家論集(1)』講談社、昭和三十二年一月所収）。
（8）同右。
（9）『正宗白鳥選集』第十一巻解説、南北書園、昭和二十二年九月。
（10）「白鳥と泡鳴」（『明治の作家』岩波書店、昭和四十一年十一月所収）。
（11）三好行雄『島崎藤村論』（至文堂、昭和四十一年四月）の「『家』のためのノート」に次のようにある。すなわち、〈『家』の主題は、というより、この小説にあらわれる〈家〉の意味は、それを性急に統一しなければふたつの側面がある。ひとつは人間を外部から規制する機構としての家であり、他のひとつはむろんそれと微妙にからみあいながら、人間を内部から破滅させる生理としての家である。前者は運命共同体としての封建大家族制度の本質にほかならぬが、藤村はそうした共同体の内部に、閉鎖的な伝承関係を編んだ家系の宿命を発見したのである。放縦な血の呪いであり、そのゆえの人格的頽廃の危機である〉（傍点三好氏）。

――「文学」（昭和四十四年十一月）――

「妖怪画」補説――ゾライズムについて――

もう四十年以前、私は「妖怪画」について二つの論考を発表した。一つは「小説家白鳥の誕生―第一創作集『紅塵』を中心に―」(「日本近代文学」第三集、昭和四十年十一月)、もう一つは「白鳥の拘執―『妖怪画』の系譜―」(「文学」昭和四十四年十一月)。ただ二つながら「第一創作集『紅塵』を中心に」とか、「『妖怪画』の系譜」とかあるように、かならずしも「妖怪画」を専一に論じたものではない。

しかもその後、これ等について、主に「妖怪画」を論じた部分をめぐり、多くの方々から御批判をいただいた。よって以下遅蒔きながら、あらためて「妖怪画」を論じつつ、その御批判に応えていこう。

まず作品の全体像をとらえるべく、簡単な粗筋をたどっておこう。

――青年画家新郷森一は大酒家で女狂いの父や〈ヒステリー風〉の母を嫌悪し、彼等の死後上京した今では、世間を冷笑し、一人〈除者〉となった気で、〈病狐に相応しい穴倉〉のような一室に閉じこもり、下宿隣りの白痴の〈片輪娘〉お鹿をモデルにして妖怪画を描くことに専念する。が、ある時付きまとう美人記者の誘惑を退けたのち、夢中でお鹿と通じ、翌朝そのことを知って動顛し、ピストル自殺を計るが、誤ってお鹿に射殺される。〈一幅の背景は暗憺《あんたん》たる森林、中心はお鹿に凄味を持たせた女で、周囲《まはり》には森一の父母や友人の誰れ彼れに似た妖魔がゐる〉

という未完成の遺作〈「百鬼夜行」〉は、天才の作として評判をとる。一読、不気味な、鬼気ただよう狂気、偏執の世界といえよう。

白鳥は幼い時から身体が弱く、〈風邪を引いて少し熱が出た時に、「大きな者が来る」と泣叫んだ〉（「根無し草」）といっているが、その〈大きな者〉の影は大人になっても依然、白鳥を深い不安や恐怖におとしいれていたようである。[(1)]

が、いうまでもなく、「妖怪画」の背後にそのような白鳥の深い不安や恐怖があったとしても、それがそのまま「妖怪画」の世界につながってゆくわけではあるまい。事実が表現に昇華されるとき、そこにはやはり媒介となるべきものが必須であったはずである。

では一体それは何か。ことを闡明すべく、いますこし詳細に作品をたどっていくことにする。

《彼れの故郷は広島で、代々漢学者の家柄、四書五経の素読は母の乳房を離れると始めた程で有るが、父欽吉《きんきち》は大酒家であつて、人前は堅苦しいことを云つてゐても、下女に手をつける。竊《ひそ》かに妾を置く。母はヒステリー風になつて、時々は出刃包丁を振りまはす。森一は毎日こんな家庭の様を見てゐたが、才の勝つた男だから、小供の時分から、父母の行動が一々胸に彫《ゑ》りつけられる。或日も、犬を追駆けて、父の妾宅の庭へ入つて、何気なく木の蔭から見ると、妾が父の側へすり寄つて、俯首《うつむ》いて涙ぐんで訴へてゐる。厭らしくもあり恐ろしくもあり、抜足してそつと家へ帰り、鬱《ふさ》ぎ込んでゐると、父は何喰ぬ顔で、微笑々々《にこにこ》して帰つて来て、「さあ森一、お稽古だぞ」と、親子で袴をつけて論語の素読を始めた。それからは森一は論語が大嫌ひの書物となつた。父の酒癖は年々甚だしくなり、ぶく〳〵肥満した顔は赤くなつて、眼は血走り、朝から酒気の絶えることなく、終《しまひ》には自分の子の前で素裸になつて甚句を踊るやうになつた。森一は見るに見兼ねて逃げ出し、近所の知人の家へ遊びに行くが、その家族が睦じく愉快さうにしてゐるのを見ると、ます〳〵自分の家が厭やになつて萎れてしまふ。父は酒に狂ひ妾に狂ひ、母は幽霊のやうな顔をして、痫癪を起してゐて、実の子供を可愛がつては呉れもせぬ。親はありながら、森一は孤児のやうな気になつてゐた。で、彼れは子供心に行先を案じ、こんな有様では、家も屋敷も父が呑潰して、自分には少しの財産も残して呉れぬだらうから、自分は路頭に迷ふ身となるであらうと、思ひ迫まつて、或日箪笥から、父のピストルを持出して、自殺しようとしたが、挙動が怪しいので、父に見付かり、もぎ取られた上に、頬ぺたを打たれて、怒鳴《どな》りつけられた。

それからは人に会ふのが厭になり、学校の課業が終つても、成べく家へも帰らず、友達とも遊ばず、市外を散歩し、中学時代になると、休暇には必ず遠足や旅行に出て、家庭の事を忘れよう〳〵と勉めた。只ぼんやり旅行するよりはと、その頃から絵を書くやうになつたが、しかし青々した麦畑の畦に画板を卸し、雲雀の声を聞きながら写生していても、左程心が慰められるものではない。やがて父は脳充血で死し、母は可成りの財産のあるに任せて、贅沢な暮しをして新聞に色々の悪聞を出された揚句、井戸に身を投げて死んだ。森一は僅かの遺産を集めて小さい家へ引移つたが、これから何をしようと云ふ当もない。父母の遺伝のないのか、酒も嫌ひ、女狂ひもしたくない、さらばと死にたくもなくなつた。一二年、何をするでもなく、只生きてゐたが、どうせ生《いき》てる程なら、東京へでも行つたらば、何か面白いこともあらうかと、偶然思ひ立つて総《すべて》の財産を提《ひつさ》げて上京し美術の研究を始めた。》

要するに、森一の精神形成史が辿られているわけだが、なんとも無惨な形成史というほかはない。父の酒癖、漁色、偽善、醜態、そして母の狂乱、それを眼のあたりにして森一は、次第に陰鬱な性格を形成してゆくのである。ただここで、〈父母の遺伝のないのか、酒も嫌ひ、女狂ひもしたくない〉という一節に注意したい。（後段にも〈あの親の子でありながら、森一は一滴も酒も呑めぬ〉とある）。

たしかに森一は〈余程の変物〉〈変人さん〉ではあっても、〈風采も立派〉〈美《い》い男〉であり、精神的、身体的欠陥や劣性などはない、むしろ秀でた資質の持主、そしてなによりも技倆の優れた青年画家なのである。

が、にもかかわらずこのこと〈《父母の遺伝のないのか》〉は、父母の性向が〈恐るべき遺伝因子、乃至素質(2)〉となって、自らの中に流れ込んでいるのではないかという不安や恐怖、そしてそれがいつか暴発し自分を破滅させるのではないかという強迫観念に森一が常住に苛まれているということを否定するものではない(3)。

そして、だからこそ戸川君女の誘惑をはねのけた後、お鹿が無心に唄う唄を聞き、お鹿が拾ってよこした君女のハンカチの〈香水の香〉に惑わされて、〈無我夢中の間〉にお鹿に通じ、さてその明くる朝、森一の心を襲う慚愧の念に注目しなければならないのだ。

《森一は無我夢中の間にお鹿に通じたのだ。それで其処へ倒れて、朝まで昏々と眠り、女房《かみ》さんが雨戸を開ける音で目を醒ましたが、顔は真青である。彼れは昨夜の所為の夢でないことを確め、蒲団の中で身を藻掻いた。あんな鬼女によつて迄、子孫を永遠に伝へんとする浅間しい真似を、人間の嫌ひな世の中の憎い彼自身が実際に行つたのである。父の性向すら執念《しふね》く記憶に残つて、厭で溜らず、父を慕ふ念の無くなる程の彼れが、父よりも一層醜い記憶を造つたと感ずると、自分で自分の身を掻むしりたくなる。人がいやなら、薄暗い部屋に閉籠るか、山の奥へでも逃げて行けばよいが、自分に愛想が尽きたらどうするだろう。》

《森一は手をぶる〳〵震はせて、古簞笥からピストルを出したが、弾丸《たま》は四五ケ月前に込めたまゝで残つてゐる。お鹿を殺し、自分も死ぬ。父母の記憶も、自己一代で絶つて、益もない生存を子々孫々に伝へぬと思ひ詰め、手にピストルを持つてゐる。》

森一の〈無我夢中の間〉の行為、それは〈かれがみずから制御しえない欲情の虜だった(4)〉ことを語っている。それは意識の上では、自らの中に〈父母の遺伝〉はないと考えていた(しかし実際はつねに怖れていた)〈父母の遺伝〉の事実が、やはり自らの中を流れ、ついに自らを蹂躙したことへの、いまさらの驚愕、そして絶望を語っているといえよう。

因みに、森一はつねに君女を忌避しつづけていた。〈森一は男の友人を疎んずるよりも、もつとこの女を嫌つてゐる〉る。女性嫌悪、女性恐怖。それは女性と結ばれる、とは〈欲情の虜〉となることによって〈子孫を永遠に伝へんとする〉、つまり〈恐るべき遺伝因子、乃至素質〉を〈子々孫々に伝へ〉てしまうことを自らに禁忌するからにほかならない。

《自分は女を嫌ひ、それに子は生まぬ、新郷家は自分一代で断絶させると、一生の信仰箇条ともしてゐる。》

しかも〈あんな鬼女によつて迄、子孫を伝へんとする浅間しい真似を、人間の嫌ひな世の中の憎い彼自身が実際に行つたのである〉。とすれば彼はあの〈恐るべき遺伝因子、乃至素質〉の傀儡であり犠牲以外のなにものでもない。あるいはその〈保持者、伝達者〉(5)にほかならない（と自らに考えているのだ）。

そしてこの〈遺伝の理法〉（「地獄」）や〈生理上の定則〉（同）(6)による作品構成、人はまさにそのようなものによって決定的に支配されているという作品構成に、いわゆるゾライズムが深く関わっているといえるのではないか。

ところで、瓜生清氏は「正宗白鳥『妖怪画』論」(7)の中で、広津和郎の「正宗白鳥小論」(8)の、〈「妖怪画」にしても、醜悪なるものに対する憤りがその基調をなしてゐます。換言すれば氏の絶望否定の底には、醜悪ならざるものを求むる霊魂の叫びがある〉という一節を引用しながら、〈「妖怪画」の世界は「醜悪なるものに対する憤り」を基調とするもので、事物の真相を透視してやまない鋭い理智を付与された主人公が、醜悪な人生を拒否した精神主義を志向するがゆえに、深い孤独に陥っていかねばならなかった悲劇として追究されている〉、あるいは〈目的を完全に喪失し「一縷の生存欲」に追いつめられて生きながらえている「妖怪画」の主人公も、新時代の青年の「精神状態」と無縁ではなかったはずである〉として、〈「妖怪画」をこのように見てくると、その基本構図に純粋な精神主義を志向する青年と俗悪な世界の対照を措定し、「戸外」を冷笑する森一のエゴまでも断罪する白鳥のきびしい複眼によって、俗悪な現実を徹底して嘲笑する作品たり得ているのである〉と論じている。

つまり新郷森一は、〈遺伝の理法〉や〈生理上の定則〉に怯え、蹂躙される人間として描かれているというよりも、むしろ〈純潔な精神主義を志向〉し、〈俗悪な現実を徹底して嘲笑〉する青年として描かれているというのである。

そして、さらにそこからゾラやゾライズムを巡っても、〈白鳥におけるゾラとは、一切の旧套を打破せんとする新時代の主張と相関させて受容されている、またそこにアクセントがあると解すべきではなかろうか〉、あるいは〈ゾラの受容に顕著な時代情況を把握する視点と相関させてゆく必要を感じる〉と述べている。

たしかに、白鳥における出発期、読売新聞紙上における種々の批評文は、〈一切の旧套を打破せんとする新時代の主張〉に終始している。のみならず第一創作集『紅塵』の諸作や「何処へ」など、〈現世に対する呪詛と糾弾〉は仮借なく続く。[9] しかし注目すべきはその仮借ない〈呪詛や糾弾〉の底に、深い無力感や焦燥感が漂っていることなのである。

文面が激越さをきわめ辛辣さをきわめるほどに、なおそれは空しさを強め一種自虐的、自傷的な酷薄さを強めていることを見逃してはならない。

たとえば「妖怪画」において、新郷森一の病的なまでの自閉意識や疎外意識。〈病狐に相応した穴倉〉、〈向ひの土蔵の壁に守宮《やもり》が赤い腹を出し〉、そして〈彼れ一人は除物になつてゐる気がする〉、〈我と我が身を除物にしてゐる〉、〈世界の人間が総掛りで自分を意地《いぢ》めてゐるやうに思はれ、無形の空気も厖大なる塊をなして、四方から自分を圧迫して来るやうに感ぜられる〉。さらに〈右の目が潰れてゐる上、牙歯《きば》が一本唇を突き破らんばかり外へ出か丶つてゐる〉お鹿の形相、〈百鬼夜行〉の地獄絵図の製作、しかもそうした怪奇性、異常性に自ら錯乱し追いつめられてゆく、そこにかもしだされる一種悲痛なまでの不安や絶望。

おそらくこうした戦慄的な側面を読みとらずして、「妖怪画」を読んだことにはならないのだ[10]。

さて日本の自然主義、その文学手法としてのリアリズムが、ヨーロッパの自然主義、そのリアリズムによって導かれたことは断るまでもない。そしてそのヨーロッパ近代文学のリアリズムが科学の絶大な影響を受けていたことも、また断るまでもない。

科学――それはかつて神の子であった人間を猿の子とするダーウィンの進化論に明らかなように、人間の身体を、いや精神をも、すべからく物質の因果関係、とは〈遺伝の理法〉や〈生理上の定則〉によって捉えんとする。生物学、生理学、医学、精神物理学。つまり人間はもはや猿の子であるばかりか、物質の函数、物質そのものに堕したのである。

無論ヨーロッパ近代科学はそのことにより〈神〉を否定し、〈神〉に根ざす旧来の一切の偏見や呪縛を否定した。しかもそれはその先に、一切を超え、一切から自由なるものとしての人間の再生を夢見る理想主義を内包していたのだ。

そして、いかに逆説的に聞こえようと、そこにヨーロッパ中世の〈神〉が、なお生きつづけていたことを見のがしてはならない[11]。

なるほど〈神〉は死んだ？　しかしヨーロッパにおいて〈神〉なくして人はなお生きることが出来なかったのである。〈神〉を否定しながら、そのかなたに、一切を科学の克明にして冷徹な観察の下にさらす、そしてそのことによって、絶対の〈神〉の域を自ら摩さんとする自負と憧憬。だからそのとき〈神〉は死につつ、なお新しい理想人間像（の鑑）として蘇っていたのである[12]。

ヨーロッパ近代リアリズムもまた、人間を科学の徹底的な観察の下にさらす。そしてある意味その極北としてのゾライズム。人間をまさに〈遺伝の理法〉や〈生理上の定則〉によって捉えんとする文学手法。人間（とその集合としての社会）の〈悪〉、そのあらゆる暗黒性を、科学の観察の下にさらす、つまりその観察の届きうる範囲内に閉じ込め、これを制御する。そのことによって完璧な人間（と社会）を創造せんとする、その一種寝技にも似た手法――。近代ヨーロッパ文学の根底には、こうした理想主義、近代ヒューマニズムが脈々と流れていたといえよう[13]。

が翻って、もともと〈神〉のいぬ日本の精神風土において、〈神〉の死とはなんであったのか。それはもともといないものの死であり残されたものは、ただ相も変わらぬ茫々たる世界の虚無でしかない。いや、いわば一切の無常が、いま舶来の科学、この地上におけるもっとも権威あるもの、万能なるものによって立証されたのであり、決定づけられたのだ。

おそらく白鳥におけるキリスト教の棄教体験とは、結果的にこのようなものではなかったか[14]。そして白鳥におけるゾライズムとは、（ヨーロッパ近代文学からの影響を被りつつ、それ自体としては）世界の虚無――人間が〈遺伝の理法〉や〈生理上の定則〉によって、完膚なきまでに潰滅し無化してゆく姿を、まさに自虐的、自傷的に剔抉することに他ならなかったといえよう。

そして白鳥の「妖怪画」の系譜に連なる作品の意味も、ここにあるといわなければならない。ここで人間は、科学の鋭利な刃によって、ズタズタに切り刻まれ、形を失い、四散し、すでに人間であることを失格しているのだ。

森一の中に蟠踞する〈遺伝の理法〉や〈生理上の定則〉という観念。それはダーウィンの進化論よりスペンサーの社会進化論（ただし日本においては、むしろ後者の方が先行するのだが）から、そのまま単純に移し植えられたものではない。その弱者強食、優勝劣敗、適者生存、自然淘汰の論理は、もっぱら人間の進化を寿ぐ体のものではなく、むしろ弱者、劣者、不適者の退化への道、敗亡と破滅への道、その必然を示す論理であったのだ。

そしてそれがもともと〈神〉を持たぬ日本人の前につきつけられた、まことに冷厳な科学的真実というものであり、それが白鳥がキリスト教の棄教から自然主義作家へと歩みつつ、痛切に味わわなければならなかった経験の意味だったのである。[15]

遺伝的欠陥を持つとされる人間、虚弱性の体質、精神疾患あるとされるもの、不具、結核患者、狂人等々——「妖怪画」の系譜に連なる作品に登場する人物は、まさにこうした表徴によって、退化への道、敗亡への道を辿らねばならぬとする科学的決定論に、悶えんばかりに苦しむ人間達であったといえよう。[16]

さて、山本芳明氏は先の論文[17]で、新郷森一の〈被害妄想〉や〈病的な精神状態〉を、むしろ〈他者の存在を熱烈にもとめる〉もののそれといっている。そして山本氏は、森一が、いわば発作的に〈お鹿に通じた〉ことを、〈「性交《インターコース》」とはまさに他者との「交通《インターコース》」の意味だとしたら、森一の悩みを「生殖の欲」のみに収斂させることは不可能なのである〉として、そこに〈他者との関係性〉を希求し、自らの〈アイデンティティの拠り所〉を希求する行為だったとする。

だがそれにしても、〈右の目が潰れてゐる上に牙歯《きば》が一本唇を突き破らんばかりにそとへ出かゝつてゐる、しかも余程智慧の足らん方で、身造りにも頓着しないから、丸で人間とは思へない〉という一種惨たるまでの差別的言辞、さらに〈あんな鬼女によつて迄、子孫を永遠に伝へんとする浅間しい真似を、人間の嫌ひな世の中の憎い彼自身が実際に行つたのである〉という侮蔑的言辞。まさしくお鹿は〈丸で人間とは思へない〉〈鬼女〉であり、とうてい〈他者〉といえるような存在ではないのだ。

もっとも森一は、〈天下の人間の中で稍親しくして、厭気がしなかつた洗濯屋の母子〉ともいっている。しかしここには、お鹿母子に対する森一の、ひそかな優越感が見透かされなくもない。

が、いずれにしてもこれ等の言葉には、〈丸で人間とは思へない〉〈鬼女〉に対し、自らも人間の域を逸脱し、転落しかかっている（と怖れる）森一の、だがいまだ紙一重で人間に留まっている、とはいまだ辛うじて人間であるという、必死の自己証明が裏打ちされているのではないか。

そしてだからこそ、〈天下の人間の中で稍親しくして、厭気のしなかつた洗濯屋の母子にすら、再び口を利くに堪へなくなつてしまつた今、彼れには生存の資格がなくなつてしまつたのだ〉。つまり、すでに森一もまた人間でなくなつた。人間としての〈生存の資格〉を失ったのである。

たしかに、底辺に蠢き、ほとんど紙一重でつながるもの同士の〈関係性〉といえばいえる。しかし問題は、それほどにも無惨に、人間であることを失格したもの同士の、だからまさに〈百鬼夜行〉の地獄絵図であることなのである。

注

（1）白鳥はこのことを多くの所で書いている。たとえば「冬の日」（「表現」大正十一年三月）に、〈幼い時分に、熱が出ると、よく「大きな者が来る」と云つて泣いたのであるが、その茫漠たる大きな者は、少年期を経て老境に入りかけた今にいたるまで、身心の衰へた時などに突如として現れては、彼れの魂を掻浚《かつさら》つて苛まうとするのである〉——。

（2）寺田透「正宗白鳥の初期小説」（「文学」昭和四十七年三月）。

（3）同右。

（4）同右。

（5）同右。

（6）〈遺伝の理法、生理上の定則、此等を教師から聞き、書物や雑誌で読む度に自分を見事なる刑状《ママ》持ちで、何時その虜となるかも知れぬ〉（「地獄」）。

（7）『原景と写像』（原景と写像刊行会、昭和六十一年一月）。
（8）『作者の感想』（聚英閣、大正九年三月）。
（9）このことについて、前出「小説家白鳥の誕生―第一創作集『紅塵』を中心に―」で記した。
（10）山本芳明「逸脱者たちへのまなざし」（「学習院文学部研究年報」第三十七輯、平成三年三月）は、瓜生清氏以下一柳廣孝「『妖怪画』の構造―〈画家小説の系譜〉としての『妖怪画』―」（「日本文学」昭和六十二年十一月）等の論を、〈「妖怪画」を《狂気》の系譜から引き離し、日露戦争後の青年知識人を描いた作品系列に繋げていこうとする試み〉としてこれを評価している。
（11）ガリレオの地動説が、単に神の創造を否定するものではなく、むしろその偉大さを実証するものであったように、科学とはつねに、かえって神への賛歌を志向していたものであるといえよう。
（12）ヨーロッパ近代のヒューマニズムも、またその芸術方法としてのリアリズムも、それ自体に関するかぎり、自己完成とそれを通じての理想人間像への肉迫ということを、己が課題としてきたものに他ならないだろう。
（13）以上、福田恒存「近代日本文学の系譜」（『作家の態度』中央公論社、昭和二十二年九月）参照。
（14）このことに関し、拙論「正宗白鳥とキリスト教―棄教について―」（「国文学研究」第三十八集、昭和四十三年九月、本書所収）参照。
（15）周知のように、白鳥は丘浅次郎の『進化論講話』をめぐり、多くの所で言及している。〈丘浅次郎氏の論文は私は常に愛誦してゐる〉（「田舎より」「中央公論」大正五年二月）、〈丘氏の進化論や遺伝の研究などに関する通俗講話は、あの時期に於いて、『即興詩人』を熟読したと同じ程度で私は熟読したのであつた〉（「新年の創作その他」「中央公論」大正十五年二月）等々。しかしそれは〈愛誦〉といい〈熟読〉というには、いかにも苦い読書体験ではなかったか。白鳥は〈生物の相喰む世界の現実を思ひ浮べ悲痛な感じに打たれた〉（「一日一信」「読売新聞」大正三年四月）ともいっている。つまり進化論の読書体験は白鳥にとって、まさに〈悲痛な感じ〉を伴わずにはおかなかったものだったのである。
（16）因みに丘は、〈従来人為的に自然淘汰の働きを止めて居た如き制度は全く廃して、知力・健康ともに優れたものは必ず勝ち、劣つたものは必ず負ける様に改めなければならぬ。斯くすれば自己の属する人種の進歩改良は自然に行はれ、他人種との競争に当つて勝つべき見込は益々多くなる。（略）自己の属する人種が益々進歩し、各自業を励んで競争に勝ちさへすれば、其子孫は更に有力な人種として益々栄えるべき機会を得る〉（『進化論講話』開成館、明治三十七年一月）といい、〈優勝劣敗、適者生存ト云フ自然ノ淘汰ガ、生物進化ノ大原因ニシテ、人間社会ノ百事モ決シテ此原則ニ洩レザルコトハ固ヨリ明ナリ、故ニ身体虚弱ニシテ生存競争ニ堪ヘザルモノ、又ハ社会ニ害毒ヲ及ボス病者モ、之ヲ人工的ニ保護シ、生存セシメ、蕃殖セシムルトキハ、其結果ハ其人種全体ノ退化ナルコト疑ヲ容レズ〉(「国家医学会雑誌」第二二一号、明治三十八年一月)ともいう。おそらくこの進化論の根底に潜む冷酷非情な決定論に、白鳥は心底から戦慄していたのではないか。なお辻吉祥「正宗白鳥と優生学―羸弱の孤愁―」(「早稲田大学大学院研究科紀要」第四十七輯、平成十四年四月)は、さらにマックス・ノルダウ『現代文明之批判』(桐生政治編訳、隆生館、明治四十年一月)より、〈吾人はかの生存競争が、あらゆる法律と道徳との避くべからざる基礎なることを承認す。而も尚日毎に吾人の自由行為を束縛し、強者をして其権利を行使せしめざる状態を保持し、且不朽ならしめんが為に法律を制定し、以て弱者に対する避くべからざる勝利を大犯罪となさざるべからざるなり〉等を引用、当時のいわゆる〈優生学〉、〈断種法〉に言及している。

(17) 注(10)参照。

―「早稲田大学感性文化研究所紀要」第八号(平成二十四年三月)―

「何処へ」——白鳥の彷徨——

スガナエル　ひとつだんなさまのほんとうのお考えをおうかがいしたいもんで。全体、だんなさまは神さまをまるっきりお信じにならないんですか。
ドン・ジュアン　どっちだっていいじゃないか。
スガナエル　つまりお信じにならないんですな。じゃ地獄は？
ドン・ジュアン　ふふん！
スガナエル　御同様ですか。じゃ、悪魔は、いかがです？
ドン・ジュアン　うん、うん。
スガナエル　やっぱり大したことはないんですな。あの世のこともてんでお信じになりませんか？
ドン・ジュアン　はっはっは。
スガナエル　宗旨がえさせるのにこんなに骨の折れるだんなってありゃしない。それじゃちょっとおうかがいしますが、(かりになにかを信じるとしたら) なにをお信じになるんです？
ドン・ジュアン　おれがなにを信じるかって？

スガナエル　はあ。
ドン・ジュアン　おれが信じるのは、な、スガナエル、二に二を足せば四になる、四に四を足せば八になる、
これさ。

――モリエール『ドン・ジュアン』鈴木力衛訳（岩波文庫）――

「何処へ」は「早稲田文学」明治四十一年一月号に一節から九節が、同二月号に十、十一節が、同三月号に十二節と十三節の前半が、同四月号に十三節後半と十四節が発表された。(1) 四月号の末尾に〈この作、二月号から既に興も失せて、とても書く気になれなかつたのを、途中切れては無責任と存じ、茲まで書いてきましたが、今月号は殊に勇気衰へ無為を欲するの念のみ盛んで、筆が運びません、さりとて毎号僅かばかりで長引いては、貴社にもご迷惑と思ひますから、無理に此号で完結でないやうな完結としてお許しを願ひます〉という白鳥の編集部宛のことわりが付されている。〈それが却つて一部に評判がよく、「無脚色小説の好標本だ」とか、「最も現代にふれたものだ」とかいふ好評を得た(2)〉という曰く付きのものだが、逆にそこから一月号、つまり〈すでに第九節までで最初のモチーフは一応書き切ってしまっていた(3)〉という憶測も成り立ちうる、といえるだろう。

まず第一節、ある雨の夜、桜木なる鳥屋から女中のお雪に送られて出て来た二十七歳、雑誌記者の菅沼健次が、友人の織田常吉と出会う所。織田は私立学校の英語教師で、早くに結婚したが家族や生活に追われ、今夜も翻訳原稿の周旋を頼みに健次の家を訪ねた帰りという。〈年齢《とし》は健次より僅か一つ上だが、健次の小柄で若く見えるのに反して、格段に老けて見える〉。で、二人は近くの西洋料理屋に入る。
《「君は相変らず気楽さうだね。殊に今日は愉快な顔をしてるぢやないか。」と、織田は健次を見て、ゆつたりした

声で云ふ。

「はゝゝ、さう見えるかな、これで二三日打続《ぶつつづ》けだよ。まあ社の方が暇つぶしで、遊ぶ方が本職のやうなものだ、しかし本職となると遊ぶ方法に苦心する。如何にして遊ぶべきかが、僕の当面の問題である。」と、陽気な声で、一寸桂田博士の仮声《こわいろ》を使ひ、顔に愛嬌を湛へて微笑々々《にこ〳〵》する。

「まあ遊べる間《うち》は遊ぶがいゝやね、しかし今もね、君の母堂《マザー》と話して来たんだが、健次も此頃は酒好きになつて困ると云つてたよ。祖父《おぢい》さんのやうにならなきやいいがと云つてゐられた。」

「さうか、僕の母方の祖父《ぢいさん》は大酒呑みで、終《しまひ》には狂人《きちがひ》になつて死んだんだからね。それに僕の顔が次第に祖父に似て来るさうだから、母は心配してるだらう。」

「何、さうでもないらしい、只早く嫁を貰ひたいやうな話をしてゐた、僕にもいゝのを見つけて呉れつて、本気で云つてられたよ、親は有難いものだね。」》

織田はしきりに家族を抱えた生活の煩わしさを訴えるが、その癖、人生問題や読書に打ち込むもう一人の友人箕浦を、〈「人生がどうの、宇宙がかうのと、人間が御託を並べるのは身の程知らずの極だ。独身で親爺の脛でも噛つてる間《うち》は、そんな事を道楽にしてゐられようがね、家庭でも造つて、一人前の人間になると、そんな事は馬鹿々々しくて問題にもならんさ」〉と気焔をはく。〈「僕は何時も確信してる。人間は要するに僕のやにならなきや虚言《うそ》だ。遅かれ疾《はや》かれ、君なども同じ道へ落ちて来るんだ」〉。〈健次はぞつと寒気がして〉思わず煙草の火をつぐが、さらに〈「君は不断《のべつ》に煙草を吸つてる、毒だよ」〉という織田をかわし、〈「毒だつていゝさ。」と、健次は吸殻を吐き出し、「僕は阿片を吸つて見たくてならん、あれを吸ふと、身体《からだ》がとろけちやつて、金鵄勲章も寿命も入らなくなるさうだ。阿片だ〳〵、あれに限る」〉と文字通り人を煙に巻いて第一節は終わるのである。

第二節は菅沼家の来歴、健次の生い立ちが記される。菅沼家は微禄ながら旗下《はたもと》の家柄。健次の父は十四、五の頃維新の渦中に浮沈して多少の辛苦を嘗めたが、四国、九州の郵便局を転勤して歩いた後、いまは東京の会計検査院に奉職している。しかし五十五歳の老朽で、長官のお慈悲の下に脈をつないでいる。〈健次の下に女の子が二人、支出は容易ではないが、彼はあまりくよくよと苦に病む風はなく、毎晩の晩酌二合に陶然として太平楽を並べる〉（傍点白鳥、以下同じ）。やたらと武士道を有難がり、先祖とその残したお宝自慢。あとは〈馬だけは買つて見たいと、この老人は馬の話になると夢中になつて来る〉――。

　健次も小さい時は父にかぶれ、〈義の為には死を厭はぬ、如何なる苦痛をも忍ぶ、辱しめらるれば死す〉などと思っていたという。〈性格は父とは全然違つて癇が強く、母の故郷、彼れの生地たる丸亀の尋常小学校に学んだ頃も、試験の成績が他に劣ると口惜しくて夜も眠れぬといふ程であつたが、東京の学校へ通ふことゝなつて、殊にこの考へがひどい。その為に学課の復習を励むのみならず、身体の訓練をもつとめた〉。が、〈生来の体質は変りやうがない〉。それで母に向かい、〈「何故僕をこんな小《ちつ》ぽけな身体に生みつけた」〉のか、涙を流して詰《なじ》ったこともあった。ただ〈体質の苦労〉はその辺りまでで、中学、高校と順序を踏んで進んだが、大学に進むにあたって経済的余裕のない所、昔から縁故の深かった桂田文学博士が健次の学才を認めて、援助の手をさしのべたのである。

　しかし大学三年の間、〈健次の頭脳《あたま》は非常の変化を来した〉。もともと法科を志望していたのだが、桂田博士との関係から文科に進んだというわけで〈入学後も心は迷ふ〉。自分の素質から見て学者で安んじていられそうもない。〈それよりも政治家にでも実業家にでもなつて、自分の考が具体的に目の前に現れるのを見、生きた人間生きた事件の動揺起伏に接する方が面白くはないかと思ふこともあつたが、さりとて断じて一を去つて他に就く気にもなれぬ〉、相変わらず哲学や文学等〈妄想の道〉を辿っていたが、いつしかそうした〈単調の道〉に飽いてしまった――。

　しかし〈彼れは一度も泣言を云つたことはない。人生の寂寞とかを文章にして雑誌へ寄稿したこともない〉。〈友人にでも遇へば、急に沈んだ心も浮立つて快活に談笑し、警句百出諧謔縦横。クラスの集会に欠席すると、「菅沼はどうした。」と衆口一致して遺憾の声を発する程であつた。テニスもやる、玉突もやる、彼はクラスの快男子として通つてゐた〉。それでも一思いに途中退学をと考えた時もあったが、博士夫婦の強硬な反対にあい、〈ぐず〳〵で卒業まで我慢した〉ものの、もとより成績は一向あがらず、大方の期待に背いた挙句、〈卒業後は博士の推選で、中学教師となつた〉が、これは〈三月ばかりで辞職〉、〈今日まで一年あまり雑誌記者を勤めてゐる〉。

さて第三節は冒頭に続き、その夜家に帰ってからの母親とのやりとり。織田のことから母の、〈「お父さんも口ばかりは元気がよくても、何時までもお役所通ひも出来ないし、織田さんのやうにお前が家の心棒になつてお呉れでなくちや。」と、何につけてもお定《きま》りの御教訓が始ま〉りかけたので、健次は早々に自分の部屋に退く。そして第三節は次の一文で終わる。

《独り黙然と静かな部屋に坐つてゐると、心が自分の一身の上に凝り固まつて、その日常の行為の下らないこと、将来の頼むに足らぬこと、仮面を脱いだ自己がまざまざと浮び、終《しまひ》には自分の身体までも醜く浅間しく思はれて溜らなくなる。その時こんな下らない人間を手頼りにしてゐる家族の寝息が忍びやかに聞えると、急に憐れに心細く、果ては萎《しを》れてしまふ。》

第四節はその翌朝、前夜の母親の愚痴の蒸し返し。曰く〈「暮にはお前を当てにしてるんだから、一人で浮々遊んでられちや困らあね」〉、曰く〈「お前は毎日々々お酒を呑んぢや遅く帰るしさ、三十近くもなつて、何故かう考へがないんだろう」〉。それに対し健次は〈「私は家へ帰ると気が滅入つて仕方がない」〉、〈「何だかかう穴の中へでも入つてゐるやうで」〉、〈「一日居りや一日寿命が縮まる気がする」〉、〈「だから下宿でもしたら、少しは気分が直るかと思つて、昨夜独りで定めたんです」〉、そして〈「私だけ何処かへ逃げ出すんさ」〉といって、これ以上母に何を云っても無駄とそのまま戸外に出る。

第五節、健次はその足で約束通り桂田博士のもとに談話筆記を取りにゆくが、博士は急用で文部省に出掛ける所。

他日を約した短い間の会話に、
《「どうです、此頃は何を研究してるかね、と博士はお定《きま》りの問を発する。
「何もやつちやいません。」
「そりやいかん、社の方も怠けるといふぢやないか、」》
そして、〈「君は年々真面目でなくなる。学校時代とは人間が違つてしまつた。」と、博士は締りのない顔を顰め〉、〈「君に比べると箕浦は感心だ、以前は遅鈍な男だと思つてゐたが、此頃は忠実に勉強してる」〉と続ける。健次は〈「箕浦君には僕も感心してます、あの人は書物を積み重ねりや天国へ届くと思つて、迷はないで書物の塔を築いてるんですからね、しかし私には紙の踏台は剣呑でなりません」〉と微笑を湛えて答える。
《博士はます〱苦い顔をして、「どうも君は真面目でない、今から読書を卑しむやうぢや、人間は発達の見込がないと断言できる。これから国家に尽くさうといふ青年が、そんな浮薄な根性を持つてゝどうします。碌に読書もせんで書物を軽んじたり、人間の義務を満足に尽しもしないで、世の中を攻撃したり、大間違ひの話ぢやないか。しかしこれも今の雑誌や文学が作つた悪結果の一つだらう。どうも軽佻だ。浮薄だ。過渡期には免かれんことだが、武士道の精神も衰へるし、新倫理観が青年の間に欠乏してゐるから、こんな歎かはしい現象が起る。して見ると私なども進んで積極的に救済策を講ぜねばなるまい、元来通俗的の片々たる議論を世間に発表することは好ましからんので、成べくは精力を自分の事業に集中して、自分の新哲学を組織したいのであるが、今の青年の通弊を見ると、どうも社会の為国家の為に黙々に附してゐられん、私も当面の問題について飽まで意見を発表しなければなるまい。」と、演説調で云つた、それが如何にも真面目で心底から憂世の情が溢れてゐるので、健次は気の毒になり、
「ぢや私の雑誌へも、そのお考へを書いて頂けますまいか。私共は人世の経験にも乏しいんですから、先生方の御意見を伺ふと非常に為になります。」と、穏かに殊勝らしく云ふと、博士は顔を軟げて頻りに首肯《うなづ》き、

「つまり何さ、君などはまだ〳〵読書が足らんし世間で苦労をしないから、空論に迷はされるんさ。」と時計を見て、「ぢや二三日中に筆記に来て下さい、少し纏つた考を述べよう。それには私が十年程前に書いた『東西倫理思潮』を参考にするから、君も一応目を通して貰ひたい、多少今とは考が違はんでもないが、大体はあれでいゝ。」と、ひよつくり立つて書架を捜し出した。博士は漸く四十を過ぎたばかり、教授の中でも幅の利く方ではなけれど、有名な読書家で、語学は英独仏に熟達してゐる。一生学問しに生れて来た人といふべく、遊戯と云へば五目並べすら知らぬ。眼の艶気がなく力もなく、ドンヨリしてゐるのは、多年の読書に疲労した結果かと思はれる程で、卒業後も地位を争はず栄華を望まず、親譲りの可成の財産あれば生活の上に憂ひはなく、只書籍の中に身を埋め、結婚も三十五六の時、親戚の強固なる勧告で漸く決行した位。日常自分の学問で凡ての社会を指導し得らると確信し、青年にも親切である温和な良紳士だ。

健次は今書架の前に立つた、胴の長く足の短かい博士の後姿を見て、その十年一日の如く迷ふことなく書物に耽溺する一生を羨ましく又不思議に思つてゐると、博士は厚さ一寸程の仮綴の四六判を引出して、指先で表紙の埃を弾きながら机の上に置き、

「この中の要点は一々原書から直接に引照したのだから、自分でも確かだと信じてる。兎に角一応読んで下さい、君も必ず益する所があるに違ひない。」と、所々開けては二三行小声で読み、頻りに首肯《うなづ》いてゐる。

かくて博士は十年前の己れを回顧し、健次は博士の旧書を無理強ひに読まされる苦痛を予想して、暫らく無言である。》

第六節、桂田博士が出ていった後、健次は夫人に引きとめられる。子供もいず退屈している夫人にとって、健次との会話は格好の慰めである。それに健次は前々からの夫人の〈寵児〉で、加えて彼女は今日は〈「貴下《あなた》を立派にして見たくなつた」〉と云う。〈「洋行して大学者になるとか、大発明をするとか、そりや貴下の腕次第で、男は何

でも出来るぢやありませんか。お金のことなら、私がどうにでもするから」〉。
健次は、〈妻君がその品のある顔に巧みに彫り込んである長い睫毛、黒い瞳、青くぼかした白目に艶を含んで自分を見る〉のをもう見馴れたという風ながら、〈「貴女は何故そんなことを思ひついたんです」〉と応じるが、やがて、
《「貴女も淋しいんですか。」と、不思議さうに見て、「僅かな寿命だけれど、人間は何かで誤魔化されなくちや日が送れないんですね。酒で誤魔化したり恋で誤魔化したり書物で誤魔化したり、子供に綺麗な着物を着せて飛んだり跳ねたりさせて慰みにしなけりや、人間は毎日泣面をしてゐなくちやならん、私の母だつて私を玩具《おもちや》にしてるんです、貴女だつて玩具が要るんでせう。」》
と言い、さらに〈微笑〉しつつ、〈「僕はね奥さん、誰れにも好かれたくも同情されたくもないんです」〉、〈「つまり人間は自分一人だ、自分と他人との間には越えることの出来ん深い溝渠《みぞ》が横つてるんです」〉、〈「箕浦だつて織田だつて、要するに私からは赤の他人で、互いに本性を包んで交際《つきあ》つてるんです」〉と続けるのである。

ところで先に、〈第九節までで最初のモチーフは一応書き切〉られていたという点に触れたが、しかしどうやらこの第六節で、早くも健次の彷徨は一巡し了えたといえるだろう。以下第七節で編集長から織田の原稿を断られ、織田の家を訪ねると、またぞろ世帯の愚痴、ばかりか織田は厄介ものの妹を健次に押しつけようと、〈平生《いつも》の癖で粘り強く一つ事を繰返〉す、と、再び冒頭の場面に戻ったかのような成り行きに徴しても、そういってよい。
そしてこの間健次を囲む人々――織田や箕浦、父や母、桂田夫妻等が、直接間接に次々と登場する。が、揃いも揃ってその生き様の、なんと凡庸で卑小ですらあることか。ただただ〈お定《きま》り〉のことを疑いもせず追い求める――。彼等への健次の嫌悪は、ますます募るばかりなのだ。

中でもひとり社会的位置の高く、健次をのぞく他の登場人物の尊敬の的でもある桂田博士。その一々は先の引用の通りだが、まさに痛烈な戯画以外のなにものでもない。

『紅塵』の諸作、また「何処へ」の基底に、当時の白鳥の「読売新聞」紙上における痛罵文字があることはすでに断るまでもあるまい。そしてこの場合、明治三十九年六月九日に出された文部大臣牧野伸顕による「文部省訓令第一号」(「学生の思想風紀取締に関する訓示」)に便乗した旧世代の、当代青年層に向けたいわば思想統制に対する白鳥の反発、批判が、[4] もっとも直接的なものとしてあったといえる。〈「新公論」には諸名家の「厭世と煩悶の救治策」あり。何れも今日の青年とは心界の異なれる人々の意見なれば、何れも青年の感動を惹き起すに足らず〉(「出版界」「読売新聞」明治三十九年八月十一日)、〈「新小説」の思潮欄に松本氏の「煩悶と自殺」という大論文があるが、吾人は熟読して感服する能はざりしを遺憾とする。先生は高が五年か十年勉強して人生を云々するは愚の極だと青年を叱つてゐらるゝが、吾人は二三十年安楽椅子で哲学書を読んで大学の教授になつて人生が分つたつもりでゐるのが賢の極かと問ひたい〉(「文芸時評」「読売新聞」同三十九年十一月六日)等々。[5] そしてこうした発言はやがて、丁度「何処へ」執筆の前夜、つまり明治四十年秋から冬にかけてもっとも高調する。たとえば「随感録」(「読売新聞」明治四十年九月二十二日)に、

《十九世紀の欧州の青年が旧来の宗教や道徳に飽足らずして、寄る所がなかつたのは、その有名な文学の多くの厭世的悲痛の調の籠つてゐるによつても明らかである。今の日本の青年の一部も彼等と同じやうな精神状態となつてゐるのだ。徳川時代の人々が理想とした武士道は、最早吾人の依り頼む者でなく、仏教も基督教も無論駄目だ。人生に対する新方針新理想の吾人を随喜せしむる者は一つとなく、従来の形式に満足して惰眠を貪らぬ上は、安んずる所が絶無なのだ。懐疑的虚無的ならざるを得ない。》

《武士道や常識道徳に対して何等の不満もなく、先人の与へた形式の中に跼蹐して足れりとする人々は、それでも

結構だが、それで心が安きを得ない者は、詮方なし。暗中模索して光明を求めて苦しむか、いつそ自暴自棄今日主義で押通して行く外仕方がない。自暴自棄にも色々ある。無性でのらくらして一生を過す無神経の自暴自棄もあるが、吾人の最も同感する現代青年の一種の自暴自棄は、無性でもなく無神経でもなく、腹の中の苦悶が持切れないあまりの自暴自棄だ。倫理学者道徳学者の卑しむ自暴自棄にも吾人は多大の意味を認める。》

あるいは「虚無思想の発芽」（「文章世界」明治四十年十二月）に、《去年文相の訓令があり、それから諸先輩の苦悶救治策が現はれ、吾人は彼等の考のあまりにお目出度《めでたい》のを滑稽に感じたが、今日の青年の間に一種の暗い思想が湧きつゝあるのは争ふべからざる事実だ。一方に晴天白日に科学を流布させながら、一方にいろんな迷信を以て民心を維持しやうとする国家政策の愚は少くも明治に生れた人間には冷笑を禁じがたい。まだ漠としてゐるが多少虚無思想の萌芽が発しつゝあるのは事実だ。》

《去年救治策を計つた諸先輩は、此等について、もつと研究して、その所謂社会人道のために早く救治策を講じたらよからう。旧習慣に支配され真相を蔽うて、お互ひに綺麗事で世を渡らうとする人々は肉欲描写にすら反対したが、自ら己れを欺き誤魔化してゐられぬ人間は何時までも智識の目を閉ぢ慣例に盲従してゐられぬから仕方がない。》

しかし注意すべきは、この旧世代への痛罵文字の中に、すでに一種の絶望的なトーン、まさに〈自暴自棄〉的な酷薄さが漂っていることである。そしてそれは、既成の規範や価値を厳しく否定しながらも、自らが新たに依拠すべき〈新方針新理想〉の〈絶無〉であることに起因する、といえるだろう。いや白鳥は、人がもはやなにものをも信じず、信じられない時代に来ていることに、ほとんど長嘆息しているのだ。

それにしてもここで白鳥が、〈一方に晴天白日に科学を流布させながら、一方にいろんな迷信を以て民心を維持しやうとする国家政策の愚は少くも明治に生まれた人間には冷笑を禁じがたい〉と述べているのは看過しえない。

まさしく人は、〈科学〉の時代を迎えている。〈科学〉、そしてそれを裏打ちする近代認識論――。すべてを客観化し、ばかりか物質化し、さらに死物化してそれで終わり。一切は物質の組成であり、それ自体の因果関係にすぎない。とすれば、その前でいわゆる〈生命〉はその根基を失うのである。

白鳥は「随感録」（「読売新聞」明治四十一年二月十六日）の中で〈発禁問題〉に触れながら次のように言っている。すなわち〈人間の根底をなせる深い刺激は生存慾である。従って全く肉慾を離れて生きた人間を見ることは出来ぬ〉。〈吾人は警視庁や内務省の官員や丁酉倫理会の人々が何と云はうと、生理作用を外にした人間を認められぬから仕方がない。美しくても醜くても天地間に厳存する大事実を如何ともする能はず〉。もとよりこれは〈生存慾〉や〈肉慾〉、つまり〈生理作用〉の存在を称揚喧伝するの言なのではない。〈天地間に厳存する大事実〉。いわばこれしかないのだという苦渋にみちた言であるといえよう。

おそらくこの〈生理〉を人間の基底に見る科学的決定論とそれを支える近代認識論（そしてそれを文学の場でいえば、さしずめ人間を〈遺伝〉と〈環境〉の構成物ととらえるゾライズム、といえるだろう）をもっとも自虐的に描いたものが、いわゆる「妖怪画」の系譜に連なる作品群とすれば[6]、その傾向は「何処へ」にも示されている。〈「僕の母方の祖父《ぢいさん》は大酒呑みで、終《しまひ》には狂人《きちがひ》になつて死んだんだからね。それに僕の顔が次第に祖父に似て来るさうだから、母は心配してるだらう」〉という健次の言葉。さらに〈幼い心にも自分の脆弱な体質が情なく〉、〈外目《よそめ》には滑稽とも見える体格修養〉を重ねるが、〈しかし生来の体質は変りやうがない〉という記述。ただ次第に〈体質の苦労〉はなくなったというが、所詮は〈彼の弱い身体は長年月の学校生活に倦み疲れ〉、今日に及んだという次第なのだ。

さらに〈「人間は寄生虫、女は肉の塊」〉（十三）。そして健次は箕浦に対し、〈「僕は君の作物を読む毎に、凡てが妻君を欲する不安の声を発してるやうに感ずる」〉（同）と言い放つ。ばかりか健次自身、好むと好まざるとにかかわらずその〈「肉の塊」〉に牽引されずにはいない。よく指摘されるように[7]、「何処へ」の終節は〈健次の足は行場所に迷つた末、遂に千駄木へ向つた〉（十四）という一行で収束する。冒頭桜木のお雪から別れ、つねに〈行場所に迷〉いながら、しかし健次の足は結局は桂田夫人へと向かう。こうして健次自身、いわば〈肉〉の衝迫に促され操られて、空しい彷徨を重ねるのである。

だが、そうだとすれば、卑小で醜悪ですらある生き様を、ただただ〈お定《きま》り〉に繰り返して憚らないのは、単に健次を囲む人々ばかりではない。なによりも健次自身、その最たるものではないのか。あの第三節の末尾、深夜自分の部屋に帰った健次が、〈仮面を脱いだ自己〉をまざまざと思い浮かべ、〈終《しまひ》には自分の肉体までも醜く浅間しく思はれて溜らなくな〉り、さらにそのような時、〈こんな下らない人間を手頼りにしてゐる家族の寝息が忍びやかに聞えると、急に憐れに心細く、果ては萎れてしまふ〉というのも、健次がこのことに十分自覚的だからである。ここにはあの〈生理作用を外にした人間を認められぬから仕方がない〉という科学的決定論、その中で人間をとらえ、さらにその赤裸々な姿を冷笑するがごとき一方的で高飛車な物言いは影を潜めている。むしろそういう自分自身、まさに我ひとともに〈醜く浅間し〉い存在であることへの、なにか身を捩るがごとき無念の思いが語られているといえよう。

そしてそれかあらぬか、一見高慢で冷酷に見える健次の横顔に、時に優情とでもいうべき心根、他への労りや憐れみが過るのを見逃すことはできない。たとえば第二節、健次は町中で見た父の姿を母に告げて言う。〈「柳の木に軍人か誰れかの馬が繋いであつて、お父さんはその馬から目を離さずに見惚《みと》れてるんです。凡そ十分間もして、お父さんは名残惜しさうに振り返り〳〵して帰つて行つたが、私はそれをぢつと見てゝね、その時ばかりはお父さんに早く馬を買つて上げたいと思ひました。」〉――。また〈「お前、二円ばかり持つてゐないかい、千代の月謝だの何だのよ、私の手元に大変不自由してるから」〉という母の〈歎願〉に、〈健次は無言で、蟇口からぐちや〳〵の札を手渡して机に向つた〉という。さらに第四節、もっとも手厳しい嘲笑を浴せてやまぬ桂田博士に対しても、その無神経を揶揄しながら、博士が熱心に自説を弁じる姿を見ていると、〈それが如何にも真面目で心底から憂世の情が溢れてゐる〉と感じて〈健次は気の毒になり〉、〈「御意見を伺ふと非常に為にな」〉ると〈穏やかに殊勝らしく云い、その結果〈博士は顔を軟げて頻りに首肯〉くという仕儀となるのだ。

そして桂田夫人。健次は彼女の中に無意識の性的渇望のあることを冷やかに見通しながら、〈「貴女も淋しいんですか。」と、不思議さうに見て、「僅かな寿命だけれど、人間は何かで誤魔化されなくちや日が送れないんですね」〉と、いわば我が身のことのごとく慨嘆するのである。

一切は物質の、さらに死物の因果関係でありそれで終わり。この近代認識論による荒涼とした世界風景。とすれば人は、〈何処へ〉行ってもはじまらない。みな同じなのだ。しかしだからこそ、人は己がじし自分を〈何かで誤魔化さ〉なければ〈日が送れない〉。つまり自らを欺きながら、しかもなお空しい夢を追い、果敢ない日々を生きなければならないのだ。

そしてこの時、その荒涼とした世界風景の中を蠢くように、というよりそのこと自体に抵抗するかのように、ジタバタと（自分を〈何かで誤魔化〉しながら）今を生きる父や母、桂田夫妻の姿が、一面なにかいじらしいまでのものとして映し出されて来ているといえようか。

白鳥は「随感録」（「読売新聞」明治四十一年一月五日）で、従来通りゾラの重要性に言及しつつ、しかし〈只自分の嗜好から云へば、露西亜物が一番好き〉として、〈チエホフを読むと、人間は決して他人と同化し得ない者だ、人間は互ひに知らず知らずに一生を終る者だとの感じがする〉といっている。また「たゞひとり」（「早稲田文学」明治四十一年三月）でも、〈僕の一番好きなのはチエホフさ〉、〈あの人の作を読んで見ると、其なかに自分を見出すやうな気がするよ。あの人のライフヴイウが面白いと思ふ〉、〈つまり僕が気に入つてるのは「人間は結局ひとりだ。」と云ふ見方さ。実際我と他の間には、何か交渉があるやうに思つてゐるのは間違さ、何もあるものぢやない、結局人間と云ふものは孤独——僕の考へもまアそこだね〉という。もとよりこれは、単に〈「人間は結局ひとりだ」〉といういわば厳然たる客観的事実を、チェーホフを通して追認しようとするだけの言葉ではない。いや、その客観的事実にもかかわらず、それを堪えて生きている人間の必死の姿、それをチェーホフがなにかいとおしいまでに描出していることへの共感の言葉であるといえる。つまりすでに白鳥はここで、単にいわゆる客観的事実をのみ語ろうとしているのではない。むしろそれに拉がれながら生きてあることの人間の悲哀をこそ語ろうとしているのではないか。

さて健次の彷徨が第六節までで一巡していたことはすでに述べた。それを証拠に第七節、再び冒頭に帰ったごとく健次は織田と会い、その御託を聞かされる。因に第九節には翌日の日曜、家族の朝食の光景が描かれる。相変わらず太平楽を並べる父、〈「素町人でも何でも早くお金持になることさ」〉と金切声をあげる母。続いて第十節、箕浦の愛をひとりじめにしようとしてなにやら画策する妹。第十一節はそれから四、五日たった深夜の織田の訪れ。織田は桂田博士の斡旋でややましな勤めにありつき、鬼の首でもとったように得意がって、余計にしつこく例の妹との縁談をすすめてくる。[8] 第十二節はその翌日、健次が下宿を決め、〈「新生涯を此処で始める」〉と帰宅すると、〈母や妹に聞かされた一日中の大事件〉は、猫が魚を取って逃げたという話。第十三節はその翌日、桂田家における晩餐をかねた小園遊会の場面。しかし健次にとって心浮き立つものはなにもない。相変わらず〈力のない目〉をしている博士。〈「今夜は妻君もひどくめかして若々としてる」〉（傍点白鳥）と箕浦はいうが、〈「しかし幾ら飾つてゝも、心の艶は失せてる。僕にや二人が綺麗なお墓の中に埋もつてるやうに見える」〉と健次。（他にここで、日露戦争に間に合わなかったと残念がる久保田という青年将校が出てくるのが注意をひく。[9]）第十四節は次の日曜、数日来風邪で寝ていた父は床を離れたが、〈家の者にも目につく程窶れ〉、気も弱くなったのか、しきりに健次に阿りをいう。〈で、彼れは父の前をそこ〳〵に逃げ出し〉、〈足は行場所に迷つて遂に麹町に向ふ〉。しかし織田はどうやら妹を箕浦に押しつけることに成功したらしく上機嫌である。健次は〈不思議に気がむしやくしやして、麦酒を二三杯グイ呑み〉（傍点白鳥）すると外に出て、〈行場所に迷つた末、遂に千駄木へ向〉ふ。つまりこうして、健次は自らを囲む織田や箕浦、父や母、桂田夫妻等の間を、二巡、三巡する。いやそうして彷徨を重ねつつ、所詮は一所を徘徊し、というより一所に停滞するのだ。[10]

が、それにしても一体どうして？——すでに第六節の最後、とは一巡の後、健次は桂田夫人に向かい、〈「もう此迄の友人や長く交際《つきあ》つてる人にはあき〳〵しました。これからは新奇に事を始めなくちや自分の身が腐つてしまいます」〉と嘯く。健次にとって一切は陳腐で、もうこれ以上いたたまれない。実際彼は、〈黴臭い臭ひがして鼻がつま〉る家から〈下宿〉へでも〈逃げ出〉そうと目論んでいる。すでに引いたごとく、母に〈「下宿でもした」〉いと告げる第四節、そして先程の第六節の末尾、〈「私は下宿屋へ逃げつちまふつもりです、もう此家へも滅多にお伺ひしません」〉と桂田夫人に宣告する場面。さらに妹に〈「おれは近々下宿屋へでも行つちまふんだ」〉と言う第十節。しかしその都度大騒ぎするわりには話は一向に進まず、ようやく第十二節、（すでに引いたように）健次が下宿を決め、〈「新生涯を此処で始める」〉と新鮮な気持ちで帰宅するが、その決意は、猫が魚を取って逃げたという留守中の〈大事件〉を聞いて雲散霧消し、以後二度と健次の念頭を掠めることもない。そして健次は相変わらず〈行き場所に迷〉うと愚痴っては、旧態依然たる己れの生活圏を堂々巡りするのだ。しかもそこが我ひとともに百年一日、あの〈生存欲〉や〈肉欲〉、つまり〈生理作用〉に跼蹐する場所であることはいうまでもない。

健次は〈「何処へ行くんか方角が取れんから仕方無い[11]」〉と呟く。なるほど健次には「行く処が無い」（「文章世界」明治四十二年七月）。だが要は健次がそう思い込み、口にしているからではないか。〈何処へ〉行ってもはじまらない、みな同じ。つまりどこへ行こうと、すでにつねに自らひとりその〈肉体〉を抱えながら、とはその空しい物質の因果関係に屈服し蹂躙されながら、〈身が腐〉ると自分から捨て鉢に、いわばそういう灰色の〈物語〉を紡いでいるだけではないか。

だがにもかかわらずというかだからこそというか、健次はそのことに、同時に激しく苛立たなければならない。そして現に生きてある以上、健次は〈生命〉を奪還すべく、彷徨を重ねなければならない。ではどのように？　その自答自問。――「何処へ」の後半が一面、モノローグと化してゆく所以である。

第七節、健次が織田を訪ね、連れ立って外に出ると、九段坂の途中で〈救世軍〉が説教をしている。健次は足をとめ熱心に聞き入るが、織田は〈「何故あれが面白い」〉と訝る。以下周知の場面である。

《「面白いぢやないか、彼奴は地球のどん底の真理を、自分の口から伝へてると確信してる。あの顔付きを見給へ、自分の力で聴衆を皆神様にして見せる位の意気込みだ。人間はあゝなくちや駄目だ。」

「何にも感心しない君が、何故今夜に限つてあんな下らない者に感心する？」

「さうさ、僕は救世軍にでも入りたいな。心にも無いことを書いて、読者の御機嫌を取る雑誌稼業よりや、あの方が面白いに違ひない、あの男は欠伸しないで日を送つてるんだ、生きてらあ。」

「はゝゝ。」と、織田は大口を開けて勢無く笑つて、「僕は青年が浅薄な説教なんかして日を送るのが不憫になる。」

「しかし浅薄や深刻は本当は問題ぢやないんだね、打たれようが罵られようが、自分のしてる事が何であらうと関《かま》ふものか、もつと刺激の強い空気を吸はにや駄目だ。」と、健次は歎息する如く云つた。》

もとより健次に嘲弄の思いはない。むしろ憧憬の念すらうかがえる。〈「生きて」〉あることへの、さらにいえば〈生命〉に満ちて生きてあることへの――。

そして第八節、健次はその日も路頭をさまよう。食事を貪り酒を傾け、〈気まぐれに〉本屋に寄り、〈何か自分を刺激して、新しい生命を惹起する者はないか〉と迷った挙句、〈或露国革命家の自伝〉と〈或冒険家の北極紀行〉とを購う。そして——、

《書物を抱へて上野で電車を下りたが、酔ひはまだ醒めず、家へ帰るのも厭であれば、ふら〳〵公園を歩いて銅像の側のベンチに腰を掛けた。後へもたれて目を瞑《つぶ》つてると居睡りをしさうで、足元に力がなく、身ぐるみ地の中へ吸い込まれさうな気がする。電車の音も遠い世界で響いてゐる如く、自分は此のまゝ動けなくなるやうに感じられる。身をベンチの背に投げ出し、帽子の落ちさうなのも関はず、心を夢現《ゆめうつゝ》の境に迷はせてゐたが、書物が膝から、辷り落ちるので、パツチリ目を開くと、木の葉が顔に触れ、埃を含まぬ澄んだ空気が身に染み、自分の周囲のみは薄暗いが、空には星が多く、目の下には燈火が煌《きらめ》いてゐる。四五間前には黒い人影が二つ。深沈《しめやか》に話をしてゐたが、やがて暗闇の中に消えてしまつた。

彼れは孤独の感に堪へぬ、淋しく心細くてならぬ。少年時代に自分より強い奴、背の高い奴にぶつ付かつて喧嘩をしてゐた頃は、身体中に生命が満ちて、張合のある日を送つてゐたのだ。近松や透谷の作を読んで泣き、華々しいナポレオンの生涯に胸を躍らせた時分は、星は優しい音楽を奏し、鳥は愛の歌でも読んでゐたのだ。しかし不幸にも世が変つた。何が動機か幾つの歳にか、自分にも更に分らぬが、星も音楽を止め鳥も歌を止め、先祖伝来の星冑《ほしかぶと》も白金《しろがね》作りの刀《たち》も、威光が失せて、自分には古道具屋の売物と変らなくなつた。今から思ふと、子供の折によく自分に喧嘩を吹かけた隣の鉄蔵なんかゞ懐かしい。》

〈今の自分はどちらかと云へば愛されて日を送つてゐる〉。桂田博士、織田、箕浦、さらに桂田夫人、織田の妹、桜木のお雪——。しかし〈何処《いづこ》にも鉄蔵が居ない〉。しかも〈愛せられゝば愛せられる程、自分には寂しくて力が抜けて孤独の感に堪へぬ〉。〈いつそのこと、四方から憎んで攻めて来れば、少しは張合が出来て面白〉くはないか。〈苦しめられようと泣かされようと、傷を受けて倒れようと、生命に満ちた生涯。自分はそれが欲しいのだ〉。〈彼

れは主義に酔へず、読書に酔へず、酒に酔へず、女に酔へず、己れの才智にも酔へぬ身を、独りで哀れに感じた。自分で自分の身が不憫になつて、睫毛に一点の涙を湛へた》。

《「結婚《マリエーヂ》?」と、思はず口へ出したが、その瞬間口元に皮肉な笑ひを洩らした。

「ノンセンス! 結婚して家庭を造る、開闢以来億万人の人間が為古《しふる》したことだ、桂田の家庭織田の家庭、家庭の実例はもう見飽いてゐる。」と、胸の底から答へる。》

さらにこれを承けて第十節――。

《健次は短い秋の一日を持余した。上野の公園をぶらつき、或は珈琲店《コーヒー》へ入り、或はビアーホールへ入り、それから社の同僚を訪ねて、気乗りのせぬ話に相槌を打つて、漸く二三時間を空費し、その宅を出て、湯島天神の境内を通り抜けて帰路に就いた。》

《彼れは激烈な刺激に五体の血を湧立たさねば、日に〳〵自分の腐り行くを感じ、青春の身で只時間の虫に喰はれつゝ生命を維《つな》いでゐる現状を溜らなく思つた。》

《正義も公道も問題ぢやない。自分を微温の世界から救ひ出して、筋肉に熱血を迸《ほとばし》らすか、腸《はらわた》まで蕩《と》ろかすもの、それが自分の唯一の救世主だ。革命軍に加つて爆裂弾に粉砕されようとも、山賊に組して縛首《しばりくび》の刑に合はうとも、結果が何であれ、名義が何であれ、自分を刺激する最初の者に身を投げて、長くても短くても、或は即刻に倒れてしまつてもよい。そしてこんな刺激が自然に自分の前に現はれねば、自分から進んで近づいて行く。渦が捲き込んで呉れねば、自分で渦の中へ飛び込む。鉄蔵がゐなければ、自分で鉄蔵になつて喧嘩を吹《ふつ》かけて行く。戦争も革命も北極探検も人間の怠屈醒ましの仕事だ。平坦の道には倦《う》むが、険崖《がけ》を攀上《よぢのぼ》つてゐれば、時をも忘れ欠伸の出る暇もない。

「よし渦へ入るか崖を上るか。」と、彼れはステツキを持つた手に力を入れたが、その手は直ぐ弛《ゆる》んでしまふ。社会のため主義のためと思へばこそ、真面目で険崖《がけ》上りも出来るが、初めから怠屈醒ましと知って荊棘《いばら》の中へ足を踏込めるものか。理由もないのに独りで血眼になつて大道を馳せ廻れるものか。何故毎日の出来事、四方の境遇、何一つ自分を刺激し誘惑し虜《とりこ》にする者がないのであらう。只日々世界の色は褪せ行き、幾万の人間の響動《どよめき》は葦や尾花の戦《そよ》ぐと同じく無意義に聞こえるやうになつた。自分の心が老いたのか、地球其自身が老い果てゝ、何等の清新の気も宿さなくなつたのであらうか。》

と、大分長い引用を重ねたが、要するに一つことが繰り返されているにすぎない。曰く、〈生命に満ちた生涯。自分はそれが欲しいのだ〉。格闘、冒険、そしてその時の充溢と陶酔。まきしく我を忘れ、世界と一体となる。いわばそうした純粋なる知覚と行動の一瞬、つまり生きてある実感の一瞬が欲しいのである。

しかし〈行く処が無い〉健次は、だから少年時代、つまり過去へと遡及する。たしかにそこには格闘があり冒険があった（という）。星は瞬き鳥は歌っていた（という）。が、云うまでもなく、すべては過ぎ去り消え去った経験として、ただ想起されれ（だから言葉ではいくらでも想い起され）るが、肝腎の生きてある実感が少しも蘇らないのは、以下にも述べる通りである。

ところで、健次が路上をさすらいながら、救世軍の演説を〈「面白い〉と見入った場面はすでに引いた。それに加えて第十四節、織田を麹町に訪れる場面。〈二人の支那人〉と犬を連れた〈西洋婦人〉、その連れの〈肥満の男〉、彼等の周りに集まる〈子供等〉の風景を、〈無心に見てゐた〉という健次の姿を見逃すことはできない。さらに（これもすでに引いたが）、いささかの酒に酩酊し、公園のベンチに憩う場面。〈木の葉が顔に触れ〉、〈澄んだ空気が身に染み〉、星は瞬き、街の灯は煌き、そして健次は、〈深沈《しめやか》に話をしてゐ〉た〈黒い人影が二つ〉、やがて暗闇の中に消えてゆくのを見守るのだ。

また第三節、〈先々月の初め、残暑のまだ酷しい時分〉、まるで苦行のごとく桂田博士の〈味のない只六ケ敷《むづかしい》議論を筆記させられ〉ていた時。〈下座敷から柔かいピアノの音が洩れ聞え、博士の頑固《かたくな》な言葉を追ひのけては、健次の耳に忍び込み、腸まで盪《とろ》かそうとした〉という。さらに第十三節、小園遊会の夜、書生部屋に逃げ込んでいた健次を桂田夫人が探し出し、ともに戸口を出る時。〈オヽデコロンの香ひが鼻を突いた。酒臭い息は妻君の顔を無遠慮に撫でる。薄暗い廊下を無言で緩《ゆる》く歩いた〉。〈この夏ピアノを洩れ聞きして心に妄想を描いた時が心に浮ぶ〉。〈彼れは自分が妻君の寵児である、自分は勝利者であると思つた。で、幼稚な空想放縦な妄念が錯乱して湧き上つた〉。〈しかし廊下伝ひは僅かに一分間、火花の如く消えては浮ぶ空想も僅かに一分間に過ぎなかつた〉——。

だが、たとえ〈一分間〉とはいえ、だからつねに刹那的、断片的とはいえ、こうして再三健次が、〈無心〉となって対象に没入し、とはいわばあの今現在の純粋なる知覚と行動の経験を重ねていることは看過しえない。

しかし、もとより健次はそのことに気がつかない。なぜか？　この点、第十節の次の一文はきわめて暗示的であるといわなければならない。

《此頃の健次は絶えず刻々の時と戦つてゐる。酒を飲むのも、散歩をするのも、気焔を吐くのも、或は午睡《ひるね》をするのも、只持扱つてる時間を費す為のみで、外に何の意味はない。そして一月二月を取留めもなく過しては、後から振返つて、下らなく費した歳月の早く流るゝに驚く。》

要するに健次は、なにかを知覚し行動している最中のその時の現在只今を、その都度〈後から振返〉り、一連の時間の空費として想起する。とは言葉において、いや言葉においてのみその意味あるいは無意味を了解するのだ。

といって、時々刻々が空しいとか空しくないとかが問題なのではない。つねにそのように今現在の意味（無意味）を言語的に了解し、とは事後的に経験しつつ、しかしというかだからというか、すでに今現在を生きてあることの実感からずれ、それを取り逃しながら生きる——。つまり生きてあることの実感を追い求めれば追い求めるほど、そうしてそれから隔てられて、さまよい続ける他はないことが問題なのだ⑫。

このいわば人間存在におけるもっとも根源的な（?）矛盾（といっておこう）。しかしもとより渦中にいる健次には苛立ちつつ、その矛盾の本質は〈更に分ら〉ない。彼は〈不幸にも世が変つた〉とでもいうしかない。あるいは〈自分の心が老いたのか、地球其自身が老い果て〉たのか、とでもいうしかない。そして現に、その矛盾を生きることを嗟嘆するしかない。

ところで、かつて猪野謙二氏は「何処へ」に関し、日露戦争後の日本、その急速な近代化の中にひそむ様々な問題が、〈鋭敏な知識人青年の感受性にどのような作用を及ぼすか〉、〈これをいち早く、一個の近代的インテリゲンチャの内面的な悲劇として、その憂愁と孤独、倦怠と無為の姿それ自体においてとらえたところに、この作品の意味がある〉としながら、しかしその〈「淋しくて心細くて」という幻滅や生への倦怠〉が、〈つねに「理由も分らぬ」それとして、「何が動機で幾つの歳にか、自分にも分らぬ」それとして、まったく突然のようにやってくる〉、つまり〈かれらの暗欝な精神風景は細叙されているが、それが、たとえばかつて明るい「快男子」からどのような具体的経験を経て、どのような内面のドラマを経てそこに立ち至ったかというところでは、ほとんど筆が省かれている。読者はこれを「しかし不幸にも世が変つた」とか「彼れの弱い身体は長年月の学校生活に倦み疲れ」とかいう、さりげない半言隻句の説明によって推察するほかない〉と批判した⑬。

さらに、こうした「何処へ」における〈きわめて直観的に実感的に提出された「幻滅時代」の新しい知識人像〉に対し、漱石の「それから」を取り上げ、そこではそうした〈新しい知識人像〉が、〈はるかに論理的に、構成的に描き進められている〉点に言及する。すなわち〈当時の知識人の危機的な内情を「現代日本の開化」そのもののもつ矛盾——明治初年以来の不自然な「外発的開化」の所産として考えていた漱石が、この代助の「ニル・アドミラリ」についても、一面ではこれを「欧州から押し寄せた海嘯」による「生活慾の高圧力が道義感の崩壊を促した」結果とし、「日本国中何処を見渡したつて、輝いてる断面は一寸四方も無いぢやないか。悉く暗黒だ。其間に立つて僕一人が何を云つたつて、何を為たつて、仕様がない……」という明快すぎるほどの論理によって説いている〉、と――。

しかし代助がいかに〈論理的に、構成的に〉自らの〈ニル・アドミラリ〉を解説しようが、いや〈明快すぎるほど〉に解説すればするほど、三千代から〈「少し胡麻化して入らつしやる様よ」〉と、にべもなく指摘される始末ではないか。

そしてほどなく、代助は三千代への愛に赴く。〈二人は斯う凝《じつ》としてゐる中に、五十年を眼のあたりに縮めた程の精神の緊張を感じた〉。代助はそこで言葉を失い、まさしく今現在の知覚と行動、その充溢と緊張を生きる。ただ「それから」は、幸か不幸かその無我夢中、ほとんど狂気と混乱の中で終わる。次作「門」の宗助が、すでにつねに、過去をある異和と悔恨において想起しなければならぬ所以である。

おそらく過去、現在、未来と直線的、必然的に連続する時間などありはしない。断片的、偶然的、だからその都度のとるに足りない瑣末な直接所与の経験があるばかりではないか。だが人がまさに人生の意味（無意味）を振り返る時、そしてそれは言葉でしか振り返ることが出来ない以上、とは〈論理的に、構成的に〉、言葉を換えれば必然的、直線的に、さらにいえば前後一貫した明快な〈物語〉を紡ぐしかない以上、人はおのずからなにかを〈少し胡麻化して〉いるといわざるをえない。その虚偽と欺瞞。

しかし健次もまた人生の意味（無意味）を問う以上、その虚偽と欺瞞の終わりない彷徨に、再び三度、出発することを止めることは出来ない[14]。〈定まつてこれとはいへんけれど、只寂しくて、心細くて〉（「寂寞」）。しかしただ、ついに言葉にはならない懐疑、それへの苛立ちと嗟嘆をなお一層募らせながら[15]――。

注

（1）『何処へ』（易風社、明治四十一年十月）所収。藤村の「春」と並んで四十一年度の最高の作品と「早稲田文学」（四十二年二月）に推讃されたが、白鳥自身は〈上つ調子の浅薄なもの〉（「文壇的自叙伝」「中央公論」昭和十三年二月〜七月、のち中央公論社、十三年十二月刊）とあまり高い評価を与えていない。しかし〈「何処へ」が、どつしりした芸術的表現を具へ、作中人物の心理をも底深く洞察し追究してゐたなら、時代精神を示した一つの代表作として異彩を放つたかも知れない〉（「同前」）という言葉は、自負ともとれる。なお詳細は吉田精一『自然主義の研究』下巻（東京堂、昭和三十三年一月）参照。また『何処へ』の主な収録作品は、「空想家」（「太陽」明治四十年十月、「玉突屋」（「太陽」明治四十一年一月）、「世間並」（「趣味」七月）等。「玉突屋」については拙稿「玉突屋」（『明治事物起源事典』（至文堂、昭和四十二年四月）で触れた。

（2）同吉田論文。

（3）平岡敏夫「正宗白鳥『何処へ』」（『日露戦後文学の研究』上巻、有精堂、昭和六十年五月）。

（4）このことに関し山本芳明「『空想ニ煩悶』する青年――「独立心」・「何処へ」を軸として　正宗白鳥ノート1」（「学習院大学文学部研究年報」第三十五輯、平成元年三月）に詳述がある。

（5）「文芸時評」（「読売新聞」三十九年十月十日）には、〈「早稲田文学」の文相訓令に対する意見中を読みて、吾人は日本にも訳の分つた人も多く、先輩も文相のやうな人ばかりではなしと悦しく感ぜられたり〉とし、中にも波多野精一の論を〈最も同感〉〈最も適中せる言〉としてその一節を引いている。すなわち〈青年は「実在に煩悶してゐるのである、個人が、道具視せられることには不満足であつて、しかも個人の真の価値を信ずるに至らずして煩悶してゐるのである」〉。〈「今日の父母の多くは青年を理解してゐない、彼等の重もなる武器は、家の為め先祖の名の為め、やゝ進んだところで国の為めと云ふやうな事に過ぎぬ」〉。青年の〈「多くは現状に甘んずる意気地なき泣き寝入り、然らざるものは不平、不和、煩悶、自暴、自棄に陥るのである」〉。

（6）拙論「白鳥の拘執――『妖怪画』の系譜――」（「文学」昭和四十四年十一月）（本書所収）で触れた。

（7）たとえば竹盛天雄「『何処へ』の菅沼健次―白鳥ノオトの中から―」（『明治文学の脈動―鷗外・漱石を中心に』国書刊行会、平成十一年二月）。

（8）同竹盛論文参照。

（9）前出平岡論文参照。ただこれもまたカリカチュア以外のなにものでもない。

(10) すでに越智治雄「正宗白鳥」(『鑑賞と研究 現代日本文学講座 小説2』三省堂、昭和三十七年一月)で論及しているが、健次が桂田夫人に以前話して聞かせた西洋小説の続きを聞かれ、〈「女は虎列剌《コレラ》か何かで死んぢまつたとしとけば」〉(六)と答えるのは、まさに健次自身の人生の帰趨、その詮無さをこそ語っているのかもしれない。〈作品の末尾は、「健次の足は行場所に迷つた末、千駄木に向つた。」で終わるが、これは題名を説明するものではあっても、何の解決をも示し得ていない。あるいは題名自体が最初から解決のないことを暗示していた、と言う方が正確であろう。これを、作品と同時期(四一年二月)に発表された、片山天弦の「未解決の人生と自然主義」の、「与へられたるものに満足せる人の眼よりこれを見れば、その苦悶は徒労とも見られやうが、求むるもの、切なる心は、求めざるものには解らぬ」、その根底には痛苦、悲哀がある、作家は「未解決の人生をあるがまゝに表現する」のだ、という説明と対置すれば、「何処へ」が自然主義文学の一代表とされる理由も、納得できよう〉。要するに健次の足はつねに一所を堂々巡りするばかり。とすれば、いつどこで止まっても同じなのだ。

(11) 健次が月島の下宿で〈新生涯〉を始めようと決意するのは〈幼い頃讃岐の浜で恣まゝに塩風を浴びて遊んだことを朧気に思ひだした〉(十二)からであるというが、その〈思ひ出〉には(それが〈思ひ出〉であるかぎり)、〈新生涯〉を切り開くだけの力はない。

(12) 〈かりに言語以前の過去経験があるとしてもそれは形を持たない模糊とした不定形《アモルファス》な経験である。それは確定され確認された形を持たない未発の経験でしかあるまい。それが確定された形を備えた過去形の経験になるためには言葉に成ることが必要なのである。そして言葉に成り過去形の経験に成ること、それが想起なのである〉。〈過去形の経験は想起されることがなければ全くの「無」なのである。その無は忘却の空白として誰にも親しいものである。その空白から想い出そうと様々な言葉を探し、選び、試みる。ああではなかった、こうでもなかった、と何度かしくじった後で遂に一つの文章や物語が想い出される。こうして過去形の言葉が作り上げられること、それが過去形の経験が制作されることなのであり、それが「過去を想い出す」といわれることなのである〉。〈ある知覚・行動の経験、例えば海水浴の経験は今最中の経験であり、そこには太陽や海や五体の動きはあるが、多く言葉はない。海水浴は作歌ではないからである。この海水浴を想起するとは、この知覚・行動経験が今一度繰り返されたりその薄められた模造経験をすることではない。海水浴をしたという過去形の経験をすることである。太陽や海や日焼けはそこにない。それらは過ぎ去り消え去っている〉(大森荘蔵『時間と自我』青土社、平成四年三月。なお傍点は大森氏)。

(13) 「白鳥と泡鳴」(『明治の作家』岩波書店、昭和四十一年十一月)。なお瓜生清「『何処へ』論—白鳥と『時代精神』」(「北九州大学文学部紀要」第二十七号、昭和五十六年二月)は猪野氏の論を承けて、「何処へ」を〈小説の構造的非発展性〉の顕著な作品と論じている。

(14) 白鳥に〈与へられなくても、求むる心を没却してゐるのではない〉(「ある日の感想」「国粋」大正十年六月、のち『光と影』摩雲巓書房、大正十二年六月に収録、ついで『泉のほとり』新潮社、大正十三年一月に収録)という言葉がある。

(15) そしてその嗟嘆の漸増に、白鳥のゾラからチェーホフへの転換があったといえよう。

付記(1)

佐藤泉氏はその「『それから』—物語たちの交替—」(季刊「文学」平成七年秋、のち『漱石　片付かない〈近代〉』日本放送出版協会、平成十四年一月)の中で、「それから」に点出する生理学者ウェーバーの〈「精神」を「物理」的刺戟の関数として把握する発想〉に触れ、さらに実験心理学を創始したフェヒナーの『精神物理学』にも触れて、〈神秘の領域であった精神さらに心の霊性は脳と神経生理という身体器官の領域に還元可能の現象〉となり、〈測定され数量化される心理過程〉として自然科学的実験の対象となった所以に言及している。さらに越智治雄氏の「『小説神髄』の母胎」(「国語と国文学」昭和三十一年二月、のち『近代文学成立期の研究』岩波書店、昭和五十九年六月)に及び、坪内逍遥の〈それ稗官者流ハ心理学者のごとし〉(『小説神髄』)をめぐり、逍遥が東京大学で受けた心理学の指導原理について、ベインを主としスペンサーを併用したものであり、まさに〈生理学〉そして〈精神物理学〉に他ならない所以にも論及している。因みに『東京大学法理文学部一覧』(明治十五年四月刊)には次のようにある。〈精神生理学ヲ教導シ以テ学生ヲシテ心、体ノ間恒ニ密着ノ関係ヲ有スルモノナル事ヲ知ラシメ且心ハ決シテ或ル心理学者ノ想像スル如キ独立主宰ノ性質アルモノニ非ズシテ啻ニ心上凡百ノ動作ノミナラズ所謂意思ト雖モ身体機関《オルガニズム》ノ状態ニ関セズシテ全ク独立スルモノニ非ザル所以ヲ覚知セシムルモノ〉。さらに下って文科大学講師として心理学実験室を開室し、〈精神物理学〉の講座を担当した元良勇次郎の「精神物理学」(「哲学会雑誌」明治二十二年四月)にも言及しているが、要するにあらゆる精神現象とは所詮生理的反応にすぎず、だから一切の意味を欠いた物質、いや死物の必然。—因みに阿部次郎他『影と声』(春陽堂、明治四十四年三月)に阿部は、代助の不安と動揺とは〈統一ある情調の中に融かれざる切々の精神物理の発作〉と評している。そしてそうだとすれば、まさしく〈「其間に立つて僕一人が、何を云つたつて、何を為たつて仕様がない」〉という代助の言葉は、〈明快すぎる〉と同時に、じつは苦渋に満ちたものといわざるをえない。又このことは、新しく成立した知の枠組み、いわば新しい常識として、〈生理作用を外にした人間を認められぬから仕方がない〉と言うごとく、当代青年たちの内面に蔓延してゆくのである。が、たとえば國木田獨歩は「欺かざるの記」明治二十六年五月二十四日に〈元良

（勇次郎）氏の「心理学」を読む、其の唯物論、進化論に驚く、不平に堪へず〉と書いている。なお『五月幟』の系譜—白鳥の主軸—」（本書所収）注（13）参照。つまりいわばこうした知性を持つ青年達も多くいたのだ。詳しくは、拙著『獨歩と漱石—汎神論の地平—』参照。

付記（2）

〈玉突き〉

《玉突きが日本に輸入されたのは嘉永年間（一八四八～一八五三）のことであるという。長崎の外国人居留地で行われた。『明治事物起源』によれば、文久二年（一八六二）版の『横浜ばなし』に〈異人旅籠屋〉のことが記され、〈玉にてかけ勝負事昼夜とも劣らぬなり。但二間と三間程の広蓋の如くなる角に穴あり、三尺程の台足付、中に赤玉二つ白玉二つありて六尺斗にて玉をつき、自分の玉を他の玉に当りて穴へ落し、勝まけあるなり〉とあるという。このころすでに横浜にも入っていたことがわかる。ちなみに「撞球の知識」（稲門球友会編、大正十四年六月）によると、そこの外国人居留地にできた英国人倶楽部に撞球室があって、そこのボーイをしていた福田栄太郎と、以前長崎で習いおぼえた鶴公というボーイが妙手だったという。明治三年（一八七〇）版広重筆の三枚続錦絵に「異人玉ころがしの図」と題したものがあり、四ツ玉ではなく多くの玉が描かれているという。東京では明治四年に加賀町にできたものがもっとも早く、大山元帥とか中井桜州居士などが定連であったという。明治十一年六月の「有喜世」には、団十郎、菊五郎ともに玉突き遊びに熱中の記事がある。これらが日本人として早く玉突きを楽しんだ方であろう。明治十年（一八七七）ころには矢女町の精養軒に球台が備えられ、十八年ころには淡路町の万代軒、飯田町の香取軒などにもそれぞれ球場が設けられた。福山幸太郎という天才も出現したという。ついで元園町の玉楽亭や淡路町の淡路亭など、そして日清戦争ののち広く一般化した模様である。赤坂の面白亭、神田の千代田軒、鎧橋の吾妻亭などが盛んであった。本当に独立したいわゆる玉突屋もこのころできた。明治三十二年（一八九九）に新橋の日吉町にできた日吉亭がその嚆矢という。

文学の世界にあらわれた玉突きといえば、やはり正宗白鳥の「玉突屋」（明治四十一）が想い起こされる。大学近辺ででもあろうか、〈背広を着た男〉と〈角帽の青年〉とがボーイにゲームを取らせて玉を突く光景を描いたもので、青野季吉が〈『二本帰り三つ！』と、ボーイは虫の喰つた出つ歯を出して大声に叫んだ〉という無雑作な描写によって伝えられる深夜の玉突屋の雰囲気の中に、〈近代インテリの新しい息吹き〉を感じたと言ったのは有名である（『文学五十年』）。また「何処へ」（明治四十一）の菅沼謙次が、はじめは〈テニスもやる。玉突もやる。彼はクラスの快男子〉として通っていたが、やがて席順を争う根気も虚栄心も失い、友人が卒業試験の準備に夜を徹している間、〈独り球戯場にゲームを争ひ、或は牛屋の二階で女中に囲繞され〉るようになったとあるのも興味深い。玉突きが日露戦争後の青年たちの娯楽として、学生街などに普及していた状況がうかがわれる。天下国家を論じていた一時代前の青年たちと異なり、学業をよそに球戯にうち興ずる青年たちが出現してきたということか。おそらくその出現の背後には、明治末期の青年たちの上を重く覆っていた無偽と倦怠があった。

白鳥に玉突きを教えた岩野泡鳴はかなりの腕自慢であったらしく、彼の作品にはたびたび玉突きの場景が描かれている。「毒薬を飲む女」（大正三）の冒頭に麻布竜土軒における竜土会の様子が描写されているが、主人公泡鳴が平塚篤と無駄口をたたきながら勝負を争っている場面がある。白樺派の作品に玉突きは似つかわしくないが、面白いことに耽美派の作品にも玉突きはあまり出てこない。おそらく玉突きという新風俗は、自然派の蕪雑な世界に格好なものであったようである。》（『明治事物起源事典』至文堂、昭和四十三年四月）

――「早稲田大学大学院文学研究科紀要」第四十六集（平成十三年二月）。今回付記等書き加えた。――

「五月幟」の系譜――白鳥の主軸――

「五月幟」は明治四十一年三月、「中央公論」に発表され、のち『何処へ』[1]に収録された。白鳥の故郷の海浜の村を舞台とし、そこに暮らす人々の生活を活写したものである。「中央公論」の編集長滝田樗陰が早速駆け付け〈面前で推賞するのみならず、諸方へ行つてその傑作たる所以を宣伝し〉、〈原稿料もすぐに二十銭増し〉(「瀧田君と私」「中央公論」大正十四年十二月)となったという。この挿話からも白鳥の作家的水準、とはいわゆる客観的描写の力量(とひとまず言っておく)をあらためて周囲に示した作品であったといえよう。

白鳥はこれより先、「我が兄」(「太陽」明治四十年三月、のち『紅塵』[2]所収)、「株虹」(「新思潮」明治四十年十二月)、また後に「村塾」(「中央公論」明治四十一年四月、以上『何処へ』所収)、さらに「故郷より」(「太陽」明治四十一年九月)、「二家族」(「早稲田文学」明治四十一年九月〜四十二年五月、ともに『二家族』[3]所収)等、いわゆる〈故郷物〉というべき一連の作品を書いている。吉田精一氏は『自然主義の研究』下巻(東京堂、昭和三十三年一月)で白鳥の作品を〈四種類〉に大別しているが、そこで、大正期の「入江のほとり」(「太陽」大正四年四月)、「牛部屋の臭ひ」(「中央公論」同五年五月)[4]にかけての作品群を〈第一類〉として次のように言っている。〈第一類は、「五月幟」「二家族」などから「呪」をへてこの期の「牛部屋の臭ひ」「入江のほとり」などに通じる瀬戸内海沿岸の漁村を背景とした、ロオカル・カラアの豊かなものである。ここでは最低の獣に近いやうな人間生活、無智な庶民の迷信などのほか、たまたまは豪家の生活も扱はれる。「正宗氏があの漁村を使へば、自身も大丈夫と思つてゐる通り、読者の方も安心して読める」（久米正雄、大正七年五月）といはれるやうに、白鳥としては手に入つた材料で、熟知した場所、人物を用ゐ、危気ない成功を収めた作品が多い〉(5)。

日露戦争後の文学状況を概観する時、『破戒』（明治三十九年三月）は言うに及ばず、同じ藤村の『緑葉集』（明治四十年一月）、あるいは早く獨歩の『武蔵野』（明治三十四年三月）『獨歩集』（明治三十八年七月）、花袋の『田舎教師』（明治四十二年十月）、青果の『南小泉村』（明治四十二年十月）、そして藤村の『家』（明治四十四年十一月）、節の『土』（明治四十五年五月）等々、いわゆる地方（田舎）を舞台にした力作が陸続として出現したことはあらためて縷述するまでもない。日本の近代化に伴う様々な問題、就中その間の都市の膨張、肥大、地方（田舎）の衰微、解体、そしてそこに生じた種々の悲喜劇が反映していたといえよう。たとえば都市への流入——人々はあるいは立身出世を夢見、あるいはまさに食うために、都会の生活を求めて郷里の自然を後にする。しかしそこでの生活が彼等に幸せを約束していたわけではない。多くは夢に幻滅し挫折して、故郷への思い、過去と自然への帰らぬ思いに沈む。そのことがおのずから文学的主題となっていったことは想像に難くない。そして白鳥の「五月幟」の系譜の展開も、またこのことと無関係ではないのだ(6)。

白鳥は早く、明治三十七年十二月九日の「読売新聞」に「田舎」という文章を書いている。〈田舎といへば、歌人や新体詩人はいろんなひねくつた言葉で褒めそやし、山水明媚にて住民は淳朴、黄塵万丈の都会に錙銖《ししゆ》の利を争ふ市民とは、全く人種の違ふやうにいふ。東京はいやだ、田舎が慕はしいといへば、何となく高尚気に聞えると思ふ人が多い〉、〈成程編輯局の二階なぞから、京橋の下をくゞる泥水を眺め、囂《やか》ましい電車の音を耳にしながら、瞑想すれば、田舎は恋しく懐しく思はれる〉、〈しかし思ひ返して、公平に田舎を観察すれば、決して藐姑射《はこや》の山でも無何有《むかう》の里でもないので、このいやな都会よりも更に一層いやな所である〉。そして、

《田舎の醜悪の方面を挙ぐれば数限りのない程ある。第一田舎には地方々々で狭隘極まる道徳観があつて人間の自由を妨害することが甚しい。東京だと提灯行列に行かなくとも勝手だが、田舎では祭礼の馬鹿騒ぎでも仲間に入らなくてはならぬ。宗教も自分の勝手で信仰せず、今でも耶蘇教なぞを信ずれば、さま〴〵の妨害を受ける。東京だと隣近所と交際しなくともよいが、田舎だと周囲のいやな人間とも煩瑣な関係が出来て五月蝿《うるさ》くてたまらない。それで何時も探偵が傍にゐるやうで、田舎物の暇にまかせて一言一行を注目して、野良話の種にして、生意気な批評さへ加へる。それで田舎物を正直だの名利の念が薄いだのといふのは大間違ひで、吾人田舎通の目から見れば、都会の住民よりも遥かに貪慾で淫乱で無慈悲だ。田舎を神聖視するは机上の空論である。》

時代に瀰漫する望郷への思い、その感傷に冷水を浴びせているわけだが、要するに白鳥はここで、そもそも田舎（前近代）を嫌忌し、都会（近代）に救いを求めて出てきた以上、その都会に幻滅したからとて、いまさら〈一層いやな〉（それゆえに棄てて来た）田舎には帰れない、ということを、一種自虐的に確認しているのである。

いわばすでにどこにも帰属しえない流浪者、故郷喪失者の呪詛――。たとえば「我が兄」。瀬戸内海の入江に臨む村で代々庄屋や名主を勤める旧家に生まれた穂谷猛男は、秀才の誉れ高く、前途に大きな夢を描いて岡山の学校へ、〈我郷から他郷へ遊学するはこれが初めて〉と出掛けてゆく。しかし父の急死で村に帰され、家を継ぐが周囲の因循姑息に抗えず、次第に焦りを募らせる。偶然知りあった隣村の男と計り遠洋漁業に出るが、事故に遭って死に、多くの借財や怨恨が残る。弟の〈自分〉はそんな村を嫌って都会に出るが、病を得て憔悴してゆくばかり。〈「何時まで生命《いのち》があるんだらう。病気は癒《なほ》りさうでもないが、癒つたつて嬉しくもないんだ。東京生活も十四五年、学校を中途で病気のために止《よ》してから、活版の職工、校正掛、玄関番、心にもない仕事に、若い月日を送つて、その揚句が肋膜炎に罹り、親戚とか親友とか、自分の苦痛を柔げて呉れる者の一人もなければ、病気は力限り、心をも身体をも荒らしてしまつたが、まだ死に切れなくて、物置部屋に廃物となつて存在してゐる」〉。

ただ「五月幟」の系譜として見れば、この「我が兄」はまだその前哨的作品にとどまる。兄を破滅させた田舎を呪い、また〈自分〉を朽ち果てさせる都会を呪う、その自分達を受け容れぬ一切のものへの呪詛、それはあの『紅塵』に収められた作品群を覆う、状況への盲目的な反噬を出ない。(7)その意味で次作「株虹」はまさに意識的に、〈田舎〉を検証の中心に据えた「五月幟」の系譜の起点的作品といわなければならない。

瀬戸内海沿岸を写生旅行していた〈予〉は、ある村に滞在した時、旧家の若主人鶴崎と懇意になりその家に寄宿する。静かな海浜の風光に触れて喜びを覚えているうちに、鶴崎が大地主の特権を笠にきて村人を〈野獣〉、〈虫けら〉と見下し、異形の馬鹿市という男を使って村人を迫害していることを知る。そればかりか村人は無言で鶴崎に従うが、陰に廻ると下卑た悪口雑言、陰湿な復讐を繰り返す。〈予〉も〈馬鹿旦那の御機嫌取り〉と見なされ、誤ってある村人の畑を踏んだ時、いきなりその村人に殴られる。その無智で低劣な村人にも〈予〉は不快の思いを募らせる。――こうしてあの〈田舎の醜悪の方面〉が次々と挙げられ、それへの嫌悪が語られてゆくのである。

白鳥はこの稿を寄せた「新思潮」の小山内薫に、〈御都合で終へ「旅行記の一章」と六号位で入れて下さい、瀬戸内海の人間をもつと書いて見たいので、あれはその一つにするつもりです〉(明治四十年十一月十日)と手紙を送っている。おそらく白鳥はこうして〈旅行記〉風に、〈挙ぐれば数限りのない程ある〉という〈田舎の醜悪の方面〉を、都会よりも〈遥かに貪慾で淫乱で無慈悲な〉田舎を、剔抉すべき恰好のものとして、〈もつと書いて見たい〉というのだ。

白鳥は明治四十一年八月三日の「読売新聞」の「随感録」に次のようなことを書いている。〈僕も故郷へ帰ると現実の中に沈んでしまふから厭になる。矢張り都会にゐて故郷を思ふてゐる時に故郷が一種の詩味を帯びて映ずるのだ。東京にゐると、幾ら現実が耳目に触れても、吾人はそれを離して見ることが出来る。嫉妬怨恨詐欺陥擠《かんせい》、どんなことが寄せて来ても、局外中立で見て面白く感じてもゐられようが、故郷ではさうはならん。友人がどんな事を云はうと左程恐るゝに足らず、日本人は五千万もあるんだから、強いて厭な人と交際しなくてもよい、又して貰はなくてもよい。しかし故郷ではさうはいかん、骨肉の関係は自分から離して見ることが出来ん。一生縁がつながつて、自分に影響を及ぼすのだと思ふと窮屈な束縛を感ずる》。そして、

《小杉天外氏嘗て小説家には田舎物がいゝ。田舎ではその村民の先祖以来の事がよく分つてゐて遺伝も明らかに辿ることが出来ると話された。田舎ではつまらぬこと迄一村全体に影響を及ぶ様にも分るし、人間と人間との交渉も明瞭に分る。風土とその村民との関係も分る。狭くとも深く人生を研究するには田舎に住むのが便利だ。殊に郷里だと村民の先祖以来の変遷も知られ、人生研究には都合のいゝことがある。》

この後、〈文学者は書斎にすつ込んでゐては駄目だ、広く世界に交らねばならぬとは一面の真理たるに止まる。吾人は幾ら、孤独でゐようとしても、生存上多少の人と接しない訳には行かぬ。それ丈で充分に人生を窺ふことが出来る〉と続くのだが、要するにここで白鳥は〈田舎〉を、単に時代の風潮（〈田舎を神聖視する〉）への反撥から取り上げようとしているわけではない。むしろ自らの〈人生研究〉、つまり小説を書くことの中心の課題として捉えている。中でも先祖以来の遺伝と環境、骨肉の関係、風土と村民の関係が重要な対象として検出、実証されようとしているのである。(8)

なによりも出自としての〈田舎〉、それが単なる空漠とした嫌悪の対象をこえて、白鳥の〈人生研究〉、小説作法の基底の問題として、意図的、積極的に考察されようとしているのである。しかも田舎の人間達の〈貪慾で淫乱で無慈悲〉な一々が、先祖以来の遺伝と環境の見取図、いわば血縁、地縁の図柄において、まさに客観的、写実的に構想されようとしているのだ。(9)

そしてこのことは、あの「妖怪画」の系譜に連なる作品群、人間を一匹の人間獣として、とはそれほどにも生物学的、生理学的な対象として、だから一個の〈物〉として捉えること、つまりそのような科学的探求、またはそうした世界観、人間観による描法にも通ずるものと重なってゆくといえよう[10]。

もとよりそのことによって、旧来のきらびやかな価値や観念の仮想が暴かれ、世界は物質の堆積とその空しい因果関係を晒している、いや人間そのものが冷たくその骸を晒している、その一切が物、死物と化した酷薄なる光景に耐えるものの戦慄――。いわゆる白鳥の不安とか恐怖というものがそういうものなら、「五月幟」の系譜に連なる作品群にも、それは根本のものとして湛えられているのである。

さて「五月幟」は〈「穂浪村は人家三百戸。」と、小学の教師は二十年も前から児童に教へてゐる。この三百戸の八九分は漁業か農業、或ひは漁農兼帯で生活《くらし》を立てゝゐるが、百八十番地の「瀬戸吉松《きちまつ》」の一家は、母は巫女《みこ》、息子は画工。村に不似合ひな最も風変りの仕事をしてゐる〉と始まる。

〈彼れは小学校も二年で止めた。絵画の教育など更に受けたことがない〉。〈十三歳の初夏、大酒呑みの父が、麦刈最中に発狂してから、詮方なく自分も日雇稼ぎ〉、が〈チビ松と綽名を付けられる位、身体《からだ》が小さくて弱いため、人並の仕事は出来〉ない。しかし幸いある正月の村芝居の画割を書かされたことから〈画才〉があると認められ、今では〈この界隈の五月幟、漁夫の崇める恵比寿大黒の掛物は皆彼れの筆を煩はすのである〉。〈巫女〉の母の稼ぎと合わせ、妹初野を入れた家族三人、カツカツの暮らしを送っている。

そういう吉松もすでに二十歳、彼の見る所では村で一番美しい娘の竹が彼の囁を聞き、彼の妻になる積りでいる。〈「吉の野郎は二十歳になつて、まだ衒妻一人よう拵へぬ、意気地なし奴」〉と若衆仲間に言われるのを、これで吉松は見返す気なのだ。

しかし吉松の心は落ち着かない。一つには〈「村の者は私《わし》の父ちゃんは狂人で、お母は乞食、妹は阿房ぢやと云ふて笑うとる」〉という現実、そんな所に果して竹は嫁に来てくれるだろうか。吉松は思わず絶望的になって、妹のことを〈「又皆んなに冷かされとるんぢやないか、あの阿房に困るなあ、早う死に腐れやえゝのに」〉などと悪態をつく。そしてなによりも、そうして自分達を迫害する村の人間達の野卑と粗暴——話題といえば〈大抵は喧嘩か女、或ひは賭博《ばくち》。しかも四辺《あたり》かまはず露骨な言葉で持ち切り〉という醜状を憎む。折しも旧暦五月の節句で遠海に出稼ぎに行っていた舟の男達も戻って来る。節句に向けた絵の注文を届け、思いの外沢山貰った礼金に気を良くして家に帰る道すがら、吉松はその中でも取りわけ乱暴な者達、まさに〈野獣〉のごとき男達に取り囲まれる。〈牙《き》歯《ば》の亀もゐる、備前徳利の米《よね》もゐる。ダニの虎、猪首《ゐくび》の鶴、村を騒がす連中〉である。

《「思案投首で何をしとる、衒妻の事でも考へとるか、汝やお竹と夫婦《めをと》約束したちふぢやないか。」

「さうぢや〳〵、誰れやらがそんな噂をしとつた。」

「汝《われ》も中々悪さをするのう、私等《わしら》が一寸漁に出て村に居らん間に、こつそり女子《をなご》を拵へるたあ、汝もえらいぞ、祝ひに酒でも奢らんか、その袂の銭で。」

と、皆んなで面白さうに色んな事を云つて、冷かしては笑ひ、笑つては冷かす。吉松は我知らず袂を握り締め、

「虚言《うそ》ぢや〳〵、そがいな事があるもんか。」と、狼狽《あわ》てゝ云つて、顔を少し赤くした。

「隠さんでもえゝわ、ぢやけど汝もお竹だけは諦めい、あの女子はな、ちやんと主が定つとるんぢやぞ」と、虎は毛脛を出して胡床《あぐら》を掻き、澄ました顔で煙草を吸つてゐる。

吉松は一座を見廻して、最後に目を丸くして、虎の顔を見詰めた。

「お竹にやちやんと主がある。」と、虎は繰返して、「汝やまだ知るまいが、彼女《あれ》は源兄《げんあに》の者に定つとるんぢや。源兄が去年土佐へ行く時、お竹は己《おら》が嫁にする、五月の節句に帰るまで、彼女に手でも触《さは》つて見い、承知せんぞ

と、私等に云ひ付けたんぢや。汝も気を付けい、うつかりしてお竹の惚気《のろけ》でもぬかすと源兄に首つ玉あ捻ぢ切られるぞ。」

その様子が万更戯言《じやうだん》でもなささうなので、吉松は真青になつて震へた。》（傍点白鳥）。

〈源と云へば駐在所の巡査も恐れて手出しをせぬ程の暴れ者。腕力が強くて三人前の仕事もする代り、癇に触ると、出刃包丁を振り翳すのが評判の癖だ。十五六で魚売りをしてる時分から、魚源命知らずと、饅頭《まんぢゆう》笠に書いて隣村へも名の通つてる男だ。虎でも亀でも源にや道を避《よ》けて諂言《おべつか》の一つも云ふ。彼《あ》れに見込まれちや、厄病神に取付かれたやうなもの。何だつて私《わ》しやお竹なんか思つたことか〉。吉松はもう恐ろしくて仕様がない。

〈翌日は雨。風も少し加〉わる中、〈婆さんは鈴を持つて、お高姉の家へ生霊退治に出かけた〉。その留守、お竹が傘を借りるを口実で寄り、〈「お節句が済んだら舟が出るから来てお呉れな」〉と言つてゆく。吉松もその言葉に〈一縷の希望が浮ばぬでもない〉。

《しかし小供の時分から胸に刻み込んだ不安感は、今も消え失せず、ちよろ〳〵舌を出す。彼れには村が恐いのだ。盂蘭盆とか氏神祭とか、四季折々の賑ひには、吃度下駄が飛び、鉈が飛び、血塗れ騒ぎの起るに定つたこの殺伐な村が恐い。何だつて皆んなが仲よく面白く暮さんのだらう。せめて命《い》知らずの源が死んだなら、此村も少しは穏やかになるかも知れぬ。喧嘩の数も少くならう。亀や米も源に唆《そそ》かされて付け元気で暴れ廻るんだから、親分の源がゐなければ、あんなに無理非道な人困らせをせんに極つてゐる。

「村の為自身の為、源が死んだら〳〵。」と、二十分も三十分もそればかり考へた。》

そこへ母親が血相を変えながら、妹を連れて帰って来る。

《「お母、どうしたんなう」

「どうしたも何もあるもんか、汝まあ聞いて呉れい、お高姉のとこから戻りに、米公の前を通ると、初野《これ》が真赤な顔をして裸になつとるぢやないか。何をしとるんかと思うて入つて見ると、汝、源や亀が大胡床《あぐら》かいて酒を食《くら》うとりやがつてなあ、初野《これ》に無理無体に酒を呑ませて踊らせとるんぢやでな、そりを見て、私や腹が立つて〳〵、飛び込んで叱りつけてやると、汝《われ》、尚の事皆んなが悪戯気《ふざけ》出しやがる。終ひにや私《わし》の持つとる鈴を出して、囃しちや馬鹿踊りを初めやがる。大事な鈴が汚れちや、私の命を取られたも同じではないか、今に見て居れ、祈り殺してやるぞ。」

と口惜涙を濺いだ。》

まさに無知、暴力、無法の未開、野蛮でグロテスクな世界が繰り広げられているのだ――。

ところが結末は次のような〈どんでん返し〉[11]で終わる。

《翌日は五月五日。雨は名残りなく晴れ、冴えた光は一村を包んでゐる。吉松は昼餐《ひる》の御馳走にと魚買ひに出た。道の左右の葺屋瓦屋、家々の門《かど》には五月幟が勇ましく飜つてゐる。小児等は諸方の幟見物に廻つてゐる。吉松は何となく得意になつて空を見上げてゐると、源が籠を提げて近づき、

「吉公、汝《われ》も壮健《たつしや》か、久し振りぢやのう。」と笑顔をして、「沙魚《はぜ》をたんと貰うたから、汝にも分けてやらう、さあその鍋を此方へ出せ。」吉松は返事もせず棒立ちになつてゐる。涼しい塩風が顔を掠める。》

繰り返すまでもなく、ここには〈田舎の醜悪の方面〉、〈貪慾で淫乱で無慈悲〉な一々が次々に描写されている。貪欲、淫乱、無慈悲というばかりではない。貧困、暴力、賭博、迷信、呪術、不衛生、疾病、狂気――、それがいささか魯鈍な主人公を中心に、狂死の父、愚昧な母、痴呆の妹の関係において、しかもそうして親代々に繋がる人々の群の遺伝と環境の構図――習俗、差別、排斥、争闘、憎悪、嘲笑、不安、恐怖の中で、簡潔に検出、実証されているのである。

そしてここには、いわゆる人間的な尊厳や叡知などというものは一かけらもない。あるのは弱肉強食、優勝劣敗

の冷厳なる原理であり、つまりは力対力、量対量、煎じ詰めていえばその〈純唯物論的〉因果連鎖なのだ(12)。いわゆる人間的なるものが介在する余地はなく、一切は（そして人間そのものが）物質の力と量において決定づけられている。だから一切はまさに物、死物となってその索莫たる眺望を晒している(13)。その蕭条たる風景への一種自虐的な凝視。そしてそこに人間としての、白鳥の戦慄が湛えられているといえよう(14)。

だが、にもかかわらず「五月幟」には、そうとばかりでは概括しきれぬものが残るといわなければならない。あの結末の〈どんでん返し〉に見られる〈けろりと明るい、健康な潮の香のする漁村がそこにある(15)〉というごとき、いわば濃やかで、豊かな人間的情調の揺曳を無視することは出来ない。

たとえば源のことを聞き、恐怖に怯える吉松の周辺を白鳥は次のように書く。あえて長い引用をするが、「五月幟」におけるもう一半のトーンとでもいうべきものを聴くために、書き写してみる。

《婆さんの声は欠伸《あくび》まぜりで、次第に糸車も間断《とだえ》勝ちになる。吉松は時折話しかけられても碌に答へぬ。で、暫らく母子背合《せなかあは》せで黙つてゐると、何時の間にか初野が勝手口からノロ〱入つて来た。白痴《ばか》の中でも陽気に騒ぐ方ではなく、口数は少く、戸外《そと》へ出るにも帰るにも、大抵は忍び足で、家の者にも気づかぬ位だ。両方の袖口を持つて、いゝゝ、しよんぼり庭に突立つたまゝ左右を見廻し、

「お母、家は暗いなあ、兄よ、お宮は賑やかぢやぞ。」と、低い声で云つて、草履を引摺つて又戸外へ出かけた。

「初は朝から御飯も食べいで、何をしとるんなう、もう何処へも行かいで、早うお夕飯を食べなよ」

と、婆さんは猫撫声で云つたが、初野は「そいでも家は淋しいもの。」と、何処へか行つてしまつた。

「また皆んなに嬲られたいんか。」と、婆さんは独り言のやうに云つたが、最早娘を気にも掛けず、糸車を離れもせぬ。

吉松も今宵は住み馴れた家を、際立つて暗く感じた。室《うへ》に這ひ上つて行灯をつけ、灯心をかき立てたが、隅々は尚暗い。天気が変つたのか東風《こち》が吹き出し、ソヨ〳〵と裏口から入つて来る。枇杷の木も騒ぎ出した。宮の太鼓の音は止んだが、ワイ〳〵叫ぶ声は一層盛んに聞える。彼れは耳を傾けてゐたが、やがて不意に起き上つて、声する方へ向つた。三日月は既に沈んで、天遠く星が力弱く光つてゐる。

彼れは小暗き道を通つて、玉垣の側に佇《たたず》んだ。鳥居の根元は出入の提灯に照らされ、松葉に蔽はれた敷石が明るくなり暗くなつてゐる。酔漢《よひどれ》の声が遠くなり近くなる。神社《やしろ》の扉は広く開いて、神前には大きな蠟燭の光が燿き、左右には数十の漁夫が居並び、中には片肌を脱いでる者、胸毛を露はしてる者。怒鳴つては呑み、呑んでは怒鳴り、言葉の綾も分らず、只騒がしい蛮音が一つになつて、酒の香ひと共に神の境内に漲つてゐる。神社の周囲《まはり》には小児《こども》が群がり戯れてゐる。常の夜は漣の音と松風ばかり、丑三つには呪咀《のろひ》の女が白装束で蝋燭を頭《かしら》に戴き、呪文を誦して松の幹に、胸の恨みを籠めた五寸釘を打つと、母から聞いてゐるが、その淋しい浄地は、一村の歓楽の巷となつてゐる。

吉松はその声を聞きその香を嗅ぎ、熊の如き腕《かひな》をまくつた人々の勇ましい姿を垣間《かいま》見てゐた。しかし団欒《まどゐ》に飛び込みもしない。

「兄《ああ》よ。」と後から突如《だしぬけ》に声がした。顧みると初野は依然両方の袖口を持つて、無心に身体を揺ぶつてゐる。

「兄《ああ》はお宮の中へ行かんのか。」と、兄の顔を不思議さうに見た。

「汝はまだ此処に居るんか、皆んなに嬲られん間に、早う家へ戻れ、お母が待つとる。」と、吉松は常になく柔しく云つて、妹の袖を捕へようとすると、初野は身を翻して松の蔭へ逃げた。

濃い雲が東の山から吐き出されて、空へ広がつてゐる。

「明日《あした》は雨か。」と、チヨン髷の老漁夫がいぢかり股で石段を下りた。

飲み尽くした空徳利を提げた千鳥足が鳥居の左右へ散つてゐる。先立つたのと遅れたのと互ひに呼んでは答へ、
「畜生め。」「馬鹿野郎。」の声が姦《かしま》しく闇から闇に伝はる。

吉松は彼等が今宵至る所に賭博に耽り、女に弄れる様を想像して、羨ましく嫉しく感じた。

大勢の後から、手拭を首に結んだ一群が、社内を出て、お百度石を取り囲み、何か小声で話し合つてゐる。虎もゐる。亀もゐる。頻りに首肯《うなづ》いてゐるのは源らしい。と思ふと、吉松は空想の消えて急に怖気《おぢけ》がつき、玉垣の蔭に小さくなつた。そして彼等が鳥居を潜るのを待ち、静かに帰りかけた。

星は残りなく隠れた。沖には常に見る漁火の一つもなく、舟唄も聞えず、暗い波は黒い雲と接して、只風にもまれた満汐の音が高い。

「兄よ、沖にや海坊主が居るんぢやなあ。」と初野は闇の中から声を掛けた。吉松は黙つて妹の手を執つて家へ帰つた。母の影は障子に薄く映つてゐる。糸車の音も聞える。》（傍点白鳥）
たしかにここには、単に汚穢、殺伐とした〈田舎〉、そこに本能と土俗のなすがままに、だからいわゆる人間的なるもの、精神とか感情、優しさとか愛とか哀しさなどというものとは無縁に、とはつまり蠢く肉塊として、物塊として存在する人々が、それとして冷然と、リアリスティックに検証されている、というには留まらないなにかが加味されている。祭の夜の光と闇、そこに浮かび出る老若男女、その禽獣のごとき相貌。だがまさに同時に、彼等人間はもとより、それを取り巻く自然——空や海、雲や風、山や森すべてが、生々《せいせい》と深く豊かに息づき、両者——自然と人間は渾然一体となって呼応、溶融し、だからその間にどこからか生霊や死霊、物の怪など魑魅魍魎までが生を得て顔を覗かせる。その一切が賦活され、生命に充ちて交感しあうごとき、まさにアニミズム的、汎神論的世界、その中を吉松と初野の兄妹が手を取りあって〈家へ帰〉るのである。[16]

近松秋江は「五月幟」を論評して、〈氏が従来の作品中にても最もすぐれたるものの一にして、また最も氏に特

有の作品である。最も自然的色彩に富む作品である〉とし、〈作者の大主観が底気味悪きまで奥深く大自然とつながりたる、自然と人生の巧みに融け合ひたる、所謂粗描のエフエクチイブリイに使用せられたる、悪く脚色を施さざる長所の見えたる、地方的特色の明瞭に発揮せられる〉云々と賞賛している。[17]〈大主観〉とか〈大自然〉とか、いわゆる自然主義的文学理論を担うこれらのタームの厳密な規定はしばらく問わず、[18]ここには世界が〈純客観〉的に検証されながら、同時に〈排主観〉の非情に偏せず、水は光り風は匂い、そのように人間＝〈主観〉と〈自然〉との交響、共感において、生々と描出されていることへの卒直な驚嘆が語られているといえよう。

そしてさらにそれは、小林秀雄のいう〈詩人〉でなくては決して捕らえることの出来ないなにか――〈歌〉ではないか。そこにあるのは世界をもっぱら物質の因果連鎖として見通す冷徹な眼であり、が同時に、その眼に映る〈自然の単純な姿〉なのだ。[19]

さて次に「故郷より」だが、この作品は「二家族」が連載され始めた同じ月に発表され、のち単行本『二家族』に合わせて収録された。現在東京の新聞社に勤める〈僕〉が〈十八歳迄を送つた故郷〉に、祖母の死んだ時帰郷して以来、二年振りに帰り、その日々の所感を友人〈H君〉に送る、その五通の書簡によって構成された作品である。[20]まず〈僕〉は〈第一信（出発前）〉で〈故郷は海辺で暑苦しく、漁村なれば一種の臭気を放ち、蚊と蝿は極めて多い。女は醜く、男は殺伐、僕等神経過敏の徒をしてシヨツクせしめることが多い。山は禿げ海は濁り、自然の風光に何等の美もない。家庭は子沢山にて、泣く声、争ふ声の絶える暇《いとま》がない。そして最も僕を愛し、僕も亦父にも母にも勝つて懐しく思つた祖母は、既に他界の人となつてゐる。何故の望郷の心ぞ〉という。しかしその〈何等の興味を起さしめる土地〉ではない故郷に、〈四五日〉来、〈急に帰心が湧き上〉り、そうなると〈矢も楯も堪らず〉、〈帰つて見たい〉というのだ。

そして帰郷（以下〈第二信〉）。家族と再会し、幼少年時を過ごした二階の書斎から、眼の前に広がる海岸一帯を見渡し、さらに戸棚を開けて奥の方から日記帳や文集――小学校時代の『八犬伝』模倣の美文から民友社張りの感想録、〈病苦〉を訴え〈身の羸弱を歎じ〉る文章を出して見ていると、〈僕の頭は少年時代に舞ひ戻つた気〉がする。

だが〈肉身の者に囲まれ〉（以下〈第三信〉）、寛ぎを感じながら〈愉快に晩餐《ばんめし》の膳に向つた〉が、〈何だか勝手が違ふ〉。いつも祖母がいた席に〈七歳《ななつ》の妹〉がいる。それで〈何か足らん気がする〉のか、〈しかしそれは僕一人の感じ〉で、父母、弟妹達はもう祖母のことなど遠くに忘れ、その代わり日々の新たな生活への対応に忙しい。幼い弟妹達は成長し、一番上の弟には子が生まれ、彼等が一家の中心となっている姿を見ては、もう祖母とともにあった少年の日々の追憶など所詮空しい。〈「何困つたら田舎だ。」とは、東京で意気銷沈した折の逃げ口上であつたが、それはもう役に立たぬ〉。

〈父は此頃村税の又増加した話をした。村民の生活《くらし》に困つて続々他郷へ去り、旧家の破滅する様を話した〉。ばかりかそういう父に母も加わり、〈僕に結婚を要求したり、又は大勢の子供を如何に処分すべきかを相談するのである〉。つまり相も変わらぬ今日の生活、血と肉の存続。〈長子たる僕は負担と責任とが何処からともなく、身に迫つて来るやうで、これを脱するには、目を瞑《つぶ》つて逃げ出すより外仕方がない〉。そして、

《一体僕が東京で「現実々々」と叫んで、人生の苦悶を喋々してゐたのは、あれは矢張り空想なのだ。この涼み台に幾多の家族に取り囲まれ一団の蚊の唸る音を聞いて、座つてゐる僕が、本当に現実に面と面を摺り付けてゐるのだ。皮肉もない、詩味もない、当て込みもない、只現実その物を感ずるのだ。》

一日、祖母の墓に詣った序に（以下〈第四信〉）、〈幼な馴染〉の〈新住職〉に会う。〈彼れは古老の反対を物ともせず、一村開闢以来のこの寺院に初めて堂々と妻女を連れ込んだ〉。〈旧習慣旧制裁の次第に破れんとするこの寒村に、最も明かに偶像破壊者《アイコンクラスト》の旗幟を掲げた者は、偶像によつて生活してゐる僧侶だから面白い〉。

《寺から我家までの道筋にも、何百年と由来のある床しい旧家の破壊され、その跡へ粗末な家の建ちかゝつてゐるのが二つ三つ目に付く。まだ朝風の涼しいのに、赤裸が盛んに往来してゐる。女は両袒《りやうはだ》抜ぎ、男は犢鼻褌《ふんどし》一つの丸裸が村の風俗で、誰れも咎める者がない。天日と塩風で赤児《あかんぼ》の時分から鍛へ上げられた肌《はだへ》は、備前焼のやうに赤々として、如何にも獣力が遺憾なく発揮されてゐると見える。痩せて青い顔の僕の如き者は、到底この周囲に当て嵌つて行けるものぢやない。田園に退いて労作するといふのは、要するに空想として趣味があるのだ。青い顔は矢張り青い顔仲間の都会で、不自然な暮しをせねばならぬ。赤裸等の粗暴な言語は、錐のやうに僕の耳を貫く。僕は急いで家に帰つた。》

家では〈小説を読みに東京へ行きたい〉と言う〈二番目の妹〉がいまも読書に夢中である。〈僕〉も昔、〈暇さへあれば寝ころんで読書をしてゐた〉。その時は〈仏壇から祖母の看経の声、珠数の音が、僕の読む物語の中へ融け込んで、何とも云へぬよい心地がした〉。頭を剃った祖母の珠数を爪繰《つまぐ》る姿が一家に〈詩趣〉を添えていた。が、もう〈看経する者はない〉。〈大きな仏壇は昔のまゝに存在して、線香の煙も漂うてゐれど、その線香も下女の手で灰の中へ突込まれるので、念仏の声と礼拝の手で捧げられるものではない〉。

《滑稽新聞の愛読者たる新僧侶によつて、寺がドライで奥床しくなくなつたと同じく、我家も祖母の死によつて、殺風景になつてしまつた。仏壇には黒光りのする観音や先祖代々の位牌が並んで、その側に不似合ひな白い石造の地蔵尊がある。祖母からよく聞いてゐたが、僕の家は二三代も子が無かつたので、母の嫁いだ時、播州の或る有名な寺院に願を掛けて、この石仏を貰つて来たのださうだ。霊験はあまりに著しかつた。この地蔵尊も皮肉な仏様だと思ふ。》

〈僕〉はそのまま昼寝をする。〈昼飯時に起されると、学校帰りの連中が揃つて膳に向つてゐる〉。〈飯籠には蝿が集《たか》つて、それを見たばかりで、食はぬ前から嘔吐を催しさうだ。大きな丼《どんぶり》に盛り上げられた漬物は直ぐに平げられてしまふ。食つてしまふと、幼少がそれ〴〵に活動を初めて、叫喚怒号も絶えぬ〉。――〈これが故郷だ。僕は一日も早く東京へでも何処へでも逃げて行きたい〉。

〈僕は明早朝出発東京へ向ふこと、決した〉（以下〈第五信〉）。〈プーシキンの「ヲネーギン」は三日で田園生活が厭になつたさうだが、僕は一日で厭になつた〉。〈父は出発と聞いて、僕を呼んで真面目な話をした〉。母も〈僕の側に座つて話に耳を傾けた〉。

《真面目な話と云へば大抵分つてゐる。父は祖先から授けられた田地家屋敷を、一寸も減ずることなく、その子孫に伝へるを以て、一生の方針として義務としてゐる。僕に説くにもそれを以てする。父はこの騒がしい家庭を行末長く伝へるに倦《う》みもせず飽きもせぬのであらうが、僕は三日間の現実の刺戟で、既に心に疲労を感じてゐる。

僕は有耶無耶の間に父の前を逃げて、海の見える二階へ上つた。》

おそらく「故郷より」は、「五月幟」の系譜を綴る白鳥の心奥をもっとも明瞭に伝えている。〈急に帰心が湧き上〉り、〈矢も楯も堪らず〉帰って来たものの、その心は束の間に萎えてしまう。要するに懐しき〈故郷〉とは、過去の追憶の中でのみ、きらめくごとく夢見られていたにすぎない。しかも現に眼前にある〈故郷〉は大きく変貌したものの、真実はやはり旧態依然で、醜悪、殺伐、喧騒、不潔、ただ〈目を瞑《つぶ》つて逃げ出すより外仕方がない〉所なのだ。

しかし思えば、今こそ〈本当に現実に面と面を摺り付けてゐるのだ〉。〈皮肉もない、詩味もない、当て込みもない、只現実その物〉。が、翻って〈東京で「現実々々」と叫んで、人生の苦悶を喋々してゐたのは、あれは矢張り空想〉のそれではないのか。

そしてそれは、白鳥自身が自然派の一人として、〈現実暴露の悲哀〉を語りつつ、[21]対々追究すべしと〈喋々して〉いた〈「現実」〉ではないのか。しかし現に〈故郷〉に帰り、〈本当に現実に面と面を摺り付けて〉みれば、〈一日で厭にな〉り、〈一日も早く東京へでも何処へでも逃げて行きた〉くなるのである。[22] が、驚くべきことに、父や母をはじめ、この〈叫喚怒号も絶え〉ぬ〈故郷〉に留まり、この〈騒がしい家庭を行末長く伝へるに倦みもせず飽きもせ〉ず、耐え続けているのだ。

〈僕〉は、この〈いやな都会よりも更に一層いやな〉田舎から、一日も早く〈逃げ〉るしかない（ふたたび〈青い顔〉の放浪者、故郷喪失者となって）。もとより〈何処〉にも耐えられないのだが、しかし〈何処へ〉かに救いを求めて。[23] すべてが物質の因果連鎖に収斂する、まさに無意味でしかない〈「現実」〉を超え、より遥かな生の根拠を求めて（?）――。

だが、それにしてはこの眼前の〈現実〉の、圧倒的な迫力はなんだろう。小説は最後、〈この次に帰省する時分には、食堂に更に膳の数が殖えるのであらう。何だか地蔵尊が気になる〉という一行で終わる。おそらくその文意は、そうした中にも子が生まれ、また生まれて〈行末長く〉、〈倦みもせず飽きもせ〉ず、人間は生き続けて行くということではないか（まさに〈生殖〉や〈遺伝〉の法則に則りながら）――。

しかし、その眼前の〈現実〉を措いて、どこに、どんな根拠があるというのか。今ここに、こうして見えているものこそが、そっくりそのまま、その根拠というべきではないのか。

郷里に帰り、〈田舎の醜悪の方面〉を検証、確認すべく、しかし案の上その〈貪慾、淫乱、無慈悲〉に圧倒され、人間の欲望――〈肉慾〉とか〈生存慾〉の強烈さに辟易して、その前から再び逃げ出そうというのだが、しかしその〈肉慾〉なり〈生存慾〉においてこそ、とはつまり、生んで、殖えて、地に満ちてゆく人間の姿以外、生の深い根拠など、他のどこにあるのか。その重い手応えのある感慨――その意味で最後の〈何だか地蔵尊が気になる〉という一句は、例の（「五月幟」の最後に似た）〈どんでん返し〉に通うものといえるかもしれない。

注

（1）易風社、明治四十一年十月。
（2）彩雲閣、明治四十年九月。
（3）新潮社、明治四十二年七月。
（4）ともに『入江のほとり』（春陽堂、大正五年六月）に所収。
（5）さらに吉田氏は大正中期以後の作品にも言及、〈「金庫の行方」（六年四月）「彼岸前後」（七年五月）「老僧の教訓」（同六月）など、いづれもこの種の短篇である。最後の「老僧の教訓」は「老醜もの」として白鳥、秋声に共通する自然主義の題材、ことに白鳥の好んで扱つたものだが、半身不随でしもの始末も出来ず、糞だらけで生きてゐる老僧と、止むを得ず世話をするかつての情婦だつた船頭の女房と、その悲惨な状態を眺めて心中快哉を叫びつつ、老僧の生の一日も長からんことを祈る、間男されの夫とを描いて、長篇的な材料を圧搾した、辛辣で無慈悲な作品の典型でもある。しかしこの種の短篇の極致の一つは「わしが死んでも」（一三年四月）で、「牛部屋の臭ひ」「彼岸前後」でおなじみの盲目で孤独な老婆の、浅ましく貪婪な人間性をつつき出して、「老婆は必ずしも生に執着してゐない、又絶望してもゐない。……これ程人間の生活を深く描いたものはないと思ふ。……日本人の芸術として行くところまで行つてゐる」（秋声「新潮」一三年五月）とまで激賞された。なるほど客観的な描写で秋声ごのみであるが、秋声にない冴えた冷さがある〉と論じている。
（6）このことに関し、勝呂奏「初期故郷物論のためのノート」『正宗白鳥――明治世紀末の青春』（右文書院、平成八年十月）は、日露戦後の農村主義の動向を追い、横井時敬『都会と田舎』（大正二年七月）におけるいわゆる農本主義、柳田国男『都市と農村』（昭和四年三月）におけるいわゆる〈帰去来情緒〉等の出現とその意味を論じている。また片山孤村「郷土芸術論」（「帝国文学」明治三十九年四月～五月）におけるいわゆる清新純朴な郷土の再認識、郷土芸術待望論にも触れている。
（7）『紅塵』については拙稿「小説家白鳥の誕生―第一創作集『紅塵』を中心に―」（「日本近代文学」第三集、昭和四十年十一月、本書所収）参照。
（8）もとよりこの背後には、台頭しつつある自然主義への白鳥の共感がある。この前後の白鳥の「読売新聞」紙上での発言をいくつか拾ってみれば、まず「随感録」（明治四十年十月六日）において、〈十九世紀後半に欧州文壇に最も勢力のあつた自然主義の作物が、盛んに読まれるやうになり、又その刺激を受けるやうになつたのは我文壇の進歩である〉として、〈今の写実的小説の趨向に注目しているが、しかし〈まだ真に迫るといふ程にはなつてない〉、あるいは〈決して極端まで行つてゐない〉といい、

〈肉欲を描いても読者をして面を背けしむるやうな峻酷の者も一つもない〉と現状に慊らぬ思いを述べている。続く〈肉の力の大なることを染々《しみじみ》と感じて、コンベンシヨンを破つて書いたのが生命がある〉という言葉からは、この期の白鳥の〈旧物打破〉、反抗者、革新者の一面を窺えるが、それは〈吾人は今の日本でも、誠心誠意鋭い観察をしたら、もつとどす黒い潮流が漂うてはゐはしないか〉(「随感録」明治四十年十一月十日、傍点白鳥)とか、〈自然主義を奉ずる人々の作にも人間の真相を描き尽してゐない〉(「随感録」明治四十年十二月八日)とか、さらに〈今年になつても自然主義に関して諸雑誌新聞に紛々たる非難の論が絶えぬが、要するに自然主義は肉慾を書き人間の弱点を描くから風致に害があると言ふに過ぎぬ〉(「新年の文壇」明治四十一年一月五日〜十九日)、〈日本の同主義の作のまだ物足らぬのは吾人も同感だが、歩を進めれば進める程、旧習に拘束された人々を驚かすやうになるであらう。自然主義の人々も丁酉倫理会員の生柔しい反対位で事が済むと思つたら間違ひだ〉(同)とかいう言葉にも響いている。時を同じくして「随感録」(明治四十一年一月五日)では、〈十九世紀の半頃の仏国文学過渡期は日本の現状に引き比べて、少なからぬ興味がある〉として、〈初期の自然派の作としてフローベルの『マダム、ボーヴアリー』が出たのは千八百五十六年であるが、描写が極端で日常生活の醜を暴露したとして非難が甚しかつた〉が、〈後代の自然派の作ほど露骨的でな〉かつたといい、ゾラに言及して次のように論じている。〈ゾラはフローベルよりも遥かに進んでゐたから、非難攻撃は更に甚しかつたのは当然だ。この男フローベルやドーデーよりも芸術臭くないのが、予に取つては甚だ興味が多い。彼れは古文学は只歴史的に価値があるのみだと放言した程あつて、自分自身に直接に人生の事実に打付かつて見聞した所を大胆に描き、以前の大家の小説はこんな風だから、小説はかう書かねばならぬなど〻顧慮する所はなかつた。自分は両眼を開いて茲に立ち、巴里の大都のその前に動揺してゐる、書かんとすることはそれで沢山だ。何も古作家の束縛を受け、狐疑逡巡して、所謂芸術を捏ね上げる必要はなかつた。従つてゾラは「大道へ泥水を撒き散らす奴だ。」と、今の日本の二三の作家が非難されると同様の言葉で非難されたが、何処の世界も同じ事と見える。しかしゾラの旧型に拘泥しない大胆な取材描写の結果として、小説の範囲は非常に拡張された。夢のやうな空想を喜んでゐた芸術界に、ルーゴン二十巻の大冊を以て現実の巴里を有のま〻に描き出した勇気は、吾人は偉大と思はざるを得ぬ〉と。要するにゾラの〈大胆な取材描写〉の方法論、いわゆるゾライズムが意識されているのである。そしてこのことは「近刊雑誌」(明治四十一年四月二十六日)において小杉天外の「作家たる予の態度」を取り上げ、〈写実について多年思ひを凝らした人ほどあつて、適切の語が多い〉としながら、〈吾人は智を欲す冷静を欲す〉といい、さらに「机上雑観」(明治四十一年五月二十四日)では、同じく天外の「校長の二子」と小栗風葉の「ぐうたら女」を取り上げ、〈二氏は現在の先輩中最も製作に忠実であつて、時代の潮流に目をつけて遅れまいとする人である〉としながら、風葉に関し、〈作家の主観を露骨に現すのを忌《い》んで、客観的描写で自然に浮き上らうとしたのであらうが、風葉氏のは常にゾラ風に人生の事実を科学的に取り扱ったのではない〉と難じているなど、その言葉裡にゾラへの意識が窺われるというものである（ただ先の「随感録」でゾラを論じた後、〈吾人はゾラの不撓の努力、微細なる観察、芸術臭くないこと、夢や寝言を書かずして現実を描いたこと等に感服するが、まだ飽き足らぬ気がある。読んで身に染み〴〵と感ずる程でない〉といい、〈只自分の嗜好から云へば、露西亜物が一番好きだ〉として、〈チエホフを読むと、人間は決して他人と同化し得ない者だ、人間は互ひに知らず知らずに一生を終る者だとの感じがする〉と論じている。おそらくこのゾラ的なものからチエーホフ的なものへの展開に、白鳥をその一人とする日本自然主義の、独自な軌跡があったのだろうが、このことはいずれ詳述しなければならない）。そしてこのゾラ的なものへの傾斜は、「随感録」（明治四十一年二月十六日）等できわめて切実に語られている。白鳥はそこで生田葵山の「都会」の発禁問題に触れ、〈生田葵山氏は肉慾文学の代表者たるが如く唱へられてゐる。自然派謳歌者の中でも氏に対しては同情の少ない評言を放つ者が多い。吾人も氏の作物に対して左程感心はせぬが、氏の製作の態度の真面目であることは疑はぬ。氏自から云へる如く、単に流行を追うて肉慾を描けるのではない。人間の生理的方面を遺却すべからざるを思ひ、自然にそれを描かざるを得ないのであらう〉といい、〈人間の根底をなせる深い刺激は生存慾である。生活慾である。従つて全く肉慾を離れて生きた人間を見ることは出来ぬ〉として（序に〈昔は天女を描き幽霊的人間を描いて満足してゐたが、吾人は最早そんな者は空虚な無意味な者だと思ふ。虚子氏の「斑鳩物語」といふのを読んだ時、作中の恋が生理上の刺激を受けてる者と認められぬ。そんな恋があるものか。これ等が幽霊文学の一例だ。漱石氏のも多くはそれだ〉と気焔を吐き）、〈吾人は警視廳や内務省の官員や丁酉倫理会の人々が何と云はうと、生理作用を外にした人間を認められぬから仕方がない。美しくても醜くても天地間に厳存せる大事実を如何ともする能はず〉と述べている。言うまでもなくここには、人間はついに生物学的、生理学的存在でしかないという、いわゆる科学的決定論が裏打ちされている。そしてこのことは前出の「近刊雑誌」（明治四十一年四月二十六日）における〈吾人は「新潮」誌上獨歩氏の談話中、「人間の生きようとする力ぐらゐ恐しいものはない、どれぐらゐ強いものか知れぬ。」とあるあたりを読んで深く感動した。今月の雑誌中真に身に染みたのはこれ一つなり〉（傍点白鳥）とか、〈人間は如何にするも生きてゐたいのだ。釈迦やキリストが何と云はうと、理屈もない、是非もない、只生きてゐたいのだ〉という、ほとんど白鳥の肉声ともいえる発言に連なってゆくのだが、しかしここまで来ると、それは例の人間はついに生理学的、生物学的存在にすぎず、つまりは〈肉慾〉とか〈生存慾〉に衝き動かされてこの地上を蠢く一匹の獣でしかないという科学的決定論への、一種自虐的、自己冒瀆的な口舌をこえて、むしろ同時にそこには、人間の生きようとすることの強さそのものに対する一種感動的な意味合いが湛えはじめられているといえようか。

（9）前出「新年の文壇」に〈花袋氏の「県道」は肉慾を描いたもので、背景の淋しい漁村の描写が巧みだ。氏の新年の作中ではこれと早稲田文学所載の「一兵卒」とが傑れた者だ。後者は兵士の死際の心的状態を描いたもので、作者の態度が幼稚な空想的でなく観察が深刻だ。去年の「隣室」よりも一層価値あり、新春文壇の佳作である〉とあり、また「書物と雑誌」（「読売新聞」明治四十一年三月二十二日）に〈田山花袋氏の『村の人』は旧作三篇を集めたるもの。その中《うち》、「重右衛門の最後」は氏がセンチメンタルの恋物語を作つた時代から一転化した時の代表的作物で、氏の作中最も深刻な者の一つだ。人間の力の小にして自然力の大なることを、不具者によつて現さんとしたもの。叙景もよく、主人公の絶望的反抗も読者の胸に響く〉とある。当時実作者として（とはその〈写実〉力、〈描写〉力という点において）白鳥が関心を寄せていたのは小杉天外、そしてやがて田山花袋であった。

（10）このことに関し、拙稿「白鳥の拘執―『妖怪画』の系譜―」（「文学」昭和四十四年十一月）（本書所収）で触れた。

（11）寺田透「正宗白鳥の初期小説」（「国語科通信」昭和四十五年十一月）。

（12）〈純唯物論的人生観〉（片上天弦「人生観上の自然主義」「早稲田文学」明治四十年十二月）。なお、こうした人生観からの脱却が天弦の主張である。

（13）因みに、こうした〈純唯物論的人生観〉への一種典型的な批判、反撥として、國木田獨歩「欺かざるの記」明治二十六年五月二十四日の〈元良（勇次郎）氏の「心理学」を読む、其の唯物論、進化論に驚く、不平に堪へず〉という一節をあげておく。なお獨歩は友人中桐確太郎に宛てて次のようにも書き送っている。〈小生は此頃元良氏の心理学を少々読みて大に不愉快を感じ候元来唯物論は小生の至極不賛成なるを以て氏が徹頭徹尾唯物論的に心理を論断するを見て真に不平に堪へず氏の如く説く時は人間とは遺伝と五感とにて丸められたる肉の塊に過ぎず「我」とは感覚の結晶に外ならず小生は此の如き理窟が実に不快に堪へず候〉、〈唯物論が果して真理ならば小生とても喜びて之を奉ぜん只だ由て以て人生の価値、吾と宇宙、宇宙の目的等に関する吾が安心立命を得せしめば足るなり、小生は唯物論にて安心を得る能はず、此の如くんば「我」とは物質進化の奴隷に外ならず要するに倫理の根本全くやぶれ去る事と信じ候〉（同二十三日）。

（14）このいわば合理主義的、さらにいえば唯物論的世界観、人間観こそが、近代日本の精神構造、思想構制、今はやりの言葉で言えばパラダイムをもっとも本質的に変えたものといえようが、白鳥がこのことをそのキリスト教体験において、もろに体験していた次第は、拙稿「正宗白鳥とキリスト教―入信について―」（「国文学研究」第三十四集、昭和四十年十月）（本書所収）、「正宗白鳥とキリスト教―棄教について―」（「国文学研究」第三十八集、昭和四十三年九月）（本書所収）で記した。

（15）注（11）に同じ。なお寺田氏はそこで、「五月幟」に描かれた情調を〈牧歌的幻想〉と言っているが、たしかに、松や竹、米、鶴、亀、虎、猪など、いわば植物的存在と動物的存在が一体となって、生きとし生けるものの〈歌〉を奏でる（そういえば、「妖怪画」の〈百鬼夜行図〉、新郷森一とお鹿の存在も同じことを語っているのかもしれない）。そしてそれは、いわゆる自然主義的リアリズム、その合理主義的、唯物論的絵図をこえて、というより、同時に、人に直接見えてくる、そして現に見えている、世界と人間のありのままの姿ではないか。なお序に言えば、この〈同時に〉という所にこそ、鏡花的世界との違いがあるといえよう。

（16）また右の論で寺田氏は、絵師の吉松を〈吟遊詩人〉にたとえている。巫女の母といい、白痴の妹といい、共同体からの排除、差別という問題もあるが、むしろここからは、自然＝神の祝祭を司る存在（巫子、そして〈この界隈の五月幟、漁夫の崇める恵比寿大黒の掛物は皆彼れの筆を煩はす〉という絵師）、さらには自然＝神の子にも似た存在（白痴）という意味で、共同体以前、あるいは共同体をこえて、直接人間が自然＝神と一体としてある世界をおもわせる。柳井まどか「正宗白鳥『五月幟』論」（「国文」第八十七号、平成九年八月）参照。なおこの〈アニミズム的、汎神論的世界〉ということをめぐって、拙著『獨歩と漱石―汎神論の地平―』所収の各論で重ねて論じた。御覧いただければ幸いである。

（17）「文壇無駄話」（6）（「読売新聞」明治四十一年三月十五日）。なお、秋江はこの後〈五月雨の用意に柴、木葉を積み重ねた軒の低い茅屋から煤けた烟が画布の上を這ふて流れ出る光景。白痴の妹初野の両方の袖口を捉へて、フラ〳〵と背戸口から入り「お母家内は暗いなあ」と言ひながら、時さんを探ねて、またフラ〳〵と表口に出る風景。神社の拝殿にてゴルキイ作中の人物が酒の香の中に濁声を揚げて泥酔せる。海坊主の出さうな沖の色、初野の夜歩き。凡て好し〉とその印象を記している。

（18）拙稿「『野の花』論争―〈大自然の主観〉をめぐって―」（「玉藻」第三十六号、平成十二年五月、のち『獨歩と漱石―汎神論の地平―』（翰林書房、平成十七年十一月）所収）参照。

（19）「感想（解説にかえて）」（『正宗白鳥全集』第二巻付録月報、新潮社、昭和四十三年九月）

（20）勝呂奏氏は前掲注（6）論文の中で〈「読売新聞」の八月三日掲載の随筆「随感録」は、故郷滞在を背景にしており〉、〈「故郷より」を書いた時期に帰郷があったと考えられる〉と記している。たしかに前後の「読売新聞」の白鳥文を読めば、七月の下旬、関西を回って帰郷したらしいことが判る。なお「故郷より」の〈第一信〉〜〈第五信〉には、それ〴〵〈七月十六日〉〜〈二十一日〉の日付が付してある。

（21）前出「新年の文壇」に〈長谷川天渓氏の「現実暴露の悲哀」は新年の評論中最も読むべき者である。現実に踏み込む程幻像の消滅するとの説は吾人も同感だ〉とある。

(22)〈明石から汽車に乗ると、十数年来住み馴れた東京の記憶の薄らいで、瀬戸内海根生の少年Tとなつてしまつた。英語も忘れ、反抗心も失せ、功名心も消え、文筆で生活するといふ年中絶えぬ意識が珍しく無くなつた〉(第二信)とあるが、それは逆からいえば、東京での生活は、〈英語〉や〈反抗心〉や〈功名心〉に小突き回され、〈文筆で生活するといふ年中絶えぬ意識〉に追い回される生活であるということではないか。

(23) 言うまでもなく白鳥の全作品に〈何処へ〉という嘆きが揺曳している。拙稿「『何処へ』—白鳥の彷徨—」(「早稲田大学大学院文学研究科紀要」第四十六輯、平成十三年二月、本書所収)参照。

——「早稲田大学大学院文学研究科紀要」第四十四輯(平成十一年二月)、のち『獨歩と漱石—汎神論の地平—』(翰林書房、平成十七年十一月)所収。——

「落日」から「毒」へ——白鳥の成熟——

一

《健次の足は行場所に迷つた末、遂に千駄木へ向つた。》

白鳥はこういう一行をもって「何処へ」（「早稲田文学」明治四十一年一月〜四月）を収束した。〈行場所〉に迷ったすえ、菅沼健次の足は、桂田夫人の〈肉〉に牽引されて千駄木へ向う。むろんそこが究極の地であるわけでもなく、そこに安息が待っているわけでもない。ただただ〈性〉の衝迫に促され操られて、人は彷徨を重ねるのだ。——そしておそらくこれが、初期白鳥文学を覆う苦い認識であったといえよう。

〈私が文学をやつて居るのは、やり度い為めでもなければ、自信のある為でもない、只余儀なくやつて居る〉（「如何にして文壇の人となりし乎」「新潮」明治四十一年八月）という白鳥の、しかもなおそれが、〈文学〉に投影されずにはいなかったぎりぎりの〈思想〉であったのだ。

周知のように、白鳥は『獨歩集』を読むことで小説的開眼を遂げた。

《「富岡先生」とか「牛肉と馬鈴薯」とか「第三者」とか、題目からして極めて無骨であって、文章も亦やりつぱなしで、優美でもなく艶麗でもなく、荘重でもなく高雅でもない。これを小説として見て、性格の叙述がうまいのでもなく、結構の妙があるのでもない。しかしこの書の特色は其等の凡てを具備せざるに存す。冷静にさま〴〵の人間の行為を写つし、客観的に社会の現象を描くのが小説だとすれば、この文集中の多くは小説でないかも知れぬ。殆んど凡てが著者の感想録ともいふべく、作中の人物は著者の変名たるに過ぎぬ感じがする。》（「『獨歩集』を読む」「読売新聞」明治三十八年八月二日）

小説は〈著者の感想録〉であり、〈あれが新しい小説なら、おれにでも書けぬことはない〉（『我が生涯と文学』新生社、昭和三十一年二月）――。たしかにこれは、伊藤整氏がやや大仰に評しているように、〈近代日本文学史上の最も重要な発言の一つ〉[1]ともいえよう。文章の蕪雑さ、結構の拙劣さまでも含めて、と言うより、それらを代償にしつつ、白鳥は獨歩に倣い、小説を自身のぎりぎりの〈思想〉を直截に表現する場と化した。いや、人間存在への苦い認識を吐き出す場、いわばそれへの憤怒と呪詛の場と化したのである。

もとよりこのことは単に、まさに〈感想録〉ともいわれるべき小品風の作品にのみとどまらない。「何処へ」や「地獄」（「早稲田文学」明治四十二年六月）などの、初期白鳥文学を代表する作品においてもそうなのだ。すべての作品が、人間存在への深い幻滅感に塗りつぶされて成立する。そして伊藤氏も言うように、近代小説が〈人間についての作者の認識〉を語る場であり、それ以外のなにものでもないならば、たしかに初期白鳥文学は、〈近代小説というものの本質〉に立脚していたといえるのである。

だがそれにしても、白鳥にあって、〈人間についての認識〉は苦く、ただ憤怒や呪詛に重なるものでしかない。が、だとすれば、それを語るとは一体どのようなことであるのか。おそらくそれは、自虐としか名付けようのない盲いた行為ではないか。いや自らを、そのような盲いた行為に駆りやるしかないほどの危機に、このとき白鳥は追いこまれていたのだ。

むろん白鳥は、世界への憤怒や呪詛を抱いて自爆する悲劇を演じはしなかった。むしろ生き続け、そうした憤怒や呪詛の風化を託つ喜劇を演じたようにさえ見えるのだ。もとより人からはいかにそのように見えようとも、そうした憤怒や呪詛はつねに熾烈に、白鳥の内面にたぎっていたに違いなく、またそのことが、まさに白鳥文学全体を貫く、あの独自な性格と相貌をもたらしていたに違いない。だがにもかかわらず白鳥は、その不断の危機を耐え、いやさらに暢達に生きたようにさえ見えるのである。白鳥のその太々しいまでの精神の強さ、力の秘密とは、一体どのようなものであるのか。

白鳥は、自らの三十代を顧み、〈二十代の「死の恐怖」から離れて、「死よりも強し」の経験を得た〉（「三十代」）といっている。おそらくこのことは、白鳥のそうした秘密の由来を、なにほどか語っていないこともない。丁度その三十代に重なる明治末期から大正初期にかけての白鳥の、いわゆる自然主義的成熟の時期。あるいはこのとき白鳥は、その後その不断の危機を耐えぬいてゆくなんらかの足場を、獲得していたのかも知れないのだ。

はたしてそこで、白鳥はどのような道を歩むのか。いまその推移を辿るのに、「落日」と「毒」というこの時期に書かれた二中編は格好の素材であるように思われる。このともに新聞に連載され、単行本となり、さらに『白鳥傑作集』第二巻（新潮社　大正十二年六月）の巻頭と巻尾に位置する二作品は、その点からも、この時期の白鳥文学の重要な里程標でもあるといってよい。このきわめて類似した、しかし微妙に異質な作品の対照が意味するものはなにか。おそらくそこに、白鳥の歩んだ道が、朧気ながらにも示されているはずである。

二

「落日」は明治四十二年九月一日より同年十一月十六日まで、六十七回に亙って「読売新聞」に連載され、同年十二月左久良書房より刊行された。吉田精一氏の推測に従えば、(2)白鳥の身辺に材を取ったものであり、定職を持たず下宿住いをしている主人公吉富新六は作者自身を思わせ、彼をとり巻く田沢という株式市場に出ている人間と美山という画家は、それぞれ友人である近松秋江の性格と生活とを分けもたされている様子である。筋そのものはごく簡単であり、生きることに絶望している吉富新六は、友人や世間を憎み、またなによりも己れの生存を愧じている。浪花町の私娼お露と無感動な交渉を続け、かたわら、田沢のもとの情婦である浄瑠璃の女師匠や田沢の別居している妻などに心を動かせる。……そうした目的も意味もない彷徨の底で、辛うじて日々を消す吉富の暗澹たる心象が、彼の憤怒や呪詛を通して描かれているといった具合である。

もっともこう要約すれば、それは「何処へ」等によってすでに書きつくされた、あまりにも白鳥的世界であり、ほとんど陳腐でさえあるといえなくもない。事実、そうした評価の中で、この作品は軽視されてきた。しかしこの作品が当時の他の作品と較べ、必ずしも見劣りのするものだとは言いがたい。いやここには、むしろ、白鳥的主題の集中があり深化があるとさえいえるのである。

ところで、いま「何処へ」の名を出したが、たしかに「落日」は、「何処へ」と多くの共通性を持っている。吉富にとって上京してきた父や故郷の弟妹は羞恥の根源であり、塵挨に塗れ、ますます卑俗化してゆく田沢や美山は嫌悪の対象でしかない。〈有為な青年〉の〈同情者〉を自任し、彼に期待と忠告を送る藤崎代議士は、〈下宿代や遊楽の費用を得るの便〉(十)以外のなにものでもない。一時の刺激をもたらす女は〈肉の塊〉であり、〈金の錘〉でどうにでも動く。主人公の無惨な日常といい、人物の配置にいたるまで、「落日」はまさに「何処へ」と同巧同曲の作品であると言えようか。

だが、にもかかわらず「落日」は、「何処へ」とはかなり感触の違った作品であると指摘しなければならない。白鳥は荒涼とした吉富の内面を、どのように描き出しているのか。たとえば次のような箇所に、その手掛りを求めてみよう。

《彼れは机の側へ戻つたが、美山はスヤ〳〵と眠入つてゐる。それを見ても自分の虚弱でこの世の幸福を味はふの素質のないことが分る。文明の庇護で生を続けてゐるものゝ、峻厳なる自然淘汰の理法から云へば、生存すべき筈の者ぢやない、と思はれる。そして自分の不安や恐怖は、必竟肉体の脆弱に基いてるのに過ぎぬので、痴人の夢と同じく、根拠のない妄念であると思つた。

しかし目下の彼れには、その妄念が心の底に蟠つてゐて、いくら嘲けつて見ても、退けやうとしても、頭を持上げて凄い舌を出す。そして一二時かうした不快をつゞけた揚句に、唯一の救助を催眠剤に求めて、美山と並んで寝床へ入つた。》（八）

後にも述べるように、白鳥はここで、吉富の〈妄念〉を直接に描いてはいない。だが〈妄念〉は現に吉富を苛み、しかもそれが、〈肉体の脆弱〉に基いているという一種酷薄な宿命観によって増幅され、そのようにしてここには、荒廃する吉富の内面が映し出されているのだ。

たしかにこのことは、「落日」にあって大きな意味を持っている。吉富は、〈少しの情愛もなくて、処女の貞操を破つて平気でゐられやうとも、何の理由もなくて父母に背き兄弟や親友を疎んじやうとも、皆その身の体質が然らしめるのだ〉と考え、〈心に生気のないのも、柔しい愛情のないのも、偏へに体質から来てるのだ。凡てが生理作用だ〉と思うのだ。作者は、〈彼れは五六年来体質を盾に、自分に向つて凡ての申訳をして来た〉（九）と書く。つまり吉富の頽廃は、そうした認識によって理由づけられ、さらに激化されてゆくのである。

だが、問題は〈体質〉ばかりではない。〈その顔は次第に母方の祖父に似て来る〉という一行は看過できない。吉富は、〈陰鬱になつて偏屈になつて、狂人染みて来て、とう〳〵あんな最後を遂げた〉という祖父に、〈幸福なこの一族の歴史に只一線の暗い影〉（六）を落す祖父に繋がれている。

吉富がことさら家累に冷淡であり苛酷ですらある理由は、このことをおいてない。彼は、〈「父はよく子を産んだ、その子が又よく子を産む。」それだけで既に咀はれてる一家のやうに思はれた〉（十六）と言う。おそらくここに示されているものは、〈遺伝〉の宿命ということではないか。そして吉富の頽廃は、そうした認識によってもまた理由づけられ、さらに激化されてゆくのである。

《赤児が泣く。赤児が泣く。草茫々たる地上に無数の赤児が泣いてゐる。骨張つた巨大な手で一つ〳〵その口を圧えて廻つたが、後から〳〵息吹き返しては泣き出す。

彼れは真夜中にこんな夢をも見た。》（十六）

これは「落日」において、吉富を襲う〈妄念〉そのものが直叙されていると言える、ほとんど唯一の場面だが、この場面にかぎらず、彼の無為と倦怠、不安と恐怖が、暗い宿命観によって背後から助長され、そのことによって吉富を、さらに激しい戦慄に陥れていることを見逃すことはできない。

もっとも、こうしたことはすでに「何処へ」においても語られている。菅沼健次が、〈脆弱な体質〉に生まれたことを母親に詰る箇所は有名だが、彼の〈僕の母方の祖父は、大酒飲みで終ひには狂人になつて死んだんだからね、それに僕の顔が次第に祖父に似て来るさうだから、母は心配してるだらう〉という言葉も見落すべきでない。だがにもかかわらず、これらのことは「何処へ」において本質的ではない。周知のように、健次の無為と倦怠、不安と恐怖は、〈不幸にも世が変つた。何が動機か幾つの歳にか、自分にも更に分らぬ〉ものとして、終始描かれていたはずである。

そして多分そのような曖昧さにこそ、明治の急激な近代化の矛盾に流されてゆく知識人青年の頽廃を、あくまで流されてゆくままに描いたと評価される「何処へ」の、良くいえば普遍性の、悪くいえば通俗性の生まれ出る原因があったといえよう。

だがすでに述べたように、「落日」の吉富新六の頽廃は理由づけられている。吉富は自己の頽廃を、〈体質〉や

〈遺伝〉に、つまり〈生理の理法〉に還元する。しかもそれは、そのようないわば酷薄な決定論に結びつくことの自覚において、ますます凄惨なものになってゆくのだ。

そしてまさしくここに、初期白鳥文学の独自な主題が顕現しているといえるのだ。人間を突き動かすものは〈生理〉でしかない。人間は〈生理〉という抗う術のない絶対的因果の下で蠢くしかないのだ。おそらくこうした人間存在の屈辱的状態に対する身を捩るような怒り、しかもどこにもぶつける当もない、ただ自らを苛むだけの怒り、そうした無目的な、自虐的な反噬に執す人間の表出こそ、初期白鳥文学の徹底して歩んだ道なのである。

三

さてこう見てくれば、「落日」は、吉富の幼年期における民間信仰的体験や、青年期におけるキリスト教的体験を含めて、「何処へ」等よりはむしろ「地獄」等に近い作品、つまり「妖怪画」(「趣味」明治四十年七月)に始まり、「地獄」「徒労」(「早稲田文学」明治四十三年七月)と続く、いわゆる「妖怪画」の系譜、異常神経や強迫観念、幻覚や錯乱のまさに凄絶な世界に接している作品と見なせよう。

たとえば「地獄」の秋浦乙吉は、〈慢性胃加答児〉のために〈神経衰弱〉に陥り、自分の〈真の病源は後脳の一部にあつて、其処に何か有毒物が潜んでゐる〉と妄想する。しかも少年乙吉の精神は、彼が〈遺伝の理法、生理上の定則〉を〈教師から聞き〉、〈書物や雑誌で読〉んで、自身を〈見事なる刑状持《ママ》ち〉と確認することによって、いよいよ荒廃の度を加えるのだ。さらに彼はその後講義で、聖書の〈ソドムとゴモラ〉の惨状を聞き、その幻覚に苛まれ、日一日と自己崩壊してゆく――。おそらくこのような異様な世界の表出に、作者白鳥の、あの〈生理〉という絶対的因果への、深く激しい怖れと怒りが畳み込まれていなかったとは言えないのである。いや、その胸を掻き罷るような思いこそ、彼が「妖怪画」の系譜を書きつぐべき、まさに最大の動因であったといえよう。

白鳥が幼時から羸弱であり、つねに痼疾の胃病に苛まれていたことは、改めて説明するまでもあるまい。おそらくこのことは、白鳥の文学を考える際、いかに重要視してもしすぎるということはない。だがむろんそのことと、白鳥の文学を、〈胃病所産の芸術〉（岩野泡鳴「新潮」大正二年六月）と考えることとは違うのである。白鳥は〈三十歳前後の私は、肉体の衰弱とゝもに精神までも衰弱してゐる人間の妄想を、不器用な筆を動かして吐露してゐた〉（「文壇的自叙伝」）という。その言葉に徴すれば、いま問題は、白鳥が〈肉体〉において〈衰弱〉しているばかりでなく、〈精神〉において〈衰弱〉していたということにあるのだ。

おそらく白鳥を苛んでいたものは、単に病んだ〈肉体〉の痛苦ではない。自分はもはや病んでいる。しかもかく病んでいる以上、自分は所詮呪われた運命の軌を辿るしかない。白鳥を苛んでいたものは、むしろこうした不安と恐怖であり、こうした不安と恐怖に蝕まれた〈精神〉の痛苦であったといえよう。

そしてこの痛苦こそ、繰り返すまでもなく白鳥の、人間が〈生理〉――〈遺伝〉や〈体質〉という抗う術のない絶対的因果に決定づけられているという、人間存在へのあの苦い認識の湛えるものであったのだ。

思うに、「何処へ」を書きあげた白鳥が、「地獄」や「徒労」という異様な世界に分け入ったのは理由のないことではない。ここにこそ白鳥が、自らの危機を賭けて書きつづけた固有の主題があったのである。

ところで、寺田透氏は「正宗白鳥の初期小説(3)」の中で、やはり「妖怪画」の系譜に連なる作品の怪奇性に触れている。だが氏はそこで、同じような作品でありながら、「妖怪画」や「地獄」等に較べ、「徒労」では、その怪奇性がはるかに稀薄になっているとして次のように言う。すなわち、「徒労」が〈その情況設定にもかかわらず、怪奇の感にははるかに乏しいのはなぜか〉。それは主人公沢井壮吉の錯乱や狂気が、それ自体としてではなく、〈それに対する周囲の反応を通じて、日常生活のあいだに点滅する情景として、描き出されているからに他なるまい〉と

――。

なるほど「妖怪画」や「地獄」と違い、白鳥は「徒労」において、事実と幻覚の錯綜する狂者の閉じられた世界を、内から描いてはいない。寺田氏の表現に倣えば、ここで白鳥は、狂者を多く、〈外から〉見ているといえようし、またその意味で、「徒労」が〈普通の小説〉たりえているといいえよう。

もっとも、指摘しておかなければならないことは、たとえそうだとしても、ここで依然白鳥が、自身に襲いかかるあの〈精神〉の痛苦を、作品全体に黒々と塗りこめていることに変わりないということである。壮吉を囲繞する人々は壮吉の錯乱や狂気から所詮自由でありえない。結末で壮吉は発狂する。〈家中揃つて壮吉を取囲んで通夜《つや》をした〉、〈不断でも話の少い家族は眠い目を張つて、それ〴〵に思ひに耽つてゐるのみで、互ひに口を利かなかつた〉――。彼等にとって、発狂した壮吉は血と肉を分かちあう子であり兄である。いわば彼等は、こうした血と肉という無惨な縁で、壮吉の錯乱と狂気に呪縛されていなければならない。しかも、まさにその無惨さに、人間存在への白鳥の憤怒と呪詛が、ふき出ているといえるのである。

たしかに「徒労」において、主人公の錯乱や狂気は多く〈外から〉見られている。しかしだからといって、それらが〈他人事《ひとごと》〉として距離をおいて見られているというのではない。というより、錯乱と狂気が作品中のすべての人物に分かち与えられているというべきだろう。彼等は壮吉のように発狂しない。いやむしろ発狂する者は幸福なのだ。彼等は、たとえば副主人公ともいうべき壮吉の弟真造のように、壮吉の錯乱や狂気に繋縛され、またそのことを痛切に自覚しながら、しかもそれに耐えなければならないのだ。そして、その陰惨な心象こそ、「徒労」という作品の醸す不気味さの根源にほかならない。

だが、こういうことなら、真造を待つまでもなく、「落日」における吉富の心象こそ、発狂に晒されつつ発狂しえぬ者の陰惨なそれではなかったか。

《「川井は誇大妄想狂だつたらう、伯父に連れられて松江（単行本は福井）へ帰る時分でも、楽天的の顔をしてゐた。雑司ケ谷の一軒家にゐて神秘的《ミステリアス》なことばかり云つてた時だつても、ちつとも狂人らしい不安の色は見えなかつた。あれにや天国ばかり目に見えてたんだ。僕とは違ふ。」》（八）

のちの「徒労」に、壮吉の友人として登場する日笠にふさわしい、吉富の科白である。しかし吉富は日笠のように気楽ではない。彼は発狂しない。だが、彼は自分が祖父の錯乱と狂気に、あの〈生理〉という絶対的因果において結ばれていることを知りながら、それに耐えなければならないのだ。

図式的に言えば、すでに吉富は、発狂の怖れを知らぬ菅沼健次ではない。しかしまた、発狂に行き着く秋浦乙吉でも沢井壮吉でもない。いわばその中間に位置し、観念の中で、自己崩壊への不安と恐怖を増殖しつつ、救いようのない荒廃に耐えていた白鳥その人に、もっとも近い存在であったといえようか(4)。

四

さて、ふたたび「落日」の世界に戻れば、すでに述べたように吉富新六の日常は（もしそれが〈日常〉といえるなら）、女から女へと放浪することで費やされる。彼は無知で無節操なお露に耐えがたい不快を感じながら、安直な〈性〉の対象として交渉を続けている。一方彼は、生活に疲れすでに醜怪でしかない浄瑠璃の女師匠に、自己嫌悪を感じつつ接近することを止めない。一時の刺激を求め、しかもたちまちに醒めながら、彼は女から女へと彷徨を重ねるのだ。

もとよりそれは〈耽溺〉とよばれるべきものでもなく、またそこに〈法悦〉があるわけでもない。それは白鳥もいうように〈目的《あて》のない流浪〉（二十二）以外のなにものでもないのだ。

ただただ吉富は〈性〉に牽引され奔弄される。〈性〉というもっとも〈生理〉的な因果の円環を、無限に巡るしかないのである。だが、一体そのことによって彼はなにに繋がっているのだろうか。言うまでもなく、〈生理〉的因果とは、いわば人間を越えた物自体の因果でしかないのだ。しかもそうである以上、彼はなにものにも繋がっていない。ただ裸形の自然の真中で、孤立しているのみではないか。

《夏の夜も今夜の彼れには長過ぎた。手索《てさぐ》りに衣服を引寄せ、袂からマッチを取出して煙草を吸ひながら、只管《ひたすら》夜の明けるのを待つてゐた。寂《しん》とした闇の中に女の寝息が不揃ひに響く。

名も知らぬ女だ。顔さへよくは覚えてゐない。汚《けが》れた者のやうに離れられるだけ離れてゐて、手も足も触れてゐない。それでもむづ搔いやうな暖味が心地悪く通つて来る。

彼は不図マツチの光でその寝姿を見た。赤味の濃い頬、小皺を寄せた目尻、ピリ〳〵動いてゐる厚い唇、――それ等が闇の中に彫出された。

頬の削げ唇の朽ちた死骸のやうな寝姿を見るよりも、更に恐ろしい気味の悪い感じを彼は起した。指先に焦付くマツチを畳の上へ投棄て、寝床を脱け出て壁に添うて座つた。手を束ねてジツとしてゐたが、心のみ忙《せは》しく廻転する。幾度か戸外へ出て真夜中の市街を歩かうかと思つても、身体の自由が利かぬやうに立ちかねた。

こんな時分、――精神が身体を嘲つて、その腑甲斐なさに望みを絶つた時分――には、屡々その自滅を促したことがあつた。短刀があれば短刀を執れ、拳銃《ピストル》があれば拳銃を執れと命ずることもあつた。闇の何処かに潜んでゐる恐ろしい者に生血を啜られて自然《じねん》に枯れて行くよりも、自分の力で砕けてしまへと迫つたこともあつた。

併し腑甲斐なさや、何時も〳〵、救ひは短刀にも拳銃にも求められずして、一時のがれの催眠薬に求められてゐた。だが、今夜は逃れるの道はない。最限《はて》もなく深く広く見えるこの恐ろしい闇黒に面を受けてゐなければならぬ。そしてその底に自分の萎びた醜い姿、女の厭らしい寝顔の横たはつてゐるのが目に見えるやうであつた。汗臭い息臭い。二人の醜骸から吐出す臭気がこの闇に流れてゐるやうであつた。

浅間しい忌々しい、人間に生まれたことを悔ひて恥ぢて憎むやうな思ひが、激しく彼れの胸に喰入つた。そしてさう思つてるだけでも、見る〳〵心の磨滅《すりへら》され、肉の削落され、目は窪み髪は白くなるやうであつた。

女は一声坤吟《うな》るやうな声を出して寝返りをした。ガサ〳〵と夜具の音をさせた。吉富はふと膝をすり寄せて、手索りに枕許の玻璃《ガラス》瓶の水を口呑みにして、倒れるやうに寝床の中へ入つた。そしてその厭はしい女の首に、力を籠めた自分の腕《かひな》をかけた。》（二十）

引用が長きに失したが、しかし少なくとも当時にあって、〈性〉への、いや〈性〉に繋がれて人間が存在することへの嫌悪と慚愧を、これほど徹底して真正面から描き出した作家も少ない。そのいささか臆面もないまでの描き出し様に、よかれあしかれ他の追随を許さぬ白鳥の真面目があったといえよう。

が、それはともかく、ここに白鳥の見た自身の姿があり、自身を通して見た近代に生きる人間の姿があったといってよい。まさしく彼等の姿とは、近代的知性のいわば過度の洗礼を受け、これまでに人間が生きるために守ってきたあらゆる価値に信を失い、人間をただ〈遺伝〉や〈体質〉や〈性〉の巴なす一匹の〈生き物〉と見る、少なくともそう見ることを余儀なくされた人間たち、しかもそのことの無意味さに傷つき、一切の積極性を喪い、孤絶し解体してゆく人間たちの姿なのだ。

五

《絶望とい丶寂寞といつても、数年前には其処にまだ詩らしい影が添うてゐた。頻りに口に唱へ人に語つて、竊かにその言葉を楽むの余裕があつた。しかし今はもう只これつ切りだ。》（十七）

菅沼健次の冷笑の背後には、いまだ自己の優越を恃む余裕があったといえる。しかしこのように言う吉富新六の背後にはなにもない。この背後になにもない世界、おそらくそこが、「塵挨」（「趣味」明治四十年二月）や「何処へ」でひとまず文壇的商標を獲得した白鳥が、「妖怪画」の系譜の作品において、自己内奥の主題を独り偏執的に掘鑿しつつ、辿り出た場所であったのだ。

「落日」は、「妖怪画」や「地獄」、さらに「徒労」のように、いわばどぎついものではない。しかし繰り返すまでもなく、その根は同じものといってよい。ただ「落日」は、極端に走ることも出来ず、ひたすら危機を耐えていた白鳥自身の現実により忠実であり、その意味で、より〈普通の小説〉たりえているといえようか。

だがそれにしても、こうした道程のうちに、すでに白鳥は自己の命数を示していた。人生とは無駄事であり、これから以後もなんら目新しい事が起こるはずもない。だがにもかかわらず白鳥は、その後の長い人生を、ほとんど執拗に生き抜いたのである。もとより人は、絶望を抱きつつ、同時に執拗に生きることも出来よう。しかしそうした生き方も、いやそうした生き方こそ、またある種の意志と決断の上に立つものではないか。

白鳥にも多分、そのような意志と決断を培っていた精神の劇があったはずである。むろんその劇を再現することは、手易いことではない。だが、その一端なりとも、以下「毒」を素材に、いささか考究することにしよう。

さて、「毒」は、明治四十四年十一月十九日より翌年三月三日まで、七十五回に亙って「国民新聞」に連載され、同年五月春陽堂から刊行された。まず梗概を述べれば、およそ次の通りである。

――主人公香取元一は、いささかの貯えをもとに下宿に蟄居し、世間から忘れ去られようとする。しかしそうした生活も数ヶ月続いただけで、ある夏の一日、湯原という先輩に呆気なく破られる。湯原は同居している妻の従妹お多代と関係したが、妻の乱心に窮し、お多代の処置を、かつて自分等と懇意だった香取に頼みこむが、香取は取りあわない。しかしその夜したたかに飲んだ湯原を家に送り届け、久し振りにお多代と再会する。彼は湯原の家の惨状に辟易するが、改めてお多代の妖しい魅力に牽かれて帰る。その後湯原は、お多代を郷里に帰したように見せかけ、近くに貸間住いをさせて通う。一方お多代は援助を求めるべく香取を呼び出し、湯原との関係を清算したと欺く。香取は心しつつも、急速にお多代の魅惑に溺れてゆく。しかし彼女が自分に身を任せながら、依然湯原との関係をつづけ、さらにその胤まで宿していることを知り、結局湯原とぐるになって自分を利用していたことに気づいて、香取はお多代を憎悪するが、すでに彼はお多代から離れられない。お多代の存在が自分を潰滅させてしまうことを知りつつ、しかし香取はお多代との関係から逃れられず、さらに深みへと嵌ってゆく。――

ところで白鳥は、この作品を書く数ケ月以前、「人物を描く用意」(「新潮」明治四十四年七月)の中で、次のように言っている。

《人間の心理とか、性格とか、挙動とか云ふやうなものは、絶えず生理状態の影響を受けるのだから、人間を正しく観ようとするには、生理上の知識がなければならぬ。》

多分ここで白鳥は、あの人間を突きうごかすものは〈生理〉でしかないという自己の主題を、確認していたといえるだろう。そして「毒」という作品は、まさにその確認に沿って書かれたものといえるのである。

吉富新六にとってそうであったように、〈香取の頭の曇り加減〉で、世界は一挙に暗闇と化す。しかもその暗闇の中で、彼は、迫り来る錯乱と狂気に怯えなければならないのである。さらにまた吉富がそうであったように、香取元一も、呪われた自己の存在を、〈祖父や父の忌はしい所行〉(一)に繋げて考えざるをえないのだ。彼が下宿に籠城し、世間から忘れ去られようとしたのも、汚れた〈先祖代々の香取と云ふ名〉(一)を憎み、それを棄ててしまいたかったからにほかならないのである。

これらのことが、「落日」でいう〈体質〉や〈遺伝〉に関連していることは説明するまでもない。香取もまたそうした〈生理〉的な因果に、強く〈影響〉され翻弄されるのである。しかもその上に、彼は、いや彼と彼を取りまくすべての人間は、〈性〉というもっとも〈生理〉的な因果に呪縛され、蠢かなければならないのだ。

もとよりここで白鳥は、単に、人間と〈生理〉との相関々係を逐次照合しているだけではない。

《（湯原の）その不断と異つた燥《はしや》ぎ振を、香取は珍しさうに見てゐたが、次第に見苦しさに堪へられなくなつた。と、日頃お多代を相手に湯原がこの部屋で戯れてゐる有様が、いろ〳〵に想像され出して、ぢつとしてゐられぬ程に浅間しさ、忌《いや》らしさに心が震へた。湯原の骨太い毛の濃い手首や、濁った白目や、身体中から蒸発してゐる人間らしい臭気が、毒々しく胸に迫つて来た。

あらゆる醜い者を寄集めて人間の身体がつくられてゐるやうに思はれた。かうして色恋に浮れて孕ませて、同じやうな醜い者を殖して行く……》（十四）

ここでも人間の一切が、〈身体〉はもとより、生きる姿そのものが、〈生理〉において捕捉されている。しかもそのことに対する嫌悪と慚愧において捕捉されているのだ。

さて、こう見てくれば、「毒」の世界は「落日」の世界とほとんど同一であるといえるのである。「落日」を読み「毒」を読むと、まるで同じ作品を読んでいるのかと訝かれるほど、両者は似ているのである。だがにもかかわらず、両者はまた微妙に違う。そしてその違いは、おそらくお多代という女性の存在に関わっているといえよう。

吉富新六が浪花町の私娼お露をはじめ、多くの女と交渉するように、香取元一も神楽坂の芸者小菊をはじめ多くの女と交渉する。本能に促されて、その場その場で、女と交わり女を渉る。だが吉富がそのようにして〈性〉に繋がれているとすれば、次のような場面で香取は、一体なにに繋がれているのであろうか。

《やがて、香取は枕許の細いランプをも消して闇にしてしまつた。そして再び明処《あかるみ》へ出るまで、空想の女としてその女に触れてゐた。お多代の顔や肌が闇の中に描かれてゐた。》（六）

たしかに、こうした場面は「落日」にはない。吉富はただ当もなく〈性〉の円環を彷徨するにすぎない。だがここで香取は、多くの女の間を遍歴しつつ、しかも一人の女への〈愛着〉に固執しているのだ。

たまたま小菊と旅に出ても、〈恋しいお多代に指環一つ帯一筋買つてやらないで、何の興もない女と贅沢な旅行をする自分の心根が分らなかつた〉と香取は思う。香取にとって、他の女と過す時間はすべて無意味であり、ひとりお多代と過す時間だけが、意味を持っているのだ。

もとより香取にとって、男と女の関係は、どれも〈色恋に浮れて孕ませて、同じやうな醜い者を殖して行く〉ものであることに変わりない。〈性〉とはそのような、まさに人間を越えた物自体の因果、それゆえに永劫にグロテスクなものでしかないのだ。

湯原とお多代との関係が醜怪であるように、香取とお多代との関係も醜怪でしかない。そして、そうした関係に徒に繋がれている己れを、香取は嫌悪し慚愧しなければならない。だが、しかも香取はお多代と離れることができないのだ。〈性〉という物自体の因果に空しく捉われていると自覚しながら、しかもなおその中で香取は、一人の女を択び一人の女に執するのである。

本能的な衝動のままに、あれでもよくこれでもよいというのではない。衝動に促されつつ、なおあれではなくこれであり、多くの女ではなくお多代でなければならない。いわば〈肉の塊〉(「何処へ」)でありつつ、一人の〈人間〉でなければならないのだ。――そして、おそらくここに、吉富新六にはない香取元一の、わずかな、〈人間〉としての夢があったといえようか。

お多代から湯原の胤を宿していると聞かされ、香取は逆上する。しかし〈香取は女が手を合せて自分一人に助けを乞うてゐるやうにのみ思はれて、一時疑ひも憎みも消えて、只手に手を執つて思ふ様泣いてやりたくなつた〉(十一)という。が、これは一見ちぐはぐな感情といえよう。なぜならお多代の思いは、終始香取にではなく湯原に向けられているのだから。が香取は、それを承知の上でお多代を憐まずにはいない。一人の〈人間〉に繋っているのは香取ばかりではないのだ。お多代もまた湯原との関係を絶てないでいる。そのお多代の迷夢の深さに、香取は感動するのである。おそらくそこに自己の迷夢の深さを重ねながら。――

《外の世間は次第に心から遠ざかつて、只二人が苦しい夢を見てゐるやうだつた。》(十一)

二人の夢は擦れちがう。しかもその夢が、二人を確実に荒廃させ潰滅させてゆくことに変わりない。だがだからこそ〈苦い夢〉だとしても、それが〈夢〉であるかぎり〈人間〉的であるといわなければならない。たしかに生が〈生理〉にすぎないとすれば、そこには価値も当為も存在せず、人はなにをどうしてもいいし、またしなくてもよい。しかしにもかかわらず同時に人は、択び、執する。

香取はお多代を択び、執する。それは愛と呼ぶにはあまりにも無惨だが、しかしそこには、〈憎悪〉や〈疑惑〉や〈嫉妬〉を、さらには〈驚愕〉や〈憐憫〉をも含めて、〈生理〉をこえるなにかが、人が〈人間〉的と呼ぶなにかがあるといえないか。

六

ところで周知のように、白鳥は「毒」執筆の前年、「微光」(「中央公論」明治四十三年十月)を発表し、一つの転期を画したという。事実、男から男へとほとんど抗う術もなく渡りあるくお国という女の宿業が、あらけずりの中にも、一種の哀感を漂わせて描かれている。それはいままでの白鳥にない潤いのある世界なのだ。おそらくそこには、人間否定の思想に固執し、自己の内部にのみとぐろを巻いていた白鳥が、外界へ、人間の具体的な日々の営為へ、視線を向けていったという事情があったろう。しかし、そうした事情の底で、白鳥をして、たとえば「微光」において、男から男へと渡りあるく一人の女の宿世を、冷笑も嘲罵もまじえず、むしろ寛恕として追跡し再現せしめていったものはなにか。

おそらくそうした白鳥の寛容さの中には、末は地獄だとしても、今お国が人間として生きる姿の確認があったにちがいない。人間が一匹の獣であることへの身悶えするよう憤懣と呪詛の中で、しかし秘かに、人間が人間として生きることのまさに胸突かれるような姿の発見があったにちがいない。そしておそらくここに白鳥の、いわば人間への赦しが兆しつつあったのではなかったか。

「毒」もまたそうした白鳥の心的境地を、なにほどか伝えているといえる。香取元一の肖像を綴る白鳥の筆致にも、またいくばくかの赦しが籠められているのだ。白鳥は、香取とお多代の無惨な関係に、いわば愚直なまでにつきあっている。少なくとも「毒」は、そうした関係への、一方的な憤懣や呪詛に終わってはいないといえよう。

そして、だとすればそこに、まさしく白鳥の作家的成熟のある契機があったといってよい。すでにそこは、人間存在への憤懣と呪詛を、それへの苦い認識を、強引に表現する場ではないのだ。それらをこえた人間存在のあるがままの姿に、素直に驚き、つき従う場と化していたのである。「牛部屋の臭ひ」(「中央公論」大正五年五月)や「死者生者」(同九月)等の世界は、おそらく、このことを通過してのみ表現可能な世界ではなかったか。

注

(1) 中央公論社刊『日本の文学』第十一巻(昭和四十三年三月)解説。
(2) 『自然主義の研究』下巻(東京堂、昭和三十三年一月)。
(3) 「文学」(昭和四十七年三月)。
(4) この章に関して、拙稿「白鳥の拘執—『妖怪画』の系譜—」(「文学」昭和四十四年十一月、本書所収)を参看頂ければ幸いである。

——「文学年誌」第一号(昭和五十年十二月)——

「徒労」再論――白鳥における〈家〉――

「だがな、グレーテ」と父親は、いかにもよくわかるというふうに、思いやりを込めて言った、
「いったいどうしたらいいんだろうね」

――カフカ『変身』（山下肇訳、新潮文庫）――

「徒労」(1)の沢井壮吉は〈十年前雑司ケ谷の畑の中の一軒家で、神の声や魔物の声を聞〉（一、以下同じ）く。《「亜米利加へ行け。亜米利加へ行けば手易《たやす》く巨萬の富が得られるぞ。その金で貧民救護所を建てよ。日本政府の誤つた施政方針を正して、日本の貧しき国民を救ふのが、汝、沢井壮吉の使命である」

その言葉は日に〳〵彼れの心に刻まれて、次第に聞き棄てにされなくなつた。（略）で、故郷の父へ手紙を寄せて大抱負を述べ、巨額の旅費を請求したが、その手紙には不穏の文句が多かつた。父は驚いて、東京の親戚に頼んで彼れの様子を索《さぐ》らせて、いよ〳〵普通外《なみはず》れの行為を見届けた揚句、無理強ひに故郷へ引き戻した。》

それから〈十年の長日月、壮吉は中国の山間に若い盛りを送つた。数ケ月は精神病院へも入れられて、偏執狂の病名をつけられ〉るが、〈去年の秋の末にヒヨツクリ墓から出て来たやうに知人の前に現れた〉。そして旧友の日笠に向かい、〈「彼地《あちら》では天主教を研究しました」〉、〈「この次には、政治を研究します」〉という。さらに〈「近々政党

へ入らうと思ひます、政治研究のためにはそれが便利ですから……さうして四五年政治をやつたら、実業界へ入るつもりですよ。日露貿易をやつて、旁《かたは》ら政治上でも日露の親睦を計らうと思ひます。貧民救護もそれからでさあ」と先の長い計画を語〉る。

しかもそのために、〈△△新聞小石川支局〉（二、以下同じ）に入り、〈将来主任記者になる〉までは当分〈無給〉の〈見習ひ〉で、〈配達でも集金でも探訪でも〉やってみようという覚悟なのだ。

ところで、こうして壮吉のいささか奇矯な計画が記されてゆくのだが(2)、たしかにそれは〈或る先輩の哲学者〉がいう通り、〈馬鹿々々しい空想〉ともいえる。しかしそれ自体として偏見なくみれば、純粋な理想主義的青年の夢といえないこともない。

たとえば、すべての切っ掛けとなる〈神の声や魔物の声を聞い〉たというのも、さまで奇異なこととはいえない。〈中世の基督教的迷信〉時代、〈父と子と聖霊との三つが一つだ、一つが三つだと、赤児《あかんぼ》にでも笑はれさうな議論に日を暮し〉、〈欧州全国が巣鴨の精神病院のやうにな(3)〉っていたことを思えば、そしてさらに、〈私は数百年前の欧州に生れてゐたなら、多分ローマンカソリツクの伝統的信仰に全心を捉へられてゐたであらう〉、〈近代化した意味でなしに、文字通りに浄土を信じたり肉体や霊魂の復活を信じたりしてゐたであらう(4)〉ということを考えれば、逆にいまの時代においても、たまたま〈神の声や魔物の声を聞〉き、それに〈全心を捉へられ〉るものがいたとしても、そうおかしなことではないといえよう(5)。

ましてそこから、〈亜米利加へ行〉き、〈巨萬の富〉を得て、〈貧民救護所を建て〉ようというのは、敬虔な信仰者としてしごく真っ当な夢であったといわれなければならない。

また〈「日露貿易をやつて、旁《かたは》ら政治上でも日露の親睦を計らう」〉といい、〈将来日露同盟が成立して、世界は吃度《きつと》日露で統一される、日露大帝国が将来の世界だ〉と熱弁を揮うのも、日露戦後、日露問題がますます憂慮すべきものとして人々を悩ませていたことを思えば、しかもそれをまさに平和裡に解決しようとしている壮吉の願いは、これまたしごく真っ当なものといえよう[6]。

寺田透氏は、たとえば「妖怪画」や「地獄」のように、主人公達が〈自分を遺伝の傀儡乃至犠牲と自覚〉し、それによる〈心気妄想〉から次第に〈狂気〉に陥っていく設定であるのに対し、「徒労」の主人公ははじめから〈精神病院へも入れられて〉、〈偏執狂の病名をつけられた〉ものとして設定されていること、つまりこの〈天主教を十年研究し〉(二)、〈ペテロの小さい彫像、マリヤの旗、珠数と印〉(同)を護符のように持ち歩き、毎日自らの計画を繰り返し巡らせて倦まない壮吉の言行が、〈それに対する周囲の反応を通して、日常生活のあいだに点滅する情景として描き出されている〉こと、従って〈その情景設定にもかかわらず〉、「徒労」が「妖怪画」や「地獄」に比べ、〈怪奇の感にははるかに乏しい〉ものになっていることを指摘している[7]。

言葉を換えれば、「妖怪画」や「地獄」の主人公達、森一や乙吉の〈狂気〉が、内から、すなわち〈自覚的〉〈主観的〉に描かれているのに対し、「徒労」の主人公壮吉のそれ(とひとまず言っておこう)が、〈周囲の反応を通して〉、〈客観的〉に描かれている、とは〈外から見る視点〉において描かれているといっているのである[8]。

たとえば、このことは、兄壮吉の下宿先を訪れる弟真造の〈反応を通して〉描かれる次の場面にも顕著である。

《只一人の兄、只一人の相談相手が、あの肩を揺ぶつて歩いてゐる男なんだ。蠣《かき》のやうな目で自働車の後ろを見送つてゐる男なんだ。真造はそれを見てゐると、今更のやうに手頼りない感じが胸に迫つた。崩れかゝつた家を支へて行くのは自分の繊弱い腕一つである。自分が離れたら四五人の家族は皆惨《いたま》しい境涯に陥らねばならぬ。それが今目の前に見えてゐるやうだ。

真造はこの二三日家庭の不快な空気に堪へなくなつて、つい兄に会つて訴へたらばと思つて来たのだが、兄は矢張り元のやうな兄で、真面目な話など出来さうではない。と云つて、縁の遠い親類や友人に打ち明けて相談されることではない。》（二）

真造はこうして、この作品の副主人公、あるいは視点人物（〈外から見る視点〉）として、兄壮吉だけでなく、沢井家全体の動静を追う。またそのことによってこの小説が（〈客観的〉な）、〈普通の小説〉[9]（たとえば「何処へ」等）となっているのだといえよう。

真造にとって、兄は〈真面目な話など出来さうではない〉。兄はひとり〈家の用事に手出しをせず、毎日小遣銭を貰つては、忙しさうに知人の訪問をしてゐ〉（一）る。真造は出来れば〈この家を飛び出して自分一人きりの気儘の生涯を始めた〉（四）い。しかし一家は〈父が郡長を辞し〉（一）、〈家族を挙《こぞ》つて東京に移転し〉（同）てきたばかり。だから父には〈職〉（二）もなく、いままでためた小金を〈「皆んなで居喰ひして」〉（同）いるだけ。しかも大学はまだ〈二年〉（同）も残っているし、父は父でまたぞろ女を囲い、適当に〈財産の分配〉（五）をして〈「自分だけ別居」〉（二）し、女と二人の暮らしを夢見ている。

ただ真造は父については楽観している。〈「僅かな月給なんかゝら拵へた財産」〉（四）、〈「それ程好きな金なら、無くさりやしないさ」〉（同）というわけだ。

しかし母については楽観は許されない。母は〈「あんな女にムザ〳〵身代を潰されて、黙つて見てるつてことはあるもんぢやない」〉（七）と、父に対する嫉妬と将来への不安から次第に常軌を失っている。

ある夜も母の姿が見当らない――。

《障子を開けて、心当てに母の行先を眺めた。暗い樹木の中に灯火《あかり》がチラ〳〵見えたが、その近くの一つが母を導いた光だと思はれた。父の通つてる女の家へ後をつけて行つたに違ひない。無分別な外聞の悪い真似をしなければよいが、……彼れは母に同情するよりも、その狼狽《あわ》てた端《はし》ない仕業を忌んだ。荒立てないで父のなすまゝに打遣《うちや》つて置けば、世間にも知れないし、父もさう財産を傷つけるやうなことはしないのだらうにと、母の焦々《いらく》した火花のやうな性分を厭ふた。》（四）

こうして作品は、壮吉のいわゆる〈狂気〉のみならず、⑽（少なくとも中盤に至るまで）沢井家全体の情勢、父にはじまり、母、壮吉、妹お種の織りなすまさに不安定で危機的な状態が、真造の嫌悪や焦躁を通して描かれているといえる。しかもそれが〈外聞〉や〈世間〉、つまり社会から一家が逸脱し排除されてゆくことへの〈疑ひと恐れ〉（四）を通して描かれているのである。

たしかにここで真造がしきりとおそれているのは、いわゆる兄の〈狂気〉であり、また母が〈焦々《いらく》した火花のやうな性分〉から、〈無分別な外聞の悪い真似〉をして、それが〈世間〉に知れることである。（真造には他にも〈「さう他人に立ち入つた話をしない方がいゝ」〉（四）とか、すでに引いた〈「縁の遠い親類や友人に打ち明けて相談されることではない」〉という言葉があった。）

つまり繰り返すまでもなく真造は、終始〈外聞〉〈世間〉〈他人〉からの差別や排斥をおそれており、それによって〈家族〉が〈惨《いたま》しい境涯に陥〉（二）ることをおそれているのだ。

そう言えば父吉文は娘に向かい〈「女が裁縫を知らんと、嫁に貰つて呉れる所はないぞ」〉（五）という。

《「なくたつて此《ちつ》とも困らない」

「お前は困らなくつたつて、お父さんが困るぢやないか、女が年頃になつて衣服《きもの》一つ縫へんやうぢや外聞が悪い。お父さんまで恥しいぢやないか」

「フウン」と小さい声で嘲《あざけ》るやうに云つて、「そんなに世間に恥しいやうな子を生まなけりやいゝ」と、わざと雑誌を持つて横へ向いた。

「さうだ、生まなけりやよかつた。気狂ひや親不孝ばかり生むつもりはなかつた」と父は自分をも嘲けるやうに云つた。そして口を噤《つぐ》んで、淋しさうに坐つてゐた。》（五）

しかしそれにしても、〈狂気〉とは一体なにか？　一家の中心にあって、一貫して〈疑ひと恐れ〉をもたらしている壮吉の〈狂気〉とは、一体どのような意味を担わされているのか。

ミシェル・フーコーは『狂気の歴史――古典主義時代における』（田村俶訳、新潮社、昭和五十年二月）において、〈狂気の歴史〉をめぐり、それまで人々の間に未分のものとして曖昧に混在していた理性と非理性を、一つの分割線によって明確に切り離す、つまり近代国家権力の成立とその治安維持とを背景にした〈大いなる閉じ込め〉――貧困者や狂者を〈一般施療院〉に監禁し管理する、とりわけ狂者（と見なすもの）を、科学（精神医学）によって〈精神病患者〉とし、それを〈精神病院〉へ封じ込める〈歴史〉を辿っている。

そしてこのことは、近代日本においても同じ状況として辿りえるのではないか。[11]ことに、日露戦争以後、あらためて国家再編の要請が強まる中、それまで〈精神病患者〉の私宅監置を許していた〈精神病者監護法〉（明治三十三年公布）があらためられ、あらゆる〈狂者〉を精神病院に入院収容することを義務づける〈精神病院法〉（大正六年）が制定された。まさに〈大いなる閉じ込め〉が、近代日本においても漸々として進行していたのである。[12]

おそらく真造がおそれ、おびえていたことは、このことに他ならない。近代国家編成において、すべてが法のもとに規制され抑圧される。そして沢井家全体は壮吉の〈狂気〉、加えて母の〈無分別〉から、早晩ほころび、まさしく社会的に崩壊、失墜してゆくにちがいない。そのひしひしと迫ってくる危機感こそ、真造の不安や悲哀、嫌悪や焦躁の原因であったといえよう。[13]

壮吉が〈昔から友人の中で話せるのはあの男ばかりだ〉(二)と信じ、〈唯一人の徒弟〉(六)と頼む日笠も、壮吉の執拗な議論に〈生欠伸〉をし、〈五月蝿《うるさ》がつて、「もう沢山だ」〉(同)と逃げてゆく。そしてそのあげく〈何故この男をこんなに打ち棄て丶置いて、病院へも入れないだらうかと怪し〉(八)むのである。また父の昔からの友人、胸襟を開いて話しあう大野老人も、父が〈永く一人で真面目に思ひ詰めた別居の計画〉(五)に対し、〈老人は相手が鹿爪らしく話すのを、竊《ひそ》かに面白がつて聞きながら、「それもさうですな」と軽く首肯〉(同)くばかり。そしてしまいには壮吉について、〈「入院させなすつちやどうです」〉(九)と〈勧め〉(同)るのだ。

どれもこれも冷淡でしかない。もとより古来、世間は鬼ばかり。外に出れば七人の敵がいる。そうにちがいないとしても、しかし〈保護〉や〈福祉〉を掲げ、〈入院〉を強いる鬼や敵が、いわば時代や社会すべての意志として歴史の上に出現してきたといわなければならない。

むろんそれは、時代と社会がその総体において作り上げた、いわゆる言説空間といえる。しかしだからそれを無意味なものとするわけにはゆかない。いや、むしろ時代や社会がその総体において作り出したものだからこそ、それはもっとも動かしがたいものなのだといえよう。

さて、壮吉の〈狂気は亢進する〉(14)。といって、これも〈周囲の反応を通して〉示されるのは断るまでもない(それまで壮吉に馬を合わせていた日笠が、その長談議に愛想をつかせて離反してゆく経緯等)。

そしてある夜、妹のお種が訪ねて来て、兄の異常な様子、〈薄暗い中に白い目が開いたり閉ぢたりした〉(六、以下同じ)に〈最早《もう》小気味悪くな〉り、〈逃げるやうに戸外《おもて》へ出〉て、それを母に告げる。

《壮吉はそれと気付かずに、一所《ひとところ》にヂツとしてゐて醒めるでもなく眠るでもなく時を過した。政治運動や露西亜貿易や貧民救護所や、毎日繰り返して倦まない計画が、形を備へて其処に現れては消える。波の向うに雲のやうに横はつた陸地が見えた。自分の指図に従つて黒い人や白い人や、人とも獣ともつかぬ者が動いた。次第に数が殖えた。自分を謳歌する声が聞える。手を合せて礼拝する者もある。》（六）

母も驚いて訪ねて来て、〈「今夜は家へ帰つてお休みな」〉と言うが、壮吉は聞き入れない。が、ほどなく〈口の中で何か呟きながら、居睡りをしかけた。そして母が敷いて呉れた蒲団の上に倒れて鼾《いびき》をかき出した〉。〈「よく眠《ね》さへすればいゝんだ」。母はランプを差し出して、口の端に泡を浮せてゐる壮吉の寝顔をツク〴〵見詰めて後、戸締りをして、ランプを消して階下《した》へ下りた〉。

しかし母親は心配で、翌朝真造を伴ってふたたび部屋を訪れる（七、以下同じ）。が、壮吉に〈昨夕《ゆうべ》のやうな不穏な様子はなかつた〉。真造は〈兄の譫言《たはごと》を聞くでもない〉と立ちかけるが、母は〈「丁度いゝ折だから兄さんにもよく家の事を話して、三人で極めるものはちやんと極めといたらいゝと思ふよ」〉という。真造は〈何だ、こんな兄に云つたつて〉と、〈厭な顔をして黙つてゐる〉。

壮吉が朝の弁当を食べ終わると、〈母は甲斐々々しく其処等を片付けて、夜具を干したり掃除をしたり、押入から汚れ物を出したりした。二人の子を側に据ゑて、かうして働いてゐるのはさも悦しさうだつた〉。

しかしすぐ後、母親は〈不意に電気でもかゝつたやうに、口のあたりがピリヽと動いた。青い筋が目立つて来る〉。真造は〈心が重苦しくなつ〉て、〈目を他所《よそ》へ向け〉たが〈母は周囲《あたり》を憚《はゞか》つて声を潜めながらも持前の尖つた調子できれ〴〵に父の事を話してゐる。兄に人並の量見のないのを忘れでもしたやうに立ち入つた話をして、真面目に相手の智恵を借りたそうである[15]〉。

要するに母親にとって壮吉は、相変わらず血と肉を分けた愛子、なんの変わったところもない、よしあったとしても、〈「よく眠さへすればいゝ」〉のである。

《母は相手を強く刺激するやうに云つたが、壮吉はろく〱母の言葉に耳を留めず外の事に思ひを馳せてゐた。そして「私は僅かな金ぐらゐ念頭にありません。大事業がそろ〱始まりさうなんだから」と、平然として云つた。

「ぢや、お前はお母さんが乞食になつても構はないんかい。家の事なんかどうなつたつてい丶のかい。人情のないお父さんに好きなやうにさせといて、お前達黙つて見てるつもりなの」と、母は畳みかけて云つて激した。目も只ならぬ色をした。

壮吉は却つて落付き払つて、癇《かん》の高ぶつてゐる母を不審げに見詰めてゐたが、「そんなに私の家が危険になつたんですか、お母さんまで追ひ出されさうになつたんですか、先日《こなひだ》家の前を通つた時も、何だか変な奴がウロ〱してゐるやうで気に掛つて寄つて見たんだが、矢張さうだつたんだ。さうに違ひない」と独り合点をした。

「何だつて。変な奴がウロ〱してたつて」と、母は乗り出して訊いた。

「え丶、この辺へも折々やつて来るんですよ。僕の事業も彼奴《あいつ》のために妨害せられるんです。」

「どんな人だい、それは。女かい男かい。女ぢやないの」と、母は気色ばんだ。真面目に考へた。

「どちらだかよく分らないが、兎に角いけない奴ですよ。あんな奴を生かしとくと、皆んなの迷惑になるんですよ」》（七）

《「お母さん、どうかして彼奴を退治しなければなりませんね。何ならお母さんは此処へ寝泊りなさい、私が身に代へても保護して上げます」と、気を張つて云ひながら、懐から例の蟇口を引き出して、珠数やマリヤの旗を見た。それを見ると急に心丈夫にもなつた。

母は先日《こなひだ》から是程手頼りになる言葉を聞いたことはなかつた。真造やお種からも、嘗てこんな情味の籠つた言葉を聞いたことがない。で、壮吉の顔を自分の頬に擦り寄せたいくらゐ悦しかつた。睫《まつげ》に涙をさへ浮べた。

「たとへ、二階借りして暮したつて、壮さんの側にゐれば、お母さんもそれで安心なんだよ」と、前後を弁へずポーッとなつて云つた。世界に捨てられた親一人子一人が差向つてでもゐるやうな感じを起して、それに酔つてゐた。

真造は二人の話を聞いてゐると、次第に心が沈んだ。母迄も気が変になつたのぢやないかと思はれた。振り返つて見ると、母の顔が却つて不穏な悪相を帯びてゐる。》(同)

たしかにこの場面、〈狂気〉が跳梁、跋扈しているおもむきである。壮吉の妄想は母に伝播し、母の妄想は壮吉に伝播して、さらに互いの妄想を煽りたてる。しかしはたして、二人はここで真実、〈狂気〉に正体を失っているといえるだろうか?

いや、二人はここで心から相手の悩みや苦しみを察し、相憐んでいるのではないか。

壮吉は母を〈「私が身に代へても保護して上げます」〉といい、母は〈先日《こなひだ》から是程手頼りになる言葉を聞いたことはなかつた〉と感涙にむせぶ。つまり〈外から見〉れば〈狂気〉の沙汰だとしても、二人はまさに心と心で結ばれているのである。(16)

〈壮吉は母と弟との帰つた後も、暫らく一処《ひとつところ》に坐つたきり動かなかつた。目を瞑《つぶ》つては十字を切つたり、何かを払ひ除けるやうに手を振つたりした〉(八)。そして夜になり、壮吉は家に帰って来る。

《「壮さん、どうしたんだい」と、母は胸を轟かせた。お種も真造も父も箸を持つたまゝに一緒に目を向けた。

「お母さんこそどうもないんですか」と、壮吉は母を庇《かば》ふやうにその側に坐つた。お種は恐ろしさうに身体を斜めにして、兄の息を避けた。だが、皆んなが気遣ふやうな変つたことも起らなかつた。十年前のやうに暴れ出しさうでもない。狂態は見えなかつた。

父は眉根を寄せたばかりで、黙つて箸を執つた。外の者も再び膳に向つた。

「お前御飯は？」と、母も落着いて、腰を持ち上げて、茶箪笥から茶碗を出さうとした。

「僕は食べたくないのです」と、壮吉は押し止めて、「僕は今夜から此家《このうち》へ留らうと思ふんですが、いゝでせうか」

「あ、さうおしなさい、その方がいくらいゝか知れないよ」

「どうせさうしなくちやならんのだ。何時までもお前一人を気儘にさせとかりやしない」と父も云つた。だが、真造一人はこれから又毎日、兄の不快な挙動《そぶり》を見せられるのを予期して、一家揃つてゐるこの茶の間が一層陰鬱に感ぜられた。

その夜壮吉は玄関の三畳に寝床を延べて寝たが、何時までも寝付かないで、目を開け耳を聳てゝ、絶えず家の中の物音に気を付けてゐた。そして少しでも物音がすると首を持上《もた》げて枕許のマツチを擦る。夜中にも幾度か起き上つて豆ランプを点けて部屋々々を見廻つた。

「どうかしたのかい」と、母が不意に夢から醒まされて訊くと、

「ヂツとして寝て入つしやい、私が夜番をしてるんだから、安心してゝいゝんです」と、声を潜めて答へた。

朝まで一睡もしなかつた。》（八）

《翌朝真造に手伝はせて、魚屋の二階から荷物を運んで来て、玄関に置いた。日笠にだけ転居の通知をして、「至急来て呉れ」と書き添へた。》（同）

まさしく事態は切迫している。日笠はやって来るが、〈何故この男をこんなに打ち棄てゝ置いて、病院へも入れないだらうかと怪し〉（同）む。しかし、家族はだれもそのことに思いが至らぬかのように、ただじっと手を拱いて事態を見守っている、いや耐えているといえよう。

そして大団円。

《「兄さん、五月蝿《うるさ》いよ、そんなに歩き廻つて」、と、針仕事をしてゐるお種は舌打ちして毒々しく云つたが、壮吉は耳にも留めない。得心の出来るまで部屋を見廻つた。夜になつて家族が睡りに就いてからも、彼れは寝床へ入つては起き〳〵して落着く暇はなかつた。豆ランプを手にして二階や階下を隈なく忍び足で歩いた。母の寝顔や父の寝顔に目を擦り寄せては見廻つた。折々立ち留つては畳の上に揺れてゐる火影を見詰めた。

夜半《よなか》過ぎに、母はその幽かな足音に驚いて目を醒ましたが、寝衣《ねまき》を引き摺つて、薄明るい火影に白い目を動かしてゐる男が、幻のやうに見えると共に身震ひして、鋭く叫んで、家中の者を呼び起した。

父は壮吉の手からランプを奪つて、圧し付けるやうに坐らせたが、壮吉は手向ひもせず首を垂れて、「僕一人が寝ずの番をしてりや大丈夫です。安心してジツと寝て入らつしやい。幾ら戸の外まで来てゝも入りやしないよ」と素直に云つて、懐からペテロの彫像を出して、恭しく十字を切つた。

「お前こそ気を落付けて寝ろ」と、父は後から蒲団を掛けてやつた。そしてランプを明るくして、家中揃つて壮吉を取り囲んで通夜《つや》をした。

「僕は十日でも二十日でも少しも眠らなくつても構ひません」と、壮吉は同じ事を繰返し〳〵した。そして皆が気遣はしい顔をしてゐるのを不愍《ふびん》に思つた。

不断でも話の少い家族は眠い目を張つて、それ〴〵に思ひに耽《ふけ》つてゐるのみで、互ひに口を利かなかつた。

新聞配達の鈴の音が次第に近づいて、格子戸の間から投げ込まれた。

「僕があゝして此処へ新聞を投げ込んだことがあるんですぜ」と、壮吉は今迄忘れてゐたことを不意に思ひ出した。

その様子が可笑《をか》しいので、父も母も笑つた。

「お前が最少し当り前になつてそれ丈働いてりや、少しはおれの力になつてたのに」と父は歎息した。》(九)

《壮吉は毎夜々々の寝ずの番で次第に痩せ衰へて、見るも凄くなつた。その騒ぎに紛れて父の別居の企ても延び〴〵になつた。

「入院させなすつちやどうです」と、大野老人は勧めたが、父はキツパリした決心もしなかつた。長い間自分の血潮を絞り取られて育て上げた樹木の、何の効もなく枯れて行くのを、手を束《つか》ねて見ながら、痛ましくも腹立しくも思つてゐた。》（同）

まるで一夜にして毒虫と化した息子グレゴールをめぐり、その理解を絶する事態を見守るしかない「変身」のザムザ一家のように、沢井一家もその眼前の事態を見守るしかない。なるほど外部からは、〈「入院させなすつちやどうです」〉と、当面最良最善の手立が〈勧め〉られる。しかしそれで事態が解決するのか？　壮吉がかつて〈精神病院へも入れられ〉はしたが、〈偏執狂の病名をつけられた〉だけで、一向に治癒も回復もしなかったではないか。(17)
だから家族は、家族だけは、ただ壮吉を囲み、ほとんど言葉を失ってその事態に耐えるしかない。〈家中揃つて壮吉を取り囲んで通夜《つや》をした〉――。そしてこれがおそらく人間が、自らの力をこえるもの、いわば運命に対する最後の対し方ではないか。(18)

古来人間は、そうして家族（父や母、兄や弟、姉や妹）において、身近に寄り添いながら、黙って耐えてきたのだ。それを絆といってもよい。しかしそれでなにかが解決されるわけではない。ただその絆において耐えてきたのである。(19)

そして付け加えれば、ここに正宗白鳥における〈家〉、あるいは〈家族〉の意味があったといえよう。(20)

注

(1) 「早稲田文学」明治四十三年七月初出、のち『微光』（籾山書店、明治四十四年六月）に「微光」「呪」とともに所収。なお筆者は以前この作品を「白鳥の拘執―『妖怪画』の系譜―」（「文学」昭和四十四年十一月、本書所収）で概説した。今回、本論を〈再論〉という所以である。

(2) 大本泉「正宗白鳥の方法―『徒労』を視点として―」（「目白近代文学」第七号、昭和六十二年三月）に、壮吉のモデルが白鳥の東京専門学校時代の級友〈井川〉某氏であるとの調査報告がある。

(3) 白鳥「古を師とせず」（「新小説」明治三十八年十月）。

(4) 白鳥「死に対する恐怖と不安」（「中央公論」大正十一年十一月）。なおこの後〈時代々々によつて、人間の態度は違つて行くのである〉と続くのだが、それは〈違つて行〉かないものもあるということを否定するものではない。

(5) 因みに（六）にいう壮吉の〈童貞の誓願〉――〈「だつて僕は天主教へ入つてから童貞の誓願を立てゝるんだよ。一人が童貞の生涯を送れば、その一族は如何なる罪があらうとも、未来永遠に救はれるんだからね。齷齪《あくせく》家庭の事に関係したり、外形的の親孝行をしたり、そんな吝臭《けちくさ》い事をしなくつたつて、僕は一族の霊魂を救つたよ」〉というのも、敬虔な信仰者としてしごく真っ当な覚悟といえよう。

(6) たとえば二葉亭四迷が憂国の思いにかられ、ウラジオ辺りで〈女郎屋をやりたいと本気で云つてゐた〉こと、またそのことによって〈シベリア全体の日本化さへ期待できる〉といっていたこと（中村光夫『二葉亭四迷伝』講談社、昭和三十三年十二月）に比ぶれば、壮吉の言はいささか茫漠とはしているが、その思うところは同じであるといってよい。なおこの作品における日露問題については、注（2）の大本論文に触れられている。

(7) 「正宗白鳥の初期小説」（「文学」昭和四十七年三月）。なお拙稿「『落日』から『毒』へ―白鳥の成熟―」（「文学年誌」一号、昭和五十年十二月、本書所収）参照。

(8) 同右。

(9) 同右。

(10) ただし真造にとって壮吉は、一貫して無能なのであって、狂者なのではない。

(11) 高橋敏夫「広津柳浪の怪物―『変目伝』における身体、戦争、衛生、下層―」（「国文学研究」第百二十集、平成八年十月）参照。氏はそこで柳浪のいわゆる〈怪物〉にふれ、〈怪物の怪物度は、秩序を形成するさまざまな体系の強度に正比例するといってよい〉

としながら、その〈秩序の形成〉――近代国家権力の成立の契機の一つに明治六年の徴兵令をあげ、その〈常備兵免除概則〉にある〈まず〈第一条　身の丈ケ五尺一寸未満者〉、〈次に〈第二条　羸弱ニシテ宿痾及ビ不具等ニテ兵役ニ堪ザル者〉を引用しつつ、〈背のたんなる目盛り上の区別、そして病気および「障害」の有無が、国家を媒介として、差別する身体と、差別される身体とをうみだした〉としている。〈国家を媒介と〉する強大な〈身体の分割、序列化〉、身長、病気、障害、そしてもっとも負なるものとしての〈狂気〉、その〈むごたらしい〉までの差別――。

(12) 大井田義彰「主題としての〃狂気〃―『ある女の生涯』論序説―」(「媒」第六号、平成元年十二月)参照。氏はそこでフーコー『狂気の歴史』に基づきながら、川上武『現代日本医療史―開業医師の変遷―』(勁草書房、昭和四十年二月)により、大正期、たとえば〈精神病院法〉によって〈保護〉〈福祉〉の名のもとになされた〈大いなる閉じ込め〉が、〈社会の表面から狂人を「排除」する役割をはたすとともに、〃狂気〃の側から発せられる言葉を〃異常〃という烙印を押すことにより無化する閉鎖的社会を作り上げたのではないか〉といっている。

(13) なるほど真造は日笠のように〈「一人ぼっちで繋累もなくて勝手な事をし」〉(三)たいと夢見ている。しかし〈「僕は家を出られやしないさ、家の始末は何も彼も僕一人でつけなくちゃならん」〉(二)し、〈兄の行末〉(同)、〈「お種やお母さんの世話も私一人でしなくちやならん」〉(同)という思いは、つねに真造の胸に迫る。その意味で真造は、まさに一匹の家の虫なのである。

(14) 注(1)の拙論参照。

(15) 真造はひとり蚊帳の外である。しかし彼もまた母と兄を人一倍心配しているのである。

(16) この場面、山本芳明氏は〈壮吉と母親の双方の誤読〉といっている(「逸脱者たちへのまなざし―正宗白鳥ノート3―」『学習院大学文学部研究年報』第三十七輯、平成三年三月)。たしかに〈誤読〉といえばいえる。しかし〈客観的〉にいえばその通りだとしても、ここで母と壮吉は心の深みで、その苦しみや哀しさを正確に了解しあい、共感しあっているといわなければならない。

(17) おそらくこれは本来、治癒したり回復したり出来るものではないのではないか。その意味で、当時の精神医学の水準の問題でもないし、現在でもまた然りである。つまり人間にとって〈想定不可能〉なものであり、だから〈対応不可能〉なものなのではないか。

(18) 〈「いったいどうしたらいいんだろうね」〉(「変身」)。いやまさに〈どうしようもない〉のだ。

(19) たしかに壮吉の言行は奇矯であり、異常といえる。それを否定するつもりはない。しかしそれを直ちに〈狂気〉として囲い込むこと、そのことが問われなければならない。〈狂気〉と結び付けるその前に、まだ留まらなければならない場所、〈「いったいどうしたらいいんだろうね」〉と途方に暮れる場所。そしてそれが人間のつねに留まるべき場所、というより現に留まっている場所ではないか。

(20) 言っておくが、ここに〈家〉〈家族〉とは、〈家父長制〉などということとは無縁である。

付記

小論に先立ち、「『妖怪画』補説―ゾライズムについて―」(「早稲田大学感性文化研究所紀要」第七号、平成十二年三月、本書所収)を書いた。御併読いただければ幸いである。

――青年画家新郷森一は大酒家で女狂いの父や〈ヒステリー風〉の母を嫌悪し、彼等の死後上京した今では、世間を冷笑し、一人〈除者〉となった気で〈病狐に相応しい穴倉〉のような一室に閉じこもり、下宿隣りの白痴の〈片輪娘〉お鹿をモデルにして妖怪画を描くことに専念する。が、ある時付きまとう美人記者の誘惑を退けたのち、夢中でお鹿と通じ、翌朝そのことを知って動顚し、ピストル自殺を計るが、誤ってお鹿に射殺される。〈一幅の背景は暗憺たる森林、中心はお鹿に凄味を持たせた女で、周囲《まはり》には森一の父母や友人の誰れ彼れに似た妖魔がゐる〉という未完の遺作〈「百鬼夜行」〉は、天才の作として評判をとる。

父の酒癖、漁色、偽善、醜態、そして母の狂乱、それを眼のあたりにして森一は、次第に陰鬱な性格を形成してゆく。しかもそうした父母の性向が〈恐るべき遺伝因子〉となって、自らの中に流れ込んでいるのではないかという恐怖や不安、そしてそれがいつか自分を破滅させるのではないかという強迫観念、そのつねに怖れていた〈父母の遺伝〉が〈無我夢中の間〉にお鹿と通じたことにより、やはり自らの中に流れ込み、ついに自らを蹂躙したことを知った驚愕や絶望(因みに「徒労」の壮吉の〈狂気〉が〈周囲の反応を通して〉〈客観的〉に描かれているとすれば、「妖怪画」の森一の〈狂気〉は〈内から〉〈自覚的〉〈主観的〉に描かれているといえよう)。

そしてこの〈遺伝の理法〉(「地獄」)や〈生理上の定則〉(同)による作品構成、人はまさにそのようなものによって決定的に支配されているという作品構成に、いわゆるゾライズムが深く関わっているのではないか。

日本の自然主義、その文学手法としてのリアリズムが、ヨーロッパの自然主義、そのリアリズムによって導かれたことは断るまでもない。そしてそのヨーロッパ近代文学のリアリズムが科学の絶大な影響を受けていたこともまた断るまでもない。科学――それはかつて神の子であった人間を猿の子とするダーウィンの進化論に明らかなように、人間の身体を、いや精神をも、すべからく物質の因果関係、とは〈遺伝の理法〉や〈生理上の定則〉によって捉えんとする。生物学、生理学、医学、精神物理学、つまり人間はもはや猿の子であるばかりか、物質の函数、物質そのものに堕したのである。人間は解体され、人間的生は物理化学的諸条件の総体として捉え直される。それは人間の崩壊、いや死滅を意味する以外のなにものでもない。

おそらく白鳥におけるキリスト教の棄教体験、さらに自虐的、自傷的なまでの否定や懐疑の言辞は、このことと深く関わっていたのではないか。

「妖怪画」の系譜に連なる作品に描かれた〈遺伝の理法〉や〈生理上の定則〉。しかしそれはダーウィンの進化論、スペンサーの社会進化論からそのまま単純に移し植えられたものではない。その弱肉強食、優勝劣敗、適者生存、自然淘汰の論理は、もっぱら人間の進化を寿ぐ体のものではなく、むしろ弱者、劣者、不適者（病者、不具、狂人）の退化への道、敗亡と破滅への道、その必然を示す論理であったのだ。

因みに白鳥は丘浅次郎の『進化論講話』（明治三十七年一月）を〈愛誦〉し〈熟読〉したという。しかしそれは〈愛誦〉といい〈熟読〉というには、いかにも苦い読書体験ではなかったか。白鳥は〈生物の相喰む世界の現実を思ひ浮べ悲痛な感じに打たれた〉（「一日一信」「読売新聞」）ともいう。つまり進化論の読書体験は白鳥にとって、まさに〈悲痛な感じ〉を伴わずにはおかなかったものだったのである。

丘は〈優勝劣敗、適者生存ト云フ自然ノ淘汰ガ、生物進化ノ大原因ニシテ、人間社会ノ百事モ決シテ此原則ニ洩レザルコトハ固ヨリ明ナリ、故ニ身体虚弱ニシテ生存競争ニ堪ヘザルモノ、又ハ社会ニ害毒ヲ及ボス病者モ、之ヲ人工的ニ保護シ、生存セシメ、蕃殖セシムルトキハ、其結果ハ其人種全体ノ退化ナルコト疑ヲ容レズ〉といっている。おそらくこの進化論の根底に潜む冷徹非情な決定論に、白鳥は心底戦慄していたのではないか。

――「国文学研究」第百六十八集（平成二十四年一月）――

「微光」――過去の想起――

あの時の私の眼には目に見る世の様を直に過去に移し、此身をも過去の人として見たのであらうと思ひます。

――國木田獨歩「神の子」――

第一節。

〈土用太郎――二三日降り続いた涼しい雨も上つて、今日は朝から日は暑く照つた〉。小村お国は数ヶ月前まで関係していた学生河津と、母の見舞いにかこつけて、実家のある両毛線沿線の町に小旅行に出る。それで同行すると約束していた二人の姉達を出し抜いて、河津と二人だけで先に出掛けるため、先ず下の姉の住む切通しの坂下に急ぐ。

姉は小さな西洋菓子屋を営んでいるが、相変わらず〈三銭五銭の客〉を相手に忙しく立ち働いている。

《「この商売も煩いものだわね」と、お国は店の方を見て、「もつと気の利いた商売をしたらどう?」

「お前が資本《もとで》でも貸してくれゝば、何でも始めますよ」

「飲食店《たべものや》か何かだと儲けが多いでせう。洋食屋なんかいゝわねえ。……私時々さう思つてよ。どうせ私は真面目に働く気になれやしないんだし、かうして歳を取るばかりで、先の当てもないんだから、いつその事、吉原へでも身を売つて、そのお金を姉さんやお母さんに上げようと思ふことがあつてよ」

「馬鹿お云ひでないよ」

「だつて、私本気でさう思つてよ、どうせお女郎なんか私に勤まりやしないんだけど、さうしてお金だけ取つといて、直ぐ自害して死んでしまふの」

「大変な覚悟ね」姉は笑つたが、「冗談は冗談として、お前も些とは真面目に考へなさい、姉妹でありながら居所さへ分らないやうだと、私だつて心配だよ」》

しかしお国は〈自分の身の上の事は、薄ぼんやりの姉なんぞに彼此云はれたくない。真面目に考へてどうにかなるものなら、馬鹿な私ぢやない。疾《と》つくにどうにかしてゐる〉と心に言う。

加えて二三年前、上の姉が〈僅か三十円ばかりの金を立て替へて呉れなかつた為に、自分が厭な男の妾になつて、それからますく浅間しい境遇に沈んで来たことを思ふと、今も尚口惜しくて〉、さんざんその姉の悪口を並べたが〈「私、もう出掛けなくちやならない」と、時計を見て立ち上つた〉——。

こうして第一節は、いま現在に至るお国の境遇、少しも頼りにならない姉達への軽蔑や反抗、そうした中で駆り立てられきたお国の自負、あるいは意地が描かれている。


第二節。

〈上野の停車場に着く〉。お国は河津の来るのを待ちながら、〈一年前に、その人と人目を忍んで、此処から大宮まで行つたことなど心に浮べて、あの時の楽みを再び繰り返したかつた〉。しかし河津はすでに来ていて、眼の前にいる。お国は気付いて〈夢から醒め〉る。

汽車に乗ると男は、〈「突如《だしぬけ》にあの手紙を見て、どうしようかと一寸考へたよ、先日《こなひだ》ぎりで会はん方がお互ひのためにいゝと思つて、今日は来まいかと思つたんだが、意志が弱くてたうとうお伴をするやうになつちやつた〉と笑う。〈「ぢや、此間ぎり貴下はもう会はないつもりだつたの」〉とお国は〈力を入れて云つた〉。

《「どうせ仕方がないんだもの。国ちやんだつて、もう浮気は止しちやつて、その何とか云ふ人に真心を持つてた方が身のためだよ。だから僕は会ひたくても会はんつもりだ。それに僕も学校を出たんだから、これから職業《しごと》を捜さなくちやならんし、以前のようにしちやゐられない」

「皆んな私が悪かつたんだわね、私のために卒業も一年遅れたんだから……皆んな私が悪いんだから、これから又貴下に御迷惑を掛けて、出世の邪魔をしようとは、夢にも思つてやしないのよ。だけど、今日貴下に来て頂いたのは、この先何時お目に掛れるか分らないような気がして、こんな折にでも緩くり会つて置きたいと思つたからだわ。浮気だ〳〵つて、貴下に会ふのが何故浮気なんでせう」》

お国は帯の間に小さく畳んだ手紙を取り出し河津に渡す。〈男は半ばは真心、半ばは戯談のつもりで、一晩掛つて書いたその手紙を読み返した。先日の浅草の散歩の楽みから、過ぎし昔の思ひ出を、字面の美しい文字で細かに書いてある〉。

《本郷座の側にて一時間余も待ち倦みて、御身も何かの障碍にて家出もならぬことならんと諦め、失望して帰宿せんとする刹那に、御身の幽かなる声を耳に致し候。幽かなれど、その声は小生の一生に耳朶を去らざる声にして、今孤燈の下《もと》鮮やかに思ひ出《いだ》され万感交々《こもごも》至り、一滴の涙なきを得ず候。冴え渡る月光に浴して、湯島天神の境内迄、互ひに語らふ言葉もなく歩みて、其処にて一生の別れを告げ候ひしは、御身も尚お忘れならぬ事と存じ候。大宮の雪、湯島の月、忘れ難き記憶は爾後屡々小生を悩ましもし慰めも致し候》

《「あの時には己が罪をやつてたよ。僕はその絵看板を見ては悲しい思ひをしてたのだ」と男はその後暫らく生きる瀬もなく暮してゐたことを思つて、「国ちやんは十日もしたら忘れちやつたらう」と手紙を畳んだ。》（傍点原文）

お国はその手紙を受け取り、〈爪先で目印したあたりを注意して読んだ〉。

《其処には情け深い柔しい、涙を誘ふやうな文字が、濃く鮮やかに浮んでゐる。――△△とかいふ親切な人を大木の蔭と頼んで、心安く日を送られるならば、小生の絶え間なき心掛りも稍々安んぜらるゝ次第なれば――なんて、「貴下私が今気楽に日を送つてると思つてゝ」と、涙早い目を潤ませた。

「今はそんな話は止そう」

男は湧き上る感情を紛らすやうに快活に云つて、手紙をズタ〳〵に引き裂いて外へ棄てた。一片二片舞ひ戻つて車の中へ落ちた。お国は黙つてシホ〳〵した目で男の顔を見た。》

男にも女への未練は残っている。しかし女にはそれこそ男への未練がたっぷり残っていて、〈「二日も立つたら忘れちやつた」〉というが、どうして男とのことが、繰り返し想い起こされるのだ。

第三節。

二人は夕闇の中を旅館に入り夕餐の膳に向うが、隣座敷が煩くて、男は一人散歩に出る。お国は一人部屋に残るが、ここでも様々な想い出が脳裏に蘇る。

《四年前、十六の春に踏み出してから、一度も帰つても見ねば、殆んど音信にも接しなかつた故郷は、流石に懐しくなつて、知人に他所ながら会つて見たかつた。ついぞ思ひ出したことのない幼な友達の誰れ彼れが、影のやうに浮んだ。父と姉とに連れられて、勇ましく東京へ行つてからの四年間も、悪い夢に魘《おそ》はれてゐるうちに、取り留めもなく浮んだ。》

《店先に駄菓子を並べた中野の百姓家の畳の上を、お安が涎を垂らしながら、ヨチ〳〵歩いてゐる。本郷座の房州海岸の場では、高田の作兵衛が泣いて貰ひ子の素性を話してゐる。河合の美しい環と、着飾つて実の子を訪ねて行く自分とが一つになつた(1)。
「お母さんが抱つこして上げよう」と梅月で買つた最中を見せても、お安は側へ寄つて来ないで、身体に触ると、声を張り上げて泣き出した……。
お国は膨らんだ手の甲を涙で濡らした。生んだばかりの可愛らしい子供を人手に渡して、泣いて縋り付く自分を足蹴にした憎い〳〵鈴木の悪相が其処へ現れた。憎いよりも次第に恐しくつて堪らなかつた。》
まさしく追憶はランダムに、そして常住にお国に蘇るのである。

第四節。

《お国は、十六の秋には、最早垣一つ隔てた隣の家の食客鈴木の甘い言葉に乗せられて、姉の家を飛び出して身を隠した。天神下の棟割長屋に貧しい所帯を持つて、男の差図のまゝに日を送つた。覚束ない手先で縫ひ物をもした。男に手を執つて教へられて読み書きをも学んだ。恋文はかう書くものだと幾度も稽古させられた。「雨の日風の夜もお前様の面影を忘るゝ暇は御座なく候、柔しいお言葉は今尚耳に響くやうにて、心も空になり申し候」といふやうな文句を諳んじた。「恋する時と悲しみと何れか永き何れか短かき」といふ、或る雑誌にあつた新体詩の一節をも説明して聞かされた。》

おそらくお国はこうして〈恋文〉を書き習い、とは〈言葉〉=〈観念〉において〈恋〉の実在に、つねにすでにまみえている、いやつねにすでに〈恋〉に溺れてさえいたのだ。(あっぱれ〈恋〉のプラトニスト!)。

《「お前、まだそんな心持は分るまい」と、鈴木は邪気ない顔を見て訊くと、

「私、分つてゝよ」とお国は涼しい目を見張つた。》——

お国は、

《その頃からこれまで知らなかつた物懐かしいやうな、何か待ち遠しいやうな気持が、絶えず胸に湧いてゐた。教はつた文字を集めては恋文を書いて喜んだり、「恋しき御許へ」と誰れに宛てるともなく書いて見たりした。》
しかし鈴木は酔っては猥雑な話に興じ、お国は〈次第に厭な気がし出した〉。さらに〈二月三月、十七の春になつて、身体付も日に〳〵子供離れして、姿や素振も品やかになつた〉。
すると近所の〈老爺〉が慣れ慣れしい口を利いたり、厭な目付きで見たりする。それを鈴木にいうと、鈴木はお国に美人局のような姦計を持ちかける。
《お国は呆れて知らん顔をしてゐたが、二日三日引き続いて勧められると、終ひには恐しくなつて来た。情けなくてシク〳〵泣き出した。同じ家にゐるのも、厭になり出して。鈴木の柔しい親切らしい言葉も底気味悪くなつた。》
こうしてお国は鈴木の手を逃れたのだが、やがて自ずと〈浅間しい境遇に沈ん〉で行ったのである。まず〈神田の通ひ番頭〉（十）の妾、そしてお安を生み、次に〈品川の質屋の隠居〉（九）の妾——。

第五節。

《厭になつて、酷い目にも合はされて、手向ひもした事が今ランプの側で鬱ぎ込んでゐるお国の胸に鋭く現れた。

「どうしたんだい、目を潤ませたりして」と、河津は何時の間にか前に突立つて笑つてゐる。》

《女中は次の間に蚊帳を釣つて引き下がつたが、二人は容易に寝床《とこ》に就かなかつた。

「まあ、いゝ月だ」お国は縁側に差し込んで来た月影を見て、身軽に立ち上つて、手欄に寄つて、明るい光を浴びた。そして男を手招ぎして側へ立たせて、ウツトリ夢見るやうな目付きをして、「何か面白い話を聞かせて頂戴な、哀れつぽい話をききたいわね」

「哀れつぽい思ひは二人でサン〴〵為厭きたぢやないか」

「私達の事は厭さ、私達に関係のない哀れつぽい事を聞いて泣きたい」
「よく泣きたがる人だね、強情つ張りの癖に」
河津は手欄に身を凭らせて、女が苦しい二三年を送つた今でも、以前のやうに甘い涙を喜んでゐるのを不思議に思つた。》
《低い声で止切れ〳〵に言葉少なく話してゐる間々《あひまあひま》に、互ひの心には昔の事が小説のやうに浮んだ。そして男は段落のついた物語を振り返つて思ひ出すやうだつたが、女は尚物語の中を小迷つてゐる気でゐる。》
二人は〈過去〉を〈小説〉のように、〈物語〉のように想い起こす。そして〈過去〉を想い起こすこと〈想起〉といっておこう）が、〈観念〉の中で、とは〈言葉〉の中で行われるとすれば、それはまさしく〈小説〉であり、〈物語〉、あるいはいわゆる〈話〉以外のものではないのだ。
ただ男に〈過去〉はもはや〈段落のついた物語〉でしかないが、〈女は尚物語の中を小迷う〉のである。つまり女にはまだ〈恋〉は終わっていない。いやお国は追憶に蘇る〈恋〉を、むしろ確かなものにするために、その〈恋〉を終わりなく語り継がなければならない。
こうしてお国は四六時中〈過去〉の〈想起〉に浸り、涙にくれる。〈「貴下に会つてた時分だつて」〉、いや〈「貴下に会つて」〉いるその瞬間にも、その瞬間を一瞬のあとから〈想起〉し、涙にくれているといえよう。
〈天神下の前の家に二階借りして学校通ひしてゐた河津の制服姿は、今も目の前にあつて心を震い動かした〉。そして河津と偶然口を利くようになった花火の夜。
《「私本当に不思議だと思つてよ、貴下とは切つても切れない縁があるんだわね、迷信のやうだけど、前世の約束事とか何とか云ふんぢやあないかと思はれてよ」、お国は深く思ひ込んで、さう云ひながら、男の指先に触つた。》
つまりお国は河津とのことを、〈過去〉からの因縁として〈迷信〉、いや〈前世の約束事〉のように固く信じ、それを想い起こし、反芻し自らに確認しているのだ。

あるいはまた、以前やはり天神様の近所の家の書生に追いまわされた時の話。

〈河津はその話を二三度聞かされてゐる〉。〈一度は男に追ひ廻されるのが自慢らしかつた。一度は男の厭らしさを嘲るようだつた。今は只物を恐れるやうに力なく話した〉という。

ただお国の名誉のためにいっておけば、お国は出鱈目をいっているのではない。それもこれもその都度お国の〈想起〉によみがえる〈過去〉、しかもこれ以外にお国に〈過去〉の仔細はない。切れ切れの、そしてその都度姿、形を変えるぼんやりとした〈物語〉、所詮人の想い出とは、そうしたものではないか。

第六節。
翌日、お国は〈宿屋から二町にも足らぬ自分の家へ行つ〉て、母を見舞う。姉達には〈昨日停車場でお金を落としちやつたから、、今朝出直してきたの〉と嘘をつく。母は〈「暑さに中《あた》つた」〉だけで〈「まあ安心」〉と上の姉。
《「国ちやん、氷をお上んなさい」と、下の姉の声に、お国は座に加つた。姉は年中暇のない身体を今日一日は気楽に休ませた悦ばしさに、歳に似あはずはしやいでゐる。三人並んでゐる中で、見劣りのする顔形をも身装をも気に留める風はなく、商売の掛け引きや出銭の高を話してゐたが、それをお国は憐憫《みじめ》に感じた。あんな否《いや》な御亭主に何時までも連れ添つて、恋もしないで何が面白いんだらうと、その気楽さうな様子を愚かしく思つて、黙つてツンとしてゐた。》
姉達は口をそろえてお国に〈「もうそろ〳〵身を堅めなくちや」〉と云って、田舎に帰り母の看病をするように〈説き賺《す》か〉す。お国は〈「私、お母さん一人ぐらゐ東京へ連れて行つて、立派に養つて上げるよ」〉と啖呵を切るが、姉達の言葉はお国の耳に痛くないことはない。しかしお国には、姉達とはるかに違う〈甲斐〉ある人生を送っているという自負がある。いわば〈恋〉に命をかけた人生！

第七節。

お国は急いで宿に帰るが、男は土地の暑さに耐えかねて、早く帰ろうという。しかしお国は〈「東京も厭」〉、東京以外の所へ行つて〈「せめて一晩でも」〉、〈「貴下の側で何も気に掛けないで」〉眠りたいという。

これまでもお国は〈「何時までも旅をしたい」〉(二)、〈「ズーッと遠方へ行つちまいたい」〉(同)と繰り返す。つまりお国は〈遠方〉に心を遣る。〈「貴下の側」〉で〈「一日眠りたい」〉と云うのも、夢の中で遠い昔に帰りたいからに他ならない。

お国は〈男に少しでも悪い記憶を残さすのもつらかつた。出る前に楽みにしてゐたこの旅が、飽気なく終りさうなのも口惜しかつた〉。つまりお国は、こうしていま現在の事を、一瞬後から、さらに将来から振り返り、〈よき過去〉のこととして想い起こそうとしているのである。

《「さうさ、どうせ又何時会ふか分らんのだから、僕だつて別れ際をよくしたいよ、あの時月夜に湯島で別れたのは、後の思い出のためには非常によかつたのさ。今度も大宮へ行つて何時かの部屋で松風でも聞こう。かうして田舎の宿屋で汗みどろになつたのが、一生の見収めぢや実際不愉快だからね」

河津はかう云ひながら、今度の旅をも美しく色取りたかつた。一生の別れといふのが、尚更旅に味ひをつけた。だが、お国は男が平気で口にするその言葉を聞くと、さながら死刑の宣告でも聞くやうな気がした。この人と離れた後の東京生活《ぐらし》は、淋しく懶く張り合ひのないやうな気がして、最早一日も我慢が出来るだらうかと思はれた。》

無論男も〈悪い記憶を残〉したくない。しかし男は所詮〈よき段落〉を願っているにすぎない。だが女の心はつねに後々のことへ、将来のことへと持続してゆく。お国はこうして刻々の時間を送迎している。

第八節。

曾遊の地、大宮の万松楼で二日ほど過ごし二人は上野で別れる。その前、

《大宮から金策に一人で帰つて、よしやの主婦《かみさん》に指輪の質入れを頼みに行つた時、主婦が中野にゐる子供の噂を伝へて、「あの子も此頃は暑さ中りか何かで弱つてるさうだから、一度様子を見に行つておやりよ」と勧めた事が、絶え間なく胸を脅やかした。「あんな実の親に懐かない子供に会つたつて仕方がない、死んだつて私もうあの子に会はない」と、あの時元気よく答へたことも情なく思ひ出された。だが、「いくら自分の生んだ子だつて、懐かない者に会つて遣るものか。いくら会ひたくても会はない」と、直ぐに強情に自分の心を叱り付けて、遣る瀬ない思ひを掻き乱しもした。》（傍点原文。以下同じ）

お国が自分の部屋に帰ると、男（今の旦那）が来たらしく、〈硯箱の下から一通の手紙が食《は》み出てゐた〉。〈で、お国は気ぜはしく筆を執つて、申し訳やら帰京の知らせやらを書いて、ポストへ入れに行つた〉。

風呂から帰って来ると、変な男が〈目を凝らして〉お国を見ているのに気付く。お国は〈身慄ひ〉し家の中に駆け込む。

〈「どうしたの姉さん」〉と、宿の少年で、〈十五六の男が、黒目勝ちの涼しい目を上げた〉。勝太である。〈お国は一人ぼつちでゐるのに堪へられなくて、二階へは上らなかつた〉。それで、〈勝太を相手に冗談口などを利い〉ているが、いつか勝太に唄を教えるという話になる。

《「旦那は怒らないかい」勝太は真面目で聞いた。

「怒るかも知れないね、だけど怒つたつてい丶さ」お国が本気らしく云ふと、

「旦那を怒らせたら、姉さん困るだらう、旦那のお蔭でかうして生きてられるんだから、御機嫌取つて気に入る方がい丶よ」

「御機嫌なんか私、取らないよ、若しも旦那に嫌はれたら、勝ちやんどうかして呉れなくつて」と、目元に媚びを含んだ。

「どうかしようたつて、僕は駄目だなあ、お金なんか一銭もないもの」

「ぢや、一緒に死んでお呉れよ」

「あゝ」と勝太は考へてゐたが、「僕、死んぢやつてもいゝなあ」と、口に力を入れた。

「さう、一緒に死んで呉れて、私嬉しい」

お国はさも悦しさうな顔をした。そしてその戯れの言葉を真実《まこと》にしたいやうな気になつた。此方の死にたい時には何時でも死んでやろうと云ふ男のあるのが、何となく心を引き立てた。そんな話をするだけでも心の慰めになつた。》

たとえ〈戯れの言葉〉だとしても、それを心の奥にしまい、繰り返し想い起こしつつ、それを〈真実にしたい〉と思う、少なくともお国はそれを〈心の慰め〉にするのだ。

第九節。
《その翌日、旦那の朝川からの手紙に、「会ひたいが、会社の用事が忙しくて、五六日行くことが出来ぬ」とあつた。怒つてゐる風のないので安心はしたものゝ、少しの小使銭もないのが不安心だつた。》
《壽町へ来てから満《まる》二月、三日目五日目に朝川が遊びに来る外は、手持ち無沙汰に日を送つた。過ぎ去つたことを繰り返し〳〵考へては気を腐らせてゐた。その当座こそ、鈴木から居所を晦まして、付き纏はれなくなつたのに、稍心も軽くなつてゐたが、次第に退屈で溜らなくなつて来た。三四ケ月前まで世話になつてゐた品川の質屋の隠居とは異つて、朝川さんは独り身ではあり、気立ても面白いけれど、その代り先々の当ては不確かでならない。歳が

若いだけにお金にも不自由してゐるらしいから、何時手切れ話にならんとも限らぬ。》

〈その翌日、真昼の暑さの盛りに、朝川が浴衣掛けで遊びに来〉る。いよいよ朝川（いまの旦那）の登場である。

朝川は〈夏痩せ〉したという。お国も〈痩せた〉というと、

《「歳の加減《せい》で仕方がないさ。いくらお前だつて今に艶がなくなるぜ」

「いやですよ貴下、そんな心細い事を云つて」

「だつてそれが真実《ほんと》だもの」

「私、そんな真実なんか聞きたくない」

「ぢや、お前も女だから、矢張りお世辞が好きなんだね」

朝川は無造作な口を利いたが、お国はその言葉の裏に彼れの心を読んだ。あれでまだ私には思ひを寄せてゐるんだと思つて、心を安めたが、その人の此頃の懐工合や家の事情を窃かに捜りたくて、

「此家《ここ》は北が塞がつてるから暑いでせう、風通しが悪くて、何処かもつと冷しい家へ越しちやどう？　先日《こなひだ》よしやへ貸家を気をつけて呉れつて頼んどいたの」と訊いた。

「さうか」と朝川は気乗りしない返事をした。

「成るべくなら小さい家を一軒借りた方がいゝのよ。こんな所にゐて洗濯まで人に頼むやうぢや却つて不経済だわ」

「だけど、洗濯なんかして、その柔かい手を荒らしちや詰らないぢやないか。経済を考へるやうな柄でもないのに」

「さうね、私、所帯持ちが下手だから駄目ね。どうせ人の妻になる資格はないわね」

「其処がお前の価打ちだよ」

「だから、ほんの一時の玩具《おもちゃ》にされるばかりなのね。……あゝ〳〵詰らない」と、お国は持ち前の哀れげな口振で云つた。》

朝川は（河津とはちがって）終始〈「真実《ほんと》」〉のことしか口にしない。そしてことあるごとに夢見るお国の気持ちに水を指す。しかしお国もお国でその〈「真実」〉を弁えていないことはない。どうせ〈「人の妻になる資格はない」〉、だから〈「ほんの一時の玩具にされるばかり」〉。だがそれでもなお、朝川が自分にまだ〈思ひをよせてゐる〉ことを、お国は念じてやまない。

〈「今日は泊らないで帰る」〉という朝川に、お国は〈「帰る〳〵つて自慢さうに云はないで下さい。私聞くたんびにビク〳〵するから」〉、そして〈「一人ぼつちで御飯食べると心細くなつてよ、晩御飯だけでも毎日貴下《あなた》が食べに入らつしやるといゝ」と、云つて、心でもさう思つた〉。

所詮いつかは別れるにしても、別れぬ内は、〈晩御飯だけでも〉二人で食べたい。たとえ〈今日限り〉の束の間でも、お国は〈よき記憶〉を残しておきたい。

すると階下に〈よしやの女房《かみさん》〉が来たという。〈女房〉は〈「今日鈴木さんが来たよ」と、早口に囁いて、「居所は大抵見当がついてるから、近日屹度捜し当てるつて」〉と伝えて、帯の間から鈴木の手紙を出す。

《女房はそれだけで帰つた。お国は足が地につかぬやうであつた。二階へ上ると、気が遠くなつて耳が鳴つた。

「どうしたんだ、真蒼になつて」と朝川が驚いて訊くと、お国はホロ〳〵涙を流した。

「私にはいろ〳〵の秘密があるんですから……貴下にもこれつきりお目に掛れないかも知れない」

「何故？　悪い男でも随いてるんかい」

「さう！　貴郎愛想が尽きたでせう」

お国は首を傾げ、顋に手を当てゝ斜めに男の顔を見た。

「今日その男がどうかしたのかい、訳を話して聞かさないか」

「私、訳なんか話したくない」と、封をも切らない手紙を食卓《チャブだい》の上に置いて、「私、自分でこの手紙を読む気に成れないから、貴下読んで御覧なさい」と云つて、中にどんな事が書いてあらうと構ふものか、どうせこの人とも今日限りの縁だと自棄《やけ》に思い詰めた。》

〈朝川は声を出して一息に読〉む。文面は案の定、お国とよりをもどそうというもの。所々〈「優しさうな事を書〉いてはあるが、それが〈「あの男の何時もの事なんですよ」〉とお国は素気ない。

《お国は今にもその男が来るやうな気がして、玄関の物音が絶えず耳に障つた。「ひよつと貴下に御迷惑が掛ると悪いから、早く帰つて下さい。私一人だとどうなつたつて構はないから、もう貴下には一生逢へないんだ」と、さう決めてしまつて、食卓の上に首伏《つっぷ》した。》

そして〈「貴下、私を不人情な女だと思はないで頂戴。私誰れにでも不人情な事をした覚えはないんだから」と、お国はその青い顔を上げて、突如《だしぬけ》に云〉う。こうしてお国はこの場合もまた、朝川にも、さらに自分にも〈悪い記憶を残〉(七)すまいと必死に願うのである。

《「さう一人で泣いたり騒いだりしてゝも、おれには些とも分らない。兎に角当分此処にゐて、自分で方針を考へたらいゝぢやないか。おれは今の事を聞いたつて、今直ぐお前を棄てようとは思はない」

朝川は気拙い思ひをしてゐたが、わざと泰然として云つた。お国はそれを手頼りありげに見て、何時までもこの人を離れたくなくなつた。急に顔の乱れを直して、寂しい微笑を浮べて、「私、一寸した事で、直ぐ世の中に生きてられんやうな気になつてしまふの。今も二度ともう貴下にお目に掛れんやうに思はれて、鈴木が怖いよりも、その方が余程《よっぽど》悲しいの。外に唯一人手頼りになる人が、私にはないんですからね」》

お国は朝川がさしあたりいった〈「今直ぐお前を棄てようとは思はない」〉という言葉に、平静を取り戻す。そして〈何時までもこの人を離れたくなくなつた〉。たしかにさしあたりお国にも、〈外に唯一人手頼りになる人〉はいないのだから。

しかし、つまりそんな関係の中でも、お国は、お国だけは、自らの〈恋の真実〉を尽くしたいと念じるのである。そしてそれが、いわばお国のレーゾン・デートルなのだ。

《「ぢや、この家でその男に見つかりさうなら、早く外へ移つたらいゝ」と朝川は事もなげに云つた。

「手紙の様子から見ても、鈴木と云ふ奴、さう分らず屋ぢやなさゝうだ。相当に教育もある男らしいがなあ。お前の方でも弱点があるんだらう。多少不忠実な事をしてるんぢやないか」と、相手の目顔や言葉付きに注意して、隠れたる意味を読まうとした。

「貴郎、そんな女と思つてゝ。私、そりや鈴木のためには尽したのよ、と云つて、お国はその尽した一例をあれかこれかと選り出さうとした、「あゝ、今思つても情けなくなる」と、胴震ひして、「私、鈴木を迎ひに吉原へ行つたことがあつてよ、大晦日前で北風がヒユー〳〵吹く日に、着物や羽織を質にいれてやう〳〵拵へたお金を持つて、方角さへ分らないのに、人に聞き〳〵して其処まで行つたの。極りが悪いし、恐しいやうな気がして、その家の前をウロ〳〵してる間に、心細くなつて泣き出しちやつたの。泣いてる所を其処の人に見つかつて、訳を話して二階へ上ると、花魁《おいらん》や叔母さんが、いろ〳〵に労はつて呉れて、可愛さうだつて、皆んなして涙を零したのよ。私、その時十六だつた」

その声音までも、十六七の小娘らしくして話した。そして朝川の心よりもお国自身の心に幼々《うひうひ》しい小娘が粗末な着物を着て、あの華やかな世界に男を訪ねて行く様が哀れに浮んだ。》

お国は今まで、男に〈不人情な事をした覚え〉もなければ、〈「不忠実な事」〉をした覚えもない。あるとすれば、男に誠心誠意〈真実〉を〈尽した〉記憶、しかも甲斐なく裏切られたかなしい記憶。だから自らに一点の疾しさもない、ひたすら純粋であったという記憶なのだ。

そしてお国はまたしても、その〈過去の記憶〉を甘く懐かしく想い起こさずにはいない。あたかも〈十六七の小娘〉になったごとく、あるいは〈十六七の小娘〉のままに、その記憶の中に、お国は自らを解き放すのである。

《鈴木から質置く術も学んだ。花を引く術も学んだ。「そんな下等な事はしたくないと思つてゐる中に、何時の間にか覚えちやつた。だけど、私これから先生きてる間は、潔白な高尚な日を送りたい。卑しい女になり切つて死にたくはないわ」》

たとえ現実には〈卑しい女〉になってしまったとしても、〈なり切つて死にたくはない〉。それがつねに心のうちに蘇る今までの自分だとしても、が、だからこそせめてこれから先は、〈潔白な高尚な日〉を生きなければならないし生きうると、お国は心に誓うのだ。

それに対し朝川は〈「当分世話をしてやるから、ビク〳〵しないで安心しといで」〉と言う。それはそれでお国は嬉しいが、しかしそれは、いわば賞味期限の内、〈「ほんの一時の玩具にされる」〉だけのことに過ぎない。つまり朝川の言葉はお国を、彼女の現実につきもどすだけのことに過ぎない。〈お国はそれに返事をしない〉。

が、お国は突然〈屹とした顔をして〉、〈「私、今日貴郎をお家まで送つてゆく」〉と言いだす。

《不断から夜を恐しがつてゐるのに似合はず、深く決心して、十時近くに朝川に随いて戸外へ出た。三丁目の角で電車を下りて、あまり話をしないで、二人は静かに歩んだ。涼みがてら散歩してゐる人はまだ多い。夜店もまだ幷んでゐて、糶売《せりうり》の高い声が響いてゐる。薄暗い人気疎らな所に盲人《めくら》が尺八を吹いてゐる。お国はその盲人の顔を顧みて、十銭か二十銭施したい気がした。

「千駄木までまだ余程の道だぜ。もう帰つた方がいゝよ」

追分の淋しい通りまで来ると、朝川は命令するやうに云つて、足早に歩き出した。

「えゝ」と云ひながら、お国は苦しい息を吐いて、遅れぬやうに足を運ばせた。壽町の宿は忌まわしくなつて、今夜は其処に宿りたくなかつた。この知らない道ですげなく別れるのも堪へがたかつた。

次第に道は薄暗く、戸を鎖した家が多い。所々の軒燈の闇を照らすのが却つて寂しかつた。世を狭められた落人のやうに、お国は自分達の事を思つた。二人の下駄の音が耳に響いて、行き違ふ人影が何となしに胸を騒がせた。

「此家《ここ》がおれの家だよ」と、朝川がふと立ち留つたのに吃驚《びつくり》して、夢から醒めたやうに其処を見詰めた。竹藪を後ろにした、門構への住み善さゝうな音のしない家を見詰めた。「内へ入つちや悪いか知らん、誰れの目にも掛らないで、こんな家に住みたい」と思ひながら、男の気を兼ねて、それは口に出さないでゐると、

「ぢや、お前は俥に乗つてお帰り。俥屋まで連れてつてやる」と、朝川は膠《にべ》もなく云つた。そして引き返して寝鎮まつてゐる俥屋に声を掛けた。軒下には渋団扇で蚊を払つてゐる婆さんと、肌襦袢一つの女房とが立ち話をしてゐたが、その婆さんが裏口へ廻つて呼び起して呉れた。

「ぢや、都合であの家を引越してもいゝよ。鈴木の事件がどうかなつたら知らせてお呉れ」と、言ひ放して、俥の仕度のまだ整はぬ間に朝川は振り返りもせずに帰つてしまつた。

「何であゝ恋を解しない人だらう」お国はグツタリ疲れた身体を俥に靠《もた》せ掛けて、さう思つた。大学の前には夜店が疎らになつて、尺八の音は消えてゐる。》

お国は、あの河津の手紙に〈「冴え渡る月光に浴して、湯島天神の境内まで、互いに語らう言葉もなく歩みて、其処にて一生の別れを告げ候ひしは、御身も尚お忘れならぬ事と存じ候」〉とあったように、この道行きを、男との忘れられない別れの夜にするために、出て来たのではないか。あいにく〈冴え渡る月光〉こそないが、河津とのそれのように、〈世を狭められた落人のやうに〉歩を進めていたのだ。

無論お国は、どう足搔いたとて、自らの現実が変わりようのないことを知っている。だから彼女は朝川の家を見

て〈「こんな家に住みたい」〉と思っても、それを口に出すことすらしない。いわばただ一時の想い出づくり。しかも朝川は、そんなささやかなお国の思いにも応じてくれない。まさに〈「何であゝ恋を解しない人だらう」〉と、お国は呟かざるを得ない(2)。

第十節。

二、三日、お国は外にも出ずに過ごす。〈そして哀れを訴へるやうな手紙を苦心して書いて、居所の分つてゐる諸方の男へ送つた。品川の老人へも、河津へも、朝川へも。厭で〱溜らなかつた神田の通ひ番頭へも人優しい手紙を遣つた。だが、待つてゐても誰れからも返事が来ない。手紙の文句の拙いのかともどがしがりもした。誰れにも省みられぬかと思ふと、一日が徒らに長くて暮しかねた。〉

お国は、関係した男達とふたたび縒りを戻そうとして手紙を書いているのではない。朝川を含めて、手紙を書き返事を貰う、いわばその〈言葉〉のやりとりの中に、一時心を留めたいのだ(3)。

お国は勝太を呼んで、階下の天理教の集会から聞こえてくる囃しや拍手に抗うように、〈久し振りに三味線を卸して出鱈目に弾〉く。

《お国は自分の弾くその乱れた音に惹き込まれて心も同じやうに乱れた。根の尽きるまで唄つて踊つて、馬鹿騒ぎをして見たい。打《ぶ》つなり殺すなり勝手にしろと、誰れにか向つて啖火を切つて見たい。》

第十一節。

《二三日、折を見ては勝太を相手に自堕落な話などして日を送つたが、勝太に離れると、俄に萎れかゝる。遣る瀬ない思ひに悩まされる。男気を離れて、尼のやうに一生を清浄潔白に過さうかと、気まぐれに思ふこともあつた。

でも続けざまに、二度三度朝川や河津へ手紙を出した。河津からはよしやを経て返事が来たが、これで見ると、その人は故郷の和歌山へ帰つてゐる。夏を此処で過したらば、一度東京へ上つて、それから九州の会社に奉職するかも知れぬ、縁あらば上京の際お目に懸り申すべし、兎に角わが愛する御身の事なれば、日々幸福を祈らぬ日とてはなしと、情のありさうな心細いやうな事を手短かに書いてゐる。そして町名や番地は、封筒にも手紙の端にも記してゐない。

お国は幾度も繰り返して、男の心を読まうとしたが、「縁あらば」といふ言葉が考へれば考へるほど、冷淡に感じられた。もう会はんつもりか知らんと思ふと、心細いよりは腹立たしい。》

そして、〈男に嫌がられるよりは、此方《こつち》から男に愛相づかしの文句でも云つてやつた方が気が利いてゐると思つ〉て筆を執ったが、それも途中で厭になって止めてしまう。

《「人を馬鹿な、厭なら勝手になさい。貴下の方で世間の口が怖かつたり、出世の邪魔になるのを心配なさるんなら、私の方でも何も追掛けはしません、貴下は大人しい奥様でも早く貰つて長生きをなさい」と面と向つて言つてやりたくつて溜らなかつた。世間の義理に迫られて、別れともないのに別れても、互ひに心の中では忘れる暇もないほど思ひ思はれてゐればこそ、せめてもの心遣りとなるのだが、男の心に自分の影が薄くなつてゐると気付くと、立つても坐つてもゐられぬ気になつた。》

たしかに〈想い出〉とはいえ、お互い心の中で想いあっていればこそ〈せめてもの心遣り〉、しかしもはや相手の心の中から〈自分の影〉が、消えかけているのである。

《「燈火《あかり》も点けないでどうしたんだい」と、その晩朝川は出し抜けに入つて来た。

「私、気分が悪いの」と、お国は哀れげに云つて、ランプを点けて、「貴郎はもう来ないのかと思つてよ」

「でも、お前はよく辛抱出来るね、一人此処にゐて。一人で昔の事なんか考へるのが、一番好きだと云つてたけれど、もう考へ事にも飽いたらう。勝公を連れて活動写真でも見に行かうか」

「いゝえ、私外へは出たくない、芝居だの活動だの些とも見たくないわ、人混みの中は恐しいやうで嫌ひ」》

そして〈「わたし、これで秘密の多い女ですからね」と、お国は過去の自分を心の中で燦めかせて、さながら重大な秘密でもあるらしく思ひ過し〉た。

ただ、相手の心の中から〈自分の影〉が消えかけているとしても、お国は依然〈一人で昔の事なんか考へるのが、一番好き〉なのだ。だから〈「二人此処にゐて」〉、〈過去の自分を心の中で燦めかせ〉、〈さも重大な秘密でもある〉ように、それを想い起こしていたいのだ。

やがて二人は酒を酌み交わすが、お国は酒に酔い、〈「貴郎、私を棄てない？」と目を据ゑた〉。

《「棄てたらどうするんだい」

「どうもしないさ、私、今夜直ぐ出て行くの。厭だと云はれて、何時までも喰付いてるやうな私ぢやないんですからね」

「ぢや、棄てなかつたら」

「それなら、棄てないといふ証拠を見せて下さい。口ばかりぢや不安心だから」》

しかし〈話は自から外へそれて〉、

《「私、もう誰れの云ふことも信ぜられない。貴郎の有仰《おつしや》ることだつて、信じちやゐませんよ」と力を籠めて云つたが、やがて情を含んだ作り声をして、「かう思つてよ私。恋した時には、早く二人で思ひ切つて心中でもした方がいゝと思つてよ。何時までも生きてれば、その中《うち》に何方《どつち》かゞ厭になるんだから、それよりや飽きも飽かれもしない中に、ふたりで仲よく死んぢやつた方が、いくらいゝか分りやしない。……貴郎さう思はない。……私、本当にさう思つてよ。あの時に死ねばよかつたのにと、今日もつく〴〵さう思つたの。貴郎にこんな話するのは済まないけれど、私、三四年前に惚れた男が一人ありました。その男も私に惚れて居りました。会つてゝはその人の身が立たないやうな破目になつたから、私の方から縁を切つて上げることに極めて、二人で池の端を歩きながら、別れ話をしました。その時その男が別れちや生きてられんから、いつそ死んで呉れつて、私の手を握つて泣いたの」と云つて、その時の事を芝居でも見てゐるやうに感じた。一生に又とない見せ場は思ひ返す度に、人に話す度に哀れさ楽しさの弥増したが、それと共に技巧も次第に加つた。自分の心の中でも最早虚偽《うそ》と真実《まこと》との差別のつかぬほどに、事実が潤色されてゐる。》

お国は〈「もう誰れの云ふことも信ぜられない」〉。いわゆる鉄壁の孤独。[4] しかもその鉄壁の孤独の中で、お国はまたしても一人で（まさに一人で）〈過去〉の〈追憶〉（あの〈池の端〉の別れ！）に浸り込む。まるで自らが自らの〈芝居でも見てゐる〉ように、しかも真実をかけて死のうとした、まさに〈一生に又とない見せ場〉を見ているように。

しかもそれは〈話す度に〉、つまり〈言葉〉によって想い起こすたびに、また新たな〈哀れさ楽しさ〉を招き寄せる。その孤独な慰戯――。

しまいには〈自分の心の中でも最早虚偽と真実の差別のつかぬほどに、事実が潤色されてゐる〉。が、お国の名誉のために言えば、お国は故意に〈虚偽や真実の差別〉がつかないほどに、〈事実〉を〈潤色〉しているのではない。文字通り〈自分の心の中でも最早虚偽と真実の差別〉がつかないのである。

たしかに、〈物自体〉というものがないように〈過去自体〉もない。それは〈想起〉、つまり〈想い出すこと〉において、はじめて存在する。とすれば〈虚偽〉も〈真実〉もない。そもそもそれを〈虚偽〉（〈虚構〉）といい〈真実〉（〈ありのまま〉）という根拠がないのである。しかも〈過去〉が〈想起〉においてはじめて存在するとすれば、それは〈事実が潤色されてゐる〉、というより、まさに〈想起〉において〈事実〉が製作（ポイエーシス）され確認

されているのだ。(5)

しかしだからといって〈想い出〉は出放題なのではない。それは膨らみ積み上げられつつ、現にあったものとして、今現在に繋がっていなければならない。今現在に接続し継続していなければ、それがあったことにはならない。だからお国はこれまで〈「誰れにでも不人情な事をした覚えはない」〉(九)、〈迷惑〉(同)をかけたことはないと、他人にもいい、我にも言い続けなければならないのだ。

お国は、男のために〈尽し〉(九)、男のために〈身を引い〉(同)て、そして〈「私一人犠牲になつて」〉——。《朧ろ月夜に寄りつ離れつ観月橋を渡つた。夜汽車で人の知らない遠い山の中へ行つて、生きられるだけ生きてゐて、最後に谷川へでも身を投げよう、煩い世間の音のしない所に心のまゝの恋を楽んでから、濁り気のない谷水に二人の死骸を沈めようと、男が云つて、私もそうしたいのは山々だつたけれど、行く先永い男を見すく殺すのが痛々しくてならないから、つらい我慢をして、私一人犠牲になつて別れて上げた。》

こうしてお国は、自らの〈過去〉がいわば至純な自己犠牲においてあったこと、またそれゆえに辛い苦しい現在があり、しかしそれゆえに、その矜持において、今を生きていることができるのだといえよう。

《「だけど、男といふ者は、三年も立てば前の事なんか忘れちやつてるわね」

「どうだか。それからその男に会はんのかい、偶にや会つてるんだらう」

「私、此処へ来てからその男に会つてると貴郎思つてゝ。居所さへ分らないんだわ」

「可愛さうだね」

朝川の声は皮肉らしく聞こえたので、お国は折角興に乗つてゐた話の先を折られた気がして、

「貴郎といふ人も信用出来ない人らしいわね。私、もう誰をも信じない」と、食卓に品垂れかゝつて、目を細く寄せた。それが馬鹿に色つぽく朝川の目に見えた。》

もとよりこの話の〈男〉は河津だろう。とすれば、朝川のいうとおり〈「こんな女の云ふ事が、当てになるものか」〉（十三）なのだ。しかし朝川は、〈「信ずるも信じないもないさ、かうして今夜此処にゐるんだから。明日からはどうなるか、何方だつて当てになりやしない」〉と続ける。朝川はいまこの現在しか信じない。あるいは、この一瞬の官能しか信じない。

《「だから詰らない」お国はよろめいて、男の肱杖の側に頭を垂れて、「貴下はねえ、奥様を早くお持ちなさい。今の中だとい丶奥様が貰へますよ」と云つて、酒臭い息を吐いた。「私のやうな卑しい女なんかに関係しないで、い丶所のお嬢さんを貰つて仲よくお暮しなさい。人間はそれが一番幸福なんですよ……貴下さう思はない？」

「さう思はないね。男だつてお前のやうに気儘勝手に世を渡つた方が面白いさ。その日〳〵の風次第がい丶ぢやないか」

「そりや貴下がまだ夫婦の情愛を知らんからですよ。小さい家で貧乏暮しゝてゝも、世間晴れて夫婦で世帯を持つてれば、言ふに云はれない楽みがあるんだから」

お国は鬱陶しい気持でさう云ひながら、次第に涙声になつた。鈴木と世帯を持つてゐた昔が不思議に偲ばれて、近所の神さん達から奥様と呼ばれてゐたのが懐しかつた。だが、鈴木の邪慳な態度や厭らしい言葉も、其処に現れて直ぐにそれを掻き乱した。》

ただお国は誰も、何も信じられないとしても、そのこと自体に耐えることは出来ない。そして朝川への言葉に託けて、ふと〈小さい家で貧乏暮しゝてゝも、世間晴れて夫婦で世帯を持〉つことの幸福に言い及ぶ。のみならず、〈鈴木と世帯を持つた昔が不思議と偲ばれ〉るのである。

つまりお国は、つねに〈過去〉に遡り、そこに、何か、頬を風が微かになぶるように、いやもっと激しく、涙に咽ぶまでに心を蕩かすようなものがあったごとく、それを繰り返し想い起こしつつ、しかもそれがかつて確実にあったように、今もあり、これからも、つねにあるべきものとして追い求め続けているのである。

たとえ一瞬の夢想だとしても、いわばそのものの実在を信じその確信に支えられて、お国は生きて来たのだ。

まさしく〈恋のプラトニスト〉。つまりお国にとって、〈恋〉こそすべてであり、だから、お国はその長い〈恋〉の遍歴を通して、繰り返し〈恋〉の実在を〈想起〉しつつ、またそのことによって、人生そのものが保証されていると信じていたといえよう。

《暫らく二人の話が途切れてゐたが、不意に階子段から声を掛けて、神さんが稲荷鮨を持つて来て、「今日はお珍しいんですね」と酔ひ倒れてゐる男の顔を見た。

お国は吃驚《びつくり》したやうに顔を上げて、「お神さん、私、これまでお酒なんか飲んだ事ないわね。一度ぐらいいゝでせう。何んにも好きで飲むんぢやないけど、お神さん察して下さい。貴女だつて苦労してるんでせう」と、云ひながら、神さんの方へにじり寄つて、その足にからまつた。神さんは呆気に取られた。》

お国はその自らの必死の夢を守るために、なんにせよ、なにかに縋りたい思いに駆られているのだ。


第十二節。

《その翌日、お国は珍しく朝川を電車まで見送つて来て、一日重苦しい頭を煩がつて、寝たり起きたりしてゐた。そして夕方になつて、つい仮睡の夢を見てゐたが、ふと目醒めると、畳の上に思ひ掛けない朝川からの手紙が来てゐた。簡単な端書の外には、かつて音信などあつた例がないので、吉か凶かと、胸騒がせながら急いで開いた。

「御身の事念頭に残りて、今日一日忘れかね候」と最先に走り書きしてある。お国の顔色は軟いだ。

「……僕もこれ迄とは異つて、親身になつて世話も致すべく候間、安心なさるべく候。……明晩六時頃行く」と、巻紙の量張つてゐるのに似合はず、手短かに書いてある。

お国は悦《うれ》しくも有れど、稍々飽気なかつた。世話致すとか気の毒に思ふとか云ふ言葉は、お国の胸を躍らすだけの力がない。河津の手紙朝川の手紙、蜜のやうな言葉や文字に飢ゑてゐるお国を満足さすことが出来ない。何故もつと切ない恋の思ひを明ら様に書かないんだらうと思つて、恐々《こはごは》鈴木の手紙を茶箪笥の引出から取り出して読んだ。柔しい文字はその方に多い。行李に蔵《をさ》めてゐる古手紙の中から、河津のを三四通出して見たが、あの頃のには、震ひ付きたいやうなのがある。人目を憚つてソツと手渡しする鉛筆書きの紙切れにも悦しい文句が溢れてゐる。

お国はあれから長い年月を送つたやうな気がした。》

お国は依然、〈蜜のやうな言葉や文字〉、そこに潜む〈恋〉の精髄、その実在にこがれているといってよい。だから、鈴木や河津の手紙を出して、その想い出〈想起〉＝〈言葉〉の中に浸るのである。

《翌日は髪を結うて化粧して待つてゐたが、朝川は約束の時間に遊びに来た。それから四五日殆んど続け様に来た。お国は一人で淋しい懶い考へに耽ることも少なくなり、食物の味もよくなつた。

「貴下此処へ越して来ちやどう？　一緒に居ちやよくないの」と、或る日座敷焜炉に火を起しながら振り向いて云つた。》

しかし朝川は例のごとく、〈「事情がある」〉とか〈「其の中考へとこう」〉とか言って、〈立ち入つた話を避け〉る。そしてその挙句、

《「お前はそんな所帯染みた話はしない方が値打ちがあるよ、男の話でもしてる方が似合つてらあ」と笑つた。

「そんな浮気者に見えるか知ら」と、お国は襷を掛けた自分の姿を見廻した。

「何処か身体《からだ》が弛んでるさ、もう元のやうにやならないよ」

「私、さう云はれるとゾッとしてよ。貴下だつて、ほんの一時の玩弄物《おもちや》にする積りなんでせう。皆んなさうだ」と云ひながら、あの人もあの人も、河津さんだつて、今から思へば、矢張りそのつもりだつたのだと、これは心で

思つた。

「玩弄物にされたと思はないで、玩弄物にしたと思へばいゝ。僕なんか女に玩弄物にして貰ひたいものだね」

「そんな軽薄な事、私思つても厭だわ」お国はさも厭さうな風をして気取つた。》

実際朝川はお国の思いを、ことあるごとに空しい夢と打ち砕く。お国は改めて自分が〈「ほんの一時の玩弄物《おもちゃ》〉でしかないことを、さらに朝川との関係が〈「ほんの一時の玩弄物」〉同士の戯れでしかないことを思い知らされるのだ。その無惨な現実！

《八月一杯はかうして日が遅れた。お国は頬が稍々肥えて艶も少しはよくなつた。これ迄嫌がつてゐた出歩きもするやうになつた。勝太を誘つて活動写真を見にも行つた。朝川に連れられて宮戸座の夜芝居をも見た。》

《中幕の実録千代萩は見てゐる中に、涙ぐまれる程感に打れた。自分の実の子に別れるといふことが、人間の哀れの極みと思はれた。

「私、昔の芝居はどれも時代おくれのやうで、見たいとは思はなかつたけれど、この芝居には人情が籠つてる」と、手巾で涙を拭ひながら、舞台の役者の台詞や仕草にも一図に感心した。そして翌日は勝太を連れて、その幕だけ立見をした。》

確かにお国は現実よりも〈芝居〉〈〈言葉〉＝〈観念〉〉の中でこそ、生き生きと生きることが出来るのだ。(6)

第十三節。

〈三日続けて見て、その芝居にも泣き飽いた時分よしやから使ひを寄越して、直ぐに来て呉れと云つた。〉お国は〈暫らくウカ〳〵して忘れてゐた世間を思ひ出して、よかれ悪しかれ様子を知りたくなつた〉。

いうまでもなくお国も〈想像〉の中だけに生息していることは出来ない。

《「お前さん、此頃はちつとも来ないね、い丶事があると見えて」と其家の神さんは、お国を見ると直ぐ冷かすやうに云つて、「お前さんが三月も一つ所で辛抱するのは不思議だよ。そんなに仲がい丶んかい」

フ丶ンとお国は鼻の先で笑つて、何とも答へなかつた。

「私、又国さんが厭になる時分だらうと思つて、い丶口を捜しといたんだよ。急に見付けて呉れつたつて、さう在るもんじゃないからね」

「さう?」と、お国は神さんの垂れた餌に目を向けさうでもなく、「私、もうあの人きりで止さうと思つてるの。あの人と切れたら女中奉公してもい丶から、妾なんかになりたくない」と手強く云つた。

「あれになるの此れになるのと、お前さんも随分よく気が変るね。だけど中野の方へももつと仕送りをしなくちや悪いよ、あの子が可愛さうだ」

「いくら可愛さうだつて、親に懐かない子は仕方がないわ」

「だからお前さんは人情がないと云ふんだよ」と、神さんは笑ひながら、「この人は好きな男さへ側にゐれば、外の事にや頓着しないんだから」》

そして、〈お国の身装《みなり》を見ながら、朝川から碌な手当てもないんだらうと察して、「涼しくなつても大丈夫なの」と訊いた〉。

お国は〈今夜或る男に一寸顔を見せてやつて呉れ、近くの洋食屋へ来る筈だから〉という話を、〈菅なく断つて〉帰る。そして〈「よしやの神さん、まだ私を利用しようと思つてるんだよ」と、憎さげに云つて〉、朝川に同情を求めるが、朝川は、お国の今後の身の振りかたの算段が、自分に降り掛かってくるのを警戒して、上辺だけの受け答えしかしない。その夜朝川は部屋に泊まり、お国は翌朝、〈不断より早く朝川の出勤時刻に遅れぬやうに、早くから起きて甲斐々々しく朝飯の仕度をした。そして止められるのにも強いて電車まで見送った。朝の風は浴衣一枚の肌に薄寒く浸みた〉。〈もう秋になつたのだ〉。

なんといっても朝川との生活はまだ始まったばかり（三ヶ月）。だから、お国はそれを〈恋〉に育て守らなければならない。たとえ朝川が当てになる男でないとしても。そしてお国は新しい男の話には耳を貸さず、朝川に〈甲斐々々しく〉かしずく。もしここでしくじれば、お国は早晩、男から男へ身を売って生きる女、あの〈玩弄物〉に堕さなければならない。お国は〈そんな卑しい女になり切つて死にたくない〉。

お国は〈「もうあの人切りで止さう」〉という。〈「あの人と切れたら女中奉公してもいゝから、妾なんかになりたくない」〉。お国にとって、まさに今が思案のしどころ、正念場なのだ。


第十四節。

しかしそれっきり朝川は顔を見せない。お国は何度も手紙を書き送るが浅川からは返事もない。来ても〈「僕は社用にて多忙を極め居れば、当分其処へは行くことかなはず候」〉とだけある。〈お国はそれを一目見たばかりで、一図に欺かれたやうに思ひ込んで、顔色も蒼くなつた〉。次第に離れて行く男を待つ、まさに焦燥と絶望の日々が続く。

《二三日掃除を怠けてゐたので、部屋の中は荒れてゐる。外から帰つて見ると、汚れ目が著しく目立つた。だが、お国は身体を使つて其処等を整頓したり雑巾掛けをしたりする気にもなれなかつた。暫らくザラ〳〵する畳の上に身を横へながら、勢ひのない目で荒れた部屋を見てゐた。

赤い達磨の模様のついた湯呑が茶箪笥に伏せてあるが、あの出雲焼は河津さんが下宿屋で使つてゐたものだ。紅い柿の実青い葉に抱かれてゐる相馬焼の土瓶は、初めてよしやの世話で操を売つた男の買つて来たものだ。その茶箪笥も用箪笥も鏡台も、それ〳〵の由来を持つてゐる。》

たしかに焦燥と絶望、そしてその空無な日々を、お国は送ってきたのだ。しかしその時、お国の眼に、自らを取り巻く家具が次々に入って来るのは興味深い。

空無な日々、夢のように過ぎ、夢のように消えた〈過去〉。しかし〈湯呑〉が、〈土瓶〉が、そして〈茶筆笥〉が、〈用筆笥〉が、〈鏡台〉が、〈それ〴〵の由来を持つて〉眼の前に並んでいる。とは、それがいかに無にも等しい時間であったとしても、確実なものとして実在していたことを物語る、まさに確かな〈物証〉としてそこにあるのだ。

因みに第十六節。お国は〈「私近い中に此家を越すかも知れない」〉と勝太に告げて、〈「一生会へなくても私の事を忘れないで頂戴」〉と続ける。

《誰れにも忘れられたくない。どの男にも悪く思はれたくない。お国は此処を出る時に勝太から紀念の文鎮を貰って行く約束をした。》

その時々に過ごした男、が、その都度消えて行った男。ただそうした男達と過ごした〈過去〉が、かけがえのないものであることを、お国は確認したい。〈紀念の文鎮〉は、ここでも、そうした〈過去〉の実在をお国にあかす、これまたかけがえのない〈物証〉なのだ。


第十五節。

〈よしやの神さん〉が訪ねて来る。そして〈「お前さんにも驚いたね、そんなに身体を台無しにして。顔だつて頭だつて見つともないよ」〉と例によってつけつけという。神さんが帰った後、お国は〈気に懸つてならぬ〉ので、〈髪を結つて湯に入つて、久し振りに念入りに化粧した〉。その後よしやに行くと、神さんは、〈「お前さんはもうい丶加減で堅気になつた方がゐ丶んだよ。私は何時もさう思つてゐるんだけど、お前さんは直ぐに自棄《やけ》を起すからよくない」〉。

《お国は誰でもそんな事を云ふと一口にけなした。一時凌ぎだと思へばこそ、どんな男とでも一緒になつてゐられるもの丶、恋しくもない男と、何で一生の縁を結ばれようぞと、不断の信仰を力強く述べた。》

まさしく〈恋〉こそお国の身上、〈不断の信仰〉なのだ。しかし、

《神さんは軽く聞き流して、

「ぢや、朝川さんはどちらの方なの。一時凌ぎの方かい、それとも一生の方なのかい」と冷やかした。》

しかしお国はその問いに答えることが出来ない。

《「何方でもないわ、あの人は」お国は明ら様には言ひ兼ねた。神さんに心の中を見透かされたくもない。「だけど、あの人も種々家の事情があつて、何時まであ丶してもゐられないんでせう。此間もそんな話をしてたから、私気の毒になつてよ。多少でも世話になつた人に迷惑を掛けたくないからね。それに私、壽町のあの家はつく〴〵厭になつたわ、全く寿命が縮まるやうだわ」》

無論朝川は〈「一生の方」〉では決してない。が、〈「一時凌ぎの方」〉と言って、次から次へと男を変える女と思われるのも本意でない。そしてお国は、たとえ早晩別れなければならないとしても、〈「多少でも世話になつた人に迷惑を掛けたくない」〉という。

お国はこれまでも、〈「人に迷惑を掛け」〉たくない、〈不人情な事〉はしたくないと、生きて来たはずであり、すくなくとも生きようとしてきた。それが〈過去〉に根ざし〈過去〉から続く〈戒律〉のように、何時も、そして今も、お国の中に蘇り、お国を掣肘する。

《「ぢや、どうするの」

神さんはわざと澄ましてゐる。お国はその目顔に注意しながら、何とか云つて呉れるのを心待ちにして黙つてゐたが、やがて堪へかねて、「どうしたらい丶と思つて、おかみさんは」と、答へを促した。》

結局お国には〈「どうしたらいゝ」〉か判らない。そして〈どうにでもなれと云ふ気になつて、「いつそ身を売つちまはうか知ら。私は操を立てる男がこの世界に一人だつてあるんぢやなし、好きでもない男一人に喰い付いてるのも、もう懲懲《こりごり》したし」と情けなささうに云つた〉。

そしてこの後、お国がふと〈「私、お安が可愛いゝ。あの子にさもしい思ひをさせたくない」〉と呟くのは、憐れ深い。〈どうにでもなれ〉という空漠たる人生に、自らが産み落とした一人娘が、たしかにお国が生きて来た人生の〈生証人〉として、想い起こされるのだ。

お国はその晩、よしやに泊まる。

第十六節。

《「ぢや、私に一切任せときなさい。心当りも有るから、明日の二時頃までに兎に角此処まできてお呉れ。時間を間違へないやうに、屹度だよ」と、翌朝神さんに念を押されて、お国は堅く約束した。

暫らく一所に滞つて、汚れて腐りかけてる水の流れ出すやうな気持になつて家へ帰つた。よかれ悪しかれ、この狭苦しい部屋を出て何処かへ行くのだと思ふと、だらけてゐた心の稍々引き立つた。》

お国は朝川に手紙を書く。

《「あなたはちつとも来て下さらない。私も困つて居りますけれど、あなたも御迷惑の事があるのだらうと察せられます。あなたが明ら様に仰有らないのをいゝ事にして、何時までもかうしてゐるのは心苦しく候へば、近日分別をきめようと思ひ居り候。私は如何ほど悲しい目に会つても好きな人に迷惑を掛けたくはありません。あゝ私ほど不運な者が又とありませうか。好きな人と末長く添ひとげる資格はないのですよ。何卒お察し下されて、悪く思はないやうに偏にお願ひ申し候。書いてる中にも涙が留め度なく出て、筆も運びかね候」と、実際涙を流しながら朝

川への手紙を書いた。》

なにやら何度となく聞いたお国の科白ではある。まさに〈過去〉から引きずってきた〈自己戒律〉に則って、お国は歩を進める。つまり、お国は常住に〈過去〉と向きあい、そこで作り上げて来た〈掟〉を想い起こしつつ、今を生きているのだ。

翌朝、朝川から手紙が来る。〈今日午前中に行くから待つて居れと云ふのである〉。

《「矢張り会へるのだ」と思つて、俄に自分といふ者に強味が出来た。長火鉢に火を起して鉄瓶に湯を沸かして、枕時計に絶えず目を注いでゐた。よしやへ行く時間の迫るのを気遣ふ心は次第に薄らいで、朝川の足音ばかりが待たれ出した。》

しかし朝川はなかなか来ない。〈「約束を違へる人ぢやなかつたのに」と、自分が侮られたやうな気がして、時計の針の動く度に疑ひを増した。正午が過ぎて一時となり、二時近くもなつて、よしやへ行く時間の来たのに気はつきながら、身拵へもしないでゐた〉。

未練といえば未練なのか？　しかし前にもいったように、関係してからわずか三ヶ月、何といっても、決断を下すには日が浅すぎるともいえよう。

《朝川が何の気もなく入つてきた時は、もう二時を過ぎてゐる。お国は何時もの笑顔を見せないで、わざと澄まして目を外の方に向けた。

「お前の分別といふのはどんな事だい」、朝川はいきなりかう云つて、部屋の様子に何の異状もないのを、稍々不審がつた。

お国は尚暫らく黙つてゐたが、やがて横へむいたまゝで、「貴郎、此間の私の手紙読んだでせう、随分貴郎にも御迷惑を懸けたわねえ」と、言葉付がよそ〳〵しかつた。

「ぢや、今日から迷惑を懸けないつもりかい。何かいゝ事が見つかつたのか」

「いゝ事のあらう筈はないわ、私のやうな性質《たち》では」

「ぢや、どうするんだ」朝川は手荒く問ひ詰めた。

「聞かないで置いて下さいその事は」と、お国は首垂《うなだれ》て溜息吐いて、「私、貴郎にもう一生会へないんですからね」

「一人でさう極めたつて訳が判らんぢやないか、僕は此間のお前の手紙を冗談だと思つて読んでた。僕の方でさう不実な事もしないのに、出し抜けにあんな事を云へる筈がないから。お為ごかしで何か企んでるんだらう」

「私、そんな女と見えて」と、お国は顔を上げて正面に男を見た。

「どうかなあ」と、朝川は空呆けてゐたが、やがて、「女といふ者は当てに成らんものだ、昨日と今日とで直ぐ気が変つちまふから」と、独り言のやうに云つて、詰らなさゝうに後ろに倒れた。両手を組んでそれに頭を載せて、目を瞑つて考へ込んだ。

お国はぢつと見てゐる中に痛々しくなつた。別れともなさゝうな男の素振を憐れむの心が起つた。「あゝ貴郎が可愛さうだ」と、真心から云つて、好きな女に別れる男の切なさを思ひ遣つた。》

朝川は心も言葉も一貫しているように見える。それに対し、お国は、心も言葉もコロコロかわっているようにみえるが、しかし繰り返すまでもなく、お国の心も言葉も、〈過去〉から引きずる〈記憶〉＝〈想起〉に従って一貫している。つまり〈筋〉を通しているのだ。(7)

〈「私のやうな性質《たち》の女」〉とお国は繰り返す。とは〈過去〉から引きずる〈宿命〉に生きる女をお国は歩み続けているのだ。

《「私、一寸したことでも一図に思ひ込んでしまふ性質《たち》ですからね、貴郎との関係だつて、ひよつともう駄目だと思ひ込んぢやつたから、ぢつとしてゐられなくなつたの。貴郎の風を見てると、何だか心配がありさうだし、此頃は滅多に入らつしやりもしないから、それで一人で考へて、よしやへも相談に行つたの、どうせ誰れかの世話になるかどうかしなければ、生きてゐられんのですから」》

お国はこの期に及んでも、愛し愛され（?）つつ、しかもなお自ら身を引く女に徹する。まさにそうした純粋な自己犠牲において——。だからお国は〈「貴郎が可愛さう」〉と〈真心〉から思う。

お国は茫々たる淪落の道に堕ちねばならないと覚悟しているかのようだ。そしてすでにそれを覚悟の上で、これ以上朝川の〈迷惑〉にならないように、身を引くつもりなのだ。

《「ぢや、その方は極まつたのかい」

「いゝゑ、どうだか分りやしない……貴郎これからどうして?」

「どうするつて、お前の方で出て行つちまふんなら仕方がないさ。おれは又千駄木のあの寂しい家に一人ですくんでるさ」

「ぢや、私よしやの方を断つちまふ、決して好きで行くんぢやないんだから」お国はもう涙声になつて、「貴郎だつてあの家に一人でゐては寂しいでせう、私だつてこんな家に一人でゐたくない」

「だから、計画通りに何処へでも行くさ。僕はお前の幸福の邪魔をしたくないよ」

「何が幸福なの」お国は自分の境涯を仮りにも幸福と思はれるのが厭だつた。「貴郎がそんな事云ふのなら、尚更よしやへは行かれないわ。貴郎の迎有る通りにするから、どうにでもして下さい。いくら苦痛な目に会つても構はないのよ」》

お国にとって、自分が〈幸福〉だと思われるほど心外なことはない。そしてお国は、ただただ身を引く悲しい〈宿命の女〉を通そうとする(8)。

《だが、朝川は進んで将来の指図もしなければ、頼もしい口も利きもしない。呑気らしく煙草のみ吹かしてゐる。時計の針は三時を過ぎた、お国は落着いてゐられなかつた。

「私、もう駄目だ」と、凡ての望みの絶えたやうな気になつて、「今度又時間を遅くしちやもう駄目。これで二度も三度も約束を違へたんだから、よしやでも愛想を尽かしてしまふ」

「ぢや早くお出でよ、僕も電車まで一緒に行かう。用事を繰り合して来たんだから、愚図々々しちやゐられない」と、朝川は思ひ切りのよさゝうに立ち上つて、素早く帽子をも被つた。そして、「この部屋もこれで見収めかねえ」と云ひながら、部屋の中を歩き廻つた。

お国の耳には「見収め」といふ言葉が淋しくも哀れにも響いた。明るい部屋の中も陰気に見え出した。其処を歩いてゐる男の顔にも鬱陶しい色が見えた。》

朝川の魂胆は見え透いている。しかし自分の〈過去〉から続く〈戒律〉に向き合っているお国には、それが見えない。お国は朝川の身がかえって〈淋しくも哀れにも〉見える。

《で、自分の心も滅入り込みさうだつたが、強いて気を張つて、「まあ此処へお坐んなさい、真面目にお話したいことがあるから」と、朝川を引き据ゑるやうにして坐らせて、「私、もう何処へも行きたくないわ、貴郎ぎりもう外の男には会ひたくない。貴下だつて私に別れるのは厭なんでせう。それならいつそ一思ひに死んで呉れなくつて」と、言葉は落着いてゐた。

「馬鹿に死に急ぎをする人だね、死なゝくちやならん場合が来たら、その時に死ぬるさ。その覚悟さへありや少々苦しくつたつて生きてられんことはないよ」

「いゝゑ、そんな事駄目よ。貴郎はまだ経験がないから、さう思ふんだけど、死にたいと思つた時に直ぐ死なゝくちや、とても死ねるものぢやないのよ」

「だけど、もう少し辛抱して居れ、おれも餓ゑ死はさせないから」

「えゝ」と、生返事をして、お国は目を伏せてゐたが、明日から先此処に寝起する慵《ものう》さがしみ〴〵胸に染んだ。

「貴郎も五日か七日に一度ぐらゐしか来られないでせう」

「あゝ、当分それ位しか来られないね」

「ぢや、私どうして後の日を送るんでせう」と、今更のやうに自分の日々の生活があり〴〵と目に見えた。》

お国はもう茫々として、これから先どう生きたらいいか分からない。とすれば今〈いつそ一思ひに死〉ぬばかりではないか。いや、どうせ死ぬなら、〈「飽きも飽かれもしない中に、二人で仲よく死んぢやつた方〉（十一）がよい。

そしてお国は、少々遅きに失したとしても、まさに今現在をその時と見たてて死に急ぐ。

いわば完璧な瞬間に死ぬ。その死の瞬間において〈愛〉を完成する——。たしかに明確な〈死の論理〉。しかし河津との時（十二）、あるいは勝太との時（八）とも違い、朝川はお国の誘いに少しも心を動かさない。

《其処へ玄関から威勢のいゝ、声が聞えた。よしやからと云つて、お国の名を呼んだ。

お国は我知らず立ち上つて辷るやうに階子段を下りた。上さんの甥が自転車に乗つて来てゐる。「今直ぐ来て呉れ」と用向きを伝へた。直ぐ後からと、胸騒ぎをさせながら二階へ上つた。善し悪しを考へる余裕の心はなかつた。

「兎に角行つて来てよ」と云つて、イソ〴〵身支度をした。ザツと白粉《おしろい》や臙脂《べに》指をもつけた。

「ぢや、ぼくは帰るよ」と朝川は立ち上つたが、お国は惶《あわ》てゝそれを押し留めて、

「私、二三時間で帰つて来るから、それまで待つてゝ頂戴。向うの様子もお話したいし、このまゝ別れるのは厭だから」と繰り返しながら、顧み〴〵階下へ下りた。

俥の上では空想が火花のやうに散つた。よしやでは何が待つてるんだらう？》

ただ、〈何が待つて〉いるわけでもあるまい。〈空想が火花のやうに散つた〉としても、あの〈「ほんの一時の

玩具《おもちゃ》にされるばかり」〉（九）の生活が、待っているに過ぎないのではないか。(9)

注

（1）菊池幽芳「己が罪」（「大阪毎日新聞」明治三十二年八月〜三十三年五月、のち春陽堂刊）参照。〈豪農の娘、箕輪環は医学生に欺かれて男児を生んだが、房州の漁家にあずけて里子とする。その後環は子爵桜戸隆弘と結婚し、一子正弘をもうけてしばらくは幸福だったが、病後保養を兼ねて房州に来た正弘が漁師の少年と誤って溺死し、その少年がわが子と判明、環と隆弘との関係は危機に陥る。が、結局は環の献身的愛情により旧に復する〉（『日本近代文学大事典』岡保生氏の記述）。明治家庭小説の典型作と言われる。

（2）瓜生清氏はこの場面のお国を、〈朝川との溝を埋めようとして、自己劇化的な演技性を強めていく〉、あるいは〈際限なく自己劇化を進行させる特異なあり様を明示する〉ものという（「『微光』論」「福岡教育大学紀要」第四十二号、平成五年二月）。しかし〈自己劇化〉といい〈演技性〉という言葉は精確でない。この場面のお国に意図的なものは何もない。お国はただひたすら〈過去〉の想い出の中を辿っているのだ。

（3）一種〈書簡小説〉とも称すべく、「微光」には多くの〈手紙〉が往復する。要するに登場人物達は、こうして〈言葉〉＝〈観念〉の中で生きているのである。

（4）「何処へ」の菅沼健次は〈「つまり人間は自分一人だ。自分と他人との間に越えることの出来ん深い溝渠が横はつてるんです」〉という。すでにお国もそう思念しながら生きている。

（5）〈虚偽〉と〈真実〉の差別もつかない茫々たる〈過去〉の中に、ひとつの物語、いわば〈自分史〉を描き続けているのだ。

（6）宮戸座の「実録千代萩」、および〈湯島天神の境内〉（九）と泉鏡花「婦系図」との関係等について、前出瓜生論文に詳説されている。

（7）猪野謙二氏は「白鳥と泡鳴」（『明治の作家』岩波書店、昭和四十一年十一月）の中で、〈うらぶれた愛欲の世界にうごめく一人の女を取り上げ、淡々とした無感動の筆であてもなく男から男へと漂う一個の自然主義的な女性像を描きあげている〉と評している。〈うごめく〉とか〈漂う〉とか散々だが、しかしお国が真剣に、懸命に生きていることを否定できるものではない。しかもいずれにしろ、お国はひたすらに自らの〈宿命〉を引き受け、さらに言えば、もっぱらにあの、いわゆる〈自分史〉を綴っているのではないか。

（8）因みにこの場面、二人がまるで独り言を語っているように、それでいて緊迫した対話を交しているように描かれている（まるでチェーホフのように）。後年の白鳥の戯曲家としての達成を思わせるものと言えよう。

（9）「微光」は「早稲田文学」明治四十三年七月初出、のち『微光』（籾山書店、明治四十四年六月）に「徒労」「呪」とともに所収。白鳥は後年この時期を回想して次のように言っている。〈二十代の空想的苦悶からや丶離れて、実際の世の中に目を付け出したのは、家を持つてからであつた。天の上や地の底や自分の心の底にのみ放つてゐた眼を転じて、雑多紛々な世相を見据ゑると、そこから、今迄感じなかつたやうな興味が起らないではなかつた〉。〈つい先頃まで、「何処へ」を書き「地獄」を書いたりした私も「悪縁」を書き「微光」を書き、それ等に類似した幾つもの短編を書き続けるやうになつた。男女関係について、女の心について私も多少理解し得らる丶やうになつた。二十代の「死の恐怖」から離れて、「死よりも強し」の経験をも得た〉（「三十代」）。だが無論白鳥に、燦とした曙光が射してきたわけではない。これも後年の回想に、〈いよ〱新聞記者を廃業して作家専門になった時に、「徒労」といふ小説を書いたが、あれには或る人物を題材として人生の徒労を象徴的に現したつもりで、自分の気持ちが現されてゐるのだが、青春期にして人生の徒労なんかを感じるのは悲しむべきことなのだ。「徒労」の次に「微光」を書いたのは、微かな光でも求めたつもりであつたが、それは題目ばかりで、内容には何の光も添つてゐなかつた〉（「文壇生活二十年」「婦女界」昭和七年十月）という。つまり依然〈「生の嫌悪」「死の恐怖」……私はそれより外に書けさうなことはなかつた〉（「三十代」）のだ。――〈「生の嫌悪」「死の恐怖」〉。要するに人は生きることの無意味を思い、そうしてただ無に帰することを思う。なんの支えもなく、茫々として日を送るだけ。まさにお国の口癖ではないが〈「どうにでもなれ」〉の人生。そして人はそのまま〈「どうにもならず」〉に死んでゆくのだ。が、にもかかわらず、人は〈夢〉の中に、そして〈想い出〉（〈夢〉とはすでに見たものであり、だからつねに〈想い出す〉ものなのだ）の中に、まさに一時、たしかな明りを見ることではないか。お国もまたそう生きてきたと言えよう。しかしそれは所詮空しい妄想――。お国は結局、ただ茫々としてさすらうしかない。が、しかもお国は生きている以上、ふたたび歩み続けるしかない。ふたたび茫々としてさまようしかないとしても（そしてその繰り返し）……。そのなんの確信もない、なんの希望もない歩み、しかしそれが人に残された最後の道、だがだからこそ、いやにもかかわらず、せめてその道には、微光がさしていると言わなければならない。少なくとも白鳥にとって残された道は、そうした否定と肯定（それを肯定といえるとして）の、まさに紙一重の間を生きることではなかったか？

――「感性文化研究所紀要」(第八号、平成二十六年三月)――

「入江のほとり」連作——四弟律四の肖像——

「入江のほとり」は大正四年四月「太陽」に発表、大正五年六月春陽堂から刊行の『入江のほとり』に収録された。

瀬戸内海のある〈入江のほとりの古めかしい大きな家〉（十、「入江のほとり」の章数、以下同じ）の数日——老父母と次男才次夫婦、四男辰男、二女勝代を中心に、帰省していた五男良吉が旅立ってゆくのと入れ違いに、長男栄一が帰省し、また東京に帰ってゆくまでの数日が描かれている。(1)

周囲は旧態依然。しかし農民は〈田地まで売つて大阪や神戸〉（四）へ流出し、漁業は資源が枯渇して、〈次第に村同士で漁場の悶着が激し〉（七）くなるという衰微の一途を辿る農漁村。しかも近々電気が引かれ乗合馬車も通るという新しい時代、つまり明治から大正へかけてのいわゆる〈近代化〉の波に翻弄される人々の姿が描かれている。

さらに栄一が先鞭をつけ、〈近代化〉の中心東京に魅了吸引されてゆく良吉、勝代等のいわば出郷者と、老父母はもとより才次、辰男のいわば残留者等のそれぞれの思いが淡々と描かれている。

〈柱や鴨居〉（八）を傷つけるのを嫌って電気を引こうとしない父親と、事業をもくろみ〈何時まで経つても財産の一部も彼等に手渡ししない〉（七）父を不満に思う才次との新旧世代の対立。あるいは〈「都会住ひをした者に田舎を手頼《たよ》りにせられちや、此《こちら》で質素な生活をしとる者は迷惑する。第一割に合はん」〉(四)という才次の不平に示される残留組の思い。一方〈「こんな下等な人間ばつかり住んで居る村」〉(同)を軽蔑し嫌悪する勝代の言葉には、いわゆる出郷組の思いが示されているといえよう。それらの思い思いの葛藤が、特に鋭く強調されているわけではないが、的確な安定した筆致で写されているといえよう。

この意味で「入江のほとり」はいわゆる自然派的手法――〈自分の身に縁の深い者を客観的に有るがまゝに描叙する〉(『文壇的自叙伝』中央公論社、昭和十三年十二月)のある達成といってよいだろう。後にもいうようにランプの不始末による出火騒ぎをほとんど唯一の異常な事件として、他は家常茶飯の情景が、まさに自然主義的に描かれた佳作といっていい。

だが「入江のほとり」の真に論ずべきものは、これに留まるものではない。この旧家の平穏な日常を波立てるものは、四男辰男(モデルは四男律四)の存在である。

彼は家族の者とほとんど口をきかない。長く隣村の小学校の代用教員になっているが、〈早く正教員の試験を受けた方がいい〉(二)という父や兄の忠告にも〈馬の耳に風で聞きながして、否か応かの返事をさえしな〉(同)い。《で、家の者は彼の心の中を量りかねて、涼み台やこたつの側での茶呑み話の折々、真面目の問題として持ち出されたことは二度や三度ではなかつた。

「最初ヴアイオリンを習つて音楽家になりたいと云つたのを聞いてやらなんだから、それであんな風になつたのぢやないかと思ふ」と、ある時父が思当たつたやうに云つた。

「それぱかりぢやない。鼻がまだ直り切らんのでせう。一寸見ると拗ねて居るやうぢやが、五年も六年も拗ね通されるものぢやない。身体に故障があるからでさあ」と、才次は云つた。

「あれぢや商人《あきんど》にもなれんし、百姓にもなれまいし、まあ粥でも啜れるくらゐの田地を分けてやるつもりで、抛つて置くか」

とゞのつまり、かう解決をつけて、最早彼の身の上を誰も問題にはしなくなつた。》(二)

しかし〈乾いた彼の心〉(二)、〈干乾びた切口上〉(六)、いやその前に〈光のない鈍い眼、小鼻の広い平たい鼻、硬さうな黒い皮膚がどうしても愚かものらしく彼を見さ〉(九)す。才次は〈目障り〉(七)といって憚らない。《「差し当たつて迷惑は掛けんが、しかし、家族の一人として毎日同じ飯櫃の飯を食ふとると、自然に傍の者の気を悪うすることがあるんぢゃ。白痴《ばか》でも狂人《きちがひ》でもないんぢやから、外の兄弟並に扱はにゃならんし、尚更仕末に困るが、どうも不思議な人間ぢや」》(同)

こうして辰男は家族の中でまったくの異端者として孤立を深めてゆく。ただその中でも、一番家族に〈不思議〉に思われていることは、〈夕方学校から帰ると、夜の更けるまで、滅多に机の側を離れないで、英語の独学に耽るか、考へに沈んで、四年五年の月日を送つて来た〉(一)ということである。

父や兄と違い、辰男のことをなにかと心配する弟や妹の〈アルハベツトの読み方から満足に教師によつて手ほどきされたのではないので、全くの独り稽古を積んで来たのだから、発音も意味の取り方も自己流で世間には通用しさうでない〉(二)という危惧の念にも、辰男はまったく無反応である。

しかし、帰省してきた栄一に〈語勢鋭く〉(六)、〈「今お前の書いた英文を一寸見たが、全《まる》で無茶苦茶で些《ちつ》とも意味が通つていないよ。あれぢやいろんな字を並べてるのに過ぎないね。三年も五年も一生懸命で頭を使つて、あんなことをやつてるのは愚の極だよ。発音の方は尚更間違ひだらけだらう。独案内の仮名なんかを当てにしてゐちやだめだぜ」〉(同)と、〈罵り嘲るやうな調子〉(同)でいわれると、さすがに辰男は激しい動揺を見せる。

《「……」辰男は黒ずんだ唇を堅く閉ぢてゐたが、目には涙が浮んだ。無論他人《ひと》に教へるつもりで読んでゐるのではないし、他人に見せるために作つているのではなし、正格でないことは常に承知してゐるが、全然《まるきり》無価値だとこの兄に極められると、つくぐ〳〵情けなかつた。》（同）

そして辰男自らが招いた失火事件——。〈机上に安んじてゐた彼の堅固な心が長兄の帰省前後から破れかけてゐたのに、今夜の災難は最後に下された槌のやうだつた〉（九）。

《陰鬱な気懶い気持が夜が更けるにつれて刻々に骨の髄まで喰込んだ。そして、いつそ今夜の火事が拡がつて、机も書物も家も、自分自身も炎の中に包まれて、燃えてしまへばよかつたやうに思はれ出した。》

翌夕〈新に買つた二分心のランプを小さい妹が持つてきたが、辰男は日が暮れても燈火《あかり》を点けなかつた〉（九）。そして〈記憶に刻まれてゐる英語を闇の中で果てもなく綴つては崩し、崩しては綴りしてゐた〉（同）。

だがそれにしても、辰男がこのように深く心の裡に秘めていたものとはなんであったのか？　勿論〈英語修行〉（三）、就中〈和文英訳〉（二）に上達することである。ことに少年時代から目にしていた村や海の光景を和文に写し出し、それを英文に翻訳すること。——良吉が東京に出立する前夜、辰男は一人窓から外の夜景に眺め入る。

《夕月は既に落ちて、幾百もの松明《たいまつ》が入江の一方に絵のやうに光つてゐる。耳を澄ますと小波《さざなみ》の音が幽かに聞こえたが、空も海も死んだやうに鎮まつてゐる。宮を囲んだ老松は陰気な影を映してゐる。彼れは他郷から帰省した者のやうに、今夜は少年時代の自分の姿を闇の中の彼方此方《あちらこちら》に見つめた。……もつと快活で元気のよかつたむかしの事が未生前の時代のやうに心に浮んだ。》（二）

さらに、

《あの時分は川尻に蘆が生えてゐた。潟からは浅蜊や蜆や蛤がよく獲れて、綺麗な模様をした貝殻も多かった。が今は入江の魚が減つて、岩のあたりで釣魚をしたつて、雑魚一匹針にかゝつて来ないらしい。山や海の景色もあの時分は今よりも余程《よつぽど》美しかつたやうに思はれる。向かひの小島へ落ちる夕日は極楽の光のやうに空を染めてゐた。漁夫《れふし》の身體付からして昔は巌《いは》のやうだつたり枯木のやうだつたりして面白かつた》（同）

あるいは、

《「風が吹けば浪が騒ぎ、汐が満ちれば潟が隠れる。漁船は年々殖えて魚類は年々減りつゝあり。川から泥が流れ出て海は次第に浅くなる。幾百年の後にはこの小さな海は干乾《ひから》びて、魚の棲家には草が生えるであろう。……」》

（六）

おそらく辰男は、いわばこんな心象の風景を、〈自作の文章〉（和文）（同）にしたて、そして〈辞書を繰っては、一々英字で埋めて行つた〉（同）のだろう。

が、これらを注意してみれば、すべて追憶の闇の中で見ているものであり、すでに変容し消滅さえしている、さらにはいずれ空無に帰す光景だといわなければならない。

だからこれらは実際目に見えている光景（実景）ではない。従って、いわばありのままに書こうにも書きようのないもの。つまりこうして辰男は、目の前のまさに〈語りえぬもの〉にこそ関心を寄せているといえよう[2]。

因みに辰男はいつも眼前に見ている島の名前も分からない。かえって久し振りに帰郷してきた長兄に教えてもらう始末なのだ（六）。

さて、作品の終結部九章、失火騒ぎで出立を一日延ばした栄一が辰男と少しく言葉を交わす一節がある。

〈栄一は自分を憚つてゐる辰男に向つて強いて話を仕掛ける気はなかつたが、でも、折々辰男に対しては神経を凝らしていた〉（七）。というのも栄一には、〈「おれの子供の時分の気持に似てやしないかと思ふ。おれも家にぢつ

としてゐたらあゝなつてゐたかもしれないよ〉という思いがあったからである。(3)


《「山に居つた時分に植物の標本を些《ち》とは集めたことがありました」

「植物の採集もこの辺にや珍しいものはあるまいが作州の山には高山植物があるんだらう」

「へえ。色〱珍しいものがありました。二三百は異《ちが》つたのを集めて蔭干しにして取つといたのぢやけど彼方の学校を止めた時に皆んな焼いて来ました」

「そりや惜しいね。学校へ寄付しとけば植物学の教授に役に立つのだらう」

「名が分らんから教える時にや役に立ちません。私にだけにしか誰にも分らんです」辰男は雑草でも木の葉でも手あたり次第に採集して、出鱈目な名前を付けてゐたのだつた。

「それで満足出来るかね。世間で極めた名前を知らずに集めてばかりゐても楽みになるのかい」

「へえ。あの時分は楽みにしとつたんでせう」

今夜は何故だか珍しくテキパキと話すのを聞いてゐると、栄一は弟の辰男を、永年家族が極めてゐるやうな低能児とも変人とも思はれない気がした。》(九)

それで、

《「何か望みや不平があるのなら明ら様に云つたらいいぢやないか。おれが立つ前に聞いといたら、多少お前の為になる様な事があるかもしれないぜ」と、栄一は柔しく訊いて弟の心の底を索らうとしたが、

「そんなことは他人《ひと》に云うたつて仕方がありません」と、辰男は冷かに答へた。押返して訊いても執念く口を噤んで、他所目には意地悪く見えるやうな表情を口端に漂はせた。》(同)

この一節からは、辰男の孤独な心の底の思いが垣間見える。〈珍しいもの〉に〈出鱈目な名前を付け〉て〈楽み〉にする、つまりそれは世間や他者と共有する〈言葉〉＝〈意味〉以前の、いわば物それ自体に拘り留まり続け

ることであり、だから〈役に立〉つこととは無縁な行為、その心のうちは〈「他人に云ふたつて仕方が」〉ないことなのだ。

柳井まどか氏はこうした〈辰男の視界〉には、〈「世間で極めた名前」〉や「正格」な言葉で言表することが不可能な、暗く混沌とした「語り得ぬもの」が立ち現れている〉といっている。優れた指摘であるといえよう。(4)

＊

ところでこれより先、白鳥は「死後」（「中央公論」明治四十四年五月、のち『泥人形』春陽堂、同年八月刊所収）という作品を書いている。

主人公良吉は作州の〈山奥の小さな分教場〉で〈代用教員〉をしている。そこでは郷里から離れて、〈誰も傍から苦情を云ふ者もなし、一人暮らしに不自由はしない。それで自分は満足してゐるのに〉、家に帰って来ると〈父や兄が睡い者を揺り起すやうに余計な小言を云ひたがつて仕方がない〉。で、帰省中にもかかわらず、彼は家族を避けて〈日に一度はブルキ缶を肩にして〉植物採集に出掛ける。

父の〈「お前ももう二十四だから、何とか先々の量見を極めにやならん。何時までも十二三円の月給取りでは仕方ないぢやないか。教師なら教師で、正教員の資格を取るとか何とかしなくちや」〉という苦言にも、〈「ヴアイオリンでも習ひたい」〉と答えて怒りを買う。兄からは〈「身内にヤクザ者が一人でもあると、側の者が皆んな迷惑する」〉といわれても、〈感ずる風もな〉い。ただそのすぐ後〈若しか父が亡くなつたらば、後はどうするんだらう〉、〈自分は兄の目から除物になつてしまふんぢやないだらうかと、此迄つひぞ考へもしなかつた事が、ふと心の奥にちらついた〉という。

こうして家族から孤立してゆく良吉だが、まだ口数も多く、弟や妹、甥達と快活に戯れたり、〈「兄貴なんぞに世話になつて煩い事を云はれるのは嫌だ。自分一人でえらくなつて見せらあ」と、心で自分を励まして、「今に見て居れ」と声を出して力〉み、彼等を笑わせてもいる。

あきらかに「入江のほとり」の前哨的作品といってよいが、しかしここで良吉（「入江のほとり」の辰男、つまり実弟律四）はまだ家族からまったく乖離している存在ではない。

ただ、〈良吉は妹が掃除する側で、手製の箱の中から蔭干しにした高山植物を取り出して、机の上に並べた。どれも皆手当り次第集めた物で、その植物の名前は殆んど一つも知つてゐなかつた。また知らうともしなかつたのである。だがそれ〲に大切な宝物のやうな気がした。破れてぼろ〱になりかゝつた一枚の葉も棄てるのは惜しかつた。そして、昨日取つて来た幽霊草をも箱の中に収めた〉という一節、ことにも甥に採集箱の中身を尋ねられ、〈化物〉が入っていると答える箇所等は興味深い。

つまり採集箱の中身は、良吉にとっても、辰男と同じように、〈名前〉のない、また付けても無駄な、とは〈どのような解釈や解明、意味付けをも拒否する「語り得ぬ」存在〉(5)、だから永遠に無意味なもの、〈化物〉だったのである。

＊

さて、「死後」「入江のほとり」に続き、白鳥は「旧家の子」という同系の作品（「文章世界」大正五年三月、単行本や全集類に未収録）を発表する。

主人公酉蔵は十九歳。地元の師範学校を退学させられて家の野良仕事を手伝っているが、「死後」の良吉や「入江のほとり」の辰男のように、いまだ身の処し方は決まっていない。父親から進路をどうするつもりかと詰問され、〈「絵を習はうか知らん」〉と答え、顰蹙を買う。

西蔵は村から東京に修業に出ている帰省中の花屋の青年と親しくなる。顔だけは知っていたが、子供時代に遊んだことのない、西蔵より三、四歳は年配である。彼は小学校時代の友達に、〈都会の言葉で都会の栄華〉を吹聴している。ある日、思いがけなくこの青年から声を掛けられ、お互いの家を行き来するようになる。青年は写真をやっていて、土地の景色などを撮っているが、〈「一つ君の写真を撮らせて呉れんですか」〉という。西蔵が〈「僕は写真よりも絵が好きです」と〉云つて、〈子供臭い〉絵を見せると、青年は〈「独創的で面白い」〉と褒め立てる。〈十九歳の今まで何につけても人から推称されたことのない彼は、生れて初めて胸の躍るやうな気持ちを感じ〉、〈今までぼんやり見てゐたいろ〳〵な草花も樹木も、村の男女も鳥や獣も〉、〈どれも皆自分の筆によつて形も色も面白く写されさうに思はれた〉。

西蔵は自分が何につけ意欲的になるのを感じる。〈青年の気儘に振舞つてゐるのが頭に映つて、自分の死んだような日々の生活と比較され出した〉。〈都会へ出て行けば、その日からでもこの青年のやうに活発に人懐ツこく、洒落を云つたり笑つたり戯れたりすることも出来さうに思はれた〉。

しかし写してもらった写真を見せられると、まさしくそれが自分の顔であるにもかかわらず、まるで〈目鼻立ちは化物のやう〉な気がして、〈忍びがたい厭な感じがして、写真から目を外《そら》さざるをえない。そして〈青年に対しても云ひやうのない屈辱を覚え〉、〈悪意を認めない訳に行かない〉。

またそれ以来、西蔵は青年を避けるだけではなく、村の知人に出会うのさえ厭になる。野良仕事にも出掛けなくなる西蔵に、父親は〈言葉付きばかりか、ぼんやりした顔付きにも何処か荒ツぽいところの出来たのを感じ〉ながら、つい荒々しい小言を吐いてしまうが、それに対して西蔵は、〈親の世話なんかにやならんといふやうな態度をわざと見せる〉ようになる。そして曰く、〈「わしはやりたいことがありや独りでやる」〉、〈「わしは他人の云ふことを本気で聞きあせん」〉——。

酉蔵には一時、外界そして自分自身への興味が萌す。つまりなにごとにも〈意味〉を見出しかけながら、しかし自分の写った写真を見た途端、周囲に対する頑なな拒否、嫌悪や憎悪を抱く。その一瞬の豹変！　それはほとんど白鳥の、いわゆる「妖怪画」の系譜の変心や狂気に通ずる無気味さを表している。

＊

次いで白鳥は「Dの事」（原題「故郷」）を「中央公論」大正六年七月に書く（のち『烈日の下に』天佑社、大正七年十月刊に収録）。

——〈私〉は故郷の家を思いながら旅から帰る。すると故郷を飛び出して行方知れずになっていた〈D〉が訪ねて来ている。〈D〉は田舎で貯めた月給を資金に、いまは麹町の学校に通っているという。すでに三十になった〈D〉に、〈「今から東京でコツ〳〵勉強するよりは、田舎で気楽にしてゐた方がよさゝうなものだが」〉と〈私〉はいうが、〈D〉は〈「人間は成るやうにほか成らんのぢやからな」〉という。一泊して〈D〉が帰ってから、〈私〉は妻に、〈「おれがずつと田舎にゐたらDのやうにして二十代を送つたかも知れない」〉という。

《「余程前に病院で鼻の療治をした時に、親爺は附き添ひに行つてゐたさうだが、後でその時のDの様子をおれに話して、Dはお前によく似てるとつく〴〵感じたやうに云つてゐた。何がよく似てるんだか、親爺も云はなければおれも訊かなかったが、大抵は察しがつく」》

〈私は梅雨前に今一度旅行したかつたので、Dの処置に関連させて〉故郷の家に足を運ぶ。

しかし父は、〈「抛《はふ》つて置く訳にも行かんが、彼奴はわしの手では仕末がつかん。お前の方でどうにでもして呉れ」〉と匙を投げている。そして〈私〉も初耳の結婚話。〈「何にしても三十になつて嫁がなうては極りがつかんから」〉結婚させた。しかし〈「悪いともえゝともなんとも云はないで、自分だけこの二階で暮しとる。……まるで人情のない人間のやうぢや」〉。

結局〈私〉の手にも負えず、〈心持の違つてゐる人間を世間に有り振れた考へで縛らうとしたつて効《かひ》のないのは分つてゐた〉と故郷を後にする。作品は〈私〉が妻に〈「Dはお前などに憐まれるやうな人間ぢやないかも知れないよ」〉という科白で終わる。

こうして〈D〉は、〈「人間は成るやうにほか成らんのぢやからな」〉という言葉通り、まさに〈「成るやうにほか成らん」〉まま、他の容喙を絶し、いわばその特異な人格を形成して今日に及んだ次第なのだ。

ところで作品の半ば、次のような〈私〉の述懐が挟まれる。
《私の心は一日二日Dのことばかりに集中した。幼少の頃から目に触れ耳に触れたことを一心に思ひ出して、零細なことを寄せ集めてDといふ人間を明らかに描きださうとした。この一人を描かうとすると、父母兄弟のすべてがそれを取りまいて鮮やかに浮んで来た。故郷の山や海や人家も今見てゐるやうに目に映った。十年二十年私の頭を刺戟してゐた筈の東京の影が薄くなつて、東西一里に足らない小村は、春は春夏は夏の色彩を帯びて追想された。一家の運命や人間の流転の真相も、私は都会で見知るよりも、その小さな田舎で一端を窺つてゐたのだった。》
言うまでもなく〈私〉は白鳥自身、〈D〉は四弟律四ととっていい。そして「Dの事」ばかりではない。「入江のほとり」等一連の作品は、すべて〈Dといふ人間を明らかに描きださう〉がために生まれた作品、いや、〈「ずつと田舎にゐたらDのやうに」〉なつていたかもしれない白鳥自身の姿を追い続けた作品だったのだといえよう。
それこそ多くの経験——〈父母兄弟〉、〈山や海や人家〉の記憶の重なる〈D〉の肖像を描き出そうとしながら、白鳥はいわば執拗に自分史を綴っていたのではないか。

＊

さらに「変人」（大正六年十一月「中外」、単行本、全集類に未収録）は、いわば〈D〉が直接語り出す作品である。これまで語り手白鳥が律四の内面を忖度しながら書かれていたが、ここでは律四自身が〈私〉としてその内面を吐露する形をとる、いわばモノローグ作品である。しばらく〈私〉の独白を聞こう。因みに〈私〉は当年〈三十一歳〉という。

《五年も六年も郡役所の雇員《やとひ》として、人並に勤めて来た。》

《可もなく不可もなき人間として傍《はた》の者から見られてゐた。》

《が、家の中ではさうは行かなかつた。「困り者」として、「変人」として、「厄介者」として父母兄弟の目に映つてゐた。》

《私は月々得たものは、一文半銭の浪費もしないで蓄積して来た。》

《家庭の争ひが目に触れ耳に触れても、私だけは関り合ない知らぬ顔を通つて来た。父が胃痙攣で悩んでゐた時に、私自身は疼くも痒くもなしに、たゞ人間といふものが生存機関の障りのためにどんな様をして苦しむかと考へながら見てゐた。》

《妙な運だ、私が東京へ出て来たのは。》

《今の私は教室での講義なんかには何の興味も起らない。物知り顔な教師の説くところに、私は絶えず疑ひを起してゐるばかりだ。学生々活を何時止めたつて未練はのこらない。兄弟がおもひ〳〵にやつてゐる学問修業の詰らないことを、自分の経験で知つたゞけで沢山だと思つて居る。書物に書いてあること、教師の口にしてゐることにどれほどの真理が含まれてゐるか分つたものぢやない。私には人間といふ生物《いきもの》の凡てが総掛りで信じてゐるやうな

ことにも疑ひが起つて仕方がない。》
《「女房を取らねば身の収りがつかない」といふ世上一般の規定が私には呑み込めない。》
《女房を持つて身の収りがついてゐる人達の生活《くらし》の様が私には可笑《をか》しくつてならない。》
《「どうしてゐるんだ、学校へは毎日行つてゐるのか」と大柄に云つた。
「うゝん」と私は答へた。
「何を目的にしてゐるんだね」
「目的なんてありやせん」
私は私だけの態度で傲然として本音を吐いてやつた。生きてゐるわれ〳〵には早晩死ぬるといふ外に目的なんかありやしない。》
《「……お前が勝手なことをするのはいゝが、東京へ出てゐる間は世間外れな変な行為をしないやうにして居れ。おれ達の恥にならぬやうに気をつけて呉れ」と、長兄からの手紙が間もなく届いたが、こんな言ひ草に接するたびに私はます〳〵肉親の者が厭はしくてならない。長兄が得てゐる些少の世間的名誉が何だらう。御当人がその名誉か何かに累《わずら》はされるのは勝手であるが、私までそんな者に巻き添へを喰つちや溜りやしない。》
《私の頭は兄などがおせつかいに案じてゐるやうに多少狂つてゐるのだらうか。この頃はふとさう思はれて、自分で自分の頭を疑つたりすることがあるが、下宿屋の人達は私にたいして何等の変つた取り扱ひをする風も見えない。》
《私は三十か四十にならうと、生きてゐる間は自分の身に何の感興もないことを思つた。》
《私はその後兄の言葉を思ひ出しては、「一生の大損」といつた言葉の意味を考へたが、生まれて死ぬるだけの運を持つてゐる人間に損も得もありさうに感ぜられなかつた。》（傍点原文）

長々と引用を重ねてきたが、しかしなんという徹底した懐疑と否定であろうか。いささか饒舌と放言の気味（そしていささか小気味いい感じ）は否めないが、しかしよく読めば、その底にはいわゆる諸行無常、一切是空というべき究極の懐疑と否定があるといってよい。

いわば「死後」の良吉、「入江のほとり」の辰男、つまり〈D〉はこうして終始、懐疑と否定の思いを培って、ついにこんな醜怪無惨な〈化物〉になりおおせたというべきか。

いうまでもなく、ここで終始〈私〉の反抗の対象となっている〈長兄〉は、白鳥自身といってよい。〈「何を目的にしてゐるんだね」〉、〈「おれ達の恥にならぬやうに気をつけて呉れ」〉と兄はいう。ただ律四からすれば、それはまさに〈些少の世間的名誉か何かに累はされ〉ているにすぎない。〈「一生の大損」〉？ しかし〈生れて死ぬるだけの運を持つてゐる人間に損も得もありさうに感ぜられない〉のだ。

が、それにしてもこれら律四の独白（激白）は、なんと正宗白鳥その人の繰り返し語って来た懐疑と否定そのものに重なっていることか。

つまり白鳥は、律四の懐疑と否定の言辞を紡ぎ続けつつ、着々と自らの思想的、文学的境位を構築していたのではないか（そしてあるいはその〈逆〉）。

白鳥こそは〈生れたる自然主義〉といわれ、日本の自然主義、その写実主義、事実主義の本流を汲むものといわれていたことは周知のことであるといえよう。実際に眼前に起こったこと、そしてあること以上に確実なことはなく、それを信じ、それに依拠すること（要するに素朴実在主義、そしてありのまま主義）以外、おそらくは誰よりも諸行無常、一切是空を感じていた白鳥にとって、人生を安定的に生き抜く道はないと思われていたに相違ない。

たとえば早く白鳥は「芸術上の懐疑」（「早稲田文学」明治四十四年二月）の中で、〈私は小説では何よりも描写を重んずる〉といっている。そして実際「入江のほとり」を書いた頃から、「牛部屋の臭ひ」（「中央公論」大正五年五月）、「死者生者」（同九月）等、まさに純乎たる客観小説が生み出されて行く。白鳥自身〈「牛部屋の臭ひ」「死者生者」の頃になつて、やうやく、芸術らしい芸術が出来上るやうになつたと云つていゝ〉（「死者生者」解説『死者生者』光文社、昭和二十二年九月）といっている。

だが一方白鳥は、同じ「芸術上の懐疑」の中で、〈事実などは、どこまで突きつめて行つたつて描けるものではない〉といい、〈自分がいくら正確だと思つてゐたつて描けるものではない〉、〈殊に私のやうな者には、現実と云ふ者がよく解らない。一寸した事でも分らぬといふ事に帰着してしまふ〉といっている。つまり白鳥は依然あの〈「語り得ぬ」存在〉、〈物それ自体〉に向かいあっているのだ（律四のように）。

＊

最後に、最晩年の作品「リー兄さん」（「群像」昭和三十六年十月、のち『一つの秘密』新潮社、昭和三十七年十一月）に触れておこう。

〈リー兄さん〉つまり律四（ここでは林蔵）はその後（戦後）、やはり郷里の家に帰って来たらしい。しかし郷里の家にはすでに父母も兄弟もいない。しかし〈リー兄《あに》さん〉の〈末路〉は、相変わらず家人（血族でこの家の管理人夫婦）の厄介者となり、しかしそれを少しも意に介さず、頑固に〈変人〉を貫き、迷惑を掛け通しで逝ったという。

白鳥（ここでは鉄造）は死者を弔うために帰郷するが、彼等夫婦の愚痴を聞かされる羽目になる。ただ中で興味深いのは、〈リー兄さん〉が絵を描いていたという。

《リー兄さんの絵は美しくもなければ、綺麗でもなかつた。晴れ晴れしいところはなくつて、陰気な絵である。海も山も樹木も人も、むしろ汚らしい。不潔のかたまりのやうな彼の書いた絵は、このあたりの風光明媚な海辺や丘陵を思ひ切り醜化したやうなものであると、鉄造は感じた。》

が、ふと〈自分が画家になつてゐたら、林蔵の絵のやうな絵を描いてゐたのぢやないかと思つたりした。林蔵の絵だつて、これを傑れた批評家か鑑賞家か或いは愚かな批評家か鑑賞家が出て来て、これは独特の妙味のある絵画であると激賞したら、ゴーガンかゴツホか鉄斎かの如く持て囃されるかも知れない〉。

もとよりそんな放恣な感想に、〈「阿呆云ひなさんな」〉という〈リー兄さん〉の声を、鉄造は〈その夜の夢のなか〉で聞いたという。しかしあるいはこの鉄造の感想は、正確なものだったかもしれない。無論〈リー兄さん〉には、セザンヌやブラック、ピカソのような懐疑や破壊を肯定や創造に変えようとする意図も術もなかったろう。その意味で〈リー兄さん〉にとって、最後まで一切は空無に過ぎたし、終わったのだといえよう(6)。

注

（1）「入江のほとり」は正宗白鳥の郷里岡山県和気郡穂浪村を背景にした、いわゆる「五月幟」の系譜に連なる作品で、白鳥の実家の親兄弟を描いた身辺小説。長男栄一は正宗忠夫（白鳥自身）、二男才次は同敦夫、四男辰男は同律四、五男良吉は同五男、二女勝代は同乙未等々。

（2）辰男がヴァイオリンに執するのも、瞬時に起き瞬時に移ろい、また瞬時に消えゆく音、その実体のないものへの親和なのかもしれない。

（3）瓜生清氏はこのことに関し、白鳥が幼少期から虚弱質で〈外界との親和的関係を成立させることが出来なかった〉ことが、自ずと律四への関心に繋がっていると論じている（「『入江のほとり』試論」「福岡教育大学紀要」第三十七号、昭和六十三年二月）。

（4）「『入江のほとり』の光景」（「淵叢―近代文学論集―」第四号、平成七年三月）。なお柳井氏は続けて、〈適度な妥協による意味付けの結果、「語りうるもの」として語ってしまうような物分かりのよさを頑固に拒否したまま、辰男は「語り得ぬもの」を見つめ、ひたすら異言を綴る〉ともいっている。

（5）（4）に同じ。

（6）なおここに「入江のほとり」連作として言及した諸作は、すでに注（3）の瓜生論文、および伊藤典文「異者、あるいはDの系譜　正宗白鳥『入江のほとり』の周辺」（「言語文化論叢」第四巻、平成二十三年八月）によって選ばれ論じられたものを参照している。

――「感性文化研究所紀要」（第九号、平成二十八年三月）――

「牛部屋の臭ひ」を読む——自然と事実——

「牛部屋の臭ひ」と「入江のほとり」とは白鳥の有名な作であるが、実に久しぶりで読み返してみて、思い掛けない感興を覚えた。以前読んだ時には、読み方が幼稚であったかと思った。私の記憶には、陰気な暗い人生図という印象が、先入観の如く居据っていたが、それが崩れて了った。その代りに、眼前に何が現れたかを、敢て一と口で言うなら、それは、曖昧で小うるさい人間関係というよりは、むしろ確固たる自然の単純な姿なのである。一見平和に見える田舎の漁村にも、陰湿な人間生活があるというような通俗な見解には、作者は立っていないのである。そんな見解は解り切っていて退屈だが、それを魅力ある風物画に仕立てられるかどうかが画家の問題だ。私の読後感のうちで、作者が、そんなことを呟くのが聞えた。これは、私には思ひ掛けない事であった。

牛部屋を借りて、盲目の母親、夫に逃げられて行商をしている娘、もう死ぬより他に能のない老婆、が暮している。なるほどこの三人の人生の廃残者等も暗い生活が活写されてはいるが、作品を領し、作品の統一性を成しているものは、言わば捕捉し難い「臭い」なのである。読者は、牛部屋の悪臭を嗅がされる思いがするが、悪臭の間を海の風が吹き抜けるのを、直ぐ感ずるし、勿論彼女等には悪臭は感じられていないのにも気が付く。彼女達は、無智で、ほとんど何一つ持っていないほど貧しいが、その生活には弱々しいものも、空想的なものも、病的なものも見られない。作者は、三人の惨めな女に、それぞれしっくり適った生き生きとした夢を持たせている。この人生図は、作者の強いヴィジョンの中で生きていて、これから逃げられない。

——小林秀雄「感想（解説にかえて）」（『正宗白鳥全集』第二巻付録第十号、新潮社、昭和四十二年九月）——

「牛部屋の臭ひ」は大正五年五月に「中央公論」に発表され、のち『入江のほとり』（春陽堂、同六月）他に収録された。白鳥自身〈瀬戸内海沿岸の地方色を描き出した作品〉として〈代表的なもの〉と言っている。自作に対して概ね冷淡な白鳥にしては、珍しくいささかの自負を仄めかしている。(1)

白鳥は「牛部屋の臭ひ」に先立つ「電報」（「文芸雑誌」同四月）の中で、すでに〈人の世の真《まこと》の姿〉、〈わたしの身が真に人間世界を見るのは、自分の家庭自分の故郷であつた〉と言っているが、では〈人の世の真の姿〉、〈人間世界〉は自分の家郷を扱った作品において、一体どのように描かれていたのか。

第一章冒頭——。

《稼業がら潮の干満《みちひ》に関係の深い漁夫《れうし》どもは、季節の変化や年中行事の何事にでも陰暦を標準とした。伊勢の大神宮のお札と一緒に頒《わけ》られる国定の暦には除かれようとも、村役場などでいくら陽暦の採用を奨励しようとも、隣り近所の村々が次第に新の正月を迎へるやうにならうとも、この小さい漁夫村の一区画だけは、迷はないで昔通りに歳を送り歳を迎へてゐる。海で生計《くらし》を立てる者に取つては、陰暦に依つて区切りをつけた方が自然の道に適《かな》つてゐた。》

瓜生清氏も言うように、これは〈近代化の風潮に頑なに背を向ける「漁夫村」の未開の閉鎖性を強調している〉わけではない。むしろ自然とともに生きる漁夫達の生業そのものの選んだ（選ばれた）必然、そしてまた〈「自然の道」という所与の条件に忠実に生きる人間を追究しようとした小説〉の必然であったといえよう。(2)

そして叙述は、入江を囲むこの村の様子、晴れの正月を迎えた人々の様態に及ぶ。

《今年もその旧の正月が来た。大晦日《おほみそか》までには、不断は淋しい浜辺にも小さい舟や大きな船やが景気よく並んだ。××丸と染め出したり墨で書いたりした旗を立てたのは、多くは荒海を乗り越えて遠方から帰つて来たのである。陸の家はどんなに穢《むさくる》しくても、舟といふ舟は皆奇麗に掃除されて、飾藁《かざりわら》を垂れ蜜柑《みかん》や串柿《くしがき》などを供へられてゐる。汐が満ちると漣《さざなみ》が舟端に弄《たはむ》れ、汐が退くと牡蠣殻《かきがら》が模様のやうにところ〴〵色取つてゐる潟《ひがた》の柔かい泥が吸ひ付いた。海が浅いのに、小川から絶えず汚い水を吐き出してゐるため、干潮時の海際には一種の臭気が漂つた。村の者が無頓着に流す洗濯水の臭ひ、腐敗した食物の臭ひ、魚の臭ひや藻の臭ひや、糞尿の臭ひさへその中《うち》に交つてゐるのである。潮の差し退きの激しい海辺のやうに柔かい白砂《はくさ》はこの湾内の何処にも見られないが、その代りに袋の中のやうな此処の入江《いりえ》の魚は内海の中でも殊に旨味《うまみ》に富んでゐる。濁つた泥水は魚の餌《ゑ》を豊かにするし、静かな水は魚の疲労《つかれ》を少なくした。そして、沖で労《つか》れた魚などは鰭《ひれ》を休めるために、樹木の繁つた島蔭に集まつて来た。

海鼠《なまこ》や飯蛸《いひだこ》の漁の盛りは年内に一先づ終つて、此処暫らくは松明《たいまつ》の光が闇の海を照らさなくなつた。網曳きの懸け声も舟歌も聞えなくなつた。海がひつそりとして来る代りに陸は俄《には》かに囂《かまびす》しくなつた。餅搗《もちつ》きのために、村中の井戸水が涸れて、全村の飲料水となつてゐる山の藪蔭の「清水」さへ涸れかけた。

元日から毎日新平民の牛肉売りが入つて来た。漁夫どもは注連飾《しめかざ》りをした神棚の前で車座になつて、この牛肉を喰つて酒を飲んで唄ひ囃《はや》して新玉《あらたま》の春を祝つた。渋紙のやうな顔色をしてゐても、猥雑な唄を怒鳴つてゐても、年中汐風で錬《きた》へた彼等の喉《のど》から出る唄声は凛々《りんりん》として周囲に響いた。太鼓にでも合はすとその声が一層よく調和してゐた。七草《ななくさ》まで毎夜浜の集会所で催される旅芸人の浪花節よりも、漁夫自身の無心のざれ唄の方がどれほど快い音を含んでゐるか知れなかつた。

浪花節は毎夜客止めの賑ひで、中日《なかび》から昼席をも企てられた。芸人と名のつくものがこの狭い貧乏村へ只の三日でも足を留めることは年に一二度あるかないかなのだから、村の浮気な娘だの寡婦《ごけさん》だの、あるいは亭主持ちまでも、白粉《おしろい》を鏝塗《こてぬ》りにして艶装込《めかしこ》んで、浪花節語りの宿へ押しかけた。夜は集会所の楽屋口に立つて彼等が出て来るのを待ち受けた。》

まことに鮮やかに、入江に臨む漁村の正月風景が写し出されているといえよう。――

さてここから、これまでのこの村のいわば鳥瞰図的な叙述から、その片隅にある牛部屋に住まいする三人の女達の叙述に移るのだが、その前に〈お村といふ三十近い女〉について語られる。

《何時も笑つてゐるやうな顔してゐる大柄な女で、これまでに三度も四度もこの土地の漁夫や隣り村の百姓の家などへ縁付いたのだが、何時も自分で逃げ出すか先方《むかう》から追ひ出されるかして、半歳も尻の落付いたことはなかつた。今は誰と極つた一人の亭主は持たないで、母親と二人家内で、蜜柑だの干物だの季節々々の物を負籠《おひかご》で背負つて近村を売り廻つてゐる。そして、盆とか祭とかの田舎《ゐなか》の休日《やすみび》には、年下の男女の中に交つて浮かれ騒いで、悪遊びには人に遅れを取らなかつた。青葉の頃にこの村へ廻つて来る伊勢神楽の一座や、偶然《たま》に流れ込む祭文語《さいもんかた》りなどゝいろんな噂を立てられたこともあつた。

「またお村さんが……。」と、朋輩の菊代は眉を顰《ひそ》めて蔑《さげず》んだが、この女は正月が来ても、沖から若い漁夫どもが帰つて来てもお村のように臙脂《べに》白粉をつけるどころではなかつた。同い歳で幼い時分からの遊び友達で、今も同じやうに負籠を背負つて物売りをしてゐるのだが、菊代には八十を越してゐる祖母がまだ生きてゐる。母親は両眼とも潰れてゐる。そして父親とか兄弟とか手頼《たよ》りになる男切れは身内《うち》の中に一人もなくなつて、たつた一人の姉は、菊代が十二三の頃播州室津の飲食店《のみや》へ身売りして、惣嫁《そうか》とかになつて、それきり音信不通になつてゐる。菊代にも二度ばかり確かに夫と名のつけられるものが出来たのであつたが、一人は兵役に服してゐる中幾度《うち》も脱営してついに死刑に処せられ、後の夫は繫累の多いのを厭《いと》つて、朝鮮へ出稼ぎに行つたきり五年六年端書一本の音信《たより》さへしな

いので、自然に縁は切れてゐる。》

　こうして、この女家族の無惨ともいうべき過去、そして現在が語られてゆく。

《で、正月になつても、菊代には心待ちにする舟はなかつた。隣り近所共同の一つ臼《うす》で餅を搗《つ》くにも、菊代は人前の恥しい思ひをしたが、それでも徴《しるし》ばかりの餅は工面して拵《こしら》へたが、餅の外には正月の支度とて、金のかゝることは何一つ出来なかつた。何かの手伝ひに始終出入りしてしてゐる家主の家の仕舞湯《しまいゆ》へ入つて、其処の下女と髪の結ひ合ひをして、注連飾《おかざり》は其処の作男に残りの藁で一攫《ひとつか》み、神棚へ垂れるものだけ造つて貰つた。祖母は何十年面影に変化のない枯木のやうな身體《からだ》で他家《よそ》の飲み水汲みや使ひ歩きをしてゐるのだが、年末《くれ》に水桶を担《にな》つたまま蹶躓《けつまづ》いて、向こう脛《づね》を擦り剥いてからは、戸外《そと》の便所へ出て行くのさへ術《じゆつ》ながつて昼も夜も炬燵《こたつ》に臥《ふ》せつて、をりをり心細いことを云つちや唸つてゐる。壁や塀を手索《てさぐ》りに伝つて近まはりだけ独りでゞも出掛けられる母親は、質屋使ひを稼業のやうにして、一銭二銭の使ひ賃を貰つてゐるので、節季には菊代と一緒の餅米憑きとこの質屋使ひとで盲目《めくら》相応の役があつて忙しかつたが、一夜明けると用もないので、炬燵の中で眠飽《ねあ》きると、隣り近所の女達を相手に、持ち前の高声でげら〳〵と笑ひ話をして興じてゐる。》

　さらに彼女等の住む家とその周りの住環境――。

《一つ臼で餅憑きをする仲間うちは、便所も共同で、小川の裾《すそ》の方に貧しい一区画をつくつてゐるのであるが、菊代の家は先日まで、この村では可成りな大地主の浜屋の牛小屋であつたのを、新しい小屋が上の地面に建てられたので、その跡の不用になつたのを無家賃同様で借りてゐるのである。小川の縁に堆《うづたか》くなつてゐる芥《ごみ》の臭ひやこの界隈の家々から洩れ出るさま〴〵の臭気は、不潔な臭ひに馴れてゐるこの村の者の鼻にさへ、一種異様な刺激を与へたが、菊代の家にはその上に牛部屋らしい臭ひがまだ漂つてゐる。二枚の莚《むしろ》を敷いた板の間に寝起きしているが、土間は元のまゝで、牛の五體から出る汚《むさ》い物は日当りや風通しの悪いためか、まだ乾き切らないでゐる。冬の間は

まだしも、梅雨時や暑中には、蝿《はひ》と蚊《か》と臭い温気《うんき》とでとても家の中にじつとしてはゐられないのである。》

まさに最低。が、しかしこの風景はさまで陰惨なものではない。ここにはいわば極貧こそ蟠踞しているとはいえ、〈陰気な暗い人生図という印象〉（小林秀雄）はない。人は〈げら〴〵と笑ひ話をして興じてゐる〉のだ。

そればかりではない。〈祖母や母親は寒い冬より夏を恋しがつた〉。なぜなら冬が過ぎ、春、そして夏が来れば暖かい光が照り注ぎ、海からは涼しい風が吹き抜ける。〈腰巻一つで波止場《はとば》で涼んでゐられる夏の方が、腹の減つて手足に皸が出来て身體の凍《こご》える冬よりもどれほど暮らしいゝか知れな〉い。しかも〈旨《うま》い南瓜《たうなす》や瓜が鱈腹《たらふく》食べられるし、旨い水が夏は銭入《ぜにい》らずで飲まれ〉る。まことに自然は平等にその恵みを人に与える。そしてたしかにこうした叙述からは、いつか意外にも、いわば〈確固たる自然の単純な姿〉（小林）が写し出されているといえよう。

《「おらに一合だけ神酒《おみき》を飲ませて暮れ。それでおらも有難い正月が祝はれるんぢやから。祭には強請《せが》みやせんから、三ケ日の中にたんだ一合だけ買うて来て呉れい。」

祖母のおみちは三日の朝向ひの家《うち》の老爺《ぢいさん》の酒臭い息を嗅いでから、矢《や》も楯《たて》も溜らないやうな気になつて、わざと哀れげな声をして菊代に頼んだ。》（傍点原文、以下同じ）

叙述は以下、牛部屋の女達の会話に移る。いわば自分自身が見た〈人の世の真《まこと》の姿〉に筆が染められてゆく。

小林秀雄は〈作者は、三人の惨めな女に、それぞれしっくり適った夢を持たせている〉といっているが、もとよりこの場合〈夢〉とはそれぞれ比喩にすぎない。〈向いの家の老爺の酒臭い息を嗅いでから、矢も盾も溜まらないやうな気になつて〉というように、〈酒〉の〈臭ひ〉は執ねくおみちの鼻腔について離れない実際の刺戟、そこから来るただの酒欲といえる。

《菊代が笑つて相手にもしないので、おみちは泣き寝入りに寝入つた。其処へ長刀草履《なぎなたざうり》を引き摺つて何処かで貰つ

た飴菓子を舐《しやぶ》りながら帰つて来た母親のお夏は、菊代に訳を聞いて、

「そないに飲みたがつとるのなら買うて上げたらえゝがの。われは知るまいが、お婆は昔は寝酒の一合くらゐ欠かしたことはなかつたものぢや。お初が重たい徳利を抱へてよう買ひに生き行きよつた。あの時のことを思ふと、お婆に酒の気のない正月をさすのは不憫《ふびん》ぢやから、ひと舐めでも買うて来て上げい。」

　お夏は薄々物の黒白《こくびやく》の見えてゐた遠い昔を夢のやうに思ひ出した。その時分には、亭主もまだ生きてゐて三度の食事には不自由しなかつたので、婆さんは婆さんで自分の稼いで取つた金は、皆んな自分の飲み食ひに費つてゐたのだつた。……母親に生き写しといはれた姉娘のお初の目の大きな背の高い姿や、貰ひ乳して育てた菊代の幼な姿は、目の開いてゐた時代の懐しい記念として、をり〳〵お夏の胸に浮んでゐた。今も炬燵に当つて、口をもぐ〳〵させながら、白眼を天井へ向けて、過ぎ去つた影を捉へてゐると、先《さ》つきから炬燵の上で誰れ憚《はばか》らず鏡にわが影を映して独りで楽んでゐた菊代は、ふと顔を上げて、

「お母《かあ》はにや〳〵笑つて、何か可笑《をか》しいことがあるんかな、口の端に飴《あめ》の汁《しる》を垂らして……。」

「お母は泣きも笑ひもしとりやせん。われの目にやさう見えるんか。」お夏は例になく突慳貪《つつけんどん》に云つて、手の甲で口の端を拭つて、「……お姉《ねえ》が今ひよつと戻つて来たらわれはどないな気がするだらう。」と出し抜けに云つて、聡《さと》い耳を戸外《そと》の足音に留めた。

「お母にも呆れるがの、突拍子《とつぴやうし》もないことを云ひ出すんだもの。盆《ぼん》なら幽霊になつて精霊棚《しやうりやうだな》へでも出て来るかも知れんけれど、お正月にどうしてお姉が戻つて来るものか。」

「われは何時でもさう云うて、お母の腹の中の楽みを腐らしてしまふ。お姉が死んだといふ確かな報知《しらせ》があつたのぢやなし、今の今でもどないなえゝ身装《なり》をして、お母もお婆も丈夫で居つたかなというて此処へ入つて来んとも限りやせん。」》

因みに、お夏のいう〈腹の中の楽み〉とは、いわゆる〈夢〉といっていい。しかし〈夢〉とは言うまでもなく現に見ている、見えているものではない。それは思うもの、思っているものであって、観念、あるいは〈言語的経験〉、その意味で白鳥は周到にも〈お初の目の大きな脊の高い姿や、貰ひ乳して育てた菊代の幼な姿〉が〈お夏の胸に浮んでゐた〉と書いている。

《「何ぼ便利でも冥途《めいど》から汽車も蒸気も通つとらんからの。」

菊代は欠伸《あくび》まじりで云つて、炬燵の上へ額を当てゝ目を瞑《つむ》つた。狭い道一つ隔てゝ向ひの家から酔ひどれ声の浪花節が聞えて来た。牛肉の焼けつく臭ひや酒の匂ひはますます烈しく窓から入つてきた。窓には疎《あら》い格子が嵌《はま》つてゐるだけで障子がないので、夜は舟板の壊れで風を防ぎ、昼間は開けつ放しのまゝで明りを取つてゐる。

「菊《きい》は居らんのかい。」と、ふと窓の上の、地主の庭の方から声がした。

「へえ、居ります。」お夏は代つて返事をして、

「何ぞ御用で御座りますか。」

「午餐《ひる》のお菜《かず》にするんぢやから、魚を捜して来て呉れんか。何でもえゝから生かして持つとる所があつたら頒けて貰うて来て呉れいな。」

「えい、承知しました」。》

しかし〈菊代は夢現《ゆめうつつ》で返事しながら容易に立ち上らな〉い。仕方なくお夏は〈炬燵の中の孱細《かぼそ》い足を掴《つか》んで、

「お婆々」と呼びたてた〉。

〈「おらがかい。……おらに酒の一合飲まして呉れりや往てもえゝが、只ぢや一足も歩く気にやなれん」〉と〈子供染みた口調で云〉うが、結局〈自分で疼《いた》い〳〵と思ひ過してゐた足を動かして、二三度唸《うめ》いてから起き上つた〉。

《魚桶を浜屋から持つて来て、心当たりの漁夫の家を訊いて歩いたが、彼処此処《かしこここ》に見覚えのない若い漁夫どもが五

人十人寄り集つて、飲んだり食つたり、面白さうな話をしてゐたりした。

「誰かと思うたらおみつ婆さんか。お婆はまだ生きとつたのか。」と、遠海《とほうみ》へ出稼ぎに行つてゐたある漁夫が道で擦れ違ひざま、興醒めたやうな顔をして婆さんを見詰めた。

「へゝゑ。……今年の冬は温《ぬく》うておらのやうな老人《としより》には何よりぢやがの。」

「まあ大事にして長生きをしなさい」

漁夫は卒気なく云つて、にこつともせずに行き過ぎた。

〈「まだ生きて居《を》らいでか。」と、婆さんは口の内で独り言を云つた〉。

〈もう死ぬより他に能のない老婆〉（小林）。しかしこの長い一章は、この老婆の〈「まだ生きて居らいでか」〉というなお消え去ることのない生への執着を記して終わる。

そして第二章――。
《正午《ひる》前には静かだつた空も、季節がら、午餐《ひるげ》の煙が家々の煙筒《けむだし》から噴き出される時分には、西風が浜の松林に烈しい音を立てゝ、鏡のやうな入江もうね〱と皺《しわ》をつくつた。菊代の家では風避けに舟板を窓へ立て掛けたので、家の内は真昼でも薄暗くなつて、竈《かまど》の煙が何時までも漂つてゐた。三人は餅を入れた温かい雑炊を食べてから、また炬燵の中へ藻繰《もぐ》り込んで、話もなく互ひ〱の思ひを恣《ほしい》まゝにしてゐた。》
菊代は先ほどから、〈昨夕《ゆうべ》の浪花節の続きを想像してゐた〉。〈鳴り物などの芸事には子供の折から現《うつつ》を脱《ぬ》かす質《たち》で、祭文《さいもん》や阿呆陀羅経《あほだらきやう》でも語り手の後に随《つ》いて聞き惚れてゐたので、歳を取つてからも村に興行物のあるたびに工面の突く限りは滅多に欠かしたことはないのだつた〉。
〈寅若の姿が目にちらつく〉。〈浪花節の続き〉は聞きたいが、〈浜屋で不用な入場券を呉れたので〉、二日は聞けたが〈今夜からはさうは行かない〉。正月の三ヶ日が済んだら、明日からは厭でも問屋で品物を借りて出売りをしなければならない。〈八銭の聞き賃で耳の保養などは迂闊《うかつ》に出来なかつた〉。ただ、
《それよりも菊代の心を唆《そそのか》していたのは、膝と膝との摺れ〲に込み合つてゐる場内の賑ひであつた。若い漁夫や若い百姓や若い女どもが薄暗い席に矢鱈《やたら》に入《い》り雑《まじ》つて、息と息とを交互《かたみ》に通はせながら、語り手の声に心浮かされてゐる有様であつた。……不断は相手の得られない菊代も、其処では色めいた仲間入りが出来るやうな気がした。昨夕は誰れと誰れとが前後ろに座つて足を抓《つね》つたり膝頭でどうしたりしてゐたとか、誰れと誰れとが終ひの一席を聞かないで早く帰つたとか、いろんな噂が翌日の若い同士の口に上つてゐた。そして菊代自身は願つても噂の種になるどころではなかつたが、女房も情人《いろ》もない若い漁夫と並んでゐると、今にも何事か起りさうで心がときめきするのだつた。》

　こうしてお村と〈同い歳〉の、が、まだ気の若い菊代の胸には様々な思いが錯綜する。しかしそれらは互いに打ち消しあつて、菊代の思いは悶々たる煩悶となつて彼女を苦しめる。

ただ母のお夏にとって、菊代は〈「一度ならず業曝《ごふさら》し奴に騙《だま》されてどえらい目に会うたんじゃから、若い男の居る所へは寄り付かんやうにせい」〉という通り、なにもまして心配である。しかし菊代は〈「阿呆云はんすな。お母《かあ》がまた入らん心配をし出した。」〉と、にべもなく否定する。


　たしかに菊代にはとかく楽しいこと、いわば享楽への嗜慾が疼いている。しかし菊代にも〈どえらい目〉にあった経験の記憶は重くその身を縛っているといえよう。

《「われが先つきから尻をもぞ〲させて遊びに行きたさうにしとるのが、お母にはちやんと分つとるがの。万が一われが婿にならうといふ者があつても、お母によく相談してからにせい、お母は目は見えいでも男の腹の中はよう分るんぢやから、隠さずに何でも打ち明けるのがわれが身のためぢや、遠方《とほく》から戻つて来た漁夫の居る間《うち》は若い

女子は危いこつちや。」

母親は周囲《あたり》かまはずに声高にさう云いつたが、菊代が取り合ないので、元の沈黙に返つて、姉娘のことをまた思ひ続けた。西風はますく〵吹き募つて舟板の隙間からぴうく〵吹き込んで白髪《しらが》まじりのお夏の髪を乱した。火の消えかかつた炬燵の中へ菊代が粉炭《こなずみ》を一攫みいれると、ぱちく〵火花が散って、長く突き出してゐる婆さんの足の裏へも頻りに飛んだ。が、垢《あか》や何かで皮膚の硬ばつてゐる婆さんは、火の粉の熱さくらゐには怯えなかつた。そして、一杯の酒が自分の目の前で注がれる時を夢まぼろしに見続けてゐた。

「菊《きい》さん……寒いなあ。どがいしとなんさる?」

戸の外から声を掛けて行き過ぎたものがあつた。菊代は思はず伸び上がつて返事をしようとしたが、声の主の急ぎ足には追ひつきさうでなかつたので、返事は喉で留つた。

「およしぢやないか、あの声は。今朝橋の側で会うたらえゝ匂ひをさせとつた。あれが香水と云ふものか知らんが、高い銭《ぜに》を出して身體《からだ》に匂ひをつけたつて何の得にもならんこつちや。勿体ないのに。」》

粉炭の火花にもおみちは一向に熱さを感じない。小さい観察だが、老婆の末梢神経の衰えに触れて、秀逸である。


菊代は〈やがてそつと炬燵をすざり出て上《あが》り框《がまち》の方へ行つた〉。そして〈その足はお村の家の裏口に留つた〉。以下お村との他愛ない話。例によって、およしとある男との〈密会を覗《のぞ》きに行かうではないか〉というお村の誘い。

菊代は取り合わぬ振りをしながらも、〈胸をわくく〵させていた〉。

《西風は雨戸に音を立てゝゐたが、自分の家に比べると、温かで陽気で、身分違ひの人の住居《すみか》のやうなのが菊代は殊更今日は妬《ねた》ましかつた。どんな仕事をしたつてお村などに引けを取るんぢやないのにと、娘の手助けをしてゐる此家《ここ》の母親と、邪魔をしてゐる自分の母親や祖母とを引き比べた。若い者が寄つて来ないのも、盲目《めくら》やよぼく〵のお婆さんがゐて穢《むさぐろ》しい思ひをさせるからだと、何もかもの不幸の元を二人に塗りつけるのが、考へ事した最後の行き詰まりだつた。》

たしかに菊代は悩み多き女といわなければならない。

菊代はその後、夕飯を食べに家に帰る。

《盲目のお夏は、娘の留守の間は自分達老人には不用としてランプは消して置くのだが、お正月にはお燈明《とうみやう》として神棚に載せてゐた。

菊代はランプの心を捻ぢ上げてから、取り下ろさうとしながら、神棚をよく見ると、出掛けに確かに其処にあつた金入れが見つからなかつたので頻《しき》りに捜してゐると、「金入れならお母が持つとる。」と、お夏は訊かれぬ先に、袂《たもと》から財布を出した。「今お婆に一合だけ買うて来て上げたのぢや。見い、お婆はいゝ気持に酔うて寝とらうがな。」》

〈「まあ呆れた……。」〉と菊枝は文句をいうが、〈「うちはお婆に正月の祝ひ酒を呑ましたのが何よりも悦《うれ》しうてならんのぢや。これでもう死んでも残り惜しうないちふてお婆は上機嫌で、お飯《まま》も食べいで眠《ね》入《い》つたがの。われ、よう見い。お婆の寝顔も今夜は仏様のやうぢやらうがな。」〉。

〈菊代は返事もしないで膳を引き寄せ〉、〈蓋《ふた》を取ると、意外にも汁掛け飯の山盛りにされた丼《どんぶり》が入つてゐた。浜屋のお情けとは聞かずとも分つてゐた〉。

《「それはわれ一人で食べいよ。お母は雑炊《ざふすい》の残りをお腹《なか》に一杯食べたから今夜は何にも欲しうないがの。」丼からは温かい米の飯の香ひや鳥の香ひが菊代の鼻を刔《あぐ》つた。お夏は娘の箸の運びを快げに耳に留めながら、正月三ケ日が案じたほどでもなく、穏やかに過ぎたことを独りで喜んで、神棚の金毘羅様《こんぴらさま》のお札《ふだ》を心で拝んでゐた。》

そして〈また今夜も興もなく家内三人炬燵を囲んでごろ寝をした〉。菊代は〈母親の掛けてゐる蒲団の中へ藻繰《もぐ》り込んで、頭まで埋めて抱き付くやうにした。夫に逃げられてから久しく忘れてゐた人肌の温か味を菊代は今垢臭い母親の身体で思ひ出した〉。〈永年寒さ熱さに鍛《きた》へて来た祖母のおみちは、肩が凍るやうに冷えてゐても、夢は少しも乱さなかつた〉。

第三章。

《三ケ日が過ぎ寒が明けてから、厚い氷が張つたり霙《みぞれ》が降つたりする日がつゞいた。菊代は毎日薄暗い間に起きて商品を満載した籠を背負つて、東西の村々へ出掛けて、日暮れ前にはほゞ売り尽しては帰るのだつたが、家に休んでゐた日より却《かへ》つて屈託がないだけよかつた。たまに顔馴染みの出来た家へ寄つて、火鉢か焚火で亀《かじか》んだ手を温めながら世間話をしたり、お茶を貰つて弁当をつかつたりすることもあつたが、大抵は一日歩き通しで、日当りのいゝところで小休みして、川水か井戸水で喉の渇きを留めるのに過ぎなかつた。をり〳〵道連れになるお村が、饂《う》飩屋《どんや》や駄菓子屋へ寄つても、自分だけは誘はれないで素通りした。その癖菊代は風付《ふうつき》の悪いせゐかお世辞のないせいか、お村などよりも安物を持つてゐながら品物の捌《さば》けがのろいのだつた。

七草過ぎ飾り卸しも過ぎると、所々《しよしよ》の村々で初祭などがあつて、不景気ながらも魚の価《ね》がよくて、骨惜しみをしない漁夫や売り子は春早々可成り豊かな収入《みいり》があつた。怠けてゐた漁夫も自分の村の恵比須《えびす》神社の祭をすますと、纜《ともづな》を解いて漁場々々《れふばれふば》へ向つた。

船の出入りのあるたびに質屋通ひの用事で忙しい盲目《めくら》のお夏は、今度もいくらか儲けた。年末《くれ》の使いひ賃は凡て菊代に渡して借金払ひなどの役にたてたのであつたが、年が明けて後のは、半ば自分の懐中《ふところ》に残して置くやうにした。村の者が少なくとも一生に一度は参詣するといふ讃岐の金毘羅《こんぴら》へ、お夏もかねて詣《まゐ》りたいと念じてゐたので、五年も十年も前からその路用に当てるつもりで、零細《こまか》な貯蓄をしてゐたのだが、何時の間にか貯蓄は一文無しに消

えるのが例になつてゐた。でも思ひ出しては一銭二銭と秘密《ないしよ》で溜め置くのだつた。》

こうして三ケ日も過ぎ、七草も過ぎてようやくお夏たちの日常が戻ってくる。しかし三章後半、

《ところがある日、老婆《ばあさん》はむく〳〵と身體《からだ》を起して、

「おらは今奇体な夢を見たがの。」と、きつぱりした声音で云つた。

「極楽へでも行つた夢を見たのかな。」と、お夏は冷かすやうに云つた。

「おらは極楽や地獄の夢は一ぺんも見たことがないがな、われ。……おらはいま菊《きい》が目の醒めるやうな奇麗な着物を着て船へ乗つとる夢を見た。浜は一杯の人だかりぢやつた。われにも菊の奇麗な身装《なり》を一目見せたかつたがの。」

「呆けたことを云はんすな。……お前が夢に見たのは、菊ぢやない。お初ぢやらうがな。お初が奇麗な身装をして戻つて来ることなら、うちは夢でなうて起きてる時にでも見ることがあるんぢやもの。」

「うんにや、おらは今確かに菊の夢を見たんぢや。何ぼ歳がよつても菊とお初との顔は見違へりやせん。」と、老婆は力んで云つて、「われはどう思ふか知らんが、おらはな、菊がお初のやうに惣嫁《そうか》にでもなつたら、担《かつ》ぎ歩《ある》きするよりやどれほど面白い目が見られるか知れんと思ふとるぜ。永年見たことのないお金が一時に取れて、われやおらも好きなことして気楽に暮せらあ。あの女《こ》にしても碌でなしの亭主を持つて難儀するよりはどれほどましか知れやせん。われは菊の機嫌のえゝ時にさう云うてみ見い。」

「お前はこの頃もまださう言ふことを考へとるんぢやな。興醒めたこつちや。もうそがいなことは云はんすな。聞きともないから。」お夏は腹立しげに云つた。娘がひよんな噂のたてられるのさへ厭《いと》うて、休みの日にはその出先を気遣つてゐるほどなのにと、老婆《としより》の根性を憎々しくおもつた。

「よしあの女《こ》の身を売つて、菊の身体《からだ》と同じ重量《おもみ》の銭が手に入つたつて、代わりのない菊に遠方《とほく》へ行かれたら、

うちやお前はどうして生きとられると思うとるのかいな。気が狂うても、そないなことは云へたものぢやあるまいな。」

「……お初のやうに遠方へ行かさいで近所の町で勤め奉公をさせりやえゝぢやないか。菊がうんといやあ、世間には秘密《ないしよ》でおらが奉公口を捜してくるがな。」

「阿呆云ひなさんな。お前が襤褸《ぼろ》を垂れて町へ行かうもんなら、それこそ乞食かと思はれらあ。誰が相手になつて呉れるものか。お前の足が長途《ながみち》が踏めるくらゐなら、菊に恥を掻かせに町へ行くよりや、水汲みでも使ひでもして、お前の好きな酒を買うて飲むとえゝのに。」

「われはようさう云ふけいど、おらの儲けた銭は取るが早いか菊に渡しとるぢやないか。一文でも隠し立てして自分の栄耀《えいえう》をしたことはないがの。われこそ菊に秘密《ないしよ》で自分の使ひ賃を隠しときながら、われ一人が菊を可愛がつとるやうなことを吐《ぬか》し腐《くさ》つて。」

老婆《ばあさん》は久し振りにこんな毒口を叩いた。そして自分や孫娘の幸福を、お夏が何時も妨げてゐるやうに一図に思ひ詰めた。菊代が惣嫁にでもなれば、今夢に見たやうな美しい衣服《きもの》が着られて、第一当人のために仕合せだ。老婆《ばあさん》自身も米の飯に魚を添へて鱈腹《たらふく》食べられるし、寝酒の贅《ぜい》も尽せるのだ。……おらは本真《ほんま》の乞食になつても苦とは思はない。菊代が仕合せな身になるためになら、椀を持つて物貰ひしたつて自分一人の口過ぎは屹度《きつと》して見せる。結局その方が気楽かも知れん。たゞこんな盲人《めくら》が何時までも生きてゐるために、何かにつけて手足纏ひになつて、菊や自分の心まかせにならんのだ。と老婆は思つてゐた。で、われといふ邪魔者が死んで、おら達がもつと楽が出来るまでは、おらはどうしても死にやせん、と腹の中で意気込んで相手の顔を見た。が、お夏は最早取り合ないで笑つてゐた。

「お前は今日は仰山な元気ぢやな。そないに元気があるんなら、これから先も天子様からたび〳〵お杯を頂戴出

来らあな。」と、話を外らしたが、老婆は先《さ》つきからの一つ事に暫らくこだはつて、お夏に突掛つた。》

おみちにはもう口腹の慾以外はないかのようだ。菊代を惣嫁に売れば、〈米の飯に魚を添へて鱈腹食べられるし、寝酒の贅も尽せるのだ〉。因みに〈「お杯を頂戴」〉云々と言う言葉は、（三）に〈「去年の秋にお上から盃とお金を五十銭頂戴した時に」〉というおみちの科白があった。

たださすがに愚に帰ったとはいえ、おみちに人間的常識や良識が全く失われているわけではない。

《そこへ、菊代が何時ものやうに腹をぴよこ〳〵に減らせて帰つて来ると、老婆は「おらの云ふたことを今直ぐ菊に話すぢやないぞ。」とお夏に囁いて、「われのことも秘密《ないしよ》にしといてやる。」と、きよと〳〵した目付きをした。そして、菊代が背負籠に残つてゐる蜜柑を一つ炬燵の上へ投げて呉れると、急いで攫み取つて寝ながら食べた。》

いわゆるまだら呆け。そしてこれが〈老い〉というものか。

第四章――。

長い寒さが済んで、ようやく春が訪れる。

《窓の上の浜屋の庭先には、蕗《ふき》が芽を吹き出した。日に日に彼方此方《あちらこちら》の地べたを割つて青い芽が開いて、浜屋の子供が珍しがつて「今日はいくつ出た。」と数へてゐるのがお夏の耳にも入つた。浜屋に飼つてゐる可愛らしい雌猫を追ひ廻してゐる幾匹もの雄猫のいやらしい鳴き声も二三日前から日ましに盛んになつた。

風のない日には周囲《あたり》がすつかり春景色になつたのを、お夏は総身に感じて、用がなくつても、炬燵から匍ひ出して、近所の女房達《かみさんたち》と立ち話をしたり、時としては索《さぐ》り足《あし》で埠頭場《はとば》近くへ行つたりした。岸端に蹲《しやが》んで小波《さざなみ》の音や櫓の音を聞いてゐると気持がせい〳〵した。そして、今年も四月の末か五月の初めには埠頭場から出ると云ふ噂ある金毘羅舟に乗れたら、さぞ面白からうと何十年の昔向ひの島へ柴草刈りに行つて以来嘗《かつ》て乗つたことのない船の乗心地をさまぐ〵に思ひやつた。……元結《もとゆひ》がはりの藁で髪を茶筅《ちやせん》のやうに結つた、蒼黒い顔をしたお夏の盲《し》いた目の前には、麗《うら》らかな日光が波に砕けてゐる。

鳶《とび》が輪を描いて舞つてゐる。爪の延びた足許には寄居蟲《がうな》が石垣伝ひにうようよしてゐる。……冬の間に繁殖した蝨《しらみ》までも温かい日に誘はれて、彼女の肌着から匍ひ出してゐる。

「南無、金毘羅大権現様。」と、お夏はふと海の彼方《かなた》を仰いで、手を合せて拝んだ。

「………。」と、一心に祈願を籠めたが、差し当つて痛切に何を願ふといふことはなかつた。只五體に触れる春らしい柔かい風や日光《ひかり》に心が蕩《とろ》かされて、神や仏が懐しく思はれたのだつた。》

こうしてお夏も、そうした春の到来を総身に感じ、〈炬燵から匍ひ出して、近所の女房達と立ち話をしたり、時としては索り足で埠頭場近くへ行つたりした〉。

無論、もっとも直接的、具体的な知覚としての視覚を失ったお夏には、映像としての外界は存在しない。ただ現実には見えないまでも、〈観念〉の中で、〈思い出〉の中では見えるのだ。だがそれが余りにも茫々としていれば、言葉=意味にならないということもあるのではないか。だから、〈一心に祈願を籠めたが、差し当つて痛切に何を願ふといふことはなかつた〉。それで、〈「………」〉として、空白に留めるしかなかったのだ。

しかも確実に心地よい風や光に包まれる、その五體の感覚への恵みにこそ、お夏は〈神や仏〉として〈手を合せて拝〉むのだ。

外の自然の変化、つまり季節は移り、空や海は日に充たされる。そしてその下に生きる猫も鳶も蝨も、さらに草木も再生の喜びに身を震わせているかのようである。

《「そこで何をし居りんさる?」と、たまに声を掛けて呉れるものもあつた。

「家で寝てばかり居ると身體に毒ぢやから。」と答へて、声の主に向つて、前に湛《たた》へてゐる海の光景《ありさま》を訊いた。運送舟が何艘沖に繋《つな》つてゐるとか、誰某《たれそれ》が肥船《こえぶね》を漕いでゐるとか教へられると、夢見るやうに穏やかな春の海面《うみづら》を胸に描いて楽んだが、をり〳〵は教へられもしないお初の姿を海の上に浮べた。渡舟《わたし》に乗つて向ひの村から直ぐそこまで戻つて来てゐるやうに思つて見たりした。……「菊《きい》は笑ふて相手にせんけれど、お初が無事で戻つて来まいものでもない。」と、自分の胸に問ひ胸に答へた。神仏の御利益で自分の両眼が開くといふことは最早信じないけれど、お初が生身《いきみ》を運んで、生れ故郷の母親の膝へ戻つて来るといふ不思議は待ち設けられないではなかつた。

親類は一軒もないし、上り込んで番茶の一杯も飲んで親身な話の出来る家は村中に何処にもないので、お夏は海辺への往き返りにたまさか誰れかに呼び留められて立ち寄つても、自分の汚い身装《なり》を憚《はばか》つて、閾《しきゐ》の外に立つて話をするか、せい〳〵上り框に腰を掛けるかするくらゐで、いくら親切に云はれても畳の上へ寄るやうな不遠慮な真似はしなかつた。》

因みにお夏がかく理性的なのは、おそらくお夏が盲目ゆえに、〈言葉〉の中で生きているからであろう。すでに引用したように、〈お夏は薄々物の黒白の見えてゐた遠い昔を夢のやうに思ひ出した〉。〈母親に生き写しといはれた姉娘のお初の目の大きな背の高い姿や、貰ひ乳して育てた菊代の幼姿は、目の開いてゐた時代の懐しい記念として、をり〳〵お夏の胸に浮かんでゐた〉(二)。

お夏はこうして、〈過去の物語〉、〈過去の言語経験〉の中で生きている。お夏に顕著な〈信神気〉、〈神詣り〉、〈仏信心〉もすべてはそうした〈観念〉の中に去来するものなのだ。浜屋への気遣い、その結果、〈お夏が可愛相ぢやから無賃で貸してやる〉という牛部屋。そして近隣への気配り、〈「菊代が毎度御厄介になります」と、人の家へ寄ると、高い声で挨拶《あいさつ》がはりにそれを云つた〉等々――。

一方、菊代は、〈籠を背負つて、雲雀《ひばり》の鳴いてゐる田圃道《たんぼみち》を辿《たど》つてゐた〉。

《籔陰の泉の水もやゝ温《ぬる》んで、渇《かつ》を医《いや》し汗を拭ふのに快くなつた。日が永くなつたので、帰りが遅れても暗い道を通る恐れがなくなつた。朋輩と道伴《みちづ》れになることは稀でも、他村の者や旅の者に向うから話しかけられて一緒に歩くことはよくあつたが、見知らぬ人と取り留めのないことを言ひ合つてゐる方が、自分の身の上をよく知ってゐる人達と話してゐるよりも、菊代には却《かへ》つて気晴らしになつた。》

今日も菊代は〈古ぼけた笈摺《おひずる》に何か黒い字の書いてある巡礼姿の女〉に心惹かれる。〈四十あまりの頑丈な女〉で、〈一人ぼつちであつた〉。〈「××へはまだ余程遠う御座いますか」。と尋ねられたのが縁となつて、峠《たうげ》を下りるまで道連れとなつた〉。〈「お一人ぢや淋しいでせうのに。」〉と言うと、〈「独りの方が結句《けつく》気散じですがな。」〉と言って、菊代から〈三つ四つ蜜柑を買つた〉。

《菊代は峠の裾で別れてからも、夕日を浴びた笈摺《おひずる》姿が蜜柑の皮を投げ散らしながら足早に歩いてゐるのを顧みてゐたが、すると、盂蘭盆《うらぼん》の夜など、母親を初め近所合壁《がつぺき》の老婆《ばあさん》だちが鉦《かね》を叩いて、哀れな声で唄ふ御詠歌が久し振りに思ひ出された。そして、一つ二つ口の内で唄つて見ると、自分も背負籠のかはりに笈摺を掛けて、知らぬ他国へ行つて見たくなつた。

温かくなるにつれて、菊代は自分の家にます〳〵厭気《いやけ》が差して来た。お末やお鶴のやうに岡山の紡績へ女工になつて行かうとも、あるひは下女奉公に出ようとも、どんなつらい仕事をしてもいゝから、自分の村と家とから遠ざかりたかつた。

「こんなことを何時《いつ》までしてゐたつて、面白いことはない。」と、母親の側に空籠を抛り卸して当て付けるやうに云ふこともあつた。》

こうして菊代は、時として無性に〈自分の村と家とから遠ざかりたかつた〉。いわば自由と解放への翹望。ただそんな菊代の鬱屈を感じた母親から、予期せぬ小遣いなどを貰うと、菊代は〈心の躍るやうな悦《うれ》しさ〉を感じるという。そして〈「お母が普通《あたりまへ》の人のやうで、うちと二人で精一杯稼いだら面白からうのにな。」〉と言う。つまり菊代には、そんな望みもなくはなかったのだ。

菊代には〈「うちと二人で精一杯稼いだら面白かろう」〉という夢が夢見られているので、それはまた現在の生活がそういう形で持続すればよいという希望があるということではなかったか。

要するにこうして、菊代の心は、様々な思いで揺れていると言っていい。しかもそれが一つの思いに纏まらず、確たる行動に移すことが出来ないのだ。まさに曖昧模糊として雲を掴むように流動する——。だから菊代の心は今までも、つねに自覚や覚悟、そして決意などとは無縁に来たのだ。そしてこれからも、菊代の心はいつも、いわば夢中同然で、見知らぬ道を歩く、いや、歩かされて行くのではないか。そして、それが人の生きてゆくということではないか。(3)

第五章。

《「菊《きい》さん〳〵……。」と幾度も呼ぶ低い声が、親子も早寝《はやね》の床に就かうとしてゐるところへ聞えた。真先に聞き付けた母親は、不審《いぶかし》げに、「異《い》な声ぢやな。」と菊代に囁《ささや》いて、「入《はい》らんせい、誰かいな。」と表に向つて叫んだ。が返事もしないで、荒々しい足音が小川の方へ消えた。

「誰れか知らん。われには分つとるんか。」母親は胸をどきつかせた。

「うちはよう聞かなんだ。」

「あれは通り掛けに呼んだ声ぢやないぜ、秘密《ないしよ》でわれを呼びに来たんぢや。用心せいよ。」

「またお母が妙なことを云ひ出した。」

さう云つて笑ひながらも、菊代は母親の言葉に心を動かされて、ふと眠気を醒《さ》まして戸を開けて見た。其処には誰れゐないし、周囲《まはり》を見廻しても真暗《まつくら》で分からなかつた。が、先《さ》つきの声がたゞの声ではないやうな気もしたので、疑念晴らしに川端まで出て行つた。海の方から吹き寄せる温かい南風がいゝ気持に頰や鼻に触れた。》

それは思いがけない突然の繁松の出現であった。以下、作品は一変して、結末までの三章が、〈彼岸〉（六）間近い日の暮れ方から翌日の夜までの正味一日の短時間において、急テンポで推移する。

《「降るかと思うたらお星様が出て居る。」と、拾ひ物をしたやうに喜んで空を見上げてゐると、

「おい、菊《きい》さん。」と呼ぶと共に、男の手が肩に触つた。

菊代は吃驚《びつくり》して飛び退いて、相手を見詰めた。幽霊ではなくつて、五年前と同じ顔した繁松がにや〳〵笑つて立つてゐた。

「お主はうちをどがいしようと思うて此処へ来た？」声は潜めたが、目は尖らせて身體《からだ》を震はせた。男の顔を掻きむしりたいと怒りに燃えてゐた。

「まあそがいに怒らずにわしの云ふことを聞いて呉れい。訳をよう話すから。此処ぢや人に見られるからお地蔵様のとこへ行かんか、わしが先へ行つとるから後から来い。えゝか。……若《も》し来なんだら、われが家《うち》へ行くぞ。」

繁松は柔《やさ》しく云ひながらも、脅かすことを忘れなかつた。そしてすた〳〵と行き過ぎた。「誰れが行くものか。」と、菊代は腹の中で逆らつてゐたが、「われが家へ行く。」と云はれたのが薄気味が悪かつた。以前例のあつたことで、母親へ酷く当るだらうし、母親の方でもこの男を憎んでゐるから、大喧嘩が初まるも知れないと思はれた。それは兎に角、自分でも云つてやりたいことは溜つてゐるんだから、と、直ぐ後を追つた。》

男への不信、警戒、敵意以外、この時の菊代にはなにもない。ただ、〈地蔵様は村はずれの小高い所にあつて、後ろは小さい籔で左右には松などが疎《まばら》に生えてゐる。五六年前に二人が最初に出合つたのは此処だつたので、お地蔵さまと聞いてさへ菊代は妙な刺激を与へられたのだつた〉という。

《すこし逆上《のぼ》せて夢のやうだつたが、知った人に会はぬ用心して、淋しい小道を撰《よ》つて石地蔵の側まで来たが、男の方は何処をまごついてゐるのか、まだ来てゐなかつた。菊代は一刻も待ちあぐんで、きよと〳〵左右を見廻しながら立つたり蹲んだりしてゐた。沖には蛸釣船《たこつりぶね》の篝《かがりび》が闇の中にちらほら光つてゐて、岸に寄せる波は不断よりもやゝ高かつた。

「菊《きい》……もう来とつたんか。早かつたな。わしは藤屋で飯米を買うて船へ抛り込んどいて来たんぢや。」

下唇の曲つた目の爛《ただ》れた人相のよくない繁松は松の陰から忍び足で近づいてさう云つた。

「うちはこない所に愚図々々しとらやせん。聞くことは聞いて早う往《い》なにやならんのぢや。」菊代は突慳貪《つつけんどん》にさう云つたが、最早気が緩んでゐて、「お前は船で戻つたのかな。自分の船に乗つとるんかな。」と訊ねた。

「なあに、円太爺《えんたぢい》の船に乗せて貰うてやう〳〵戻つて来たんぢや。」》

明らかに、菊代の〈気〉はなぜかすでに〈緩んでゐ〉る。

一方繁松は〈あれから〉の〈難儀〉——朝鮮に渡り、冤罪で牢に繋がれ、〈「丸三年といふものは半死半生の目に会うとつた。やう〳〵本真《ほんま》の罪人《とがにん》が知れてから牢を出るには出たが、着のみ着のまゝの一文なしぢやからの。」〉と語る。そしてそれを〈「秘密《ないしよ》にしとるんぢやから誰れにも云ふな」〉という繁松に、〈「そんなことを人に云ふものか。」〉と菊代は答える。そして、〈肩と肩と擦れ合つてゐる男の顔を星明りで見詰めたが、思ひなしか、以前よりは窶《やつ》れてゐるやうに思はれた〉。ただ〈この男が母親を打《ぶ》つたり蹴つたりしたことはまざ〳〵と菊代の記憶に浮かんだ。老人二人を抛散《ほつち》らかせて他所《よそ》へ行かうと唆《おど》かされて、男の不人情を怒つたこと〉なども思い出された。

繁松は今夜から円太爺の船に寝るという。ただ〈「わしは久し振りで陸の家の中で思ふ存分足を踏《ふ》ん伸して寝《ね》たいぜ」〉と、暗に菊代の家に入り込もうという魂胆を仄めかす。それに気付いてかどうか、菊代は〈「うちはまたあの家で寝るよりや船で寝たい」〉と、あっさり本音を漏らす。

翌朝、〈「大儀なら休めばえゝがの」〉という母親の声に、〈「こんな天気のえゝ日に休んで溜まるものか」〉と、菊代は大急ぎで籠を負つて出る。〈しかし村を離れると足が次第に進まなくな〉る。《母親の思惑や村の人々の口の端や繁松の今後の所行がかはる〴〵彼女の胸を驚かして、商売のことなどに身が入らなかつた。で、負けと云はれるだけ負けて殆んど捨て売り同様にして、田の畔《くろ》でゞも道端でゞも屡々荷物を卸して足を休めて、時の経つのも忘れて考へ込んだ。……独り笑ひをして浮き立つやうになるかと思ふと、自分は矢張り自分一人を頼りにしてゐる盲人《めくら》や老耄《おいぼれ》を大事にしてやつて、かねての覚悟通りに男に掛り合ないで通さうかと思つたりした。》

あれほど憎み忌んでゐた繁松だったが、いま実際に男と出会い、〈肩と肩と擦れ合〉い、〈男の顔を星明りで見詰め〉ていると、いつか菊代の気も身も緩んで、溶け入りそうになる。翌朝〈出売り〉に出ても、商売は上の空で、思わず、〈独り笑ひをして浮き立つやうになる〉というのだ。

ただ、さすがに〈自分は矢張り自分一人を頼りにしてゐる盲目や老耄を大事にしてやつて、かねての覚悟通りに男に掛り合ないで通さうか〉と、それこそいままで百曼陀羅迷いに迷った岐路に迷う。だが菊代はまさにこの時ばかりは、ある決断を下すのである。

《面白い目には会わずに徒《いたづ》らに年を取つて来た菊代は村に男の数は多うても、繁松の外には自分などを相手にして呉れる者のないことをしみ〴〵感じてゐるので、唇の曲つた爛《ただ》れ目のこの男でも、取り逃す諦めはつかなかつた。以前の男の仕打ちに柔《やさ》しいところや手頼《たよ》りになるところの些ともなかつたことはよく知ってゐるのだけれど、菊代には最早や男に対して撰《え》り好《ごの》みをする気は些ともなくなつてゐて、相手が男の身體《からだ》を具《そな》へてさへゐれば、二度でも三度でも石地蔵の側で会ふだけ得だといふ気持になつた。》

それにしても〈相手が男の身體を具へてさへゐれば〉とは痛切な言い方である。まさしく菊代は間近に男の身體を感じ、あるいは男の息、さらには〈牛の臭ひ〉ならぬ〈男の臭ひ〉を浴びて、もう自分（もしそんなものがあったとして）を失ってしまうのである。(4)

ばかりか、〈石地蔵の側だけでは物足らなかつた〉という。〈……祖母《おばあ》はゐてもゐなくても同じやうなものだが、盲目で耳の敏《さと》い悧怜《りかう》な母親が家に尻を据ゑてゐるのが、どれほど邪魔になるか知れなかつた〉。

《「お夏が可愛相ぢやから無賃《ただ》で貸してやると、浜屋では牛小屋をお母に貸して呉れたのぢやから、お母は不都合のないやうにと義理を思うて、一晩博奕宿に貸して呉れいと頼まれた時にも、われがさうしたけりや、浜屋へ断つてからせいと堅意地なことを云ふて承知せなんだ。男を連れ込むのも承知する筈はない。」》

もはや常時男とともにいたいと〈逆上《のぼせ》〉ている菊代にとって、いわばなにかと理性的なお夏は〈邪魔〉以外の何物でもなくなる。ただ、

《あれやこれやで胸を悩ますものの、菊代は平生に比べると、今日は村へ帰るのに張り合ひがあつた。石地蔵の裏籔に咲きこぼれてゐる紅い椿に目がついたり、石地蔵の頭の上に烏の留つてゐるのが可笑しく思はれたりした。夕汐は岸を浸して、船端で米を磨《と》いでゐる漁夫もあつた。》

第六章。

《「待つとるお初は戻つてこず、戻らないでもいゝものは戻つて来るし、お婆、うち等はまた酷い目に会はされるぞな。」

お夏は円太爺に救はれて朝鮮から着の身着のまゝで戻つて来たといふ繁松の名を聞いた時に溜息を吐《つ》いた。

「おらはどがいでも構はんがの、繁が来て呉れりや結句賑やかでよからうわい。」おみち婆さんは口先で毒づかれ

やうとも、傍《はた》で大喧嘩がはじまらうとも、繁松の飲み余しが一杯でも飲めて、たまには魚の頭ぐらゐ食べられる楽みがありさうに思はれた。》

このおみち婆さんの魂胆はほとんどカワイイ。

《「彼奴《あいつ》が居ると菊《きい》が今のやうに一心に働いてくれんぞ。うちはあがいな獄道奴《ごくだうめ》に食ふや食はずの目に会はされると思ふと、細引《ほそびき》の一本は用意しとかにやならん。繁も朝鮮で牢へ入つとつたいふから最後の果てにや十作のやうになるんぢやらうから、うちは気疎《けうと》うてどうもならんがの。菊までも巻き添へになつて見んさい。」

お夏はその有様が目に見えるやうで身震ひした。繁松とは違つて菊代のちやんとした亭主であつた十作が、脱営の罪科《とが》で死刑《おしおき》に会つたことはお夏の骨身に深く染んでゐて、菊代に男の出来るといふと、直ぐにかの死刑が連想されて恐しかつた。……他村から流れて来た繁松の顔は、目の開いてゐた時分に一度も見たことはないので最初娘の入婿の格で会つた時からして、獄門に懸る顔のやうにお夏の心には映つてゐたのだつた。そして、半歳ばかり養はれてゐながらも、睦まじく打ち解ける気になれなかつた。

「気疎や〱。男といふ者は何時《いつ》お上《かみ》に殺されるかも知れない。」》

たしかに男はつねに戸外に出て行く。だから時に外の掟に抵触することもある。〈獄門に懸る〉こともあるのだ。[5]

さて、その後菊代が行商から帰って来るが、いつになく〈商売《あきない》の話〉をしたり、途次〈梅の花が一面に咲い〉ていること、挙句〈お母もお婆も久し振りでお墓詣りをするとえゝ〉などと言うと、耳聡いお夏から〈「われは今日《けふ》何か悦《うれ》しいことがあるんか」〉と見透かされたように皮肉られる。

《「……。」菊代は母親の顔を顧みると、急に陰気になつた。

「お母は先《さ》つきからわれが不憫でならんがの。お母やお婆に饑《ひもじ》い目をさせてもえゝから、悪い奴に誑《たぶら》かされんやうにせいよ。」

「そんな大きな声を出してくださんすな。人が聞いたら何事かと思はあ。」》

お夏はすでに、菊代が〈「悪い奴に誑かされ」〉ていることに、十分に気付いているのだ。

《菊代は母親に背を向けて窓の側に立つた。浜屋の子供達は庭先で縄跳びをして遊んでゐた。姿は見えないけれど、浜屋の姉妹の弾いてゐる琴の音が二階の方から落ちて来た。夕日は長閑《のどか》に土蔵の壁を照らしてゐる。

「菊《きい》は其処でどないし居るんならえ。」と、庭先にゐた小さい子がふと身を屈《かが》めて窓を見下ろして笑顔をした。

「菊は坊ちゃんの縄飛びを見て居ります。」

「わしは此処で小便をしようか。その窓まで届くぜ。」と、子供は身體《からだ》を突き出して前をまくつた。すると、他《ほか》の子供も寄つて来て、

「わいだつて負きやせん、見て居れ。」と、身體を力ませた。臭い水の飛沫《とばしり》が窓の格子にまでも降りかかつた。》

この場面は種々の論文にも引用されるものだが、瓜生清氏の〈一村の家格の頂点にある「浜屋の子供達」〉に〈悪巫山戯〉をしかけられて、菊代の一村に対する〈内攻する反抗心が行動へ飛躍する下地〉となっているという指摘があるが[6]、いかがか[7]。

そしてその後、菊代とお夏は食事をとるが、

《先つきから隣りの家《うち》の話声に耳を留めてゐたお夏は、

「とう〳〵やつて来やがつた。」と、突如《だしぬけ》に叫んだ。「来るのなら、門口で秘密《ないしよ》で呼び出したりせいで、うち等の居る前で話を極めい。」と誰れに云ふともなく云つた。

菊代は呆気に取られてゐたが、ふと隣りの家の女房《かみさん》と一緒に入つて来たのは、褞袍《どてら》を着た繁松であつた。

「繁さんもこれから此村《こつち》で身を入れて稼ぐんぢやといな。よう話を聞いて元々通りにして上げなさい。」と、女房は仲人気取りで云つて、夕闇を透《とほ》して皆んなの顔を見廻した。

暫らくは皆んな黙つてゐたが、お夏が躙《にじ》り出て何か口を利かうとする前に、菊代は土間へ飛び下りるが早いか、すたすた川端の方へ駆け出した。そして、浜辺を伝つて昨夕《ゆうべ》教へられた繁松の船の繋《かか》つてゐる所まで行つた。四五艘の漁船の中で稍々《やや》大きなのが、朝鮮帰りの円太爺さんの持ち船だといふことは直ぐに知れた。どの船にも人のゐる気配《けはひ》はしなかつた。

菊代はどうなつたかと自分の身に関つた話の決着を気遣ひながら、岩の上に佇《たたず》んで、船縁《ふなばた》を嬲つている小波《さざなみ》の音を聞いてゐた。後ろを振り向くと、ところ〳〵に燈火《あかり》がついて、海際《みぎわ》の家でも障子を開けて夕風の吹き入るに任せてゐる。菊代はそれ等の家々の娘や主婦《かみさん》の悪い品行《みもち》を思ひ出しては、「構ふものか。」と自分に力をつけた。》

すでに繁松に心（身?）を移している菊代には、彼を憎み忌む母親の言うこと為すことが要するにうざったいのである。だから菊代は衝動的に母の側を離れ、〈繁松の船〉へ惹き付けられるように近付く。そして付近の〈家々の娘や主婦の悪い品行を思ひ出しては、「構ふものか。」と自分に力をつけ〉るのだ。菊代の暴発も近いといわなければならない。

そこに繁松が〈徳利をぶら提げて〉現れる。そして〈「誰も居らんから、われを乗せてやらう」〉という。船の中は〈奇麗に拭き磨かれて、煮焚きの道具もちやんと揃つてゐた〉。

繁松は〈「われはようあないな汚い家で辛抱しとつたな。臭うて臭うてわしは一時もじつとして居られなんだ」〉と言い、〈「わしは当分船住ひぢや。われも夜此処へ来て泊れ。円太爺さんももう四五日休まにや船を出しやせんから、当分は夜の間《うち》はわし一人が留守番ぢや。夜遅うやつて来いよ。万が一他人《ひと》に見つけられたつて構やせんぢやないか。」〉と誘う。

《「………。」菊代はにや〳〵笑つた。奇麗な船の中に人目を避けて、男と差向ひでゐるなんて、何年の間夢にも見たことのない気保養であつた。男は買つて来た酒を温めたり、魚を煮たりした。舟板をめくると、水槽《みづをけ》には清水が湛へて、米櫃《こめびつ》には白い米が入つてゐた。

「船乗りは陸に居るものに比べるとお大尽様ぢやぞな。」と羨ましさうに云ふと、

「われはさう思ふか。さう思や船に乗せて連れて行つてやらうか、四国へでも朝鮮へでも渡らんか。」

「ふゝん……。」菊代は男の言葉が夢のやうなので真に受けなかつた。

「われの姉は容色《きりやう》よしぢやつたさうだが、われだつて些とばあ粧飾《めか》したら奇麗になるのに、われは稼いでばかり居つて身體《からだ》を粗末にするのが悪いんぢや。」

繁松は昨夕の闇でよく見なかつた女の顔形を見詰めて、いとゞ婆あ染みて、五年前よりも更に醜くなつてゐるのに興醒めながら、出鱈目《でたらめ》の悦しがらせを云つたりした。そして、温まつた酒を女に酌をさせて茶碗でぐい飲みして、女にも強ひた。菊代は興に乗つて、鼻を抓《つま》みながら一口だけ呑んだ。》

それにしても、この繁松の〈出鱈目の悦しがらせ〉は、菊代の心（女心）を決定的に舞い上がらせたといえよう。依然今一つ〈真に受け〉ることが出来なかった繁松の言葉、しかも〈「四国へでも朝鮮へでも渡らんか」〉という〈夢のやうな〉言葉を、ここで菊代は心深くに刻むのである。

《「繁公……。」煮えた小魚《こざかな》を箸の先でつゝいてゐるところへ、岸の方から呼び立てる声がした。

「円太爺さんだ。……構やせん、一寸《ちよつと》の間《ま》隠れとれ。」繁松は慌てゝゐる菊代を船底の水槽の側へ忍ばせて、舟板を嵌《は》めて、自分は何喰はぬ顔でその上に胡坐《あぐら》を掻いてゐた。

「貴様はまた秘密《ないしよ》で酒を喰《くら》つてるな。おらにも一杯呉れい。」と、赤銅色《しやくどういろ》した爺さんは既に酒臭い息をさせながら入つてきた。

「たつた二合ぢやもの、もう飲んぢまつた。」繁松はさう云つて、女の飲み残した茶碗へ徳利の余瀝《あまり》を振り落した。

「貴様の飲滓《のみかす》を頂戴するのか。」爺さんは腰を据ゑて茶碗を手にし、ちび〴〵やりながら女の持つてゐた箸で小魚を挘《むし》つた。

菊代は生臭い臭ひに悩まされて、先《さ》つき飲んだ一口の酒をも吐き出した。爺さんの威勢のいゝ声のみはとぎれ〴〵に耳に入つたが、繁松の声は殆んど聞き取れぬほど低かつた。

「貴様は甲斐性なしぢやぜ。えゝ歳をして居りながら、女房《かかあ》一人よう持たいで。……牢へぶち込まれるやうな間抜けた真似をして可笑しな奴ぢや。貴様なぞは親はなし子はなし、何時何処でくたばらうと構はんのぢやから、命懸けのどえらいことをやつて見い。おらは貴様に米の飯を食はせて一両や二両の酒手《さかて》をやるくらゐ苦にやしとらんがの。おらの前でそがいにびく〴〵しとるやうぢや駄目ぢや。」爺さんは一杯機嫌で毒口を叩いたが目には柔《やさ》しい微笑を浮べてゐた。

「お前がかういふことをやれと云やあ、わしは何でもやつて見らあ。」

「さうか。そいぢや貴様、今から浜屋の菜園へ行つて、分葱《わけぎ》を一握り盗んで来い。家の子供が貝を拾うて来とるから、あれで酢味噌にして一杯やらうぜ。今夜は闇夜だから知れりやせん。塀を飛び越えて入つて見い。」

「阿呆云はんすな。分葱ぐらゐで盗人《ぬすつと》にはなりたうないがな。」

「高慢なこと吐《ぬか》すな。……菜園物で取り足らにや、土蔵の錠前でも切つて金庫でも盗んで来い。」》

この円太爺さんの毒口がそのまま、やがて船底でこれを聞いている菊代の盗みへの教唆となっていたのは、断るまでもあるまい。[8]

繁松は爺さんが容易に座を立ちそうでないので、じりじりするが、話の隙をついて、〈「今夜だけお前の家に泊めて下んせ」〉と頼み込む。すると爺さんは〈「貴様は昨日《きのふ》高慢な口を叩いた癖に、もう陸が恋しうなつたか。貴様も不憫《ふびん》な奴ぢや、女子《をなご》の子が待つとるんぢやないしの」〉と言いかけるが、〈今急に思ひ出したやうに、「たしか貴様は盲人の娘の家へ入り込んどつたんぢやな。」〉と言う。

《「あれや些つとした悪戯《いたづら》ぢやがの。」

「いや、貴様にや丁度えゝ女房《かかあ》かも知れんぜ。乞食《こじき》見たいな様をしとるから誰れも相手にすりやせん。あがいな女子《をなご》を女房にしときや何年沖へ出とつても、留守に間違ひの出来る心配がないから、漁業《しやうばい》に身が入つて結局仕合せぢやらうかい。」

「そないに腐して下んすな。」繁松はむつとした。

「まあ腹を立てるない。……おらの先《せん》の女房はの、おらの留守に真桑瓜《まくはうり》二つで角の野郎と抱き寝しやがつた。痢《り》病《びやう》で死んだ後で知らせて呉れたものがあつたから、おらは何ぼ腹が立つてもどうすることも出来やせん。せめてもの腹癒せに、お墓を打倒《ぶつたふ》して踏み付けてやつたがの。……それ、漁夫の女房は真桑瓜二つぢや。えいか。(9)」》

爺さんが行ってしまうと、〈繁松は生き返つたやうな気持で急いで、舟板を取つて、菊代を呼んだ。が、菊代は泣吃逆《なきしやくり》してゐて身を持上《もた》げなかつた。そして、繁松が引き出さうとして伸ばした手を力強く突きのけた〉。

さて第七章、最終章、大団円、というよりカタストロフィとでも言うべきか。

《「朝鮮へでも四国へでもお前の好きなところへ連れて行つて下んせ。うちは何処へでも行くがな。今直ぐに。」

やがて船底から引張り出された菊代は、陸《をか》へ上らうとはしないで、涙ながらに気色ばんで男に迫つた。「お前は先つき何処へでも連れて行つてやると、うちに約束したぢやないか。船にはお米もあるし水もあるし、今夜夜中に出掛ける気にやなれんのかの。人がうちを捜しに来りや夜中でも船の下へ隠れて居らあ。」

「われ、気が狂うたんか。この船はわしの船ぢやないのに勝手に出せるものか、よう考へて見い。われが遠方へ行きたいんなら、四五日中にわしが手筈を極めて、えゝ塩梅《あんばい》に行けるやうにしてやるから、それまで待つて居れ。

いそぐことあないぢやないか。」
「思ひ立つた時に直ぐに行かにや、愚図々々してる間《うち》にや家が出られんやうになるもの。うちはこれまでに何度も一人で他所《よそ》へ行つてしまはうかと思うたことはあつたけど、お母《かあ》や祖母《おばあ》のことが気に掛つてどうしても行けなんだ。ぢやけど今夜なら覚悟がついたのぢや。この船が出せにや、伝馬《てんま》にでも乗せて連れて行つて下んせ。」》

ここで菊代は突如、先程なかば上の空で聞いた繁松の言葉を、鸚鵡返しに叫ぶ。〈「朝鮮へでも四国へでもお前の好きなところへ連れて行つて下んせ。うちは何処へでも行くがな。今直に」〉。菊代のこの急変に、繁松はさすがに呆気に取られたように、叫び返す。〈「われ、気が狂うたんか」〉。

たしかに、そしてまさしく、菊代は〈気が狂うた〉のかも知れない。分別を失い、ただ闇雲に〈「お前の好きなところへ連れて行つて下んせ」〉と〈涙ながらに気色ばんで男に迫〉るのである。

少なくとも菊代には、以下〈自分が何をしているのかという状況判断も、或いは自己省察も困難であ[10]〉ったろう。その意味で、これを〈行動〉と言うのは正確ではない。言うならばこれは〈衝動〉と言うべく、無我夢中の〈盲動〉なのだ。

すでに述べたように、おそらく菊代はこれまでの人生で、我から確たる歩むべき道を選んだことは一度としてなかったにちがいない。気付いたとき、いつかその道を歩いていたのだ。そしてそこに何等かの原因があったとしたら、それはこの場合、わずか一日、繁松が現れてからのたった一日、〈男の身體〉を間近にし〈男の臭ひ〉を浴びた菊代の、〈女の身體〉、〈無意識〉、〈自然〉におのずから突き動かされた結果ではなかったか。

《「路用も持たないで何処へ行けるか。」

繁松は嘲笑《あざわら》つてゐたが、最早女と差向ひでゐるのが煩《うるさ》いばかりで何の興《きよう》もなくなつた。女は男の膝を揺ぶつたり腕《かひな》を小突いたりして、船が駄目なら徒歩《かち》で村を逃げようと言ひ出して止まなかつた。

「歩いて何処へ行つたつて、御馳走してわし等を待つとるところはないぜ。わしは貧乏してもまだ乞食をした覚えがないからの。」男の言葉はます〳〵冷やかだつた。「われは些《ちつ》たあ銭を溜めとるのか。」

「……。」そんな馬鹿げた問ひには答へないで、菊代は「お前さへ約束を間違へにや、今夜中にうちが路用を拵《こしら》へて来るぞな。」と、目を見据ゑて云つた。

「えらいなあ、誰れかに借つてくるんか。」繁松は真に向けなかつた。

「誰れに借るものか。誰れが貸して呉れるものか。皆んなしてうちを蔑視《あなづ》りやがつて。」菊代は船底で洩れ聞いた円太爺さんの言葉を憎んで、村の人々にも憎みの刃《やいば》を向けてゐたが、それにつけて、浜屋の土蔵だの金庫だのと云つた爺さんの言葉も頭の中に響いてゐた。……浜屋の土蔵や物置へは、年末《くれ》の煤掃《すすは》きの手伝ひをした時や、平生でも屡々《しばしば》出入りして、その様子を彼女はよう知つてゐるのだ。

で、菊代は薄暗い船の中に座つてゐながら、浜屋の母屋から離座敷、土蔵や物置部屋の隅々まで、ありありと目の前に浮べた。欲しい物は何でも心まかせに奪《と》つて来られさうに思はれた。》

こうして、まさに菊代の狂気は、エスカレートして、今直ぐ路用の金を手に入れるべく、無謀にも浜屋へ盗みに入ろうとするのだ。[11]

《「繁さん、その時になつてうちを抛《ほふ》たらかしちや承知しせんぞ。厭ぢやと云ふても以前のやうに黙つてお前を逃しやあせん。えゝ事でも悪い事でもお前は巻き添へになる覚悟になつて居らんせ。」

菊代はさう云つて、寝ころんでゐる繁松に夜着を被《かぶ》せて、後刻を期して、突き出てゐる岸の上へ飛んだ。空はどんより曇つて生温かい風が吹いてゐる。波に揺られてゐる一艘の伝馬船は彼女の目を惹いた。

時刻を忘れてゐたが、まだ宵《よい》の口《くち》なのか戸を鎖《とざ》した家は少なかつた。提灯を持つた老和尚や、浪花節を唄つてゐる三人連れの若漁夫などに擦れ違つたが、菊代は此方《こつち》から途《みち》を避けるほどの遠慮もしなかつた。皆んなを敵として引き受けるやうな気持ちになつてゐた。

「オー！　菊《きい》さんか。お母がお前を捜して居つたぞな。何処へ行つとたならえ。」と、ふとお今婆さんの声がした。

「何処へ行こうとうちの儘《まま》ぢやがな。」

菊代は浜通から脇道へ外れて、ところ〲野菜を作つてゐる空地へ入つた。よく見廻しても周囲《あたり》に人影は見えなかつた。自分の家の裏手へ廻つて、窓の側から石垣を攀《よ》ぢて浜屋の庭先へ匍《は》ひ上《あが》つた。母屋《おもや》の階下《した》の雨戸は皆締つてゐたが、二階の障子にはまだ燈火《あかり》が映つていた。

まだ時刻は早いし、何処へどうして忍び入るのやら見当がついてゐなかつたので、菊代は半ば夢中で石段の脇の埃溜《ごみため》の中へ身を潜めた。

「お婆今そこから浜屋の庭へ誰れか入つたやうぢやな。」と、窓の側で物案じゝてゐたお夏が云つた。

「猫か犬かゞ通つたぢやらうがな。」

「うんにや、確かに人が入つたんぢや。そらまだ音がして居らあ。」

お夏はさう云つて、竊《ひそ》かに浜屋へ知らせようとして出掛けた。

母親が下女のお松に話してゐる声は、埃溜の中でもぞもぞしてゐる菊代の耳へも幽かに入つた。はつきり聞き取れはしなかつたが、菊代は水を浴せかけられるやうに吃驚《びつくり》して、慌てゝ其処を飛び出した。母屋の潜戸が開いて、お松の持つた提灯の光は庭先を照らした。険しい石垣を無闇に飛び下りかねてまご〲してゐる菊代の姿は、お松の寝呆眼《ねぼけまなこ》にも見逃されなかつた。

「まあ、お菊さんかな。そこでどないし居るのなら。」お松はたゞ不思議に思ひながら、「伯母《おば》さん、菊さんぢやないか。うちは今時分盗人《ぬすつと》が入る訳はないと思うとつたのに。伯母さんは寝呆けとるんぢやな。」と、戸口を顧みて叫んだ。

「呆れたこつちや……。」お夏はぞつとしながら庭に立《た》ち竦《すく》まつた。

「菊はどうしたのぢや。」浜屋の人達は皆んな戸口に集つて、お松に手を執られた菊代の蒼褪《あをざ》めた顔を訝《いぶか》しげに見詰めた。

「狐にでも憑かれたんでせうぞいな。」

お夏はさう言ひ濁して、菊代の手を掴《つか》んで「さあ家へ戻れ。」と引張りながら、とぼ〴〵と索《さぐ》り足《あし》で川端を伝つて、自分の家へ入つた。家には豆ランプさへ点いてゐなかつた。

「お母はもう何も聞きともない。気疎《けうと》や〴〵……。」

お夏は明日《あす》の日からのわが世の恐しさに戦《わなな》いてゐた。この時にふと心に浮んだ姉娘のお初の影は、昨日《きのふ》までの思ひ出にあつたやうな娑婆《しやば》の何処かに生きてゐる姿ではなかつた。お墓の彼方《あちら》から手招きしてゐるのだつた。背負籠の縄切《はなきれ》や、上《あが》り口《ぐち》の上にある横木や、炬燵の踏台《ふみだい》やが、自分のために用意されてゐるやうに、彼女の心に浮んだ。

「菊は何を泣いとるんぢや。繁と喧嘩でもしたのか、明日仲直りをして、家《うち》へ連れて来て一杯飲ましやえゝがの。」老婆《ばあさん》はさう云つて、身を起して、「おらがランプを点けてやらう。真闇《まつくら》ぢや仕様がない。」とマツチを索つた。

窓の外では、浜屋の主人《あるじ》が提灯を持つて、石垣の側を彼方此方《あちこち》検分してゐた。そして時々窓の方へも目をつけた。》

老婆は〈「一杯飲ましやえゝがの」〉と言っているが、実はそこで自分も〈「一杯飲」〉めると踏んでいるのだ。だからその望みに勢いを得て、珍しく我から〈身を起〉すのである。

ただここで、おそらく誰よりも、お夏の絶望は深かったに違いない。お初の影が、〈お墓の彼方から手招きしてゐるのだ〉。しかし多分お夏は幾度もこんな悪夢を見ながら、またその悪夢から覚めて、この人生を経て来たし、耐えてゆくのではないか?[12]

注

（1）「解説」（『死者生者』日本文学選十六、光文社、昭和二十二年九月）。また他にも〈郷里の自然と人間とを描いた〉〈代表的作品〉とも言っている（「旧作回顧」『何処へ』・「泥人形」他二篇』岩波文庫、昭和二十六年三月）。また〈終りの泥棒に入る所は作り物ですが、略事実に基いてゐます。幼年時代から私の熟知してゐる家庭で、材料が豊富なのに、私の筆が萎けて十の一も書けなかつたのが遺憾です。会話には、私が直接に聞いたことそのまゝなのが多いのです。女主人公の前の亭主が脱営して銃殺に処せられたのも事実です。あの老婆は私の子供の時から今に至るまで何時見ても、同じやうな萎びた身体をして働いてゐます〉とも詳述している（「事実と想像」「中央文学」大正六年七月）。

（2）瓜生清「『牛部屋の臭ひ』私論」（「福岡教育大学紀要」第三十九号、平成二年二月）。なお本論はこの瓜生氏の論から多くの示唆を得ているが、意を異にする部分も少なくないこと、以下に述べる通りである。

（3）この作品は全七章、ことに前半の一、二、三、四章は冒頭にこの地方、そしてこの村の自然の風景、佇まい、季節の移り変わり、感触等の叙述が置かれ、同時にそこに生きる人々の五體、五感を通しての経験が描かれる。冬から春にかけての寒暖、入江の光景、降り注ぐ陽光、吹き抜ける海風、〈牛部屋の臭ひ〉、〈牛肉の焼けつく臭ひや酒の臭ひ〉、〈温い米の飯の香ひや鳥の香ひ〉、さらには〈香水〉の匂い、または〈藪陰の泉〉の味、正月の〈浪花節語り〉の声、村人の〈ざれ唄〉の声、〈太鼓がどん〳〵鳴り出す〉音。〈小波の音や櫓の音〉、〈雲雀の鳴く〉声、〈御詠歌〉の声、〈雌猫を追い廻してゐる幾匹もの雄猫のいやらしい鳴き声〉、〈野良犬の声〉、ことにもお夏の甲高い声、〈手索り〉、〈索り足〉の感触、咲きほころびる椿の花、桃の花等々、まさにいささかくどいまでに切りがない。そしてこれ等の点出は、おそらく極めて意図的なものと言わなければならない。それは言うまでもなく、〈自分の目で直接に見、自分の耳で直接に聞いたことほど確実なことはない〉（「自然主義盛衰史」）と言う白鳥の、いわば〈素朴実在論〉的確信に出発しているといえよう。つまり人はなによりも、こうした一瞬一瞬の五體的五感的経験、つまり〈知覚〉的直接性の中で生きているのであり、白鳥はそれを根拠として〈人の世の真の姿〉を描こうとしているのではないか。

（4）〈根強い本能の跋扈である〉（「文芸時評」「中央公論」大正十五年七月）。

（5）拙稿「『家』――〈人間の掟〉と〈神々の掟〉――」（『島崎藤村―「春」前後―』審美社、平成九年五月）参照。

（6）注（2）に同じ。

(7) たしかに、末子のお菊には負けず嫌いで我儘なところがある。〈風付《ふうつ》きの悪い〉、〈お世辞のない〉というのも、そんなところから来ているのだろう。ことに〈同い歳で幼い時分から遊び友達〉で〈同じやうに負籠を背負〉う同僚のお村に対する対抗意識や侮蔑意識、が、同時にその裏返しか、お村の家が、〈自分の家に比べると、温かで陽気で、身分違ひの人の住居《すみか》のやう〉で、〈妬《ねた》ましか〉ったり、正月支度も満足にできないことで〈人前の恥しい思ひ〉をしたり、コンプレックスの固まりを抱えているような所がある。さらに浜屋からの好意の〈汁掛け飯〉を〈浜屋のお情〉と言ったりもする。だからさぞかし、浜屋の子供達に上から小便を掛けられて、不愉快な思いをしたことだろう。しかし〈浜屋のお情〉を菊代はうまそうに喰い、子供達の悪戯のあと、〈「浜屋で風呂へ入れて貰はう」〉と何のこだわりもない。おそらく菊代には一方で、〈「うちはどない辛抱したつて長者になれるんぢやなし」〉と言う醒めた思いが根についていたのではないか。因みにこの浜屋の子供を直接白鳥ととると、〈姉妹の弾いてゐる琴〉という叙述は年齢的にそぐわなくなるのではないか。

(8) 前掲論文で瓜生氏は、〈抑圧と疎外の機構である村に対して、蓄積された憤りが飽和状態にあった菊代にとって、円太爺の侮蔑は反抗へ走らせる直接的な発条となり得た〉と言い、〈菊代が「敵」(七)に対する報復として、ヒエラルキーの頂点にある浜屋を侵犯する間接的教唆となつた〉と言っている。たしかに円太爺の蔑みの言葉は、菊代が常から感じていた村への〈反抗〉や〈憤怒〉に火を付けたろう。ただここで菊代が叫び立てたことは、男と二人して今直ぐ、このままこの村から〈脱出〉することであり、〈逃亡〉することであって、村への〈報復〉も、浜屋への〈侵犯〉も意図されていない。しかもここで菊代を突き動かしているものは、ただ男とともに生きたいという、それこそ〈社会〉以前、つまり〈自然〉に生きる〈人の世の真の姿〉への願いではないか。まさしく、〈確固たる自然の単純な姿〉(小林秀雄)。(浜屋への押し込みは、いわば〈行きがけの駄賃〉だったというところか。)

(9) なおこの〈真桑瓜二つ〉の挿話は、この村の漁夫達の貧困を諷したものではない。彼等の〈性〉の、よく言えば放縦な、わるく言えば乱脈な一般を諷したものと言えよう。

(10) 大本泉「大正五年の正宗白鳥―『牛部屋の臭ひ』『死者生者』をめぐって―」(「目白近代文学」五、昭和五十九年十月)。

(11) 〈突然の狂気や犯罪〉を描いた「妖怪画」の系譜に連なる作品の気配が、なにやら顔を出しているかのようである。

(12) 最後に吉田精一氏の『自然主義の研究』(下巻、東京堂、昭和三十三年一月)より引用しておく。〈性欲と食欲とに追ひたてられてゐるやうな一群の男女、ことに菊代夫婦のうすぎたない欲情や、その盲目の母親の貪欲、真桑瓜二つで身を売る女房の話など、どれもけがらはしく貧しい色調で統一せられた風景である。どうにもならない最低の生活は、長塚節の「土」の一部や真山青果の「南小泉村」のそれとともに、自然主義的客観描写の極致に近い。本能と衝動のみで生きてゐる、といふよりうごめいてゐるにすぎぬ人間達の姿が立体的に活写されてゐる〉。「牛部屋の臭ひ」の〈風景〉がきわめて簡潔に纏められているとも言えるが、しかし〈うすぎたない〉とか〈けがらはしく〉とか〈うごめいてゐる〉とか。作品の本質――〈人の世の真の姿〉に迫らんとする白鳥の意図に対する当を得た評言とは思われない。なお本書所収の拙論「白鳥と芥川―『一塊の土』および長塚節『土』をめぐって―」を参照。

――今回、書き下ろし――

「わしが死んでも」を読む――老いと死――

よくも悪くもない。人間はこんなことをして一生を送つてあの山の墓の中へ入るんだから。
――「電報」――

「わしが死んでも」は大正十三年四月「中央公論」に発表され、のち『歓迎されぬ男』（大正十五年六月）に収録された。一章冒頭〈わしが死んでも誰泣こものか。／山の鳥が泣くばかり。／山の鳥が何泣こものか。／枕団子が食べたさに〉という里謡が掲げられ、以下第一章。

《盲目のおさとは、子供の時分に自分の唄つてゐた唄が、隣りの家から壁越しにふと聞えて来るのに耳を留めた。そして、「わしが死のとて誰れなくものぞ。」と、自分でも唄つて見たが、すると、涙がホロ〳〵とこぼれた。

隣りでは、娘のおひさが米を磨いで、釜の下を燃しながら、いろ〳〵な唄を唄ひつゞけてゐたがその外には、鶏の声や犬の足音が聞えて来るばかりで、人間の騒ぎは一しきり途絶えてゐた。真昼の日は冬とは思はれないやうに温かく照つてゐた。足を行火《あんくわ》の中へ突込んでゐるおさとは、僅かに差し込んで来る日の光の所へ顔を持つて行つて、涙に濡れた白い目を開けたまゝ、自分だけの心に映つて来るいろ〳〵な影を見てゐた。

開けて六十になる彼女には、娘もあり孫もあるのであつたが、近年は一しよに暮らしてゐることが極めて稀であつた。姉娘のおかつは二十前後の娘盛りに、他村のある男に誘惑されて家を逃げ出し手から、一片の音信《たより》もなく全く行衛が分らなくなつてゐるので、旧暦の一月五日といふ家出の当日を、おかつの祥月命日《しやうつきめいにち》として、おさとは、毎年忘れないで、仏壇に湯でも茶でも供へて、心ばかりの回向をしてゐた。妹娘のおふでは、母親を助けて極貧の境涯を凌いで来た上に、健やかな男の子をも生みつけたのであつたが、母親の側にばかりはぢつとしてゐなかつた。最初の夫の後を追つて半年も一年も遠方へ行つてゐたこともあつたし、二度目の夫とも屡々他郷へ稼ぎに出掛けた。ある時は、母親や子供が縋りついて離さないのに悩んで、夜中にそつと忍んで出たこともあつたが、不在中の食料の足しにと、五六升の米を買ひ調へて家の片隅へ置いて行つたのを、明け方になつて娘のいないのに気付いたおさとは、慌てて家の中を匍ひずつてゐるうちに、石油の瓶をその大切な糧米の上に引くり返して、あとで大騒ぎをして悲んだ。

孫の熊吉は、義務教育を終へると、漁船に雇はれて自分だけの口過ぎはしてゐたが、次第に自分の家へは寄りつかなくなつて、祭りや盆や五節句などで、遠くへ漁に出てゐる者も帰つて来る時にも、彼れだけは滅多に村へ上つて来なくなつた。おふでも、すでに四十近くなつてゐながら、二度目の夫が、妻子を棄てる気で姿を隠して神戸へ行つてゐるのを索り出して、この頃後を追つて行つて、強いて同棲をしてゐるのであつた。

おさとは、いつものやうに、熊吉やおふでや、おふでの夫の与一の事を思つてゐた。が、さういふ自分の身に親しい人間の事を思つてゐる間にも、隣りの家で米を炊いてゐることも彼女の心を揺がさないでは置かなかつた。米の飯の煮え立つ音や、温かい飯の匂ひは、彼女の食欲を刺激して口つぱたに唾液を溜めさせた。……吉野屋や鶴屋からたまに残飯や団子などを貰ふ時の外は、この間うちから、朝も昼も晩も、ふかし芋ばかりで生命をつないでゐるではないか。

行燈《あんどん》からランプ、電燈と、近所の夜が次第に明るくなるのに何の関りもなかつた盲目のおさとも、世間の盲人よりも傑れて勘がいゝと、生れて以来六十年の間一つ所にのみ寝起きしてゐたために、この家の中や近所の事は、目明きにも劣らないほどよく知つてゐた。ふたりの娘を生んだゝけで、男に棄てられたあと、両親にも早く死なれるし、娘にも置いてき掘りにされたりしたので、自然に、一人ぼつちで生きて行く術をよく覚えるやうになつてゐた。米でも魚でも食べる物さへあれば、自分で水を汲んで洗つたり、煮炊きをしたりした。

「しかたがない。お芋でもふかさうか。」と、彼女は行火から出て、手さぐりで食事拵へに取り掛つてゐたが、そこへ、若い男らしい足音が聞えて来て、下駄の音は家の前に留つた。近所の人ではないらしかつた。》

と、ここまで引用してくると、この作品が「牛部屋の臭ひ」や「彼岸前後」[1]に続く作品であることが判る。即ち「牛部屋の臭ひ」の時からほぼ十年の月日がたち、お夏はおさとと名を変えて、すでに〈明けて六十〉となっている。当時〈八十を越してゐ〉た母親のおみちはすでに亡く、〈三十近〉かった菊代はこれも名をおふでと変えて、〈すでに四十近くなつて〉、二度目の夫の後を追って神戸で同棲しているという。

違うところといえば、お夏の夫が早く死んだというのに対し、おさとは夫の亀吉に逃げられ、姉娘のお初は惣嫁となり、それっきり音信不通になっているというが、おかつと名を変えて〈男に誘惑されて家を逃げ出してから、一片の音信《たより》もな〉いというのは引用したとおりである。妹娘の菊代は「牛部屋の臭ひ」では最後浜屋に盗みに入ろうとするところで終わるが、「わしが死んでも」のおふでは二度目の夫の与一を追って神戸にいるとあり、しかも〈健やかな男の子をも生みつけた〉[2]という。ただ〈母親を助けて極貧の境涯を凌いで来た〉とはいえ、〈最初の夫の後を追つて半年も一年も遠方へ行つてゐたこともあつたし、二度目の夫とも屡々他郷へ稼ぎに出掛けた〉とある通り、大分違う形に描かれている。おそらく後者が事実に近いのかも知れない。なお石油を〈大切な糧米の上に引くり返し〉たという挿話は「彼岸前後」にもある。

さて、戸口で〈「磯野おさとといふのはあんたですか。」〉という声がする。

《磯野といふ、久しく忘れてゐた自分の苗字を思ひ出して、おさとは微笑して、「磯野おさとはわたくしで御座ります。あなたはどなた様です。」と、高い声を出して云つた。「わしは牛戸の者で、神戸へ稼ぎに行つとつたのぢやが、あちらでおふでさんに懇意になつて、帰りに言伝《ことづ》てを頼まれたのぢや。」

「へえ、それは〳〵。」おさとは胸を轟かせて、訪問者の方へにじり出て、「わざ〳〵こんな所へよう寄つて下されました。あれは丈夫でございますかいな。もう一月の余も端書一本お越してくれませんので、毎日案じて居りました。」

「二人とも丈夫で稼いどるから安心して呉れと云うとつたよ。」

訪問者は、家の中やおさとの顔を注意して見てゐたが、あまりに穢《むさくる》しいので、土間に立つたきり、板敷へ腰をおろそうとはしなかつた。

「与一は荷揚げ稼業をしてゐるさうで御座りますが、おふでは何をしとるので御座いませう。どうせ亭主が養つちや呉れますまいから、おふでも神戸まで行つたかて、一日も遊んぢや暮せますまい。諸式の高い知人《しりびと》のない土地へ出掛けて行つて、あれもえゝ事は御座りますまいにな。」

「おふでさんも力があるから荒働きをやつとるがの。あちらは場所だから、働く気になりや仕事に不自由はせんし、諸国から寄つて来た知らん者同士の仲に居るのは結局気兼ねがなうてえゝと云つてゐるよ。自分で稼ぎさへすりや誰にも頭を下げいでもえゝし、田舎とは違うて、何処を歩いても賑やかで面白いからな。」

「それでは、二人の生活《くらし》が立ちさへすりや、いつまでも此方へは戻らんのでせうか。わたくし一人に此家《ここ》の留守番をさせといて、いつまでも他国で暮すつもりで、わたくしをも得心させるやうにあなた様にお言伝てを頼んだので御座りませうか。」

おさとは、淋しさ恨めしさに身を震せながら、訪問者を見詰めて顔を近づけて、相手をなじるやうな声音《こわね》で云つた。

「いや、さういふ訳ぢやないから、思ひ違ひをせんやうにしておくんな。」訪問者は一足あと退《すさ》りをして、「わしは村へ帰る道次手《みちついで》だから、言伝てを頼まれただけなのぢや。おふでさんも目の不自由な親をいつまでも抛つときやすまいよ。そのうち銭が溜つたら、此方へ戻つて来るか、あんたを迎へに来て神戸へ連れて行くかするだらうから、それを楽みに、もう少しの間、不自由だらうが辛抱してゐなされ。」

「おふでの言伝てはそれだけで御座りませうか。夫婦《めをと》で稼いで喰つて居るから安心せいと、それだけの言伝てゞ御座りまするか。御他人様にわざ〳〵寄つて頂いて、娘の言伝てを聞かせて貰ひますのは、何年にもない珍しいことなのにたつたそれだけでおしまひなので御座りますか。」

「無事で稼いどると云ふのぢやから、それに越したえゝ言伝てはなからうぢやないかな。」

「それに違ひは御座りませんが、与一といふ男は、おふでを大切にして呉れる男ぢや御座いません。さぞ毎日邪慳にされとることで御座いませう。……御覧なされませ。わたくし一人を此処において、邪慳な男を追ひ廻すなんぞ、親も子も因果なことぢやございませんか。」

「なに、あの二人は仲よく、笑つて暮しとるよ。」

「そりや、人様にはさう見えますでせうけれど、今でも蔭では打《ぶ》つたり蹴つたりして、おふでの着てゐるものを引剥がして酒代にしたりしよるのは、わたくしにはよう分つて居ります。……それだから、あなた様に此方へ寄つて頂くやうなえゝ次手があつても、口先の言伝てばつかりで、わたくしの身體《からだ》に着ける物を一枚贈つてくれるぢやなし、米代や薪代の足しを届けて呉れもせんで御座りますがな。」

おさとは、さうは云ひながらも、若しやこの人がおふでに頼まれて幾らかの金を持つて来てゐるのではないかと、望みをかけて、口先の音信《たより》だけで、このひとが飽気なく行つてしまふのを恐れてゐた。

「汚い所で御座りますけれど、お休みなさつて、たばこでも召し上つて下されませ。」と云つて、マツチを上り口へ持つて行つたが、訪問者は、

「わしは、もう二三軒他《ほか》へ寄つてかにやならんから、これで御免にしませうわい。まあ身體を大事にしてゐなさい。おふでさんもそのうち戻つて来ようから。」と云つて、戸口を出て、振り返つて、大きな声で、「左様なら。」と云つてスタ〳〵と行つてしまつた。》

こうして読んで来ると、おさとは初めのうちこそそれなりの応対をしているが、わざわざ言伝に寄ってくれた男に対し、次第にその言葉は、やたら挑戦的、反抗的となっていて聞きづらい。あの何事にも常識的、良識的であったお夏に比べ、いわば十年の年月はおさとを一種険しい人柄に変えたのか?

〈「二人の生活《くらし》が立ちさへすりや、いつまでも此方へは戻らんのでせうか。わたくし一人に此家《ここ》の留守番をさせといて」〉以下、おふでや与一に向けるべき恨みつらみを男に向けて、さすがにいい迷惑の男が〈大きな声で、「左様なら。」と云ってスタ〳〵行ってしまった〉のも無理はない。

ただおさとがそれほどに、彼等の仕打ち、ほとんど遺棄や無視同然の仕打ちに、口惜しい思いや怒りに〈身を震せ〉ているのも確かなのだ。

〈おさとは下駄の音の聞えなくなるまで耳を留めてゐたが、その音が次第に消えて行くとゝもに彼女の心も滅入つた。「あんな人来て呉れん方がよかつた。無事なたよりなら端書でもえゝでないか。」と呟いて、再び手さぐりで芋をふかしにかゝつたが、そこへ、温かい米の飯を食べたばかりの隣りの娘が、うまさうな匂ひを口《くち》つ端《ぱた》へただよはせながら、顔を出〉す。

その娘おひさは、訪ねて来た男を見たという。〈「目のしよぼ〳〵した顔の色の青い痩せこけた病人らしい人ぢや

つた。どこの人か知らん」〉。

《「ぢや、親を放《ほふ》つといて他所へ働きに行つて、病気したから親の家へ戻つたんぢやらう。与一でもおふでゞも、今に病気したら、この家《うち》へ戻つて来るこつぢやらうが、五體の利くうちは勝手な所を飛び歩いて、病んだ時は、わしの所へ戻らうなんて、蟲のえゝこつちやないかの。」

「それでも、神戸や大阪のやうな賑やか町で暮せりやえゝぢやないか。同んなじ飯《まま》を食べて生きとるのなら、町で暮すのが楽みだとわしは思ふとるぞな。」

おひさは、おさとが覚束ない手で竈《かまど》に火を点けるてゐるのを見ると憐《あはれ》みを感じたので、家の中へ入つて来て手伝つてやつた。

「お婆あには、神戸も此処も同んなじこつちやな。おふでさんが連れにきたつても行きともないと不断云ふとつたが、目が見えにや、何処に居るも同んなじこつちやな。」と、今更らしく憐みを寄せて云つた。

「さうとも〳〵。わしも昔はな、人に手を曳かれてゞも神戸へも行つて見たい、金毘羅様へお詣りにも行つて見たいと思ふたこともあつたのぢやが、この頃は何処へも行きともない。娘も孫もわしの側へ寄り付かんのを此方から追掛けて行つても為様がないと、わしは諦めてゐるぞな。娘や孫から喰扶持を贈つて貰はいでもえゝ。わし一人の稼ぎで食べて行かれにや、こゝでぢつとして、ひとりでに死ぬるのを待つとるつもりぢや。生れた家で死ぬるのは、他所の土地でのたれ死にをするよりやよつぽどましぢやと、わしは思ふとる。お前は知るまいが、わしの両親も祖父も祖母もみんな、此処で一生を暮して此処で息を引き取つたんぢやから、わしも此処でなら安心して死ねさうに思はれるがの。あの世へ行つとる両親もわしのことを案じて居るのか、夜中に目が醒めた時に、此処へ来ていろ〳〵なことを云つて呉れる。」》

神戸や大阪はともかく、お夏があれほど焦がれていた〈金毘羅詣で〉にも、おさとはもはや関心を失っている。

あるいは日々の辛酸の積み重ねが、おさとから夢見る心を奪ったのか。またこれが老いということか。おみちが一切夢を見ないといっていたように。

ただお夏、そしておみちと違い、おさとには今、〈「両親も祖父も祖母もみんな、此処で一生を暮して此処で息を引き取つた」〉家がある。しかも夜ごと〈目が醒めた時に〉、父や母が来て〈「いろ〳〵なことを云つて呉れる」〉。だからおさとは、〈「こゝでぢつとして、ひとりでに死ぬるのを待つとるつもりぢや」〉というのだ。

《「お婆あも夢を見ることがあるんだな。夜中にお婆あが独りで笑つとるのを聞いて気味の悪いことがあつたが、あんな時にお婆は夢を見たのだらう。」

「わしぢやかて夢くらゐ見るわいな。馬鹿にしなさんなよ。」おさとはニヤ〳〵笑つて、「わしは一人ぼつちになつてからよう夢を見るけれどな。わしが夜中にひとりで笑ふのは夢のせゐぢやないのぢや。たまに何とも云へない可笑しいことや悦しいことがあつて、笑はずには居られんことがあるのぢやから、わしが独りで笑うてゐても狂人ぢやと云ふて呉れまいぞ。家のおふでや与一や、さう云ふちや悪いか知らんが、この村のいろんな人こそ、狂人見たやうぢやが、わしは目こそ見えいでも、正気なんぢやからな。わしがこの先どんなことをしようとも、気が狂つたせゐにして下んすな。おひささんは親切に世話をして呉れるから、わしも親身に頼んで置くのぢや。」》

〈「わしぢやかて夢くらゐ見る」〉とおさとは云う。ただ〈「わしが夜中にひとりで笑ふのは夢のせゐぢやない」〉。〈「何とも云へない可笑しいことや悦しいことがあつて、笑はずには居られんことがある」〉。つまりおさとは起きていて、過去の〈「可笑しいことや悦しいこと」〉を思い出している、とは〈想起〉しているのだ。

《「誰れがお婆あを狂人だと云ふものか。吉野屋の旦那様は、おさとは利口で、こつちの腹の中を見透かすから油断が出来ん、怖しいやうなことがあると云ふとんなさつた。腹の中を見透かすといふのは、何のことやらわしには分らんけれどえらいことなんぢやらうな。」

「油断がならんと云へば、あの旦那様こそ油断がならんわな。」

　おさとは、その訳を口へ出しては云はなかつたが、ある晩その旦那の揉療治に頼まれて行つた時に、ある事を頼まれたことを思ひ出して、独り笑ひを浮べた。ふかした芋を飯櫃《こめびつ》へうつしてから、おひさが帰つて行くと、温かいのを手の平でころがしながら口の所へ持つて行つて、暫らく夢中で貪つてゐたが、腹がくちくなると、稍々安らかな気持ちになつて行火の中へ入つた。》

　そして第二章。

《おさとは誰れに習つたのでもなかつたが、中年から按摩を稼業見たいにして、長い間糊口の足しにして来た。しかしさして呼んで呉れる家があるのではなかつた。賭博者などに頼まれて質入れの使いをもしたが、賭博の盛んな時には出し入れが頻繁なので、かういふことが却つていゝ身入りになつた。

　この頃は三日に一度くらゐ吉野屋の旦那の肩を揉みに行く外には、殆んど按摩の頼み手もなかつたし、賭博も流行《はやら》ないので、使賃が取れなかつた。それに、おふでの出奔当時のやうにはお情けの貰ひ物も得られなくなつた。一人ぼつちの心細さをこぼしても、人が親身に聞いて呉れなくなつたし、近所の世間ばなしの仲間へ入つても蔑視《さげす》まれるやうになつたのを、彼女は感じだしたので、生活に苦しむ外に、浮世が心淋しく思はれた。おひさの外には、懐つこい声を掛けて呉れたり、たまに手助けでもして呉れたりする者が、隣近所にもなくなつたのを、彼女は昔に比べて歎息した。

「お母《かあ》の死んだ時やお父《とう》の死んだ時には、大勢寄つて来て葬式の世話をして呉れたのだが、わしが死ぬる時には、誰れも構つちや呉れまい。」

　おさとは、行火にあたつたり日向《ひなた》ぼつこをしたりしてゐる時は、いつそ死んじまつた方がいいと思はれて、痛くない楽な死方を考へることもあつたが、年齢《とし》は取つてゐても身體《からだ》はまだ健やかなのだから、もつと生きて行かれる生命《いのち》を早く絶つのに未練が残つた。「娘でも娘の婿でもわしを厄介者にして、わしを棄てて他国へ逃げて行つたのだし、近所の者でもわしを除け物見たいにして侮つてゐて、みんなで、生きとる用のない人間のやうにわしのことを思うとるのが業腹だ。わしはもつと生とらにやならん。」と、自分で力を出すこともあつたが、さういふ時には、彼女の心も冴えて光つて、真暗ななかに火花が散るやうな気持がした。……若い時分に、おかつとおふでとを続けて生んだあとで直ぐにまた女の子を生んだのを、そんなに子供を、ことに女の子を幾人も育てるのは苦しかつたので、夫や親とも合意の上で、生み立ての軟かい顔を圧へて息の根を絶つたのであつたが、その時のやうな邪慳な、しかし物に怯まない気持が、彼女の心にきらめいた。

「おさとは貧乏はしとつても、目が見えないでも正直ぢや。」と、かねて人に云はれてゐたことも、今のおさとには悦しくはなかつた。》

おさとは貧苦と侮蔑に抗しながら、さらに一倍辛い記憶――我が子を間引きにしたという記憶に呻く。しかしそんな時おさとは、〈心も冴えて光つて、真暗ななかに火花が散るやうな気持がした〉という。あるいは〈邪慳な、しかし物に怯まない気持が、彼女の心にきらめいた〉。つまりおさとは泣きたいほどの辛さにも耐え、まさに独り自らを励ますように、いわば丹田に力を込めて堪える。おさとにはすでに神も仏も人の慰めや励ましも無用なのだ。ただそうして彼女は自らの生命の火を燃やして生きているといえよう。

《風の寒いある晩、おさとは近所が寝鎮まつた時分にそつと家を脱け出して、自分の知つてゐる小径《こみち》を、あちらこちら歩いて来た。時々犬に吠え立てられたゞけで誰れにも会はなかつた。彼女は三晩夜《よ》あるきを続けた。どうせ物が見えないにしても、夜と昼とでは歩いてゐる間の気持が違つた。神経も一層敏くなつた。三日目の晩に、彼女は、小高い所にある或る家の微かな物音を聞きつけると、足を留めて耳を澄まして笑ひを浮べた。この頃は警察がきびしいから賭博がやまつたといふ噂があつたが、どこかでこつそりやつてゐるやうに自分には思はれてゐたが、やつぱりさうであつたと、夜あるきの無駄でなかつたのを喜びながら、その家の前に立つて、杖でコツ〳〵と戸をたゝいた。家の中では燈火《あかり》を消してザワついたが、おさとは、「騒ぎなさるな、わしぢやよ。」と無遠慮に声を高めて云つた。すると間もなく、雨戸を少し開けて顔を出した者があつたが、

「おさとお婆《ば》あか。何の用で来たのぢや?」と、腹を立てたらしい声がした。

「まあ、わしを家へ入れとくれ。外で大きな声で用事を云ふちやあ、お前だちにも悪からう。」

家の中ではマツチを摺つて燈火を点けた。婆《ばば》あ何しに来たのかとか、ぢや、兎に角内へ入れてやれとか、話し合つてゐたが、やがて、戸口が開いた。おさとは、「夜中に来てお邪魔をします。」と、笑顔をして入つて行つた。座中の誰れがどんな剛《きつ》い顔をしてゐようとも、目を尖らせてゐようとも、おさとには何の関りもなかつた。

「皆さんにお慈悲をお願ひにきました。」と、突立つたまま、一座の者に向つて白眼《しろめ》を見せながら、「わたくしも娘や孫に棄てられまして、この先この世で暮せる当が御座りませんから、いつそお寺の籔の中で首でもくゝつて死なうと思ひまして、家を出て来たので御座りますが、皆さんが遊び事をして居りなさるのに気づくと、死ぬるのはいつでも死ねる。死に急ぎをせいでもえゝ。皆さんにお頼み申したら、六十になる盲目《めくら》の老人《としより》のお米の代くらゐ恵んで下さるに違ひないと、不意に思はれました。それで、急に元気がついて、皆さんのお邪魔になるのも関はずに声を掛けて内へ入れて貰ふことにしたので御座ります。」

いやに敬語を使つて憐れを乞ふのを、一座の者は可笑しく感じないではなかつたが、深夜の賭博の最中に盲婆の侵入して来たことは、薄気味が悪かつた。平生は貧しいながらも、身たしなみの割り合ひによかつた彼女も、この頃は窶《やつ》れるまゝにまかせてゐたので、蓬《よもぎ》の如き髪や二つの蠣《かき》の如き目など、薄汚くて人間離れのした凄さを現して

ゐた。「昼間来りやえゝのに、夜夜中《よるよなか》脅かしに来るといふことがあるものか。お前が喰ふに困つて首くゝりたいほどに思うとるんなら、警察へでも役場へでも願うて出たらえゝでないか。」と、親分株の松太といふ男が穏やかに云つた。

「わたくしもさう思うとります。わたくしを邪慳にして餓《う》ゑ死《しに》をさせる者はわたくしの敵《かたき》で御座りますから、娘でも孫でも、村の人でも用赦はしません。」

「折角たのみに来たのぢやから、空手《からて》で追ひ出すわけには行くまい。」松太は一円札を紙切で包んで、子分に命じておさとへ手渡させて、「今夜は去《い》んで寝なさい。……それで余計なことは誰れにも喋舌《しやべ》らんやうにな。えゝか。」

「わたくしはお世話になつた方の御恩は忘れやしません。それでは頂戴して去《い》にます。」

おさとは頭を下げて礼を云つて出たが、後ろから戸をピツシヤリ締められると、「わしも久し振りに一儲けした。」と、手にもつてゐる札の上を撫でた。寒い風を落して来る空を時々仰ぎながら、トボ〴〵と家へ戻つて、行火の中へ入つたが、暫らくは昂奮して眠れなかつた。

「五日でも十日でも生き伸びなければならない。生きとりやまたえゝことがあるぞ。死に急ぎをするといふことがあるか。」と誰れかゞ側で云つて力をつけてくれるやうに感じて、おさとは、

「左様で御座りますとも。」と、口のうちに答へた。》

おさとは愚痴と不平に自閉しているばかりではない。いや時に弱気になりつつ、が強気を掻き立て、枯れ掛けた脳漿を絞りながら、山野を彷徨い餌を漁る狐狸のように、日々の糧にありつき命を繋いでゆく。あの「牛部屋の臭ひ」のおみちの様に〈「生きて居らいでか」〉と呟きながら――。

〈「生きたくないと思つたつて、生きるだけは生きなけりや成りません」〉（藤村「家」）。まさにおさとは、〈「左様で御座りますとも」と、口のうちに答へた。〉――。

次いで第三章。〈旧暦の正月は近づいた〉。

《四五日の間は隣りの飯のにほひに涎《よだれ》を垂らさないでもよかつたが、腹に足りるだけの美食をする癖をつけたゝめに、屑芋や豆腐殻で生命《いのち》をつなぐのが、一層情なくなつた。十日ばかり呼びにこなかつた吉野屋へ、此方から出向いていくと、

「ぢや、やつて貰はうかな。」と、主人はおさとを奥へ呼び入れて、自分は炬燵にあたつて背を向けた。おさとがいくら丈夫であつても、年齢《とし》のせゐと、この頃極端に粗食をしてゐるためとで、指先の力が衰へて、療治が利かなくなつたのを物足らなく思ひながらも、当たり前の賃銭をやつて仕事をさせてやるのが、この主人の自慢の慈善になつてゐた。

「此間、上《かみ》から戻つて来た男がお前の家へ寄つたといふ噂があつたが、おふでからえゝ音信《たより》があつたかい。」と主人が訊ねると、

「何が、えゝ音信がありますものか。……旦那様、わたくしは今度こそ、娘も孫も世にない者と量見を極めとります。」と、おさとはキツパリした声で云つた。》

そして相変わらずのおさとの愚痴や不平。ただ、主人は〈「睡うて為様がないから、横になつて足を揉んで貰ひながら眠ることしようか」と、寝床を延べさせる。しかしここでおさとはとんだ失策をする。〈主人の寝息に誘はれたのか、いつとはなしに気が遠くなつて、主人の足を摑へたまゝコクリ〳〵と居眠りをしだした〉。そして〈やがては首俯《うつむ》いていゝ気持で眠《ね》入つてしまつた〉のだ。

《「さつきから寂《しん》としとると思うとつたら、おさとは何と云ふこつちや。ここへ来てそんな行儀の悪いざまをするんなら、これから家の閾《しきゐ》を跨《また》がせんぞ。」

ツケ〳〵とさう云つた主婦の毒を含んだ言葉の半ばを夢のやうに耳に入れて、ふと目を醒ましたおさとは、掴へてゐた主人の足を慌てゝ離して、

「御免なされませ。わたくしとしたことか。……どうしてから眠うなりましたのでせう。御免なされませ。」と、声のした方へ頭を垂れて詫びてから座を立つた。

「可愛想だと思うて呼んでやるんぢやが、そんな無作法な真似をするのなら、これから決して家へ来て貰はんからさう思ひなさい。旦那様もえゝ機嫌で寝とんなさる。いやらしいこつちや。」

「御免なされませ。」

おさとは捜り足で襖《ふすま》の側を伝つて次の室へ出た。そして、賃銭をも貰はないで暇を告げて外へ出ると、薄着の肌を寒い風に襲れたので身震ひした。さつきはどうにも我慢のしきれなかつた睡気も自から去つてしまつた。急いで家へ帰つたが、行火の火は微かな温《ぬく》みも残さないほどに冷たい灰になつてゐたので、敷きつ放しの夜具の中へ藻繰り込んだ。》

しかしおさとはこんなことで怯んだりはしない。〈主婦に叱られたことを思ひ出すと、怖いうちにも少し可笑《をか》しくなつた。「あの人の悋気《りんき》深いことは昔から知つてゐたが、わしが旦那の足の上に顔をあてゝて寝たくらゐなことで、あんなに怒るのは可笑しい。だけど、旦那は年を取つてゐてもなか〳〵に女子《をなご》好きぢやから。」〉。

《吉野屋の主人が若い女を欲しがつてゐて、自分の目をつけてゐる小よしの所へ忍んで行けるやうに、その橋渡しをおさとにさせたがつてゐることを、おさとはよく気づいてゐた。そんな性質《たち》の悪いことをしては、吉野屋の人だちに済まないと今まで思つてゐたのであつたが、今夜は、「構ふものか、お金になることなら。」といふ気になつた。

あくる日、吉野屋の下女が按摩賃を持つてきてくれたので、

「主婦さんは怒つとりなさるか。」と訊ねると、

「何のことだか、昨夕お前が帰つたあとで、旦那様を起してツンケンした口を利いとんなさつた。」》という。〈「さうかよ。」おさとは可笑しく思〉った……。こうして、おさとは吉野屋の主婦に〈性質《たち》の悪い〉意趣返しを目論むのだ。

さて最終第四章。

《吉野屋の主婦の機嫌を害ねて、あしこの闕《しきゐ》が高くなつたら、差し当つて繊弱《かよわ》い稼ぎの道の止切れる訳なので、ちよつと当惑したが、自分のやうな者が、主婦の嫉妬のたねになつたことを思ふと悪い気持ちはしなかつた。久し振りで自分が女であるやうな気がした。若い時分に、小さいおふでを連れて、よく吉野屋の仕舞ひ湯へ入れて貰つてゐた時、彼家《あしこ》の老人《おとしより》に「おさとは、ツル〳〵とした奇麗な肌をして居る。惜しいものぢや。」と褒められたことがあつたと、おさとは若かつた昔を思ひ出したが、今自分の肌を触つて見ると、ガサ〳〵として、按摩をしてゐる時に感じる吉野屋の主人の手の皮や足の皮のやうであつた。「歳を取ると、男も女も同じやうになるのか。」と、彼女は、彼女のためにはたつた一人の男であつた亀吉の、肉の引き締まつたガツシリした身體を、前へ浮べた。……亀吉の身體《からだ》、それから、抱き締めて頬擦りをしてゐたおふでや熊吉の幼い時から大人《おとな》になるまでの身體を指先で今触つてゐるように思ひ出した。人間といふ生物《いきもの》を双手《もろて》でぐつと抱き締めてゐる時ほど、心強いことはなかつたと思ふにつけて、おさとには、抱き締められる生物が側に一人もゐないのが侘しかつた。》

どんなに貧しく最低の生活を送っていようとも、人は今、今、今の瞬間、その知覚と行動の中を生きてゐる。つねに今一瞬の生、あえて言えばその感動を生きているのだ。目の見えぬおさとには、物の形や色は見えぬとも、せめて米の飯の味、臭い、音――、さらにおさとは〈松風の唄ひ出しを興に乗つて唄つた〉という。あるいは生き物、いや人間という生き物の肌触りがおさとには懐かしい。そしてまさしくそれらを享受し、享楽してこそ生きるということではないか。

《「吉野屋の旦那様は、年を取つて肌のガサ〳〵した主婦《おかみ》さんよりも、小よしの柔かい身體がようなつたのぢやな。小よしのお母《かあ》に話して、承知したら、わしが仲人にならうか。悋気深い主婦さんに遠慮して、儲け仕事を取り外すのは阿呆なこつちや。」

　さうして、四五日でも、米の飯の食い続けられる金を得られるのを、おさとはせめてもの頼みにした。それで、日が暮れてから、杖を突いて小よしの家まで出掛けて行くと、母親のおいせは、風邪でも引いたのか、頻りに咳《せき》をしてゐた。幸ひに外には人がゐなかつた。》

おいせが〈加減が悪うて〉、〈足が抜けるやうにだる〉いと訴えるので、おさとはその足を揉んでやる。しかしそのうちなぜか〈気が鬱して来て〉、おいせが〈お礼心〉で〈ゆで小豆を丼へ盛つて呉れたのを貰つて、肝心な用事は一言も言ひ出さないで其家を出た〉。

　おさとはなぜか〈気が鬱して来〉たという。少し後にも〈おさとは、五日か十日米の飯に有りつくために、五日か十日生きのびるために、悪智慧を働かさなければならないことを思ふと、気が鬱して来た〉とある。さすがにおさとは〈性質《たち》の悪いこと〉、〈悪智慧を働か〉せることに、気が差したのか、気が引けたのか。あるいはそうかもしれない。しかしおさとは、おそらくもっと窮すれば、一段と気合を入れて目論見を実行に移したろう。なぜならおさとには、〈よくも悪くもない。人間はこんなことをして一生を送つてあの山の墓の中へ入るんだから〉（「電報」）という覚悟は、すでに出来ていたろうから。

《寒い風に吹かれながら、力のない足取りでトボ〳〵と家へ帰つた。

　開いてゐた戸口を跨いで、戸を鎖して入ると、家の中に何か物音がしてゐた。正月前だから、熊吉でも戻つてゐるのではないかと感じたが、その瞬間に猫の鳴声がした。「家の中には何も食物《たべもの》はないのに、ようも〳〵こんな家へ迷ひ込んで来た。」と、叱るやうに云つたが、生物のなつかしさに、猫でも側へ引き寄せて抱いてやりたくなつて、声のする方へ索り寄つた。猫は闇の中で二つの目を光らせながら、あつちへ逃げこちらへ逃げした。やがて、棚の隅へ飛び上つて、悠然として蹲んだ。

「なんぼ逃げても、戸が締つとるから家のそとへ出ることは出来まいがな。」と、おさとは猫の居場所とは違つた方へ顔を向けて云つた。

「ニヤーヲン」と、猫は盲者の声に答へるやうに鳴いた。

「お前も食物がないから泣くのか。」》

猫とおさと、いわば生き物同士の〈鳥獣戯画〉。しかし、これは〈戯れ〉ではない。まさに生きるがための食うか食われるかの格闘であり、おさとにとって真剣勝負なのだ。そしてここで、すでに引いた〈五日や十日米の飯に有りつくために、五日か十日生きのびるために、悪知慧を働かさなければならないことを思ふと、気が鬱した〉とあり、次のように続いて作品は終わる。

《米の飯や芋の屑に執着を絶つて、自分で自分の息の根を止めたらと、をり〳〵真夜中に考へてゐることを考へながら、

「わしが今夜此処で死んだら、お前はわしの死骸に喰《くら》ひつくんだらうな。お前は人間を食べたことがあるのか。」

「ニヤーヲン。」と、猫は盲者の声に答へるやうに鳴いた。

おさとは身震ひした。そして、窓の戸を開けて、杖を取つて闇の中を打ちながら、猫を追ひだした。(3)》

注

（1）大正七年五月「早稲田文学」に掲載、のち『光と影』『泉のほとり』に収録。「牛部屋の臭ひ」で〈八十を越してゐ〉たおみちの、〈「おかんよー〳〵」〉と盲目の娘を呼び立てながら息絶えてゆく前後が描かれる。

（2）「牛部屋の臭ひ」の自注「事実と想像」に〈女主人公には前の亭主の子供があるのだが、私は自分には子供を有つた経験がないから、それを除いた〉とある。

（3）吉田精一氏は『自然主義の研究』（下巻、東京堂、昭和三十三年一月）の中で、白鳥の作品を四種類に大別して次の様に言っている。（このことについては拙稿「白鳥の拘執─『妖怪画』の系譜─」「『五月幟』の系譜─白鳥の主軸─」等でも触れた。）

《第一類は、「五月幟」「二家族」などから「呪」をへてこの期の「牛部屋の臭ひ」「入江のほとり」に通じる瀬戸内海沿岸の漁村を背景とした、ロオカル・カラアの豊かなものである。ここでは最低の獣に近いやうな人間生活、無智な庶民の迷信などのほか、たまたま豪家の生活も扱はれる。「正宗氏があの漁村を使へば、自身も大丈夫と思つてゐる通り、読者の方も安心して読める」（久米正雄、大正七年五月）といはれるやうに、白鳥としては手に入つた材料で、熟知した場所、人物を用ゐ、危気ない成功を収めた作品が多い。

　大正中期以降では「金庫の行方」（六年四月）「彼岸前後」（七年五月）「老僧の教訓」（同六月）など、いづれもこの種の短編である。最後の「老僧の教訓」は「老醜もの」として白鳥、秋声に共通する自然主義の題材、ことに白鳥の好んで扱つたものだが、半身不随でしもの始末が出来ず、糞だらけで生きてゐる老僧と、止むを得ず世話するかつての情婦だつた船頭の女房と、その悲惨な状態を眺めて心中快哉を叫びつつ、老僧の生の一日も長からんことを祈る、間男されの夫とを描いて、長編的な材料を圧搾した、辛辣で無慈悲な作品の典型でもある。しかしこの種の短編の極致の一つは「わしが死んでも」（一三年四月）で、「牛部屋の臭ひ」「彼岸前後」でおなじみの盲目で孤独な老婆の、浅ましく貪婪な人間性をつつきだして、「老婆は必ずしも生に執着してゐない、又絶望してもゐない。……これ程人間の生活を深く描いたものはないと思ふ。……日本人の芸術として行くところまで行つてゐる」（秋声「新潮」一三年五月）とまで激賞された。なるほど客観的な描写で秋声ごのみであるが、秋声にない冴えた冷さがある。》

　ここに紹介されているのは、「新潮合評会」（「新潮」大正十三年五月）で、出席者は徳田秋声、加納作次郎、菊池寛、宮島新三郎等である。秋声等はきわめて高く評価しているが、菊池等は〈「感心しない」〉〈「書き古されてゐる」〉〈「老婆の存在が面白くない。ありふれてゐる。正宗さんの書く人物として、かういふものは書き過ぎてゐる」〉〈「こんな老婆の生涯を、このまゝ記録にのこすだけのものだ」〉（以上菊池）、〈「いつもの正宗式だ。正宗氏が老婆に同感して書いてゐるとは思へない。寧ろ執着の醜さを皮肉な眼で見てゐる」〉〈「正宗氏のつくり上げた老婆で、而も型にはまつた老婆である」〉〈「さうだ、ありふれた題材だ」〉（宮島）等。これに対し〈「今までより人間に対する温かい情が出てゐる」〉〈「心境は進んだものだ。僕は今まで正宗氏がかういふ所まで出て来るのを期待して居たので、はつと思つて惹きつけられた」〉（加納）。また秋声はさらに〈「単純に孤独感とも云へない」〉〈「単なる執着とも言へない。いつ死んでもよいといふ諦めも持つてゐる。死によつて救はれやうとも思つてゐる」〉とも言っている。総じていわゆる自然派と自然派以後とが、その評価を二分しているところが興味深い。ただ秋声が菊池に向かい〈「読み方を疑ふなあ。しまひまで読んだんですか」〉と皮肉っているのは面白い。同感である。

――今回、書き下ろし。――

正宗白鳥とキリスト教——入信について——

正宗白鳥の訃報は、昭和三十七年十月二十八日の夜に伝えられた。享年数え八十四歳であった。明治、大正、昭和の三代を生きつづけた文壇の長老の死の知らせは、静かであり厳かであった。

だが、その訃報は、加うるに、白鳥が死の床にあって、青年時代一度放棄したキリスト教の信仰を、再度確認したということを告げたのだった。そして彼のこの突然の回心は、人々に異様な感銘を与えずにはおかなかった。文壇の長老の葬送は、もはや単なる儀礼的哀悼によってのみ、過ごされるわけにはゆかなくなったのである。

その突然の回心は、ただちに、文壇の内外における、その評価をめぐっての囂しい論義を呼びおこした。例によって、その論義は一時の徒花に終わったが、しかし以下、正宗白鳥におけるキリスト教の問題を叙するにさいし、やはりこの時の人々の喧騒の意味するものを、看過して通るわけにはゆかない。無論それらの発言のひとつびとつを紹介してゆく余裕はないが、その百出の発言に落とされたものは、結局彼等自身の当面する問題の影であった。と言って、それは単に、死という極限状況にあって、はたして人はその迫りくる死の痛苦と恐怖を何の名において耐えるのか、というような問題ではない。まさしくその名がイエスであったことに、人々は驚愕し狼狽したのである。

白鳥は死の床にあって、「アーメン」と呟いたと言う。周知のように、正宗白鳥は若き日、ヨーロッパの精神に底流するキリスト教に信従し、のちそこから脱却して、日本自然主義文学の〈思想的完成者〉へと変貌していったのだ。その生涯は、いわばキリスト教との確執に貫かれていたのである。が、にもかかわらずその呟きは、かつて信従したキリスト教への郷愁の云わせた呟きともとれた。そして視点を拡大して見れば、まさしくここには、日本の精神がヨーロッパの精神に接したとき、惹きおこされねばならなかった精神のドラマが象徴されていたのだと言えよう。それは近代日本のドラマであり、その近代日本に生きた人間のドラマであった。ヨーロッパの近代を摂取しながら、ついにその核心に位置するキリスト教を捨象し、しかもそのままに成熟を遂げた近代日本が、やがて自己の不具性（?）を知ったとき、なされるべきことは、不具性に徹することであるか、それとも正統性に復すべきことであるか――おそらく、瀕死の白鳥の口を吐いて出たと云う呟きには、この近代日本の懸案がこめられていたのだ。

この近代日本に生きるとき、人はこの近代日本という時空の持つ特質を分有しなければならない。近代日本はその誕生と生長とを、つねに近代ヨーロッパに負ってきた。しかし近代日本は、はやく森鷗外が、〈西学の東漸するや、初その物を伝へてその心を伝へず。学は則格物窮理、術は則方技兵法、世を挙げて西人の機智の民たるを知りて、その徳義の民たるを知らず〉（『しがらみ草紙』の本領を論ず」（「柵草紙」第一号、明治二十二年十月））と喝破したように、もっぱら近代ヨーロッパの物質的側面をのみ学ぶことに追われ、その物質的側面の基盤である精神的側面――その中核にキリスト教があった――を蔑ろにして来たのだった。勿論、その精神と物質の跛行性をことさらに強調することに意味はないが、しかし、そのまごうことない跛行性を無視することは出来ない。しかもいまもなお、近代日本が、近代ヨーロッパの論理と方法に依っている以上、その跛行性こそは、つねに近代日本に生きる人々の内面の危機を再生産しているのである。

思うに、正宗白鳥の生涯は、その内面の危機を、ある典型的な形で示している。一旦はキリスト教に心服し、後にそこから離れているだけ、その形は鮮かといえる。

だが、いまそれを、彼の全生涯に亙って描破する用意はない。いまはただ、彼の青年期におけるキリスト教への入信の動機とその背景を探ぐることによって、後に屈曲していった彼の精神史の、その出発を記すのみである。

＊

まず、年譜的に辿ってゆこう。

正宗白鳥が郷里を立ち、岡山藩校閑谷黌《しずたにこう》に学んだのは、明治二十五年、白鳥数え十四才の春であった。しかし、のち彼自身の語るように、〈この塾で得た賜物は漢学の厭ふべきこと〉（「S塾」「読売新聞」明治四十三年五月一日）でしかなかった。白鳥にとって、江戸時代以来存続する漢学塾特有の多くの旧習や蛮風は苦痛であったのだ。そこで彼は、ひとり、当時全盛期を迎えていた民友社の「国民之友」を愛読し、さらに同社の様々な出版物を熟読し、その無聊を慰めていたのである。白鳥がはじめてキリスト教を知ったのは、それらの書物に掲げられた文章を通してであった。

《私は学校に於ける漢学の修業よりも、この「国民之友」によつて、知能を啓発された。この雑誌を通して世界を覗いてゐたのであつた。（中略）キリスト教といふ宗教の存在を知つたのである。そして、論語や孟子の教へよりも、耶蘇の教への方が面白さうに思はれだした。私は誰に勧められたのでもなく、自発的に、岡山の書房から来る店員に頼んで聖書を一冊買ふことにした。》（「内村鑑三―如何に生くべきか―」「社会」昭和二十四年四月～五月、のち細川書店刊、昭和二十四年七月）

白鳥はまもなくこの私塾を退き、しばらく故郷に日を送る。そして明治二十七年ふたたび出郷、岡山市に寄宿し、宿痾の胃病を治療するため病院に通うかたわら、米人宣教師の経営する薇陽学院に英語を学ぶのである。校長は当時アメリカに留学していた安部磯雄であった。白鳥はのちに、ここで孤児院の院長石井十次より聖書の講義を聞いたことを、〈私に取つて記念的事件であ〉(「内村鑑三」)ったと言っている。

通学約半年、白鳥はこの学院の閉鎖に伴い、ふたたび帰郷、穂浪湾を眼下に見おろす旧家に蟄居し、読書と空想の生活に耽溺する。すでにこのとき、白鳥の読書と空想にとって、内村鑑三の著書は重要な位置を占めていたのである。

では、なぜ白鳥はキリスト教へ向かったのか。なるほど〈論語や孟子の教へよりも、耶蘇の教への方が面白さうに思はれだした〉(『内村鑑三』)ためかも知れぬ。〈我々の青年時代にだつて、異郷の教へといふ新に惹かれて雑作なく洗礼を受け、祈祷を覚え讃美歌を歌ふものも少なくなかつたのである〉(「同」)。

中村光夫氏はその「正宗白鳥」[1]の中で、正宗白鳥がどのようにしてキリスト教へ向かったかを追尋している。中村氏はそこで、白鳥が「人生五十」(「時事新報」大正十二年一月、のち『泉のほとり』所収)の中で薇陽学院当時を回顧し、そこの外国人宣教師の姉娘によって〈聖母や天使やその他聖書の中に現はれてゐる女〉を想像したという部分を引用しつつ、〈このようにキリスト教が、氏の青年としての頭脳を占めるまえに、まず少年としての官能をみたした〉ことに着目し、〈また更にここに語られた思春期の特色は、それが或るエキゾティズム、或いは更に適切に云えば現実からの脱出の要求と堅く結びついている〉と結論している。

たしかに中村氏の言葉は、白鳥のキリスト教への接近の理由の一面の真実を穿っている。豪家に生まれ溺愛を受けた、このおそらくは驕慢であったろう少年にとって、四囲の風物は、幻滅と顰蹙を誘う以外のなにものでもなかったろう。この少年の夢を托せるものとしては、わずかに書物の中に展開される、まだ見ぬ遠い異国の風物ではなかったろうか。いや白鳥にかぎらず、当時キリスト教へ没入していった多くの青年達の心情は、清新な異国情緒への若者らしい傾倒につきていたのである。

明治のキリスト教とは明治の青春であった。そのロマンティシズムであった。文明開化に直面した当時の若き知識層にとって、それは異国への夢をそそる絶大なる魅力であった。いまそれを文学の場にかぎってみても――明治の青春を象徴する「文学界」に参集した北村透谷や島崎藤村などのロマンティシズムも、キリスト教とのかかわりの中で形成されていったと言えるのである。

たとえば、亀井勝一郎氏がその『島崎藤村論』[2]の中で指摘しているように、近代詩の黎明を告げた「若菜集」のういういしい調べの上にも、キリスト教は色濃い影を落としている。藤村は当時キリスト教のメッカともいわれるべき明治学院に学び、明治二十二年、十八歳で受洗した。明治学院の教会の堂内に反響する讃美歌の合唱は、若き藤村を魅了した。いわば、藤村はそのような恍惚のうちに、いつか受洗していたのだ。さらにそのときの恍惚が、彼に詩を与えたのである。亀井氏も示すように、藤村にあって、讃美歌は見事に恋愛詩へと換骨奪胎されてゆく。逆言すれば、藤村のキリスト教とは、まさにそのような詩的なものにほかならなかった。そして亀井氏の言葉を借りれば、藤村の青春には、〈キリスト教的雰囲気によつて養はれた感覚が、ギリシャ的異教美の方へ移つてゆくその微妙な過程〉が見られるのである。

言うまでもなく、〈キリスト教的雰囲気によつて養はれた感覚〉といい、〈ギリシャ的異教美〉への関心といい、それらを単なる青年の多感として斥けることはできない。この多感の内からこそ、青年の純粋な感受性を枯渇させる周囲の封建的因習や秩序に対する、若々しい反抗や争闘が生まれたのである。明治の青年にとって、人間性の獲得とは、その純粋な感受性の十全な開花を意味していた。おそらく、人間性イコール感受性と規定したことのうちに、すでにその反抗や争闘の限界が露呈されていたといえようが、それはともかく、その反抗や争闘へのエネルギーを涵養したものは、ほかならぬキリスト教であったのだ。明治の精神史におけるキリスト教の位置が、ここに示されている。

ところで、ここでしばらく、明治におけるキリスト教の歴史を素描しておきたい。

自由民権運動の澎湃たる大流は、明治十四年、ついに政府をして国会開設を約束させた。しかしそれは、徳川幕藩体制の矛盾を克服しつつ近代国家体制の確立を企図する明治政府にとって、必然的な措置というべきものであった。明治政府にとってなによりも急務であったことは、欧米先進資本主義国家への対抗であり、その帝国主義的侵略を阻止すべき実力の育成であった。そしてそのために、〈富国強兵〉というスローガンのもとに、政府は、近代的生産技術を採用し、さらにそれが円滑に活用されるための、近代的政治体制、経済体制の整備に忙殺されなければならなかったのである。国会開設という立憲政治体制の表明も、またその一連の動向であったのである。

だが、このような歴史上未曽有の大変革を完遂すべく、その歳月はあまりに短かった。いや、それほどに先進国家の圧力は大きかった。なによりも眼前に立ちはだかるそれら先進国家との不平等条約が、明治政府をつねに衝迫していた。明治政府は、日本が一日もはやく近代国家として先進国家と比肩し、その不平等条約を撤回することを切望していた。その願望が虚勢を生んだ。そしてここに、風俗や教育や宗教やの一切を、欧米に模倣し、日本の社会を近代的に粉飾しようとする、いわゆる欧化主義、鹿鳴館時代の狂躁が到来したのである。

しかし、まさにこれこそは、キリスト教にとって一陽来復の好機であった。貴族高官は争って教会の門を敲いた。政治的熱狂にようやく疲れた自由民権運動の闘士も、その精神的空白を埋めるべく、またキリスト教に向かった。大山巌公爵夫人、桂太郎公爵夫人等々がキリスト教徒として教会に席を連ね、板垣退助は自ら教会には入らなかったが、信仰の効用を説いてキリスト教への好意を示した。さらに福沢諭吉は、キリスト教国教論まで云々するに至るのである。

たとえば、島崎藤村の「桜の実の熟する時」に描出された明治学院における〈基督教夏期学校〉（明治二十三年七月）の状景は、このような当時の社会的背景を無視しては考えられぬことだったのである。そこには多くの貴人や学者が出席していた。――〈恍惚、感嘆、微笑、それらのものが人々の間に伝はつて行く〉（『桜の実の熟する時』春陽堂、大正八年一月）。そして、藤村におけるキリスト教とは、畢竟それらの貴人や学者と交わることへの、藤村の青年らしい期待と虚栄と陶酔であったのである。

明治欽定憲法はその第二十八条において信教の自由を約束した。それは法規的には、日本におけるキリスト教の最初の公認の表明であったのである。信徒は欣喜した。しかしその欣喜のうちに、彼等は憲法発布の翌年――明治二十三年、その憲法の反動として渙発されていた教育勅語の真意を看過していたのだ。教育勅語は、明治政府の民衆に対する、国民倫理の強制にほかならない。一方において資本主義体制の成立を促進しながら、他方においてその強力な遂行のための、天皇を頂点とする凝固としたヒエラルキーを確立保持するために、政府は、西欧市民社会の論理と倫理によって内部から崩壊しつつあった封建倫理、儒教倫理の再建強化を目論んでいたのである。

そして重要なことは、この目論見のうちに、必然的にキリスト教の排撃が用意されていたこと、そのことである。井上哲次郎等によって提起された〈教育と宗教〉、あるいは〈国家と宗教〉という論争がそれを如実に示している。つまり国家主義とキリスト教の対立である。帝国憲法はその基本原理を維持するために、天賦人権論に依拠するキリスト教の人間観を克服しなければならなかったのだ。

キリスト教に対する干渉はにわかに増大した。そしてこの時のキリスト教の退潮こそは、まさに目を覆うものがあったのである。たとえば備中高梁教会について言えば、明治十五年～二十四年の受洗者四百七十人に対し、明治二十五年～三十四年の受洗者は九十人であったという。しかも最悪なことには、欧化主義によってキリスト教信徒の中心が上層階級に移行し、また教会側もその傾向を迎合し、彼等の勢力のもとに教会が発展していたことであった。彼等いわゆる支配階級は、キリスト教への非難の兆しが見えるやいなや、いちはやく教会から離反してしまったのである。すでに依存すべき階層を喪失したキリスト教は、ここに、憲法発布よりわずか数年を経ずして、無惨な凋落を遂げるのである[3]。

以上のことからも推察しえるごとく、明治におけるキリスト教の受容は、皮相なものにすぎなかった。だれよりも熱烈に帰依したかに見えた青少年達も、いわばキリスト教がかもし出すムードに酔いしれていたに過ぎない。彼等は、成人したあかつきには憑きものの落ちたように、キリスト教を棄てたのである。そして、そのムードの由来は、キリスト教そのものの持つエキゾティシズム、ロマンティシズムであったと同時に、その時期時期におけるキリスト教々会の社会的実力ででもあったのである。

ところで、ここで留意しておくべきことは、正宗白鳥の入信の時点である。正宗白鳥がキリスト教へ接近していった時点、まさしくそれは、キリスト教々会がその社会的背景を喪失した時点であった。もし出世をしたいなら、キリスト教へ近づいてはならぬという暗黙の戒心が、すでに人々の心に住みついていた。だが人々の白眼を他所に、閑散とした教会に赴いて、〈「三位《さんみ》一体」なんかを持ち出して伝道師を驚かし〉（「内村鑑三」）ていた少年白鳥の胸底に潜んだ情熱は、はたしてどのようなものであったのだろうか。

無論社会的に失墜したとはいえ、キリスト教の中に、一人の少年の信仰を誘発する力が無くなったわけではない。いやかえってそういう逆境において、キリスト教は真の力を見せてきた。が、そうであれば、正宗白鳥の信仰とは、決して〈明治の青春〉というがごとき。晴れがましき語感を帯びたものでないことを感じるわけなのだ。

白鳥の信仰は独自なものであったと言わなければならない。彼の信仰は、國木田獨歩の場合がそうであったように、島崎藤村の場合がそうであったように、岩野泡鳴の場合がそうであったように、いわば時代の急湍が生んだ泡沫のごとき信仰ではなかった。白鳥の信仰は、内村鑑三の著述に没頭してゆく姿にも示されるように、孤独な魂の彷徨とでも言うべきものであった。獨歩や藤村や泡鳴の信仰が青春の一挿話でしかなかったのに対し、白鳥の信仰は、よしそれが信仰への反逆という形を取ったにしても、その生涯を貫いて生きたのである。

だが、だからと言って正宗白鳥の入信とその信仰が、複雑なものであったというのではない。いやそれらは、むしろあまりにも単純なものであったというべきである。ありていに言えば、彼は身体が弱かったのである。だから信心を求めたのだ。

多くの随想や回想の中で、繰りかえし語られているように、正宗白鳥の少年期から青年期にかけての健康状態は、まさに惨澹たるものがあったようだ。嬰児のときから癇癖であり病弱であったようだが、そのようなことは、幼児にとってなんらの不幸をも意味しない。やがて少年になって、人はそのことの不幸を自覚するのである。白鳥は「人生五十」（前出）の中で、次のように書いている。

《私は宣教師の私塾には一年ほど学んだゞけで退学して、あと一年ばかりの間は、病気のために、また故郷でブラブラして目的のない日を送ることになつたが、その間は絶えず陰鬱であつた。目に触れ耳に触れるものがみな呪しかつた。二十前の発育盛りに病患に傷つけられたものは、人間の有《も》つて生れた幸福の芽も、後で取り返しのつかないほど萎《いぢ》けてしまふやうに思はれる。十五六歳までは晴々としてゐた私の頭が、その後は絶えず曇つてゐるやうに思はれる。》

自己の脆弱の意識は、暗く重い宿命として、白鳥の無垢な心を傷つけたのである。彼は〈仕方なしに宗教の方へ入つて行つた〉（同上）のである。

思うに、正宗白鳥がキリスト教に入信してゆく経緯は、この回想の中に言いつくされている。「内村鑑三」の中にも、〈私はこの世に生れたくつて生れたのではなかつたが、生れた上は、自己の没却を恐れて永遠に生きんと志すのであつた。そして自己の永遠生をおびやかす者から逃げんとするのであつた。しかし、それは弱い自分の力で為遂げられる所ではなさゝうだつた。それで外来の教へに縋るやうな気になつたのであらう。（略）生の恐怖、生の不安を茫漠と感じてゐたゝめ、それから救つてくれさうな者に救ひを求める気になつたのであらう〉と書いている。おそらく彼自身、これ以上に自己の入信の実際を解明することはできなかったにちがいない。少年期白鳥は、ようやく生というものを認識した。しかし、生とはつねに死を随伴している。生を認識することは、同時に死をも認識することにほかならない。生は死によって中断され限定されている。その中断と限定に戦慄するとき、人はその中断と限定を超えた永遠の生を祈求するのである。

だが、このおそろしく利己的な入信の動因を軽視してはならない。このような痼癖で病弱な少年の、孤独な自己救抜の一途さにこそ、人を宗教へ飛躍させるバネが隠されていたのだから。

正宗白鳥を信仰に赴かせたものは、死の想念であった。死を恐れ死から逃れること、そしてひたすら永遠なる生を求めること、白鳥の心を埋めたものは、そのような想いであった。〈人間の生命がこの世限りではつまらないと云ふ思ひが、絶えず私の頭にこびりついてゐた。病める者や弱い者に取つては、あの世の浄土を夢みることはどれ程慰めになるか知れない」（「私の文学修業」「夕刊時事新報」大正十三年九月六日〜十四日、のち『文学修業』三笠書房、昭和十七年十一月）のである。

死とは事実、一切の消滅を意味しているのであろうか。そしてこの疑問は、確実な応答を用意している。〈然り〉と。しかもそのとき白鳥を襲った戦慄が、彼をして信仰に走らせたなら、彼の信仰は、その戦慄を瞬時にして消しさるほどの秘力によって、報われなければならないのである。

ところで、イエスの宣教は、真近かに迫りつつある〈神の国〉という思想によって一貫されている。それは〈時は満てり、神の国は近づけり〉(「マルコ伝」一・十五)という章句に要約される。

先行する諸予言者と同じく、イエスにあっても、世界は虚無に沈み、終末に臨んでいると意識された。その意識は、人間実存に対するイエスの洞察であり危懼であり警告であった。終末観を、イエスはイメージによって語ることを避けた。ただ人々を、その危機に瀕した人間実存の状況に目醒めさせることによって、彼は人々に、世界を〈神の相の下に見〉ることを諭したのである。そこに〈幸福なるかな、貧しき者よ〉(「ルカ伝」六・二十)以下に示される、イエスの根源的発想の基があった。それは、人間実存への深甚な危機意識から招来された思念であり、そしてそれは、〈今が決断の時〉という信仰への決断の召請に連続してゆく。さらにその信仰によって、人間実存の危機は、一気に神の恩寵へと昇化してゆくのである。

ひるがえって正宗白鳥にとって、自己の肉体の脆弱の自覚は、生の終末の意識へつながっていた。生きとし生けるもの、すべては死なねばならない。なにものも死を防禦しえず、回避しえない。そしてこの絶体的な孤立へ下降していった白鳥の精神の前に、イエスの福音が示されたのである。

ふたたび年譜的に辿ってゆこう。

故郷に蟄居し内村鑑三などの著作を読みながら一年を送ったのち、明治二十九年二月下旬、白鳥は十八才で上京する。そして東京専門学校英語専修科に入学、〈よく、聖書を読〉(『文学修業』)み、〈日曜には市ケ谷の教会堂へ行つて植村正久氏の説教を聴いた〉(『同上』)。さらに徳富蘇峰や内村鑑三の演説も聴き、ことに鑑三については、〈氏の著書はすべてを読み氏の講演はすべてを聴い〉たという。なかでも、この年興津で開催された「基督教夏期学校」における連続講演「カーライル」をはじめ、神田青年会館における「月曜講演」「宗教と文学」など、白鳥がくり返しその感銘を追懐したものであったのである。

注

（1）『中村光夫作家論集（1）』（講談社、昭和三十二年年一月）
（2）新潮社、昭和二十八年十二月。
（3）隅谷三喜男『近代日本の形成とキリスト教』（新教出版社、昭和二十五年十一月、のち新教新書、昭和三十四年三月）

――「国文学研究」第三十四集（昭和四十一年十月）――

正宗白鳥とキリスト教——棄教について——

近代日本の文学者の中で、正宗白鳥は特異な存在に見える。彼にはいわゆる大作とか傑作とかいわれるものが多くあるとはいえない。小説においても、同じ自然主義の藤村、秋声に遠く及ばず、また評判を取った評論にしても、実は本格的なものは少ないのである。せいぜい『文壇人物評論』（中央公論社、昭和七年七月）のごとき随想風の作家論に、彼のもっとも独自な面目が覗われるばかりではないか。

だが、そのような個々の作品評価を離れて、ひとたび文学史の流れに眼を注ぐと、彼の存在は、あたかも一等星のように輝きだすのである。佐藤春夫にしても、芥川龍之介にしても、青野季吉にしても、小林秀雄にしても、荒正人にしても、一度は白鳥と矛を交えなければ、彼等の新しい文学を進展させることはできなかった——そういっても過言にはなるまい。もっとも白鳥はその長寿によって、長く文壇の長老の坐にあったわけだから、その発言は陰に陽に、その時々の文壇に、無視しえぬ圧力となっていたであろう。しかしそれにしても、そこにはやはり、白鳥の文学の総体がかもし出す、より本質的ななにかがあったと言うべきである。

明瞭には言えないが、やはりそれは、正宗白鳥に象徴される、いわゆる自然主義的世界観、人間観というものであるだろう。まったく茫漠とした言葉だが、しかしこの茫漠とした言葉が日本の近代文学に占めた位置は、きわめて大きかったように思われる。単に文学史の領域のみならず思想史の領域においても、つまり精神の全域において、それは隠然とした力を張っていた。簡単にいってしまえば、〈人生のことは金と女〉という辛辣な思想に収斂するこの世界観、人間観は、いわば結核性の浸潤力をもって、近代日本に生きる人間の心を蝕んでいた(?)のである。ところで、このあらゆる精神の発動を、もっぱら日常の卑近な欲情に還元してしまう思想を、白鳥はなにも好きこのんで吹聴していたわけではない。人間の外皮を一枚一枚はいでゆく彼の胸底には、その人間に対する深い幻滅感が湛えられていたであろう。白鳥にしても、できることなら、人間の高貴さなり純粋さなりを信じたかったにちがいない。しかし結局のところ彼には、信じることができなかったのだ。

しかもこのことはなにも、白鳥一個の心性の陋劣さを示しているのではない。人間の中に不動の獣性を見ることは、彼の精一杯の誠実さであったのだ。そしてその誠実さとは、自己の生きる時代の精神に、すぐれて忠実であろうとした者の、一種悲劇的な誠実さではなかったか。

ここで想起すべきは、明治の人々に〈科学〉が与えた衝撃の激しさと影響の深さである。明治という時代はある意味で、〈科学〉の時代であったとさえ言えないか。一切の迷妄を暴露してゆく〈科学〉の明晰さを前に人々が示した驚嘆の表情と、その〈科学〉を自由に操ることを知った驕慢の表情とが、あるいは明治という時代の表情ではなかったか。しかも〈科学〉は人間とは畢竟地を這う一匹の〈生き物〉にすぎないという酷薄な真実を提示する。その時、人間が自己の肉体と生理を超えて、永遠の世界に飛びたたんなどとは、所詮錯誤か、そらぞらしい虚偽でしかなかったのである。

早く、たとえば福沢諭吉たちにとって、〈科学〉とは、封建制の制度と因習を打倒し、新たに独立国日本を建設し、その国民を育成するかがやかしい武器であった。しかし白鳥の成長したころには、それはすでに、人間の精神のあらゆる飛翔を圧殺するまがまがしい凶器に変わっていたのである。

しかも時代に君臨するものが依然〈科学〉である以上、誠実さとは、その酷薄な真実に耐えることではなかったか。長谷川天渓が感傷的な口吻のうちに〈現実暴露の悲哀〉と叫んだ悲劇に耐えること——ここに、正宗白鳥における文学の出発があったのだ。

キリスト教の敬虔な徒であった白鳥が、逆に激しい冒瀆の言葉を吐くに至った経緯を描くにあたって、まず以上のことを記しておかなければならない。

正宗白鳥がその肉体の虚弱なるゆえに、早くから〈生の不安〉〈死の恐怖〉に脅かされねばならなかったことは、すでに知れわたったことである。さらにその不安と恐怖は、幼時聞き知った仏教説話の地獄のイメージなどによって、不断に肥大していったのだ。おそらく白鳥は、その苦痛から逃れるべく、キリスト教に近づいたのである[1]。

明治三十年、白鳥は植村正久によって洗礼を受け、市ヶ谷の日本キリスト教会の会員となった。後年、当時を回想して彼は、〈聖書と市ケ谷教会の説教とが、私の心に安静を与へて、私の衰弱した身体にも次第に力がついた。そして慈愛の神や救世主に信頼しながら、憎人厭世の思ひをひとりで培つてゐた〉(『文学修業』前出)と記している。漠然とした、がそれだけに居たたまれぬような強迫観念に苛まされていた彼にも、信仰による永遠の安らぎがあったのか。

だが白鳥は、〈私の宗教には明るい幸福はなかつた。いつも曇つてゐた〉(「人生五十」前出)とも語っている。やはり彼に、真実の安らぎはなかったのか。

《三月二十三日

(略)食物の如きに少しも心を労することを止めよ。思ひ煩ひて生を寸陰だも延得んや。人の事を云勿れ。死すともウソをツク勿れ。己の苦を人に訴ふる勿れ。婦人の顔を見る勿れ。一厘も虚飾に浪費す可らず。汝此が守れぬならば既に人にあらず。戦へよ。人世は遊戯場にあらず、人は苦まんとて生れしなり。(圏点白鳥)

四月八日

（略）夜会堂にて救主の受難を記念する祈禱会に列す。植村氏罪に付て説教す。大に感動したり。砕けたる心の必要なる事、又その六ケしき事。予の現状に適中す。矢張り寒き故風を引かんかと恐れ、学問金銭を重んじ罪を悔ゆるの時なきなり。

六月二十六日

（略）午後神楽坂に到り独立雑誌を購ひ会堂に列しぬ。聖書を開き馬太伝十六章二十四節より、及羅馬書五章を読む。実にや主の十字架を負うて従へとの語生涯の題目たるべきこと也。常に因循姑息目前の私慾に汲々し、小刀細工的学問に精力を奪はれ、殆んど人生の真意義に思ひを走らすことなく、薄氷を踏むが如くに日を経過す。（略）》

しかし、ともあれ白鳥は信仰に没入していった。いまその一部を引用した明治三十一年の日記（いわゆる「二十歳の日記」「群像」昭和二十七年一月）からも、以後の白鳥からは決して考えることのできぬ、なにか微笑ましいまでの一途さを読みとることができる。現世的な欲望をすべて罪悪と見なし、ひたすら正義を実現すべく焦慮する彼の、矯激ともみえる理想主義は、おそらく内村鑑三の痛切な信仰との邂逅によって触発されたものであろう。

だがそれはともかく、ここに示された白鳥の信仰は、あまりにも荒くささくれている。あるいはそれは、辻橋三郎氏も指摘するように、彼が神の律法を自己規律として一方的に受納したためかもしれない。まさしく神の律法を福音と融合せずして遵守せんとするとき、その信仰は挫折と焦躁に満ちるしかない。いわばそれは、峻厳な倫理的実践を意味するにすぎない。(2)

さらにこのことに関連して白鳥における〈罪の意識〉ということはどうであろうか。

内村鑑三が繰り返し説いたように、福音の真髄に到達する唯一の正道は、〈罪の意識〉にあると言える。人間存在そのものを神への反逆と見なし、永遠に断罪されるべきものと見なす——その無限の呪詛と苦悶の直中にあるとき、キリスト教の中心理念である贖罪の意味が、衝撃的な役割を果す。

しかし白鳥は、〈私ははじめ内村の『求安録』を読んで、彼が謂はれない罪の意識に苦しんでゐるのを不思議に思ふとゝもに、自分の理由なき苦しみの影をそこに見るやうに感じたのであつた〉(「内村鑑三」前出)と事も無げに言っている。近代日本のキリスト教受容の歴史に言及するとき、つねに強調されなければならない〈罪の意識〉の稀薄性という事実は、白鳥の場合にもまた指摘されなければならない。

無論彼は、キリスト教の理念を知悉していたはずである。だからこそ、〈砕けたる心の必要なる事、又その六ケしき事〉を反省しなければならなかった。しかし〈罪の意識〉はついに、彼の肉体に同化することはなかったようである。

おそらく〈罪の意識〉とは、罪人であることの深湛な苦悩を、歴史を通して伝統化した文化の中に生きる人間にして、はじめて鮮烈に実感しえるものであるのかも知れない。楽園追放の神話に取りまかれ、汚辱と醜悪の人間状況の凝視を強いられてこそ、人間は、彼等の罪を一切ひき受けて自ら十字架の上で血を流したキリストの贖罪の意味を、まさに福音として、感謝とともに受け入れるのだ。

キリスト教の信仰に正統なものがあるとすれば、白鳥の信仰は特殊なものといわなければならない。だが、正統であろうとなかろうと、白鳥は生を業苦と観じ、〈永遠の生〉を求めていたのである。そしてその救拯を、自ら唯一絶対の神と称する異国の神に願ったのである。〈すべて疲れたる者、また重きを負える者われに来たれ。われなんじらを休ません〉(「マタイ伝」十一・二十八)と聖書も言っているではないか。彼はその神の力を信じ、その言葉に従ったまでである。

だが、にもかかわらず白鳥は棄教した。明治三十四年二十三歳のことである。改造社版全集の自筆年譜に、〈この年、基督教を棄つ〉とある。はたしてこの一行に、彼のどのような想いが込められているのか。

明治三十四年――この年白鳥は、東京専門学校文学科を卒業、学校付属の出版部に奉職、しかし翌年には退社、翻訳などの筆を執っている。彼が読売新聞に入社するのはその翌年、明治三十六年のことである。

この記述からも推察できるように、この時期の彼の境涯は、きわめて混沌としたものであった。しかも単にその境涯にとどまらず、彼の肉体と精神は、より深刻な危機を迎えていたのである。〈学校卒業後間のない頃で、前途の方針は立たず、闇の世の燈火《あかり》として頼んでゐた基督には離れてゐたし、身体はますく弱くなつて、神経はいらくして、安らかな眠りの得られる夜は無かつた〉(「団菊死後」「表現」大正十一年一月、のち『光と影』摩雲巓書房、大正十二年三月、また『泉のほとり』新潮社、大正十三年一月)。さらに〈その頃の私は生の問題よりも寧ろ死の準備にのみ屈托してゐるやうだつた〉(「三十代」『文壇観測』人文会出版部、昭和二年六月)。いわば彼は、報われなかった信仰の、まさに暗澹とした反動に弄ばれていたのである。

ではなぜ、これほどまでの苦痛を代償として、あえて信仰を放棄しなければならなかったのか。

中村光夫氏は「正宗白鳥」(前出)の中で、白鳥の棄教をなによりもまず、キリスト教のストイシズムに対する反撥においている。彼の内部に欝勃とたぎる文学や演劇への傾倒が、それらへの耽溺をもっとも悪質なる罪として憎むキリスト教の禁欲主義を、理不尽なる拘束として否定したのだ。そこにはいわば、白鳥における明治の青春があった。白鳥における、もっぱら現世的なもの感性的なものの解放があった――。

しかし白鳥の背教は、ただにそのように積極的なものであったろうか。もしそうであるなら、なぜ白鳥には、人間賛歌の文学がないのだろうか。

白鳥の背教はより悲劇的なものではなかったろうか。彼はむしろ背教を強いられたのではないか。それはまさしく〈信仰の破綻〉であって、〈信仰の克服〉ではなかったのである。

棄教後に書かれた多くのキリスト教批判の中に、われわれは、彼の信仰の破綻が、いかなる原因に基いていたかを覗うことができる。「宗教小観」(「読売新聞」明治三十六年十二月二十日)において、白鳥は次のように言っている。《人間は弱き者なり、病苦に堪へず、寂寞に堪へず、貧困に堪へず、失望に堪へず、而して現世に窮すれば自づから其の理性を昏ましても現世以外の何者に依りて一時の安を得んと欲するに至る、宗教は必竟人間の弱点に投ずる一種の魔眠剤に過ぎざるべし。》

宗教を克服し自立しえたという自負と歓喜は、白鳥のうちになかった。〈生の不安〉〈死の恐怖〉は依然彼の肌を焦がしていた。むしろ彼は宗教に餓えていたとさえ言えよう。しかも我が胸を掻きむしるように、彼は冒瀆の言葉を吐きつづける。

「古を師とせず」(「新小説」明治三十八年十月)において、白鳥は、中世の人々が〈基督教的迷信〉によって昏迷し、〈欧洲全国が巣鴨の精神病院のやう〉になって、〈父と子と聖霊との三つが一つだ、一つが三つだと、赤児《あかんぼ》にでも笑はれさうな議論に日を暮し〉ていたことを、口を極めて嘲笑しながら言っている。《基督教界でリバイバルの起り、信者皆聖霊火の柱の如く天より下るを見ることあり、これを見ぬ者は信仰足らぬ不徳者なりと責めらるゝも、科学思想の発達せる信者は、真実其れを経験する能はずといはゞ其れ迄なり。》

すでに白鳥がなにに依拠してキリスト教批判を反復していたかは、明らかであろう。彼の多くのキリスト教批判に一貫している論理は、実に、〈文明開化の現代に幽霊を信ずることが愚劣であるように、キリスト教を信ずることは愚劣である〉というほどの論理ではないか。宗教は〈一種の魔眠剤〉である。しかし〈理性を昏ま〉すことのできぬものにとって、それはすでに妄誕《ぼうたん》として失墜するしかない。そして彼の立言を決定的に支えていたのは、〈科学思想〉なのだ。

《私は現代の智識階級の一人として、基督教や仏教やその他の宗教に説かれてゐるやうな死後の信仰を持つてゐない。地獄や極楽があるとは思つてゐない。ソクラテスが毒杯を手にして霊魂不滅を説いたことを考へても、私の心には何等の希望をも生じない。今日の新聞雑誌に現れる通俗科学程度の知識が、私をして古来の聖人高僧哲人の教へを軽んじしめるやうになつたのである。私は数百年前の欧洲に生れてゐたなら、多分ローマンカソリックの伝統的信仰に全心を捉へられてゐたであらう。（それを秘かに疑つてゐたかも知れないが、その疑ひは、今日の私が進化論を疑ひ、天体の運行を疑ひ、医術を疑つてゐる程度の疑ひに過ぎなかつたであらう。）私が数百年前の日本に生れてゐたなら多分神儒仏の正統の教へに信頼して安んじてゐたであらう。近代化した意味でなしに、文字通り浄土を信じたり肉体や霊魂の復活を信じたりしてゐたであらう。また私が百年後に生れるなら、百年後相応の信仰に支配されるであらう。死といふ動かすべからざる大事実についてさへ時代々々によつて、人間の態度は違つて行くのである。よく考へると人間の知識は出鱈目だと思はざるを得ない。そして死後の世界など、人智では永遠に分らないであらうといふことを今日の時代に生れた私は考させられて、一生を不安に過さねばならぬやうになつてゐる。》（「死に対する恐怖と不安」「中央公論」大正十一年十一月）

この卒直な告白の湛える意味は重く深い。たしかに〈死といふ動かすべからざる大事実についてさへ時代々々によつて、人間の態度は違つて行くのである〉。しかし人間はその時代に生きる以上、その時代精神を越えることはできない。白鳥も〈今日の時代〉に生きる以上、今日の時代精神を越えることはできないと言う。そして今日の時代精神とは、よかれあしかれ、〈科学精神〉にほかならないのである。

白鳥のキリスト教批判は、つねに野次のごとく低俗であるともいえる。しかし宗教の最大の敵が、つねに〈科学〉の実も蓋もない口舌であったことも事実である。そして白鳥の棄教は、宗教の高尚さ（あるいは虚妄性）から、〈科学〉の低俗さ（あるいは冷徹性）への、まさしく〈近代〉という時代にかなった転換であったと言えようか。しかもその転換には、当然もたらされるべき開明の曙光が、薄くさし込むばかりである。

それにしても、正宗白鳥の棄教の道程は、決して低次なものでも安直なものでもない。日本の生んだもっとも偉大なるクリスチャン内村鑑三を、終始相手取らずにはいられなかった彼の執念とはなにか。おそらく、内村鑑三の懸命の信仰を拒否することに、彼もまたみずからの生をかけていたのだ。

内村鑑三は科学者であった。だが、にもかかわらず鑑三は、なんのためらいもなく、〈独一無二の神の存在〉を、〈霊魂の不滅〉を、〈肉体の復活〉を、〈来世の至福〉を、〈最後の審判〉を、〈キリストの再臨〉を、繰り返し説いて倦まなかった。実に鑑三は、聖書に記されたキリストの言動の一切を、信じていたのである。

〈隠れています神〉の教えを守り、キリストは自ら死を選んだ。キリストの魅力とは、このときの、彼の苦悩の比類ない深さにある。しかもキリストは進んで十字架に上った。そしてここに示されたキリストの、〈隠れています神〉への堅き信頼が、鑑三の心を激しく衝き動かしたのである。キリストに導かれて、鑑三もまた、その現身を超えて神に迫らんとする。そのときの鑑三のキリストへの共感の強さをもって、聖書の荒唐無稽を肯うことなどは、なにほどのことであったろう。たとえキリストにすかされて地獄に落ちようともという決意は、すでに鑑三のうちに燃えていたのである。

だが、その一点において、白鳥は頓挫しなければならなかった。いわば肉体や論理の限界を無視し、時空を超絶した鑑三の、キリストへの激越な精神の共鳴を、架空とすべきか実在とすべきか——まさしくこの設問に当面する白鳥の面貌には、文壇の長老におさまって、次々と登場してくる新人たちに、あれこれと難癖をつけるものの傲岸な面影はない。いわば白鳥は、それこそ汗みどろになって、鑑三の胸めがけてぶつかっているのである。

ところで、内村鑑三にとって、神と〈科学〉の統一は、実に生涯の最大の課題であった。いまやキリスト教は〈科学〉の攻勢を前に、後退につぐ後退を余儀なくされていた。たしかに宇宙を隈なく探し歩いても神がいぬ以上、神はいないのだ。が、いかにも論証なり実証なりの前に神はいない。しかし神とはもともとそれらを超えてあるのだ。論証とか実証とかは、たかだか人間がこの地上に生きるために、神が人間に授けた方便でしかない。無論それらを操ることを、神は人間に許した。しかしそれらによって、人間は神を知ることはできない。

もっとも鑑三にとって、このような神の存在の形而上学的証明は無意味なものであったにちがいない。鑑三はただ、キリストが神を信じたように神を信じたのである。それで十分ではないか――。

しかし、まさにそこにこそ、白鳥の執拗な反噬《はんぜい》が向けられる。なるほど神は、人間の能力をもってしては認識しえない存在であるかも知れない。そしてその断絶は、神の側からのみ飛躍しえるものかも知れない。信仰とはその意味で、神の側からのみ啓示されるものと言える。だが、ならば認識こそが、人間の唯一の根拠であると言わなければならない。白鳥が繰り返し語ったことは、このことではなかったろうか。

《坪内博士の演劇の批判に於ける、内村氏の聖書の説明に於ける、私は幾十年来つねに敬意をもつて耳を傾け目を注いでゐる。（略）二十年来独力で発刊を続けられてゐる「聖書之研究」を見ると、内村氏の知識はますく〵深くなり洞察の眼はますく〵鋭くなるのに感歎される。聖書の一語一句が氏の掌上に移ると、燦爛たる光を放つことが多い。科学者であり歴史家である氏の所説が、他の説教者の所説と自から異つてゐるのは云ふまでもないが、しかし聖書に身心を浸してゐる氏を、雑誌を読みながら想像してゐると、蕩児が酒色に惑溺してゐる有様と同じやうに思はれる。氏が惑溺から目醒める時を、私は屢々想像して来たが、氏の惑溺はますく〵深く、氏の美しい幻想はますく〵濃くなつてゐる。ダンテの地獄も煉獄も、譬喩や教訓ではなく、ダンテ自身が真に目で見、耳で聞いた幻影の忠実なる叙述である如く、内村氏の基督教もさうである。（略）氏は神に依つて救はれてゐるといふ。しかし、氏は消えかける幻想を、さまぐ〵な薪を投じて燃えつづけさせてゐるので、読書も社会的事件も、科学的知識も、この薪として役立てるに氏が如何に力を極めてゐるかを、私は多年「聖書之研究」に於いて見てゐる。今はダンテの時代ではない。内村氏は一度信じたことを惰力で信じ続けるやうな無神経な人ではない。氏は自己の幻想を続けるためにいかばかり努力してゐるか。》（「ある日の感想」「国粋」大正十年六月、『光と影』『泉のほとり』、ともに前

出所収）

〈今はダンテの時代ではない〉。信仰の時代はすでに遠く去ったのだ。そして現にわれわれが生きている時代――〈近代〉が、神を認めぬ時代である以上、いかにそれが永遠の虚無と孤独に通じようとも、われわれはそれに耐えてゆくしかない。鑑三の信仰を〈惑溺〉といい〈幻想〉という白鳥の心には、そのように、〈近代人〉として徹しようとする苛烈な覚悟があったのである。

おそらく正宗白鳥の一生とは、信仰か認識かという対立の、緊張した持続のうちにあったと言えよう。しかも若き日、すべての情熱を傾注して敬愛した内村鑑三という偉大なる個性との、緊迫した牽引と反撥を通して、その対立は、不断に深まりを増していったのである。あるいは彼の文学は、その対立を十全に結晶しえなかったかも知れない。しかし彼がその焦点に位置していた信仰か認識かという〈近代〉に生きる人間の普遍的な命題は、そこから放つ彼の発言を、つねに無視しえぬものにしていたのではないか。

いわゆる白鳥の自然主義的人間観、世界観の呟きは、決して陳腐な反復に終始していたのではない。一見陳腐な反復の中にも、彼の精神の激しい蕩揺があったというべきであろう。

その劈頭《へきとう》における廃仏毀釈の騒動以来、明治の〈文明開化〉は、旧来の一切の宗教的呪縛から、国民を解放することを志向した。神仏の加護や冥罰という無稽なことどもに深く沈溺する〈愚民〉を、科学的、合理的文明へと一挙に覚醒せしめること。それは単に文明への単純にして純粋な憧憬によるばかりではなく、当代の日本がおかれていた国際的状勢――先進資本主義諸国家の重い圧迫に対抗すべき政治的な要請のために、日に日を継いで急がれていたのである。

したがって日本の開化は、よく言われるように、決して国民の中から主体的に育成されたものではなく、人々をしてその胸奥から、科学的、合理的に生活せしめるまでには至らなかった。人々は自国の開化を、もっぱら皮相的に──科学的、合理的精神の結果としてあるにすぎぬ知識や技術に、器用に適応してゆく形で、実現していったといえよう。

しかし、にもかかわらず神意の盲信から技術の重視へという精神的転向は、明治という時代の大きな変革のひとつとして看過できない。それは皮相的なるがゆえに、広く速やかにゆきわたっていったのだ。

このことを端的に示すものは、進化論の猖獗《しょうけつ》である。東京大学におけるエドワード・S・モースの講演が、石川千代松によって筆記、翻訳され、『動物進化論』として明治十六年四月に出版されるやいなや、進化論は以後の思想界を風靡し、〈人間は進化せる動物である〉という〈生物学的人間観〉は、明治人の常識として、その人間観、世界観の第一の信条となるに至るのである。(3)

ところで、明治におけるキリスト教教会の命運が、この精神的転向に決定的な影響を受けていたことを、指摘しておかなければならない。隅谷三喜男氏の『近代日本の形成とキリスト教』(新教出版社、昭和二十五年十一月、新教新書版、昭和三十六年三月)の中には、明治十年代に日本に在って活躍した宣教師J・T・ギューリックの、次のような言葉が紹介されている。〈日本におけるキリスト教の最も強力な敵手は、仏教ではなく、唯物論であり、旧日本の宗教や迷信ではなく、近代ヨーロッパの懐疑論であろうということが次第に明らかになった。日本の古来の宗教に対する人々の信仰は次第に消滅しつつある〉。

さらに山路愛山(彌吉)はその「現代日本教会史論」(『基督教評論』警醒社書店、明治三十九年七月、『山路愛山史論集』みすず書房、昭和三十三年九月)の中で、〈当時の耶蘇教徒が理論として正面の戦を挑みたるものは、所謂英国経験派なりき。既に久しく勢力の集中に従事しつゝありし東京大学は、遽かに起つて活動を始め進化論不可思議論を鼓吹し、此に精神界に新しき感動を起し耶蘇教徒をして更に一敵国を生じたる感あらしめたり〉と書いている

（傍点愛山）。イギリスの経験論哲学の系譜に連なる明六社のイデオローグと、その後継者である東京大学のイデオローグの、精力的な啓蒙活動の果たした役割の大きさが覗われる。そして彼等の、合理主義や実証主義、その具体的な表れとしての進化論は、より通俗な形で、人々の頭脳を染めていったのである。(4)

加うるに、明治二十年代に導入された自由主義神学は、キリスト教々会に深刻な動揺をもたらした。神を人間の理想の対象化として解釈する新神学は、キリスト教の宗教的生命を弱め、それを単なる倫理に解消せしめずにはいない。それは宗教としてのキリスト教の自殺行為に他ならなかった。いや科学の介入にあって、キリスト教はすでに倫理としてしか、その生存を続けることはできなかったのである。この時にあたって正統教理を死守したものは、植村正久であり内村鑑三であった。明治三十四年九月から翌年の七月まで引き続き交された植村正久と海老名弾正の神学論争は、実に以後のキリスト教の命運を決定すべき大論争であった。しかし植村正久の奮闘も空しく、同情は新神学に傾いていった。しかも本郷教会を拠点とする海老名弾正のもとに、新世代——東大を中心とする若き知識層は参集していったのだ。そこに大正期教養派の出発があった。キリスト教はいまや宗教としてではなく、もっぱら倫理学、形而上学として、彼等青年の中に住みついた。だがそれは、日本のキリスト教の不幸を物語ってはいないだろうか。以後日本のキリスト教は、その生活の中に宗教を渇望せずにはいない一般大衆から遊離し、特殊な知性のみが参画する狭隘な〈学問〉として、生きつづけるしかなかったのである。(5)

ところで、正宗白鳥の棄教は、このキリスト教の衰退の論理と同じ論理においてなされてはいなかったろうか。白鳥の棄教もまた、いわば素朴な唯物論による神の否定にあったのだ。もしそれが低次な棄教であったとすれば、それは明治におけるキリスト教の、挫折の低次さを反映していたとは言えないか。

さらに白鳥の棄教は徹底していた。それは科学と妥協した自由主義神学をまったく黙殺して、一気に無神論に落下する。天上にある神の存在を〈信じ了せないやうな薄弱な信仰なら、一そ一切を信じないほうが、せい〳〵してゐてい〻〉（「内村鑑三」）とは、彼らしい口吻である。彼の前にあって、一切の理想主義は崩壊する。
《「肉体は亡ぶとも精神を殺す勿れ。」とか「肉体を滅しても魂を滅すことの出来ない人を恐る〻勿れ。」といふやうな基督教的常套語は、どこの国で〻も、どの時代にでも、或る種の内省的人物によつて発せられるのだが、それは、昔私などが内村先生から聴かされた精神用語同様に空疎な言葉で、誰も真剣にそんな意見を服膺《ふくよう》する者はないだらう。簡単明瞭で現在の生存に執着してゐる人間の本性から云つて、肉体を賭して、捉へ所のない精神をも魂をも顧慮されないのが普通である。》（『文壇的自叙伝』中央公論社刊、昭和十三年十二月）

精神の織りなす、人間の神の座にも迫らんとする高貴性を、執拗に嘲笑し揶揄すること、そして人間の在るがままの現実を凝視すること、そこに白鳥の宗教との決別と、その宗教の虚妄に耽溺していた自己の青春への復讐があったのである。

白鳥は徐々に文学への道を辿っていた。丁度自然主義の移植と、その粗笨な実験を開始した文学への道を。しかも過去のキリスト教への徹底した否定を通して、人間とは所詮地を這う一匹の〈生き物〉にすぎないという呪われた観念は、いまや白鳥の胸の底に重く澱み、澱むに従ってその観念は、次第に偏執と化すに至ったのである。

注

（1）拙稿「正宗白鳥とキリスト教―入信について―」（「国文学研究」三十四集、昭和四十一年十月）で触れた（本書所収）。

（2）辻橋三郎「正宗白鳥研究序説―青壮年期に於けるキリスト教―」（「國學院雑誌」昭和三十三年六月）。

（3）石田一良「明治開化期と市民文化の成立」（『開国百年記念　明治文化史論集』乾元社、昭和二十七年十月）参照。

（4）たとえば加藤弘之は『天賦人権説』から『人権新説』（明治十五年十月）への原理的変更を語って、〈余の主義の一変したというのは〉、〈英国の開化史の大家バツクルの著書を読んで〉、〈それからダーキンの進化論やスペンサーや、ヘツケル其他の進化哲学の類を読むことになつて、宇宙観、人生観が全く変化したためである〉と言っている。

（5）久山康編『近代日本とキリスト教〔明治篇〕』（基督教学徒兄弟団発行、創文社、昭和三十一年年四月）参照。

――「国文学研究」第三十八集（昭和四十三年九月）――

正宗白鳥論——キリスト教の問題——

近代日本の文学者の中でも、正宗白鳥ほど、その高名のわりに大作と言われるような作品の少ない文学者もいない。小説においても、同じ自然主義の藤村、花袋、秋声に遠く及ばず、またどちらかというと評判をとった評論にも、実は本格的なものは少ないのである。せいぜい『文壇人物評論』のような随想風の作家論に、白鳥の最も独自な面目が見られるくらいなのである。

しかし、そのような個々の作品評価を離れて、ひとたび文学史の流れに眼を移すと、白鳥の存在は一等星のように輝き出すのである。佐藤春夫にしても、芥川龍之介にしても、青野季吉にしても、小林秀雄にしても、荒正人にしても、一度は白鳥と矛を交えなければ、自分たちの新しい文学を作り出してゆくことはできなかった。もっとも白鳥はその長命のおかげで、長く文壇の長老の椅子に坐り続けていたわけだから、その発言は、陰に陽に、その時々の文壇に与って力あったわけだが、それにしても、やはりそこには、白鳥の文学の総体が醸し出す、もっと本質的な何かがあったと言うべきだろう。

明瞭には言えないが、やはりそれは、正宗白鳥に象徴される、いわゆる自然主義的世界観、人間観というものであるだろう。まったく茫漠とした言葉だが、しかしこの茫漠とした言葉が日本の近代文学に占めた位置は大きいのである。単に文学史のみならず、思想史の領域においても、つまり精神の全域において大きいのである。簡単に言ってしまえば、〈人生のことは金と女〉という辛辣な思想に収斂するこの世界観、人間観は、生々しいリアリティをもって、近代日本に生きる人間の上に君臨していたのである。

ところで、あらゆる精神の発動を、日常の卑近な欲情に還元してしまう思想を、白鳥はなにも好きこのんで吹聴していたわけではない。人間の外皮を一枚一枚剝がしてゆく白鳥の足もとには、その人間に対する深い幻滅感が湛えられていたのである。白鳥にしても、できることなら、人間の真実なり純粋なりを信じたかったにちがいない。しかし結局のところ白鳥には、信じるとは言い切れなかったのだ。

しかしこのことはなにも白鳥一個の心性の陋劣さを示しているのではない。人間の中に不動の獣性を見ることは、彼の精一杯の誠実さであったのである。それは倒錯した誠実さにはちがいないが、とにかくそれが時代の精神であった。明治の人々に科学が与えたショックは、想像もできないくらい大きかったのである。しかも、一切の迷妄を打ち破ってゆく科学の明晰さの前には、人間が自己の肉体の生理を超えてゆこうとする努力なぞは、所詮そらぞらしい虚偽でしかなかったのである。おそらくここに、明治という時代を席巻した合理主義、実証精神の、最初の不幸な矛盾のあらわれがあった。早く、たとえば福沢諭吉たちにとっては、科学とは、封建制の制度と因習を打倒し、新たに独立国日本を建設し、その国民を育成する輝かしい武器であった。しかし白鳥が成長した頃には、それは人間の精神のあらゆる飛翔を否定する、まがまがしい凶器にかわっていたのである。しかも再び諭吉たちのオプチミズムに浸ることが不可能な以上、白鳥は自己の論理に固執するしかなかったのである。

それにしても、白鳥における固有の世界観、人間観の形成の道は、決して平坦なものではなかった。白鳥の内村鑑三との確執は、そのことを如実に語っている。日本の生んだ、最も偉大なクリスチャン鑑三を、終生相手どらずにはいられなかった白鳥の執念とはなんであったのだろうか。おそらくそこには、鑑三の信仰が肚の底から納得できるかできないかが、以後の自己の生き方を決定するであろうことを直覚した白鳥の、いわばぎりぎりの勝負がかけられていたのである。内村鑑三は科学者であった。が、にもかかわらず彼は、なんのためらいもなく、独一無二の神の存在を、霊魂の不滅を、肉体の復活を、来世の至福を、最後の審判を、キリストの再臨を説いて倦まなかった。つまり鑑三は、聖書に描かれたキリストの言動の一切を信じていたのだ。

〈隠れています神〉の教えを守るために、キリストは自ら死を選んだ。キリストの魅力とは、このときの、彼の苦悩の比類ない深さにある。しかもキリストは、自ら十字架に上った。そしてここに示されたキリストの〈隠れています神〉への固い信頼が、鑑三の心を激しく揺り動かしたのである。キリストに導かれて、鑑三もまた、その現身を超えて神へ迫らんとする。そのときの鑑三の、キリストへの共感の強さをもってして、聖書の荒唐無稽を肯うことなどは、何程のことであったろう。たとえキリストにすかされて地獄におちようともという決意は、すでに鑑三のうちに燃えていたのである。

だが正宗白鳥にとって、それは驚異以外のなにものでもなかった。いわば肉体の限界を無視したこの二人の人間の、歴史を隔てた激越な精神の共鳴を、架空とすべきか実在とすべきか――まさしくこの設問に当面する白鳥の面貌には、文壇の長老におさまって、次々に登場してくる新人たちに、あれこれと難癖を付けるものの傲岸な面影はない。いわば白鳥は、それこそ汗みどろになって、鑑三の胸めがけてぶつかっていっているのである。

ところで、内村鑑三にとっても、神と科学の統一は、生涯の課題であることにちがいはなかった。いまやキリスト教は科学の攻勢を前に、後退につぐ後退を余儀なくされていた。神は抹殺されようとしているのだ。たしかに、宇宙をくまなく探し歩いても神がいぬ以上、神はいないのだ。が、いかにも論証なり実証なりの前に神はいない。しかし神とはもともとそれらを超えてあるのだ。論証とか実証とかは、たかだか人間がこの地上で自由に生きるために、神が人間に授けた方便でしかない。むろんそれらを駆使することは、神の意に叶うことであろう。しかしそれらによって、人間は神を知ることはできない。

もっとも鑑三にとって、このような神の存在の形而上学的証明は無意味なものであったにちがいない。鑑三はただ、キリストが神を信じたように神を信じたのである。それで十分ではないか――。

しかし、まさにそこにこそ、白鳥の執拗な反噬が向けられる。なるほど神は、人間の能力をもってしては認識しえない存在であるかもしれない。そしてその断絶は、神の側からのみ飛躍しえるものかもしれない。信仰とはその意味で、神の側からのみ啓示されるものかもしれない。だが、ならば認識こそは、人間の唯一の根拠であると言わなければならない。白鳥が繰りかえし語ったことはこのことなのである。

人間は時代に先行することも逆行することもできない。そして近代という時代が、よかれあしかれ科学の時代である以上、人間は神の不在を断言する科学に左袒するしかない。いかにそれが永遠の孤独と虚無を招こうとも、人間はそれを耐えなければならない。鑑三の信仰を〈惑溺〉といい〈幻想〉という白鳥の心には、そのように、近代人として徹しようとする苛烈な覚悟があったのである。

おそらく正宗白鳥の一生とは、信仰か認識かという対立の、緊張した持続のうちにあったといえよう。しかも若き日、すべての情熱を傾注して敬愛した内村鑑三という偉大なる個性との、緊迫した牽引と反発を通して、その対立は不断に深まりを増していった。彼の文学は、その対立を十全に結晶することはなかったが、しかし、彼がその焦点に位置した信仰か認識かという近代に生きる人間の普遍的な命題は、そこからする白鳥の発言を、つねに無視しえぬものにしていたのである。強調するまでもなく、白鳥のいわゆる自然主義的世界観、人間観の呟きは、決して陳腐な反復に終始していたのではない。一見陳腐な反復の中にも、彼の激しい精神の蕩揺があったのである。

——「早稲田大学大学院文学研究科紀要」（第十二輯、昭和四十一年十二月）——

ヴァチカン一日

九月十七日　火曜日　ヴァチカン

少々寝過ごし、昼少し前、スペイン階段の下のメトロ・スパーナ駅からA線に乗ってオッタヴィアーノ駅で降りた。先ずサン・ピエトロ大聖堂を望むべく、サン・ピエトロ広場に向かった。

途中リソルジメント広場を通った時、「逸《はぐ》れたらここで会おう」と打ち合わせして、ヴァチカン市を巡る高い城壁の下に沿い、サン・ピエトロ広場に入った。

まさに広大、壮大な眺めであった。周囲を囲繞する柱廊、そして中央のオベリスク。一世紀エジプトから運ばれ、サン・ピエトロ（ペテロ）がネロによって逆さ十字に架けられた場所に立つという。さらにその後方に聳えるサン・ピエトロ大聖堂。カトリック教会の総本山。なるほどキリスト教最高の聖地にふさわしい圧倒的な景観であった。

今日も一点の雲もない晴天で、強い日射しが広場に注がれていた。そこを横切るだけでも、広さと暑さに辟易する。併し大聖堂に入ると、途端にひんやりとした冷気を感じ、しばしホッと息を吐く。ただ昨日と違い、内部の彫像などを一つ一つ具《つぶさ》に見て廻らなければならないと思うと正直気が重かった。

が、入り口に入った途端、右側の壁際にあるミケランジェロのピエタの前で、二人の足はぴたりと止まってしまった。

そして二人は身動きもせず、ものの三十分も見ていたろうか。やがて志津子が深い吐息を吐きながら、「もうこれでいいわ」と言った。

我が子キリストの屍体を、自らの膝の上に見つめる母マリアの像。その深い悲しみ。たしかにキリスト教最高の聖地、主と精霊とキリストの偉大さを称えつべきこの大伽藍の片隅にあるこの像にこそ、すべてのことが語られているのではないか。

まさしくこの世には、我が子に死なれた母の悲しみを癒すものなぞ一切ない。神が存在しようが、キリストが復活しようが、世界中の信徒が祈ろうが、その母の深い悲しみを救う術はない。ただ永遠の悲しみしかない。有るとすれば、その終わりない空しさ、いや痛みだけがあるのだ。

佐伯は以前、イタリアの古寺巡礼の写真集を見たことがあった。そこにトスカーナ地方の小さな教会にあるピエタ像が載っていた。我が子キリストの遺骸を、自らの膝の上に見つめる母マリアの像。しかしそのマリアの身体は、肩といわず胸といわず、無数の長剣に刺し貫かれていた。

そう、マリアの痛みとは、すでにこうした永劫の肉の痛みでしかないのではないか――。佐伯はそんなことを思い、志津子と同じように深い吐息を吐いた。

その後、堂内の種々の彫像を見て回ったが、ミケランジェロのピエタの印象があまりに強烈で、すべては空々しいものに見えて仕方なかった。

そして佐伯はこのサン・ピエトロの堂宇を巡るなにもかもが、子の死を恐れ、それから目を逸らせ、それから逃れるための、それこそこけおどしの目眩ましに過ぎないと思った。

二人はそこからふたたびサン・ピエトロ広場に出て、城壁の下を廻り、右手の店の並ぶ通りの一軒で昼食を取り、さてヴァチカン博物館の入り口に向かった。

見学者の数は最初それほど多いとは思われなかったが、中に入り奥に進むにつれて次第に多くの人々で込み合ってきて、無数の部屋や廊下を進むのは、まるで雑踏する迷路を行くようであった。

それでもピオ・クラメンティーノ美術館ではラオコーン等、ラファエロの間では「アテネの学童」等、ピナコテカ（絵画館）では「キリストの変容」等を見て回り、さらにシスティーナ礼拝堂に辿りつきミケランジェロの「最後の審判」を飽かず眺めた。

だが、ここでアクシデントが起こった。システィーナ礼拝堂の天井画や壁画を見上げているうちに、佐伯は立て込んだ人波の間に、志津子の姿を見失ってしまったのだ。

初めはいずれ見付け出せるだろうと高を括っていたが、出口で待っていても、志津子は一向に現れなかった。佐伯はいつもこうなると、段々不安が募ってきて、ほとんどパニック状態となる。志津子の身になにか取り返しのつかないことが起こったのか。そしてもう二度と会うことができないのか。最悪、死んでしまったのか？

佐伯はいま来た道を引き返し、大小の部屋や廊下を一つ一つ見て廻り、多数の見学者の間に志津子の姿を探した。が、志津子は何処にもいなかった。

結婚当初、志津子の姿が見えなくなって、荒い波の打ち寄せる月夜の海辺に探しに出たことは前に書いた。あるいは十年前パリにいた時、ノートルダムで待ち合わせることにして部屋を出たのだが、志津子は一時間待っても現れなかった。いたたまれず堂内を出て、冬の厚い雲の垂れ籠める空の下、志津子を待った。

その時も佐伯はほとんど志津子の死を覚悟した。が、志津子はなにごともなかったようにオテル・ド・ヴィレの方から現れた（なんのことはない、佐伯が一時間、時間を間違えていたのだ）。

——一旦館外に出たが、こちらが無闇に動いてはいけないと思い、佐伯はリソルジメント広場に面した高い城壁の下を行きつ戻りつして、いつものように志津子がどこからか現れるのを待った。

すでに日も傾き、日陰になった道は薄暗く、心なしか人波も納まってきた。傍らを自動車がライトを点けて頻りに通り過ぎる。

すると幻覚が襲って来た。

佐伯は数年来、我が家に帰り着く時、家の直ぐ手前の四辻を曲がろうとすると、いつも我が家の前に葬式が出ているように、白木に吊るされた白張提灯が暗闇に明るく灯っている幻覚に怯えた。

それは角を曲がるともう消えていて、家に入ると志津子とキジ猫がいつもと変わらず迎えに出る。

その幻覚がこの時甦り、一瞬ヴァチカンを巡る高い城壁の下に、白張提灯が列をなして並んでいる光景が目に浮かんだ。

志津子の身になにかが起こったのではないか？　佐伯の不安はいよいよ募った。

そう、こうして佐伯はすでにあのころから、というよりつねに、志津子の身を案じ、その死を恐れていた。

佐伯は志津子の死を恐れていた。ばかりか、そうして志津子の死を恐れながら、つねにそれを遠ざけ、それを心の外に追いやっていた。

そのことを、厭というほど思い知らされることがあった。

志津子が亡くなる最後の一年、癌は肺を食み、気管を塞いだ。絶え間ない激しい咳と痰、そして朝と夕の高熱。

最後のフランス滞在の時、ルルドに出掛けて買い求めた木彫の小さなマリア像を胸に抱えながら、志津子は「もうこれ以上苦しませないで」と呟いていていた。

しかしまたしても激しい咳と痰。黄緑色に濡れた塵紙が、たちまち枕元に山となった。

その半年、志津子はほとんど横になって寝ることができなかった。病院のベットの上に坐り、頭を垂れてウトウトする。しかしまたしても激しい咳と痰。志津子は「辛い」と呟き、佐伯に向かって「わたしはもう駄目なの？」と聞いた。

もちろん「駄目」とは言えない。自分の心にも言えなかった。そして一日が終わり、深夜の病院の人気のないロビーを過ぎ、玄関を出ると満天の星。佐伯は一人になって、「我もまたいつまでかあるべき」と呟いていた。

最後、病院からも見放されて家に帰ってきた晩、主治医から電話が掛かってきた。その時主治医は電話の向こうで、

「シュウマツはどうしますか？」と訊いた。

しかしその時佐伯は咄嗟に、

「週末は家にいます」と答えていたのだ。なんと、佐伯はその期に及んでも、「志津子の終末」を頭に思い浮かべることができなかった。それほどに佐伯の意識は志津子の死を拒み、それを遠くに追いやっていたのだ。

佐伯はこのことを思い出すたびに、自ずと涙ぐまざるをえない。これほどにも怯え、否み続けた志津子の死。しかし神（もしそんなものがいたとして）は、佐伯の願いを歯牙にもかけず志津子を死なせた。佐伯は金輪際、神というものを信じない。

佐伯はまたしても、自分ながら暗澹とした思いに閉ざされていた。しかし何度でも言おう。この広大、壮大なカトリックの殿堂、無数の信者の群れ。が、どんなに広大、壮大な伽藍を構えようと、どんなに多数の参拝者を集めようと、すべては死に対して目を瞑り、死を忘れようとする夢想に過ぎない。あるいは永遠の生命を得んとする無邪気な妄想に過ぎない。

佐伯はそんなことを思っていた。もとより今に始まった感慨ではない。すでにずっと以前から、そして現に、そ

の信仰の大本山に立ちながら、その思いは変わらなかった。

すべては幻想なのだ――。しかし実のところ、今そんなことはどうでもいい。志津子の身に何があったのか？

と、ほとんど絶望に瀕した時、なんと人影の間から、志津子が何事もなかったかのように近付いて来た。


――以上は「南欧再訪」（拙著小説集『南欧再訪』翠流社、平成二十七年六月所収）から抜粋、転載した。直接白鳥に関係ないものだが、私（筆者）が白鳥に導かれ、培ったキリスト教への関心（信仰ではない）を端的に表すものとしてここに掲げた。――

〈アーメン〉記

生前の白鳥には一回だけ会った。会ったといっても、あれはたしか昭和三十七年の梅雨頃、早稲田の七号館の大教室で講演を聞いた時である。話の内容も忘れたが、会場一杯で、後ろの席から白鳥の小さな姿を遠望した。その次は、会ったとはいえないが、同年十月三十日白鳥の葬儀に、当時親しくしていた一級下の女子学生と、新宿柏木教会に赴き花を捧げた。本でしか身近に感じたことのない白鳥を、遺影ながら面前にして、感無量、最後の別れを告げた。同行した彼女も卒論に白鳥を扱う予定で、いろいろ語りながら帰路についた。

しかしその後「週刊朝日」に、白鳥が臨終の床で牧師植村環に向かい、「アーメン」を言ったという記事が載り、それをめぐって多くの人の印象やら感想が新聞等に喧しく報道された。細かなことはすべて忘れてしまったが、私は報に接し、ただちに「これって嘘じゃない?」という疑いしか湧かなかった。

それは白鳥の著作を読んでいれば、白鳥が青少年期の一時期を除き、生涯をかけて反キリスト教的言辞を語って動かなかったことは、あまりに明らかであると思ったからである。

その後、私は白鳥について多くのことを書いたが、今に至るまで、基本的に白鳥が反キリスト者として一生を貫いたという立場でしか、ものを書くことをしなかった。だからというか、私はその後、白鳥のキリスト教への回帰を論じた文献に、一切目を通さず過ごした。思えばいささか頑なにすぎたかもしれない。

ところが、私は最近、吉田達也氏より『正宗白鳥論』（翰林書房、平成三十年二月）の寄贈に与り、次のような記述に際会した。

《絶筆となった「白鳥百話」をめぐっては、その編集を担当した田邊園子による回想「作家の死　正宗白鳥とつね夫人」（『女の夢　男の夢』作品社、一九九二）がある。晩年の白鳥がキリスト教への〈回帰〉を表明したということは未だ喧伝されているが、それを覆す可能性のある、重要なエピソードを田邊は記されている。死を前にした白鳥が「植村環は善良な人だがチャラッポコをいう。わしは、すべてを捨ててキリストにつくほど大量ある人間ではない」と発言し、それをつね夫人が記録していた。結局この発言は、植村環牧師を慮ったつね夫人の意向により、雑誌に掲載（正宗つね「病床日誌」『文藝』昭三八・一）するにあたって割愛されたという。また植村が新聞紙上の追悼文で白鳥が罪を悔いて「アーメン」と唱和したと書いたが、それに対して白鳥の養嗣子が「うそですよ」と一言「言い放」ったという。瓜生清は田邊のエッセイの重要性をつとに指摘していたが（「正宗白鳥「今年の秋」論」『福岡教育大学紀要　第一分冊』第52号、二〇〇三・二）、白鳥とキリスト教という議論において、なぜか田邊の証言について触れられることは少ない。こうしたところにも、この論点に対する世の関心のありようが透けて見えるようである。》

私は早速田邊氏の本を取りよせて確認したが、すべては私の思っていた通り、まさに〈鏡に掛けて見る如く〉であった。ただこうして見ると、男の生涯というものは、つねに生き残った女によって変えられるもののようである。

――今回、書き下ろし。――

『文壇人物評論』管見

正宗白鳥は『文壇人物評論』(1)の序文に当たる「明治文壇総評―予が感化されし明治文学―」の中で、

《「されば、現下の私は、一定の人生観論を立てるに堪へない。今はむしろ疑惑不定のありのまゝを懺悔するに適してゐる。そこまでが真実であつて、其の先は造り物になる恐れがある。……虚偽を去り矯飾を忘れて、痛切に自家の現状を見よ。見て而して之を真摯に告白せよ。……此の意味で今は懺悔の時代である。或は人間は永久にわたつて懺悔の時代以上に超越するのを得ないものかも知れない」》(傍点白鳥。以下引用文中の傍点はすべて白鳥による。)

という抱月の「序に代へて人生観上の自然主義を論ず」の一節を引き、〈ここに信仰を求むる声と絶望の声とがある〉と、深い共感を示している。そう言えば、『文壇人物評論』の諸論は、自己をも含め、同時代を生きた文学者達の究極の姿が、概ねそうしたものとして、つまり〈一定の人生観論を立てるに堪へ〉ず、結局〈懐疑と告白〉に赴かざるをえないものとして、重い感懐のうちに辿られているといってよい。そしておそらくそこにこそ、また白鳥自身の偽らざる〈現下〉の心的境涯があったといえよう。

だが白鳥はその言葉に続けて、すぐ、

《……明治文学中の懐疑苦悶の影も要するに、西洋文学の真似で、附焼刃なのではないだろうか。明治の雰囲気に育つた私は、過去を回顧して、多少さういふ疑ひが起こらないことはない。》

と語っている。まことに身も蓋もない否定の言辞だが、しかし自己をも含め同時代の文学者に対するこうした無残、酷薄な批判に、良かれ悪しかれ『文壇人物評論』の一半の真実があったといえるのである。

だが――、では一体そのどちらに白鳥の本心があったというべきか。

それにしても、この二方向に分かれた発言は、大雑把に言って、日本近代文学におけるすべての発言を代弁しているといってよい。〈泡鳴氏の「苦悶即人生」説、花袋氏のよく筆にした「つらいつらい人生」説〉、いや鷗外にしても漱石にしても、みなギリギリの所で彼等の〈懐疑と告白〉を吐露していたのであり、それに対するすべての批評が、それを〈附け焼刃〉と痛罵してきたのではなかったか。

大岡昇平氏は『文壇人物評論』について、

《通読するのは殆んど三十年ぶりだが、そこに今日われわれが持つている明治大正文学に対する通念、或いはその後小林秀雄、中村光夫、平野謙などによつて発展定着された観点の、殆んどすべてが出揃つているのを見て、一驚したのである。……

小林秀雄の登場は昭和四年だから、白鳥の批評活動と、殆んど踵を接しているのである。そして日本の明治以来の文学を西欧十九世紀文学、自然主義文学との対比で捉える視点でも白鳥のそれを受け継いである。》

と述べている。(2)

だが、自らもその有力な一角をなした日本近代文学を、深い同情と同時に厳しい批判によって、つまりそのように激しく矛盾しつつ一体として語る白鳥の、心的位相とははたしてどのようなものであるか。とまれ言うならば、日本近代文学の一切の発言にも見合うこの『文壇人物評論』の、一見撞着した叙述、あるいは混乱した叙述が、白鳥一個の中で一体いかなる一貫性をもって語られていたのか。――以下その辺のことを、いささか究明してみることにしよう。

さて、この『文壇人物評論』において、当年の白鳥がもっとも強く景仰する作家として挙げているのは鷗外である。白鳥は「森鷗外」の中で言っている。

《近年の私は、明治以来の種々雑多の作品のうちでは、鷗外の作品を最も愛読してゐる。その文章の的確明快なのを好んでゐる。蕪雑の痕のないのを、読みながら快く感じてゐる。作品を通して窺はれる作家の心境に何となく親しみを覚えてゐる。何よりも鈍味なところのないのが気持がいゝ。》

さらに白鳥は、〈鷗外晩年の作品では「高瀬舟」と「妄想」とを最も好んで、これまでに幾度も読み返してゐる〉とし、ことに〈「妄想」は、最も聡明であつた一人の日本人の人生観として敬聴して、自省の資としてゐ〉ると言うのである。白鳥としてはまさに最大級の賛辞であり、中でも「妄想」は白鳥にとって、いわば〈一冊の書〉とでも称されるべきものであったといえよう。

白鳥は「妄想」について熱心に語っている。まず芥川の遺書にあったマインレンデルの名から鷗外の「妄想」を想い起こし、ベルリンにおいて鷗外が、〈青年らしい煩悶〉に寝られぬ夜、ハルトマンの哲学を繙き、その〈錯迷打破〉に強く引き付けられた経緯から語り始める。そして、

《マインレンデルはハルトマンの所謂「迷ひの三期を承認した」ところで、あらゆる錯迷を打破つて置いて、生を肯定しろと云ふのは無理だと云ふのである。これは皆迷ひだが、死んだつて駄目だから、迷ひを追つ掛けて行けと云はれない筈だと云ふのである。「人は最初に遠く死を望み見て、恐怖して面を背ける。次いで死の廻りに大きい圏を描いて、震慄しながら歩いてゐる。その圏が漸く小さくなつて、そろ〳〵疲れた腕を死の頂きに投げかけて、死と目を合はす。そして死の目の中に平和を見出すのだ」と、マインレンデルは云つてゐる。さう云つて置いて、マインレンデルは三十五歳で自殺したのであるが、鷗外自身は「死の恐怖が無いと同時に、マインレンデルの

死の憧憬もない。死を怖れもせず死にあこがれもせず自分は人生の下り坂を下つて行く」と云つてゐる。この境地はマインレンデル以上であるかも知れないが、しかし鷗外は、「謎は解けないと知つて、解こうとあせらないやうにはなつたが、自分はそれを打棄てて顧みずにはいられない」とも云つてゐる。

それで、ニイチエの超人哲学を読んだ彼れは、「懶眠の中から鞭うち起された」やうに感じたが、しかし「死」については、「永遠なる再来」は慰謝にはならないので、「ツアラツストラの末期に筆を下し兼ねた作者の情を、自分は憐れんだ」と云つてゐる。》（「妄想」について）

と引用をつづけ、〈その他、いろ〳〵「妄想」に書いてあることを、私は、歳を取るにつれて味はひ深く感ずるのである〉と語るのである。

さらに白鳥はこうも言っている。

《ハルトマンの所謂「迷ひ」の第三期は、幸を世界過程の未来に求めることにあるのだが、「これは世界の発展進化を前提とする。ところが世界はどんなに進化しても老病困厄は絶えない。神経は鋭敏になるからそれを一層切実に感ずる苦は進化と共に長ずる」のであつて、この根本的原理は、十九世紀末の哲学者の用意周到な説明を待たなくても分つてゐることである。五十世紀が来ても百世紀になつても、この原理が嘘になる訳はないと思はれる。

それで、初中後の「迷ひ」の三期を閲し尽しても、幸福は永遠に得られないと断じたハルトマンは「この世界は有るが好いか、無いが好いかと云へば、無いが好い。それらを有らせる根元を無意識と名付ける。それだからと云つて、生を否定したつて、世界は依然としてゐるから駄目だ。現にある人類が首尾よく滅びても、またある機会には、次の人類が出て、同じ事を繰返すだらう。それよりか、人間は生を肯定した、おのれを世界の過程に委ねて、甘んじて苦を受けて、世界の救抜を待つがいゝ」と云つてゐる。ところが、鷗外もマインレンデルも、かの「迷ひ」の三期説には同感しながら、この結論に達すると二人とも頭を掉つてゐる。それで、マインレンデルは「迷ひを打ち破つて置いて、生を肯定しろと云ふのは無理だ」と思ひ詰めて自殺した。しかし鷗外は頭を掉つただけであつた。そして、「永遠の不平家」として、「道に迷つてゐる。夢を見てゐる。青い鳥を夢の中に尋ねてゐる」と、自分で感じながら、人生の下り坂を下つて行つた。そして、その下り果てた所が死だといふことを知つてゐた。

私は「おのれを世界の過程に委ねて、甘んじて苦を受けて、世界の救抜を待つがいゝ」と云つた無意識哲学の結論は、必しも不当な結論であるとは思はれない。この哲学の結論から受ける感じも、一篇の傑れた抒情詩から受ける感じと同様なのであらうが、人間はそれをも滅却するに忍びなく作られてゐる。中世期を貫いた思想だつて、この結論と同じなのだ。》（同上）

以上長い引用を重ねたが、こう書き記して見ると、ここで白鳥が（おそろしく簡単、粗略ではあるが）、鷗外によりつつ、ほとんど究極のことを語っているのが判るのである。

ところで、ここで鷗外が、いやハルトマンやマインレンデルやニーチェが、そして白鳥が見据えているものは〈死〉である。しかし、〈死〉は見据えたとしてもどうにもならない。そのようにこだわらざるをえないものでありながら、どうにもならないものとして未解決なもの、無解決なものである。しかも未解決なもの、無解決なものでありながら、なお解決すべきものとしてこだわらざるをえないものなのだ。

そして何千年来、あらゆる〈哲学〉が、〈思想〉が、また〈文学〉が、つまりあらゆる形而上学がつねに語ってきたものとはつまり〈死〉であり、〈死〉こそ繰り返し語るべきもの、語らざるをえないものではなかったのか。白鳥若年の〈死〉の想念について詳述するまでもあるまい。それは年を経ても、強まりこそすれ消えはしない。いやむしろそれは問うことのうちになお一層禍々しいものとなり、さらに問われなければならないものとなったのだ。

それにしても、〈死〉を語ることとは一体なにか。その語ったとしてもどうにもならず、その意味で〈死〉を語るとはつねに空しいことではないか。〈死〉とはそれについて無限に問わせつつ、その問いを所詮空しいものとする。つまり何の答えもない、無言の状態にするのである。いわば〈死〉を語るとはそのように沈黙を招くことであり、人はその沈黙に向きあい、それに耐えなければならない。そしておそらくここに、〈死〉と〈文学〉の根源的な関係があるのだといえよう。

少なくとも白鳥にとってはそうであったのだ。しかも白鳥は、その逆説的な関係に〈澄み切つた晩秋の月夜〉のように、明哲に耐える人間の姿を鷗外に見たのである。〈謎は解けないと知つて、解かうとあせらないやうにはなつたが、自分はそれを打棄てて顧みずにはゐられない〉。しかしそうでありながら、〈「死を怖れもせず、死にあこがれもせず、人生の下り坂を下つて行つた」といふ、晩年に到着した彼れの平静な心境を、私は羨ましく思つてゐる〉と白鳥は言う。もちろん〈羨ましく思つてゐる〉というところに、自身耐えつつも依然揺らがずにはいられない白鳥の錯迷の深さがあるのだが、しかしゆらがずにはいられないとしても、なお白鳥は鷗外のごとく、あくまでも明晰ではありたいと願うのである。

ところで〈死〉を語るのが空しいとしても、〈死〉は問われなければならない。そして問うとは〈意味〉を紡ぐことであり、〈意味〉の中に〈死〉を、つまり〈生〉を捉えることではないか。もちろん、そうしたからといって、どうなるものでもないのだが——。

そうした〈意味〉の中に〈生〉を捉えようとする必死さ——。しかしそこには勢い、何もありえない所になにかを作り出し、不可能なものを可能に変えようとする性急さ、強引さ、さらには尊大さがありはしないか。もとよりそれは、語るということの当然の定めなのだが——。そしておそらくここに白鳥の見た漱石の姿があったのである。白鳥は『文壇人物評論』において、漱石を徹底して批判している。しかしそれは一方的で不用意な批判ではない。

愛憎半ばしつつ、しかもそこには、批判せずにはやまないというような緊迫感がある。白鳥にそのような心熱を生ましめたものはなんであったのか。

白鳥が「虞美人草」を「八犬伝」に見立てたのは有名である。「夏目漱石」に曰く、

《「虞美人草」を通して見られる作者が、疑問のない頑強なる道徳心を保持してゐることは、八犬伝を通して見られる曲亭馬琴と同様である。》

たしかに「八犬伝」がそうであるごとく、「虞美人草」において世界は〈意味〉に充ちている。漱石は〈意味〉を示し、〈意味〉を充たし、自足する。しかし白鳥はそれを空しい〈理屈〉だという。そしてその〈どのページにも頑張つてゐる理屈〉に〈うんざり〉すると言うのだ。

繰り返すまでもなく、語るということはどうにもならないものを語るということである。しかし語るということは〈意味〉を避けえない。だがその〈意味〉によってすべてが解決したことにはならないのだ。〈意味〉を選ぶということは、〈意味〉を選びつつ、なお不断にどうにもならないものの暗黒の深みに下ってゆくことではないか。つねにその暗黒の深みに脅えたじろぐことではないか。そしてここに白鳥は漱石と己れとの、微妙だが、しかし決定的な違いを見出していたかのようである。

むろん白鳥は、漱石が自身どうにもならないものの暗黒の深みへ下っていったことを見逃してはいない。

《聡明炯眼な彼れは、たとひ多く書斎裡に蹈蹐してゐても、門下生や崇拝者に取巻かれて太平楽を云つてゐたとしても、魯鈍な観察に安んじてゐなかつた。人間のいろ〳〵な心理を見る目は光つてゐた。「虞美人草」は、前期の漱石の趣味に蔽はれて、小説的人物は、たゞお粗末な形を具へてゐるに留まつてゐるのだが、それからはじまつて最後の「明暗」まで、彼の小説道の努力は続いた。》

そして白鳥は〈漱石の人生観察心理解剖が、一作毎に深くなつて行く〉あとを追っている。「それから」「門」

「彼岸過迄」「行人」。そして「心」を白鳥は〈厳粛である。陰鬱である〉と評し、〈ついにどん詰りまで来たやうなものである〉と断じている。人間のいかんともしがたい暗黒の深みに、漱石が誰よりも深く下っていっていることを白鳥はむしろ驚嘆の念をもって語っている。〈兎に角漱石は凡庸の作家ではない〉。だがにもかかわらず白鳥は、〈どこまで行つても理詰めな感じ〉がする、〈へまなところがなさ過ぎるので窮屈〉であると詰《なじ》るのである。

《『道草』の結末に曰く、

「世の中に片付くなんてものは殆んどありやしない。一ぺん起つたことは何時までも続くのさ。たゞ色々な形に変るから、自分にも解らなくなるだけのことさ」

しかし、漱石の小説は、氏の聡明な頭で、ちやんと片付けられてゐるものが多い。》(「『道草』について」)

おそらく白鳥は、永遠に未解決であり無解決なものを解決しようとする漱石の壮絶な力技に瞠目しながらも、しかし漱石がそのことを通し、いつかは最終的な解決に至ることができるだろうと希望し、またそのことによって、すでに揺るぎない解決を先取りしていると猜疑しているかのようだ。

たしかに、人にそのような解決を力強く確信させる所に漱石の真骨頂があり、彼の大衆的な人気もそこから生まれるのであろうが、しかしもしそうだとすれば、それは語るというあの永遠にどうにもならないもの、いわば無際限なものに無際限に関わること、あるいは関わらざるをえないことへの裏切りであり、そしてそれを裏切りと感ずる所に、それこそ白鳥的懐疑の真面目があるといえよう[3]。

《「人生とは何ぞや」の問題が永久に分り切らない如く、「文学とは何ぞや」の問題も永久に解決されないやうに思はれる。》

と白鳥は詠嘆する。しかし語るということがつまりこのように、「何ぞや」と問いつつ〈永久〉に答えられないことであるとすれば、語るとは畢竟、答えのない問いに無窮に耐えることではないか。そしてこの点で、白鳥が誰よりも重大視するのは、やはり藤村なのである。

白鳥は〈明治以来の文学者の誰よりも藤村氏にたいして、私は終始変らない敬意を寄せて来た〉と言う。〈私は、藤村氏にだけは、いつも自分から一目置いてかゝるといふ気持がしてゐた〉とも言っている。そして、《私は藤村氏の文学的天分が群を抜いてゐるとは思つてゐない。その作品が必ずしも傑出してゐるとは思つてゐない。鷗外の聡明なる頭脳、漱石の豊かな文才こそ、他の群小作家を圧してゐると信じてゐるが、藤村氏にはコツ〱と倦まずたゆまず自分の道を歩んで来たその辛抱力に感心するのである。「人の一生は重荷を負うて遠く行くが如し」と云つた感じがする。（中略）氏は、フローベルの「禀才は根気なり」といふ言葉を屢々思出してゐるが、この言葉は、氏の作品の批評にもなるものである。私は、氏の才能に感心するよりも、その根気に感心するのだ。明治以来の作家に最も欠けてゐるものはこの根気である。傍で何と云はれようと、氏は黙々としてこの根気をも失はないで来た。「運、鈍、根」といふ諺は氏の生涯に当嵌められそうにも思はれる。「私のやうなものでもどうかして生きたい」と、氏はある小説の中に書いてゐる。「どうかして人生を知りたい」と氏はそれを絶えず望んでゐた。誰れだつてどうかして生きたいとし、どうかして人生を知りたいのだが、氏の小説を読むと、その気持が痛切に根気よく現はれてゐるのだ。藤村小説集を読む人は、このどうかしてといふ気持がねばり強く出てゐるのに目を止めるように私は忠告して置く。案外藤村氏の小説よりも遊び派の漱石の小説などの方に、人間の心理が深く洞察されてゐることもあるのだが、私は才不才、能不能よりも、人間の態度に、時としては一層多くの敬意を払ふことがあるのである。》

と「島崎藤村」に語っている。これは白鳥にして、殆んど最大限に真率な言葉である。〈正座して人生を見極めようといふ態度は六十年間を通じて崩れてゐなかつた〉という藤村。そしてそのいわば終わりない忍苦を、まさに誰にもまして真剣に、重厚に耐えた藤村を、白鳥は躊躇せず自らの日本近代文学史の王座に据えるのである。

ところで、〈語る〉ということが無際限なものに無際限に関わることだとしても、言語は有限である以上、いつかそれは、終わらなければならない。いや実際はもうとっくに終わっているのだ。しかも終わっているのにまだ続いているとすれば、つまりは繰り返しているだけなのだ。だからこの場合、語られたとしてもそこにはなんの新しさもないというべきなのである。

従って、語ることが〈意味〉を齎すとしても、しかしその〈意味〉はすでにあったものであり、しかも他に取って替わられたものであってみれば、つまりそれは、そのように相対となり部分となったもの、そのように価値と中心を失ったもの、要するにただの形骸もしくは断片でしかないのである。

《……私は、よつぽど前に、坪内博士を訪問した時「世の中の出来事にさう珍らしいことはないやうですから、文学に扱ふ材料も大抵似たり寄つたりで、詰り文学の価値は技巧だけぢやないでせふか」と云ふと、博士は「二葉亭がさう云つてゐた、文学は技巧だけのものだと云つてゐた」といはれた。……》

と「二葉亭四迷」の中で白鳥は、過去の一齣を回想する。たしかに人生に〈さう珍らしいことはな〉く、語ったとしても〈似たり寄つたり〉のものでしかないのである。だがそうだとすれば語るということに、一体まだなにごとが残されているというのか。ただの形骸と断片を、そうでありつつ、にもかかわらず語ること、ただひたすらに語るということではないか。まさしく二葉亭の「平凡」がそうであったごとく――。

たしかに、語るべき絶対の真実などもうありはしない。あるのはただ〈語る〉という運動の持続だけである。その意味で〈語る〉とは限りなく無意味なのだが、しかしそうだとしても、現代ほど、〈では何で語るのか〉というわば〈窮乏〉の状態に、人が晒されている時代もないのだ。

そしておそらく、白鳥が生涯に亙って固執したいわゆる日本自然主義の方法、すなわち、およそ形骸に等しく断片に等しい日常の些事の継起を、ただひたすら〈有るがまゝ〉に語らざるを得ないとするのも、彼がこの〈窮乏の時〉（ヘルダーリン）において、つまりこのなにも語る必要のない所でなおなにごとかを語らなければならないという時代にあたり、いわば人はなるがままに身を任せ、すべてを受け容れるしかないのだ、ということに思い至ったためではないか。

白鳥が抱月の、あの〈今はむしろ疑惑不定の有りのまゝを懺悔するに適してゐる〉と言い、〈今は懺悔の時代である。或は人間は永久にわたつて懺悔の時代以上に超越するのを得ないものかも知れない〉と言う述懐に強い共感を示すのも、まさにこの〈窮乏の時代〉という認識においてであろう。いや抱月や白鳥ばかりでない。日本近代文学史におけるすべての良質な作家が、そのような時代の根源的な危機を痛切に味わわなければならなかったのである。

ところで、白鳥は師逍遥の〈没理想論争〉について度々言及する。たとえば白鳥は「マクベス評釈の緒言」に触れつつ、

《逍遥先生が、幾冊かのシエークスピアを読んで、この脚本作家の作品には、勧善懲悪の主旨が宿つてゐないのみならず、何等の理屈も現はれてゐないで、自然の姿そのまゝであることを感じ「没理想」の作品であると断じたのは、あの頃の日本の文学者としては、独創の批判力を有つてゐたと云つてい丶のだ。「主観」及び「客観」と云ふ平凡な初歩の文学評論の用語さへ知られてゐなかつた当時の文壇で、独自一己の読み方をして、沙翁脚本には、理想がない、「没理想」であると直感したのは、頭脳凡庸でないと云つていい。》（「坪内逍遥」）

と称えている。なるほど逍遥は、その〈博大なる常識から、宇宙の没理想を感得〉（「明治文壇総評」）した。〈宇宙〉は一切の限定をこえて無限である。ならば〈宇宙〉は、一切の限定を撥無し、身を虚にし、その〈有るがまゝ〉に

従わずして、どうしてその全影を明かそうか。いや一端をも明かしはしないのである――。

そして白鳥は、まさしくこの逍遥の一種絶望的な〈直感〉に、日本近代文学史の深い淵源を見るのである。

白鳥はさらに、逍遥が早稲田の教場でフローベルの読後感を語ったという記憶を辿り、

《逍遥先生にしても、フローベルなどを英国の小説以上に心読されたとは思はれないが、「没理想論」を推し進めたなら、フローベルなどと文学感の相通ずるところがあつた筈だ。田山花袋の信念と共鳴すべき筈であつたと私は感じてゐる。》

と続ける。そして、〈「天稟の詩眼によく人間を観破し、不偏公平の筆をもて自然のありのまゝを描きしならんか」〉という逍遥の沙翁評を引きながら、さらに、

《自然の有りのまゝを描かんとは、田山花袋などの熱説したところで、自然主義の本領とされたのではないか。早稲田文学は「記実」を志し、「談理」に耽らざるべしと、執筆態度を明かにされてゐるが、この態度は小説の上にうつすと、現実の客観的描写を是とすることになるのである。島村抱月氏が自然主義の仲間に入つて、この流派の新意義の闡明に努力されたのは、逍遥先生が早く直覚されただけ放任された「没理想」精神を、無意識に受嗣いで、発展させ追究させたやうなものである。》

と言っている。

《「自然は善でもない、悪でもない」と人生を観じて、作者は、さま〴〵な理想に捉はれず、その束縛を受けないで、超然としてゐることをもつて文学の極致であるやうに信じてゐたのは、後年の自然主義の「有るがまゝに描け」と云ふ理論と似通つてゐて面白い。この「没理想論」は今日の文壇に当嵌めて読んでも面白い。》

とも言っている。すなわち白鳥は、逍遥の〈没理想論〉のその後の継承、展開にそれが意識的であるか無意識的であるかにかかわらず、日本近代文学史の幹流を辿るのである。

しかもその結果、白鳥は日本近代文学史が他ならぬ自然主義によって、就中、花袋によってその本格的な出発を遂げたと断言する。いわゆる白鳥的日本近代文学史の成立である。――

白鳥は花袋を、〈明治文学史に最も巨大な印象を留めた作家である〉とする（「田山花袋」）。花袋がその熱烈な西欧近代文学の繙読を通して、たとえそこに誤読、独断があったとしても、日常の些事の連なりを〈有りのまゝ〉に描写することを小説の〈本道〉とした直観を、白鳥は何よりも日本近代文学史の重大な一歩とするのである。〈「蒲団」は、何と云つても、明治文学史上の画期的の小説である〉と白鳥は強調する。そして〈賛成者でも反対者でも、盛んに自分々々の「蒲団」を書き出し、自分の恋愛沙汰色欲煩悩を蔽ふところなく直写〉するようになったと付け加える。しかも、それは〈機運が熟してゐたためであらう〉と白鳥は言う。〈時代の風潮〉とも言っている。おそらく白鳥は、他にありえようがなかった日本近代文学史の重い宿命をそこにみているのである。

《田山氏も模範としてゐたゴンクールの「ジヤーミナルラセルトウ」は、作者が叔母の家の下婢をモデルとして、事実そのまゝを写し取つたと、自分で自慢してゐたもので、自然主義小説の最上の見本とされてゐるが、それにさへ、批評家の研究によると、幾多の作為の痕はあるさうだ。しかし、それは止むを得ないことで、出来る限り「真実を描くこと」「有るがまゝに描くこと」を目指すのは、創作態度として甚だよろしきを得ているのだ。》

白鳥にとって、西欧自然主義のリアリズムこそが正統であり、日本自然主義の〈有りのまゝ〉はそれに対する無知、半解でしかなく、だから駄目だというがごとき後代の批判は、多分笑止ですらあったろう。問題はそれほど単純ではない。問題は洋の東西を問わず〈真実を描くこと〉であり、だがしかしそれが、結局〈有りのまゝに描くこと〉をおいて他に不可能であるということ、つまりその二つのものが表裏のものとして、まさに牢固として割きがたいという深い必然の中にこそあるといえよう。

繰り返すまでもなく、すでに語るべき絶対の真実などありはしない。有るのはただ語るという運動の持続だけである。つまりは〈意味〉を欠いた形骸と断片の連なり、終わりない囁きと呟きがあるにすぎない。

だがそうだとすれば、その語るという空しくとめどない動作の持続とは、これまた日常の空しくとめどない些事の連続、あるいは脈絡を失い猥雑を極めた事実のひとつひとつを、そのままなぞることによって、真に決定的なものとなるのではないか。

いわば語られるものの止めどなく空しい継起を、にもかかわらずひたすらなぞることによって、語るという止めどなく空しい所為の持続を、究極のものとすること、そしてそれに絶望的に耐えること、そこに〈有るがまゝに描くこと〉の深い必然があったのである。（しかもそうだとすれば、ここにはまさに、〈現象学的還元〉とも称すべき方法が自覚されていたのではないか。）

〈何としても、「記実」はいゝことである。小理論に耽るよりもいゝ〉と白鳥は言う。そしてこの逍遥に端を発し、抱月、花袋に、意識、無意識をこえて受け継がれた〈有りのまゝ〉の源流は、藤村を巻き込み、泡鳴、秋声、さらに白鳥自身をもとらえて、日本自然主義の大流と化したと白鳥は言うのである。いやそればかりではない。二葉亭が「平凡」で、〈「近頃は自然主義とか云つて、何でも作者の経験した愚にも附かぬ事を、聊かも技巧を加へず、有りの儘にだらだらと、牛の涎のやうに書くのが流行るさうだ。好い事が流行る。私も矢張り夫れで行く」〉と書いたのも、〈必しも戯談ではあるまい〉と白鳥は言う。あるいは〈日本流の自然主義の「有りのまゝ」主義を標準として批判すれば、鷗外晩年の作品の多くはその標準にかなつてゐるのではあるまいか〉というように、白鳥は鷗外晩年の史伝にもまた、自然主義の波濤は押し寄せていたとするのである。

《田山氏などを先達とした日本流の自然主義の扶植した勢力はなかなか衰へなかつた。自然主義の作物と分類される種類のものは衰へたとしても、田山氏などのはじめた新小説作法は、いつまでも追随者が多かつた。》と白鳥は、「田山花袋」のなかで言う。そしてその重い必然を漸次確認するわけなのだが、しかしにもかかわらず、白鳥は、〈しかし、自己の生活を無技巧の筆でぶちまけるのを文学の正道のやうに思〉うことを、〈当を得たとは思はれない〉と留保しなければならないのである。

白鳥は蘆花晩年の長編小説「富士」を〈醜悪〉〈無慙〉で、〈読みながら面を背けたい思ひをした〉と言う（「蘇峰と蘆花」）。また秋声後期の恋愛小説「春来る」を読み、呆然として〈満身に冷汗を掻いた〉と言ったのは周知であろう。ともに〈現実暴露〉であり、自己とその周辺をまさに〈有りのまゝ〉に描いた作品でありながら、白鳥はそれらに対する嫌悪を隠さないのである。ことに自然主義の同僚として遠く共に歩んできた秋声、人生世相の事実を誰よりも〈有るがまゝ〉に捉えて荘厳ですらあった秋声の文学が、見るも無惨な頽廃を呈していることに、白鳥は深い吐息をつかなければならないのである。

白鳥は「徳田秋声」において、〈臆面もなく材料をぶちまけてゐる〉として厳しく秋声を難詰する。つまり〈有るがまゝ〉が〈次第に馴れつこになつて、臆面もなく何でも書き得る〉というようになっていると言うのだ。たしかに、花袋の主張した〈小説作法〉は、一面あまりにも〈創作を容易なものに思はせた〉。しかもその結果、猫も杓子も〈頻りに、自己の日常の言行録や身辺雑記を発表して飽くところを知らぬ有様〉とはなったのだ。だが、〈日常の言行録や身辺雑記〉ということであるなら、〈下手に骨を折った小説よりも、書きつ放しの日記の方が面白いに極つてゐるのだ〉と白鳥は言う。そして、

《オーガスチンの懺悔録は作り物語よりも読み応へがする。ゲーテの自叙伝は彼の戯曲や小説以上に面白い。一葉の日記もその小説に劣らない妙味を有つてゐる。パシカツトセエツフ女子の日録も極めて面白い。普通人の心覚えの日記だつて生中《なまなか》の小説よりも興味があり有益である。》

と列べる。だが白鳥は、〈しかし、純粋の戯曲や小説は日記以外自伝以外の魅力を保つてゐる筈だ。凡人の日記や自伝がすなはち芸術であるとは云へない〉と思い返さずにはいられないのである。要するにここには依然、なんとしても〈純粋の戯曲や小説〉を、つまり〈純粋な芸術〉を思い描かずにはいられない白鳥がいるのである。

なるほど語るということが、一切の〈意味〉を失い、ただ〈語る〉という運動の持続でしかないとすれば、それはひとえに日常の些事の連なりに依拠し、その中に消え去ればよい。（そしてここに日本自然主義における文学否定、芸術否定の本質があるのである。）だが〈語る〉ということは、にもかかわらず、なおなんらかの〈意味〉を追い求めることではないか。いやそれこそが、語るということの本然の定めではないか。

しかし人は往々、〈有りのまゝ〉に狎れ、いつの間にか〈意味〉を追い求めることを忘れてしまうのかもしれない。その安逸と懶惰――。それは〈有りのまゝ〉において、あの秋声でさえ時に避けることのできなかった陥穽であるのかもしれない。

しかし〈与へられなくても、求むる心を没却してゐるのではない〉と白鳥は呟く[4]。おそらく白鳥が、安易に〈有りのまゝ〉であることを自他ともに厳しく拒否するのも、そのことがあの語るということの本来の定めを、頭から投げてしまっているからであり、そのことを彼の永遠に〈求むる心〉が、いわば彼の不滅の作家魂が容認できないからであるのだ。

が、断るまでもなく、たとえ永遠に追い求めるとしても、なにかがあったわけでもなく、なにかがあるわけでもないのである。だがここが肝腎な所だが、そのことを承知の上で、だから、かつてあるがままに、そしていまあるがままに、つまりまさに永遠に〈有るがあまゝ〉でありながら、なおそれを追い求めること、夢見つづけること、そこにこそ人にまだ残された一切があるのだと白鳥は言うのではないか。

白鳥は「田山花袋」において、花袋晩年の長編「百夜」「恋の殿堂」「残雪」を論評している。まず「百夜」を読んで、〈世に忘れられてゐる作品、埋没されてゐる芸術を独りで鑑賞してゐるやうな興味があつた〉と白鳥は言う。〈私は記憶に深く刻まれてゐる花袋氏生前の面貌を思浮べながら、この長つたらしい小説に現はされてゐる氏の心の動きを見続けた〉と語る。そして、

《「百夜」には、この作者が数十年来取り扱つて来た人間愛欲の諸相が丹念に描写されてゐるに過ぎないのだ。描写と云ふよりも記録と云つた方がいゝかも知れない。それも、くどい記録である。愚直と云つていゝほどに、自分の感想を蔽ふところなく打明けてゐるので、「もう沢山だ」と読者たる私は、作者の愛欲感に食傷する思ひをした。》

と酷評するのである。

《今日の時世に、——政治経済軍事に関して逼迫した現実が渦を巻いて、三勇士や憂国の志士が続出してゐる今日——男女の愛欲を全生命としてゐる小説なんか読んでゐると、時代離れしてゐるやうである。同じ男女の情事を書いても、もつと陽気に、もつと美しく、もつと劇的に映画的に、所謂「小説」らしく描いたのでなければ、世上の小説読者に喜ばれないに極つてゐる。私自身にしても、これらの小説は芸術を欠いてゐるやうに思つた。「下手だなあ」と思つた。》

そして白鳥は、それ等の長編を読んでも〈表現のうまさに感動したところ〉はなく、〈朗々誦すべき名文句に接したこと〉もないと言う。要するに〈野暮〉であり、〈田舎くさくて粗野〉であると言う。しかし、にもかかわらず白鳥は、〈だが、さういふ芸術的欠点に満ちてゐるに関はらず全部が誠実なる人生記録であることに於いて、他の多くの作家の芸術を圧してゐる〉と振り返らずにはいられないのだ。

〈「百夜」「恋の殿堂」「残雪」には、氏の一生の愛欲生活のすべてが収められてゐる。氏の文学の集大成と云つて

い〵〉と白鳥は続ける。しかも〈愛欲の陰影がいろ〳〵に現はれてゐる上に、当人以外に子女の恋愛のもつれが起つてゐるので、人生が複雑になつてゐる〉として、

《この作者が自分の子供の情事についても遠慮なく解剖のメスを揮はんとしたのは、主義に忠実なる訳であるが、それは十分に効を奏してはゐない。効を奏してはゐないが、作者――小説の主人公――の心の悩み、生存上の葛藤が二重にも三重にも面倒になつてゐることが分つて、私にも生きた人間の世の知識が与へられるのである。世上の多くの家庭、多くの人々の生活の実相を暴露したら、この作者の心と共通したものが案外多いのではあるまいか。従つて、これ等の小説は浮世離れした閑文学であるどころか、われわれの現実生活に肉迫した分子に富んでゐるのである。私は読みながら、絶へず自分や自分の周囲を顧みた。》

と言うのである。

たしかに、相も変わらぬ〈愛欲〉の世の中なのだ。白鳥はそう花袋に賛同しながら、

《銀座漫歩の人々にも、ラツシユアワーの群衆にも、日常生活の雑多紛々の表面的事件を除いて、核心をのぞいて見たら、そこには何等かの形で、女人礼拝の面影が存してゐるのに気づくであらう。日本の男子は今なほスパルタ的道念を尊んでゐるため、女人礼拝を斥けてゐるらしい顔をしてゐるが、実際は女人を中心に、産めよ殖えよ愛せよの生存率の下に活動し、そのためにさま〴〵な社会生活苦を嘗めてゐるのだ。》

と自らの思いを述べている。まことに白鳥御決まりの文句だが、しかしこれを誰も否定できはしないのである。

白鳥は「恋の殿堂」における父娘の〈論争〉を深い感慨を込めて引用している。

《「しかし、親は子のためにばかりこの世に存在してゐるのではないよ。親だつて子にかわらない苦しみもするよ。子のためにならないことでも止められないこともある」

「それはさうでせうけれども。……さういふ個人的な心の境は、父さんなんかはもうとうに通り越して来てゐる

筈だと思ふのです。もつと先まで行つてゐて下さらなければならない筈だと思ふのです。」
「ところが通り越して来てゐないんだ。昔の通りなんだ。……お前などにはまだ分るまいが、この年までおれは異性のうちに恋を求めて、一つとしてその恋を本当に掴んだためしがないのだ。そして、さういふ風にして恋愛放浪をやつてゐるうちに、いつか年は遠慮なく経つて行つて、もう髪は白くなる。額は皺で満たされる。さうでなくてさへ駄目な奴が一層駄目になる。そして、お前などからは、年を取つたといふ唯一つの理由で、さういふことは人間のやることでないやうに非難される。しかし政子。この父親だつて、若い人達と少しも変つてはゐないのだ。熱い血が燃えてゐるのだ。それでゐて、もう誰れにも相手にされないのだ」》
〈かういふことを感じてゐるのは、彼れが特種な人物であるためではないと思ふ。公言するかしないかの相違で、多くの人がひそかに感じてゐることではないだらうか〉と白鳥は付け加える。そしてさらに、
《「幸福なんて、一生金の草鞋でぐる〳〵廻つて探して歩いたつて、とても見付からないものかも知れないのね」
田山氏に多数の小説の題材たる経験を与へた女をして、彼女の一生の結論見たいにこんなことを云はせ、作者をしてメーテルリンクの「青い鳥」を思ひ出させてゐるが、私が、この作者の晩年の三大長編を通読して、特に心に留まつたのは、作者の空想の楽みと宗教的陶酔とである。》
として、
《これ等の小説の主人公は、さま〴〵な障礙はあつても、愛人に会つては生甲斐のある悦楽を覚えてゐるのであるが、しかし、女を目標としてさま〴〵な空想を逞ふしてゐるところに、却つて純粋の悦楽があつたのではないか思はれる。「蒲団」以前、すなわち、「名張乙女」や「野の花」時代と同様の女人憧憬の空想が、六十歳近い作者の頭脳に漂つてゐるのだ。老人になると、頭脳が枯渇して空想の華が萎むと、一般に思はれてゐて、私などもさう信じてゐたが、これ等の小説で見ると少女にあこがれて詩を作つてゐた時分と同様に、独りで恋の境地を空想してホ

く〳〵喜んでゐるのだ。現実々々と云つても、空想の領分は広く、且つ人間に取つて重い価値を有つてゐることは、これによつても察せられる。そして、田山氏だけが特種な老人であつたためではなく、多くの老人が、皺や白髪に外形の衰へは見せながらも、恋愛その他について、二昔も三昔も前のたわいのない空想を有つてゐるのではあるまいか。……それは哂ひ事ではない。》
《「だつて、君、人生にそれより他に何があるかね。事業とか名誉とか、さういふものも一時は大きなものであることはあり得るさ。しかしさういふことは雪か霧のやうなものだからな。忽ち消えてなくなるからな。ところが男女のことはさうは行かない。死ぬまでくつゝいて来てゐる。人間は墓穴までその心を運んで行く」と、作者は屢々さういふ感慨を洩らしてゐるが、田山氏自身忠実に墓穴までその心を運んで行つたのだ。》
と言うのである。例の辛辣無双な口吻は影を払い、白鳥はここではもはや、襟を正して花袋の言葉に聞き入っている。たしかに相も変わらぬ〈愛欲〉の世の中なのだ。しかもその〈愛欲〉の世の中を、〈経験さへあつたら、誰にでも書けさう〉に、それほど〈凡庸丸出し〉で、だが〈誠実と根気と体力〉一本で、ただひたすら〈有りのまゝ〉に写し取っていった花袋――。むろんだからといって、あるいはだからこそ相も変わらず、従って、かつてあるがままであり、またいまもあるがままの〈愛欲〉の世の中なのだが、しかしそれでもなおそこでは、それはつねに追い求められ夢見つづけられている、つまり限りなく遥かなもの遠いものとして、〈空想〉と〈陶酔〉の中に輝くものへと高められているのだ(5)。

さて、だが(またしてもだが)――、こうして永遠に〈青い鳥〉を探し求めることが、まだ残されていることのすべてであるとしても、いうまでもなくそのことは、その〈青い鳥〉に焦がれるまさに〈現下〉の渇きを癒しはしない。救いはしないのである。

白鳥は藤村、花袋の文学、ただひたすらに渇きを耐える彼等の文学を諾いながら、しかし〈それは決して人に希望を与へるものではない〉と結論しなければならない。

いや白鳥は「島崎藤村論」の最後に、

《「稟才は根気なり」といふ言葉の意味は年少の頃から動かすべからざる世上の真理として聞かされてゐて、それに反対するのは横紙破りのやうであるが、少なくとも文学芸術については根気は根気稟才は稟才で、根気だけで達し得るところは高が知れてゐるやうに、この頃の私は痛切に思ふやうになつた。我々は何十年可成りに根気よく書き続けて来たが、やはりどうにもならないと絶望を感じてゐる。》

と嗟歎する。おそらく、日本近代文学に対する白鳥の〈貧寒〉といい〈浅薄〉という無惨、酷薄な批判も、この〈絶望〉が時に激しい自嘲に変わる所に生ずるといえようか。

しかし〈根気〉だけではどうにもならないとしても、なおその無力な〈根気〉だけに縋らざるえない所に、時代の〈窮乏〉がなによりも鋭く顕われていることは繰り返すまでもない。とすればこの〈窮乏〉の危機に〈絶望〉し、時に自らを苛むような激しい否定の言辞を吐く白鳥の尻馬に乗って、日本近代文学を嘲弄するがごとき賢しらは、慎まなければならない。なぜなら、その〈絶望〉こそが、おそらく白鳥の残された〈希望〉の一切を語ってもいるのであろうから。

注

（1） 白鳥の出発が批評にあったことは人も知る所であろう。白鳥は以後も断続的に評論の筆を揮うが、大正十五年一月以降「中央公論」に文芸時評、演劇時評を連載、ことに好評を博した。それ等は『文芸時評』（改造社、昭和二年一月）『現代文芸評論』（同四年七月）に収録されたが、この中の作家論とその後に書かれたもの若干が集められて『文壇人物評論』（中央公論社、昭和七年七月）に編纂された。さらにそののち書かれた評論は、『我最近の文芸評論』（改造社、昭和九年六月）、『文壇的自叙伝』（中央公論社、昭和十三年十二月）に編纂され、またその後数編が新たに加えられて『作家論』㈠（創元社、昭和十六年八月）㈡（同、同十七年一月）となった。白鳥の著作の中でもっとも反響を呼んだもののひとつである。小論はこの『作家論』をテキストとしたが、主な引用文のうち『文壇人物評論』にないものは初出の表題を注して示した。

（2）「正宗白鳥一面」（『正宗白鳥全集』第六巻月報、新潮社、昭和四十年八月）。

（3）このことについて、拙稿「『歴史其儘と歴史離れ』」（『鷗外白描』所収）で論じた。

（4）「ある日の感想」（「国粋」大正十年六月、のち『光と影』『泉のほとり』等に所収）。

（5）白鳥は藤村の「新生」を評して、〈「新生」は冷静なる人生鑑賞でなくつて、主観の発露である。苦悩に鍛へられた主観が宗教的恍惚境に達するほどに高調されてゐる。さういふ点で明治以来の文学で他に全く類のないものである〉と言い、〈作者は描いてゐるのでなくて唄つてゐるのだ〉と言っている。同じことであるといえよう。

——初出は「正宗白鳥『文壇人物評論』管見」（「国文学研究」第七十八集〈特集「早稲田と近代文学」〉、昭和五十七年十月）、のち『鷗外と漱石—終りない言葉—』（三弥井書店、昭和六十一年十一月）所収、その際『文壇人物評論—批評の反照—』と改題、今回「『文壇人物評論』管見」に戻す）——

『作家論』

正宗白鳥は早稲田を卒業してから読売新聞に入り、文芸欄を担当しながら文芸評論に筆を振るった。のち小説を書いて文壇に登場したが、もともとは評論家として出発したのである。その後は自然派の中心的存在として重きをなしたが、断続的に評論の筆も執っていた。しかし大正十五年一月より「中央公論」に、名編集長の誉れも高かった滝田樗陰の要請で文芸評論を連載、ことのほかの評判で、人々に評論家白鳥の名を再認識せしめたのである。

この中から作家論だけが集められ、まず『文壇人物評論』（中央公論社、昭和七年七月）となったが、さらにそれを土台として『作家論』(一)(二)（創元社、昭和十六年八月、同十七年一月）が出された。白鳥の著作の中でもっとも読まれたもののひとつであるといえよう。(一)(二)あわせて取り上げられた作家の数は約四十。明治、大正、昭和三代に活躍した作家の主立ったものがほとんど網羅されているといってよい。

もちろん花袋や藤村など長く親交のあった自然派に対するものが、回想等に彩られてもっとも読みごたえがあるが、自然派以外の鷗外や漱石に対するものも力作が多い。また芥川等後進に対するものも、それぞれに特徴のある論が展開されていて印象深い。個々の作家論としてばかりか、大岡昇平氏が〈今日われわれが持っている明治大正文学に対する通念、或いはその後の小林秀雄、中村光夫、平野謙などによって発展定着された観点の、殆んどすべてが出揃っているのを見て、一驚したのである〉と語っているように、まさに独創的な文学史としても読めるのである。

だがそうだとしても、ここには文学を歴史として一般化し整理しようなどという観点は微塵もない。ただ生きることさえ大変なのに、なぜ人は文学などという無用なものにかかずらうのか。しかもそうした徒労の情熱の中にこそ人間の真実を見定めんとする白鳥の、人生や文学に対する、それこそ甘ったるい幻想を拒んだ、その意味で素っ気ないが、しかし慈愛を含んだ視線が、ここにはあるといえよう。私は自身作家を論じようとするとき、つねにこの書を手元に置いておくのである。

――「正宗白鳥著『作家論』」（「世界日報」昭和五十八年九月十二日）――

夏目漱石について——正宗白鳥の言を引きつつ——

いま漱石ブームである。岩波書店が昨年の十二月から生原稿に基づく全集を新たに刊行しはじめ、同時に「こゝろ」の生原稿の複製を出したことは、現在喧伝されているところである。もとよりこれはことの一端で、この数年来、書店は競って漱石の文庫本を揃え、雑誌は漱石特集を編み、評論や研究書の出版も跡を絶たない。テレビではいわゆる教養番組やドラマなどでしばしば漱石を取り上げている。

漱石は「猫」での登場以来、人気の高い作家であった。「坊ちやん」「草枕」そして「こゝろ」等、後には教科書にも載り、まさに〈国民的作家〉として今日に至っている。その意味で漱石ブームはつねに続いてきたといえるし、そのこと自体慶賀すべきこととといえよう。

だが、こうして人気の高いことと、真によく読まれよく知られていることと、一致しているのかどうか、いまの漱石ブームを見ているとこの点ははなはだ覚束ない。漱石ブームとはいうが、漱石バブルで弾けてしまうのではないかと心配である。

早い話、テレビに出てくる漱石などは、どう見ても虚像としかいいようがない。先日もあるドラマで、ロンドンの下宿における漱石を映していたが、ある俳優扮する漱石、ヴィクトリア朝風の光沢も美しい家具に囲まれ、ルイ王朝風の長椅子に坐り、しかもパリッとした三つ揃いの背広を着て、まさに英国紳士風の端然たる出で立ちだったが、しかしロンドンにおける漱石の〈憐れな経験」〉(「道草」)を少しでも知っていたら、あんな画面は到底思いもつかなかったのではないか。

ただこういう虚像(神話)が生ずるのも、漱石がもともと学識豊かな教師、それも五高教授、東大講師を歴任し、さらに作家となってからも、〈如何に生きて然るべきかの解釈を与へて平民に生存の意義を教へる〉(「文芸の哲学的基礎」)ことが文学者の使命だといっているように、つねに当代の師表、権威を目指し、また自任してもいたことと関係しているといえよう。

実際漱石はいつも〈先生〉であり、彼を尊敬する直接間接の弟子達に囲まれ、その死後も彼等に支えられてきた。いわゆる東大を中心とする大正教養派の人々。そしてその御用書店の岩波から全集が次々に出され、かくて漱石人気は、彼等の〈仰げば尊し我が師の恩〉という意識の中で育まれてきたのだ。しかしこうした側面が、本当の漱石の文学を知る上に支障がなかったのかどうか。

たとえば正宗白鳥は一貫して漱石の〈教師臭〉に厳しい批判を投げかけていた。白鳥が「虞美人草」を「八犬伝」に見立てたのは有名だが、すでに早い時から、世上の紛々たる俗事を縦横に切って棄てる漱石に対し、〈氏は超越したつもりなのだ〉と言い、〈吾人も現実に苦しんでゐるよりは、出来る事なら超越したいのだが、生きてる間は出来ぬ相談だ。超越してると思つてる時は、それは己れを欺いてるので、現実に接触すれば直ぐ壊れてしまふ〉と言っている(「夏目漱石論」明治四十一年三月「中央公論」)。

無論白鳥はその後も終始、漱石の熱心な読者であることに変わりなかった。そして〈兎に角漱石は凡庸な作家ではない〉として、漱石の人間観察心理解剖が一作ごとに深まっていることを賛嘆の念をもって認めてもいる。しかし、にもかかわらず白鳥は、漱石の小説を〈どこまで行つても理詰めな感じがする〉といい、〈氏の聡明な頭で、ちやんと片付けられてゐる〉といっている。つまりすでに漱石が、現実の紛々たる些事を〈超越したつもり〉でいると言うのだ（「夏目漱石論」昭和三年五月「中央公論」）。
無論こうした批判を自然主義派の単なる党派性や無知偏見に帰することはできない。第一、文学者として人から〈師〉と呼ばれ〈権威〉と目されること自体、大きな矛盾、自己欺瞞ではないのか。そこを目指しつつ、そこに至り着けない自分というものに呆れ、悩み、のたうつ、そうした流動の中にこそ文学者はいるのではないか。おそらくここに白鳥等、自然主義派の野人達の共通の人間理解があったといえよう。

たとえば漱石の作品の中でも、もっとも自然主義に近づいた作品といわれる「道草」の中に、〈金の力で支配出来ない真に偉大なものが彼の眼に入つて来るにはまだだいぶ間があつた〉と言う一節がある。ここで漱石は〈金の力〉（現実）を超越しえない健三（主人公）の姿を徹底的に暴いている。しかしそう暴く漱石自身は、〈金の力で支配出来ない真に偉大なもの〉を、すでに明確に眼にしているかのようだ。

おそらくこれは不用意な発言と言わなければならない。たしかに漱石は〈超越したつもり〉と言われても仕方ない。つまりここに漱石の〈教師〉としての尾骶骨があるといえるのだ。そしてこの尾骶骨を弁えた上で、はじめて漱石文学、漱石人気の真の意味が、検証されなければならないといえよう。

——「早稲田大学新聞」（平成六年四月十四日）。なお編集部による〈ブームで描かれる漱石像に疑問〉〈漱石文学の真の意味での検証を〉という見出しがある。——

白鳥と芥川

「地獄変」をめぐって

正宗白鳥は「芥川龍之介論」（初出は「芥川氏の文学を評す」「中央公論」昭和二年十月、のち『現代文芸評論』に「芥川龍之介の芸術を論ず」と改題して収録、さらに『文壇人物評論』において「芥川龍之介論」）の中で、「地獄変」を称して次のように言っている。

《私は自分が読んだ範囲内では、この一篇を以つて、芥川龍之介の最傑作として推讃するに躊躇しない。明治以来の日本文学史に於ても、特異の光彩を放つてゐる名作である。氏の多くの切支丹物や、王朝物は、智慧の遊びに過ぎないところがあつて、一度は着想と奇才に感歎しても、二度三度繰返して読むと興味索然たることもあるが、「地獄変」は今度読み返して一層深い感銘を得た。芥川龍之介の持つて生れた才能と、数十年間の修養とがこの一篇に結晶されてゐる。聡明なる才人の智慧の遊びではない。心熱が燃えてゐる。夏目漱石や森鷗外に似て、いくらか型が小さいやうに思はれるところがないでもないが、この「地獄変」一篇は、鷗外漱石の全集中にも断じて見難いものであると確信してゐる。私は芸術の上からのみ批判してかういふのではない。「孤独地獄」や「往生絵巻」に一端を示したこの作者の心境がここでは渾然として現はれてゐるのに、ある尊さをさへ感ずるのである。……私は芥川氏の日常生活を知らない。氏が家庭に於て社交に於て、どういふ言葉を口にし、どういふ行動をしてゐたかを知らないが、さういふ外形の生活がどうであらうと、氏が、良秀の「地獄変の屛風」の完成の由来をここまで見たことは、氏自身が持つて来た心力の限りを尽くして、世界を見たやうなものである。……普通の人情や逆説的心理の摘出にのみ拘はつてゐた氏も、ここでは仮面を脱した人間生活の姿を見たやうなものである。「現代小説集」の目次を開いてみると、「地獄変」の作られたのは大正七年のことである。氏が三十に達した頃であらう。そんなに若くつて、かういふ大作を著はしたことに、私は驚歎してゐる。》

引用が長きに失したが、しかし後進には概ね厳しい白鳥が、これほどの讃辞を連ねるのは、ほとんど異例といってよい。しかもこれほどまでに讃辞を連ねるとすれば、そこにはおのずから白鳥自身の批評眼がかけられていなければならないのだ。

「一塊の土」および長塚節「土」をめぐって

「一塊の土」は大正十三年一月号の「新潮」に発表され、のち第七短編集『黄雀風』（新潮社、大正十三年七月）の巻頭を飾った。当初から好評で、生田長江（「一月の創作」「報知新聞」大正十三年一月十一日）や渡辺清（「新年号から」「時事新報」同一月十二日）等の好意ある批評が寄せられたが、中でも特記すべきは、翌月の「文芸春秋」で正宗白鳥が次のように賞賛したことである。

《ふと芥川龍之介君の「一塊の土」に心惹かれて、最初から読み直した。熟読した。そして感歎置く能わざるものがあつた。私の読んだ新年の数十篇の創作中では、これが最大の傑作である。芥川君の作品でも、これほど、力の籠った、無駄のない気取り気のない、奇想や美辞を弄した跡のない小説を私は一度も読んだことがない。読んだあとで広い人生に私は思ひ及んだ。今までに私の知つてゐる芥川君の創作のうまさは、その作に書かれてあるだけのうまさであつた。この作では、私は作者のにほひを離れて人生を見詰めることが出来た。

この絶好の短編に感歎したことを作者に伝へるために、この一文を草して文藝春秋へ送る。》(「郷里にて」のち『文壇観測』所収)

白鳥にあって、同時代作家に対するこれほどの賛辞は希有のことといってよい。まさしく「一塊の土」は白鳥の心の琴線に触れ、その批評魂を震わせたといえる。芥川にしてもこの白鳥の批評はよほど嬉しかったとみえて、〈文芸春秋の御批評を拝見しました御好意難有く存じました十年前夏目先生に褒められた時以来最も嬉しく感じました〉(大正十三年二月十二日)と、さっそく謝辞の手紙をかく。芥川における〈十年前夏目先生に褒められた時〉の意味を考え合わせれば、これは単なる挨拶とはいえない。いわば師なきあと、不安と孤独のうちに歩んだ小説道を改めて確かな道程として認めてもらったような、そんな感激が込められているといえる。

ちなみに白鳥は芥川の死後にもこの時のことを追想しつつ、〈芥川氏は、現代の写実に於いても、可成りに傑れた技倆を現してゐる。「秋」には若い姉妹の心の動揺が巧みに描かれてゐる。ことに「一塊の土」はいゝ。「地獄変」と相並んで、この作者の全作品中で、最高位に立つものである。お民といふ田舎女の忍苦の生涯には作者自身の心が動いてゐる。そして自然主義系統の作家の作品に比べると、秩序整然として冗語がない〉(「芥川氏の文学を評す」前出)と論じている。白鳥の感銘は、いまだ薄れても揺らいでもいなかったといえよう。

ところで「一塊の土」はのちに『農民小説集』(藤森成吉、加藤武雄、木村毅編、新潮社、大正十五年六月)の巻頭に収録された。その序文に〈階級闘争の喊声は、先ず都会の労働者より起つて、今や農民の間に波及しつゝある。農民文芸の叫び声は、一面、この農民の階級的自覚と呼応するもので、所謂土の精神といふが如き一般論的題は姑く措くも、農民小説の社会的意義は、これより益々深刻なるものある可く、我等は、たゞこの意味のみに於ても農民小説の前途に多くの期待を有たざるを得ない〉とあるが、もとより先の白鳥の評価は、こうした〈喊声〉や〈期待〉、つまり〈農民小説の社会的意義〉というがごとき時宜、時流に適った論脈とは本質的に無縁である。そのような時代思潮をこえた所で、まさに〈広い人生〉を写し出しているという一点に、白鳥は率直に感動しているのだといえよう。

「一塊の土」第三節、〈お民は女の手一つに一家の暮しを支へつづけた。それには勿論「広の為」と云ふ一念もあるのに違ひなかつた〉。〈しかし又一つには彼女の心に深い根ざしを下ろしてゐた遺伝の力もあるらしかつた〉と付け加える。

《お民は不毛の山国からこの界隈へ移住して来た所謂「渡りもの」の娘だつた。「お前さんとこのお民さんは顔に似合はなえ力があるねえ。この間も陸稲《をかぼ》の大束を四把《は》づつも背負《しよ》つて通つたぢやなえかね。」――お住は隣の婆さんなどからそんなことを聞かされるのも度たびだつた。》

おそらくこれは、もともとお住が定住者として家に住み着き、守旧姑息な性分の持主であるのに対し、お民が〈移住〉者（民）として、とは開拓者（民）として、事に挑戦してゆく進取果敢な気性の持主であることを描き分けるためではないか。そしてたしかに、この二人の〈遺伝の力〉が新しい展開をもたらすのは以下のごとくであるのだ。

《お住は又お民に対する感謝を彼女の仕事に表さうとした。孫を遊ばせたり、牛の世話をしたり、飯《めし》を炊いたり、洗濯をしたり、隣へ水を汲みに行つたり、――家の中の仕事も少くはなかつた。しかしお住は腰を曲げたまゝ、何かと楽しさうに働いてゐた。》

興味深いことは、お民が強い意志のもとに外へ出て働くのに応じて、お住が〈妻としての役割〉を自ら担ってゆくことである。いわばお民が〈男＝夫としての役割〉を引き受けるのに対し、お住は（本来の）〈女＝妻としての役割〉、つまり〈家の中の仕事〉、〈家事〉を〈何かと楽しさうに〉引き受けてゆく。こうして二人の女は我から夫婦のそれぞれの役割を担って、一家を営んでゆくのである。

《或秋も暮れかかつた夜、お民は松葉束を抱へながら、やつと家へ帰つて来た。お住は広次をおぶつたなり、丁度狭苦しい土間の隅に据《すゑ》風呂の下を焚きつけてゐた。

「寒かつつらのう。晩かつたぢや？」

「けふはちつといつもよりや、余計な仕事をしてゐたぢやあ。」

お民は松葉束を流しもとへ投げ出し、それから泥だらけの草鞋《わらじ》も脱がずに、大きい炉側《ろばた》へ上りこんだ、炉の中には櫟《くぬぎ》の根つこが一つ、赤あかと炎を動かしてゐた。お住は直《すぐ》に立ち上らうとした。が、広次をおぶつた腰は風呂桶の縁につかまらない限り、容易に上げることも出来ないのだつた。

「直《すぐ》と風呂へはえんなよ。」

「風呂よりもわしは腹が減つてるよ。どら、さきに藷《いも》でも食ふべえ。――煮てあるらねえ？　おばあさん。」

お住はよちよち流し元へ行き、惣菜に煮た薩摩藷を鍋ごと炉側へぶら下げて来た。

「とうに煮て待つてたせえにの、はえ、冷たくなつてるよう。」

二人は藷を竹串へ突き刺し、一しよに炉の火へかざし出した。

「広はよく眠つてるぢや。床の中へ転がして置きや好《い》いに。」

「なあん、けふは莫迦寒いから、下ぢやとても寝つかなえよう。」

お民はかう云ふ間にも煙の出る藷を頬張りはじめた。それは一日の労働に疲れた農夫だけの知つてゐる食ひかただつた。藷は竹串を抜かれる側から、一口にお民に頬張られて行つた。お住は小さい鼾《いびき》を立てる広次の重みを感じながら、せつせつと諸を炙《あぶ》りつづけた。
「何しろお前のやうに働くんぢや、人一倍腹も減るらなあ。」
お住は時時嫁の顔へ感歎に満ちた目を注いだ。しかしお民は無言のまま、煤けた榾火《ほたび》の光りの中にがつがつ薩摩芋を頬張つてゐた。》

まことに、三好氏も言うごとく、〈ここに描かれているのは、《一日の労働》を終えた夫と妻の、平和な晩餐図〉（「『一塊の土』をめぐって―芥川龍之介に関する些細な考察」「ちくま」昭和五十一年十月、傍点三好氏）、その充溢と感動なのである。

なおこの場面は平岡氏も指摘するように（「一塊の土」『芥川龍之介―抒情の美学』大修館、昭和五十七年十一月）、長塚節の「土」（「東京朝日新聞」明治四十三年六月十三日〜十一月七日、のち明治四十五年五月、春陽堂より刊行）冒頭の一節と酷似している。西風の激しい冬至前の夕方、お品が一日の行商と身体の変調から疲れ切って帰って来ると、娘のおつぎは弟の与吉を背負って竈の火を焚きつけている。お品はおつぎから与吉を受け取り、竈の前に腰を掛けるが、〈ぞくぞくする〉心持ちの悪さは止まない。お品が〈「おつう、そんな姿《なり》で汝《わり》や寒かねえか」〉と聞くと、おつぎは〈「寒かあんめえな」〉と事もなげに答える。お品が鍋の蓋を取って〈「こりや芋か何でえ」〉と聞くと、おつぎは〈「うむ、少し芋足して暖め返《けえ》したんだ」〉と答える。この後二人はこれに麦飯を混ぜて雑炊にする。〈お品は左手に抱いた与吉の口へ箸の先で少しづつ含ませながら、雑炊をたべた。お品芋は芋を三つ四つ箸へ立てて与吉にへ持たせた。与吉は芋を口へ持つていつて直ぐに熱いというて泣いた。お品は与吉の頬をふうふうと吹いてそれから芋を自分の口で噛んでやつた。お品の茶碗は恁《こ》うして冷えた。おつぎは冷たくなつた時鍋のと換てやつた〉――。

芥川が「一塊の土」執筆に際し、「土」をなにほどか意識していたことはこれだけでも想像に難くない。が、お品が身体の大儀なのにもかかわらず与吉をなにかと母親らしく労っているのに対し、お民は〈「広はよく眠つてるぢや。床の中へ転がして置きや好《い》いに」〉と言い、一人で〈煙の出る藷を頬張りはじめ〉る。すでに母性＝女性を棄ててほとんど男になり切ったお民の、一種粗笨な気配が強調されているのも確かといえよう。

無論、過酷な労働によって、お民が次第に〈人間らしい悩み〉、いや、〈人間らしさ〉そのものを喪っていったなどというものではない。むしろそこには、男と同じように自らの仕事に熱中するお民、自らの可能性の実現を目指すお民の、まさに〈人間〉としての自負と自足があるのだ。

さて「土」に関しては、やはり「土」よりも有名な漱石の序文「『土』に就て」に触れないわけにはいかない。漱石は言う。

《「土」の中に出て来る人物は、最も貧しい百姓である。教育もなければ品格もなければ、たゞ土の上に生み付けられて、土と共に成長した蛆同様に憐れな百姓の生活である。先祖以来茨城の結城郡に居を移した地方の豪族として、多数の小作人を使用する長塚君は、彼等の獣類に近き、恐るべく、困憊を極めた生活状態を、一から十迄誠実に此「土」の中に収め尽したのである。彼等の下卑で浅薄で、迷信が強くて、無邪気で、狡猾で、無欲で、強欲で、殆んど余等（今の文壇の作家を悉く含む）の想像にさへ上りがたい所を、ありありと眼に映るやうに描写したのが「土」である。》

あるいは、

《「土」を読むものは、屹度自分も泥の中を引き摺られるやうな気がするだらう。余もさう云ふ感じがした。或者は何故長塚君はこんな読みづらいものを書いたのだと疑がふかも知れない。そんな人に対して余はたゞ一言、斯様な生活をして居る人間が、我々と同時代に、しかも帝都を去る程遠からぬ田舎に住んで居るといふ悲惨な事実を、ひしと一度は胸の底に抱き締めて見たら、公等の是から先の人生観の上に、又公等の日常の行動の上に、何かの参

考として利益を与へはしまいかと聞きたい。》

〈蛆同様〉、〈獣類に近き〉以下、よくも並べたものだが、しかし翻って「一塊の土」のお民やお住が、少なくとも漱石が並べるような無残な姿で描かれていないのは確かである。もっとも「土」が極貧の小作農を扱っているのに比し、「一塊の土」が自作農を扱っていること、また時代や土地柄が違うということもあるだろう。しかしいずれにしても同じ土に生きる〈百姓〉の、その汗と泥に塗れた野卑、野生の生活を、〈蛆同様〉、〈獣類に近き〉と評する倨傲（?）からは、芥川の眼が限りなく遠かったことだけは言っておかなければならない。

〈煙の出る藷を頬張〉るお民の一種粗放な仕種を、〈一日の労働に疲れた農夫だけが知つてゐる食ひかただつた〉と、その充足や愉楽において見る眼、それこそが他ならぬ芥川の、〈人間〉や〈人間の生活〉、さらに言えば〈広い人生〉を見る眼であったというべきなのだ。

ちなみに白鳥は『土』と『荷風集』（「中央公論」大正十五年三月、のち「永井荷風」『作家論(二)』等）で「土」を論じ、

《私は戦国時代にも人間はそれ〴〵に瞬間の楽みを楽んでゐた如く、いくら貧苦に虐げられてゐる農夫だつて、それ相当に生を楽んでゐるに違ひないと思つてゐて、勘次などが無自覚ならば尚更、時として盲目的歓喜を感じることがある訳だと思つてゐるので、その歓喜がもつと溌溂と書かれてゐたなら、全篇に流れてゐる陰惨沈鬱の感じがもつと引き立つだらうと思はれるが、さうでないところに作者の人生観をも芸術的天分をも窺ふことが出来る。十幾年の努力でやうやく光明に向かひかけた勘次の家が子供の火遊びから雑作なく焼けてしまつたところまで読むと、勘次の顔を見るに忍びない気持がした。》

と言っている。おそらく芥川の心は、こういう白鳥の言葉に通うものではなかったか。

思うに〈蛆同様〉、〈獣類に近き〉人間達の姿を知ることは、〈公等《きみたち》の是から先の人生観の上に、又公等の日常の

行動の上に、何かの参考として利益を与へはしまいか〉などと、お高くとまって他人事のように言う漱石よりも、そのいわゆる〈蛆同様〉、〈獣類に近き〉人間達と一体となり、ハラハラと一喜一憂する白鳥にこそ、〈博大の心と云つたやうなもの〉（『作家論』の中で白鳥が藤村を評した言葉）が漂っているように思われる。そして序にいえば、こうする（ハラハラとする）以外、〈小説〉を読む読み方など本来ないのではあるまいか。

――以上二論、「地獄変幻想―芸術の欺瞞―」上下（「文学」昭和五十八年五、八月）、および「『一塊の土』評釈―人間の掟と神々の掟―」（「比較文学年誌」第三十二号、平成八年三月）に発表、ともに『芥川龍之介　文学空間』に所収したものの一部を抜粋してここに掲載した。――

正宗白鳥

明治十二（一八七九）年三月三日～昭和三十七（一九六二）年十月二十八日。小説家、評論家。劇作家。本名忠夫。岡山県生まれ。東京専門学校（早稲田大学の前身）文学科卒業。幼時より虚弱な体質で、生の不安、死の恐怖に怯えて過ごす。民友社の出版物を愛読、キリスト教に関心を持ち、ことに内村鑑三の著書から深い感銘を得る。明治二十九（一八九六）年東京専門学校英語専修科に入学し、明治三十四（一九〇一）年文学科を卒業する。読売新聞社に入り、美術、文芸、演劇等に関する記事、評論を書く。かたわら幻滅と虚無の心象風景を描いた小説を相次いで発表、おりしも現出した自然主義の大流にのり、その重要な位置を占める。以後も「入江のほとり」（「太陽」大正四年四月）「牛部屋のにおひ」（「中央公論」大正五年五月）などの名作を次々に発表、大正末期からは「人生の幸福」（「改造」大正十三年四月）などの戯曲や、のち『文壇人物評論』（中央公論社、昭和七年七月）などにまとめられた評論を書き、その活躍は戦後に及ぶ。芥川に関しては「ある日の感想」(「国粋」大正十年六月)で「往生絵巻」を称賛したのをはじめとし、また「郷里にて」(「文芸春秋」大正十三年二月)では「一塊の土」を激賞、芥川はその書簡(大正十三年二月十二日)で、〈夏目先生に褒められた時以来最も嬉しく感じました〉と謝している。芥川死後も直ちに「芥川氏の文学を評す」を書き、「孤独地獄」を読んで以来の芥川に対する関心を語り、その性急な自裁を悼んでいる。白鳥は芥川の作品に対し必ずしも甘くはなく、多く〈知恵の遊び〉視しているむきがないでもないが、しかし「地獄変」など漱石、鷗外の全集中にもない傑作、大作と推賞、年若くして〈仮面を脱した人間生存の姿〉を剔抉しえた芥川の才能に瞠目し、またその〈人間生存〉に対する懐疑、苦悩の深さを忖度している。「龍之介・武郎・抱月」(「経済往来」昭和十年七月)など以後の言及も多い。なお、芥川の方からも「文芸的な、余りにも文芸的な」などに、白鳥に対して多くの言葉を割いている。

――『芥川龍之介事典』(明治書院、昭和六十年十二月)――

白鳥の〈虚無〉

『紅塵』序文

正宗白鳥はその第一創作集『紅塵』（彩雲閣、明治四十年九月）に、次のような序文を書いている。〈予は幼時祖母から岡山騒動の面白い物語を聴き、又八犬伝を拾ひ読みした頃、行々自分も小説を書いて見たいと思ひ、小学校卒業当時の作文課題にも、幼稚な馬琴論を書いた程であつた。その後耶蘇教を信仰することになり、全く小説を棄てゝ、宗教書類に目を注ぎ、将来伝道師にでもならうかと思つた。しかし何時の間にか宗教心も消滅し、世の中の事件は何もかもつまらなくなつてしまつたが、兎に角生存はしたい、生存するには何か仕事をしなくてはならぬ。その為に早稲田卒業後六年間いろんな事を書いて来た。茲に集めた短編小説はその詮方なく書いたものゝ一部である〉（傍点白鳥）。白鳥の精神の遍歴が、ごく簡単ながら記されているといえよう。

ところで、創作集に序文や献辞を付すのは当時の慣習というべく、さまで珍しいことではない。しかしそれが、これほど索漠とした調子で書かれているのは、やはり希有のことといわなければならない。田山花袋にしろ岩野泡鳴にしろ、彼等はその創作集の序文等で、自らの創作の拠って立つ原理を、ある熱情をこめて披瀝する。その情熱の底には、一口に言って、それまでの文学が持つ〈旧さ〉に対する攻撃が、そして当然それと表裏して、自らの文学が持つ〈新しさ〉に対する誇負が漲っている。だが、ここで白鳥は、自らの文学をただ〈詮方なく書いたもの〉と吹聴する。おそらくこの一種殺伐とした調子に、よかれあしかれ白鳥の、出現の真の〈新しさ〉があったといえよう。

キリスト教体験

白鳥はこの序文で、さらに次のように続ける。〈予は最早八犬伝心酔時代のやうに世の中が五色の糸で色取られてゐるとは思へない。宗教信仰時代のやうに、世の中に最善の神意が行はれてゐるとも思へない。青春尽きんとするの今、過去を顧みれば、よくもかゝる夢を見て満足してゐたかと思はれる〉。むろん、こうした白鳥の言葉に、虚勢を見ることは自由である。いかにも人は、〈幻滅の悲哀〉に酔うこともできるのだ。しかしおそらく、こうした白鳥の言葉に衒気はない。むしろここには、彼が青春の一切を費やし尽した精神の惨劇の、まさに苦い記憶が揺曳する。漠々とした文面が一瞬紅潮したかに見える所以といえよう。

周知のように、白鳥は幼時から身体的に虚弱であり、ために、つねに〈生の不安〉〈死の恐怖〉に怯えなければならなかった。白鳥のキリスト教への入信は、そうした自らの実存的な危機を救抜すべき必死の祈願であったといえよう。しかしキリスト教は、この鋭敏な懐疑の子を救済すべく、すでにあまりに無力であったといわなければならない。

明治三十四年、白鳥は自筆年譜（『現代日本文学全集　正宗白鳥集』改造社、昭和四年二月）に〈この年、基督教を棄て〉と書く。明治三十四年、あたかもそれは、近代日本におけるキリスト教の命運を決定すべき事件の起こった年であった。いうまでもなく、あの植村正久と海老名弾正との間に交された自由主義神学論争である。自由主義神学——この明治二十年代に導入された新神学は、一口に言って、神を人間の理想の対象化と解釈する。しかしそれは、宗教としてのキリスト教の生命を弱め、それを単なる倫理へと解消せしめずにはいない。つまりそれは、宗教としてのキリスト教の自殺行為にほかならなかったのである。いや、それは〈科学〉——進化論に代表される近代合理主義、実証主義の前に、一歩一歩後退を余儀なくされていたキリスト教の、なんにしろ生き残るべき最後の方便ではなかったか。しかも当然のごとく、植村正久の奮戦を尻目に、大勢は本郷教会を拠点とする海老名弾正の新神学へと靡いてゆく。そしてその結果キリスト教は、海老名のもとに参集した新時代、つまり東大の学生を中心とする若き知識層の、教養的衣装へと転落せざるをえなかったのである（久山康編『近代日本とキリスト教』（明治編）基督教学徒兄弟団、昭和三十一年四月）。おそらく、白鳥の棄教の背後に、こうしたキリスト教の没落への行程が投影していなかったはずはないのだ。

白鳥はのちに、〈私は現代の知識階級の一人として、基督教や仏教やその他の宗教に説かれてゐる死後の信仰を持つてゐない。ソクラテスが毒杯を手にして霊魂不滅を説いたことを考へても、私の心には何等の希望も生じない。今日の新聞雑誌に現はれる通俗科学程度の知識が、私をして古来の聖人高僧哲人の教へを軽んじしめるやうになつたのである。私は数百年前の欧州に生まれてゐたなら、多分ローマンカソリツクの伝統的信仰に全心を捉へられてゐたであらう。（それを秘かに疑つてゐたかも知れないが、その疑ひは、今日の私が進化論を疑ひ、天体の運行を疑ひ、医術を疑つてゐる程度の疑ひに過ぎなかつたであらう。）私が数百年前の日本に生れてゐたら多分神儒仏の正統の教へに信頼して安んじてゐたであらう。近代化した意味でなしに、文字通り浄土を信じたり肉体や霊魂の復活を信じたりしてゐたであらう〉といい、さらに〈死といふ動かすべからざる大事実についてさへ時代々々によつて、人間の態度は違つてゆくのである。よく考へると人間の知識は出鱈目だと思はざるを得ない。そして死後の世界など、人智では永遠に分らないであらうといふことを今日の時代に生れた私は考へさせられて、一生を不安に過さねばならぬやうになつてゐる〉という（「死に対する恐怖と不安」「中央公論」大正十一年十一月）。すでに信仰から離脱した時の激情は遠い。しかしこの淡々とした感想の底に澱む、暗い想念を侮ることはできない。たしかに人間は、その生きている時代の精神を越えることはできない。〈今日の時代〉に生きているものは、今日の時代精神を超えることはできない。そして今日の時代精神とは、よかれあしかれ〈科学の精神〉にほかならないと白鳥はいうのだ。

おそらく、白鳥のいわゆる〈科学精神〉とは、人間は猿の子として地上をさまよい、やがて滅びる生き物であり、しかも宇宙のどこを探しても、それを救いとる神の国はないという事実を、語り告げるというほどのものであったろう。その意味で、それは恐ろしく〈通俗〉的であるといわなければならない。しかし〈宗教〉の最大の敵が、つねにこうした〈科学〉の実も蓋もない〈通俗〉性であったことは確かなのである。いわば〈通俗〉であるがゆえに動かしようのない真実によって、白鳥は宗教としてのキリスト教のまさに完全な終焉を、自身に告げ知らされなければならなかったのである。

花袋や泡鳴が〈新しさ〉を誇負していたとすれば、その誇負の根源とは、いうまでもなくヨーロッパ近代であったといえよう。しかし白鳥は、そのキリスト教体験を通し、ヨーロッパ近代を、むしろその病み衰えた部分において知らなければならなかった。そこに白鳥の固有の〈虚無〉があり、そしてその〈虚無〉に、やがて日本近代は、総体として直面しなければならなかったのである。

「何処へ」その他

明治三十六年、白鳥は読売新聞に入社し、その文芸欄に辛辣をきわめた美術批評、演劇批評を書きつづける。〈学校卒業後間もない頃で、前途の方針は立たず、闇の世の燈火《あかり》として頼んでゐた基督には離れてゐたし、身体はますゝ弱くなつて、神経はいらゝして、安らかな眠りの得られる夜はなかつた〉(「団菊死後」「表現」大正十一年一月)。いわば白鳥は、やり場のない不安を紙上にぶちまけていたといえよう。そしてそれは多く、〈虚無〉の上に立つ人間存在の危機的なありようを知らず、因襲の中に自足して生きるものへの容赦なき嘲笑にもなっていたのである。

周知のように、白鳥は『獨歩集』(近時画報社、明治三十八年七月)に刺戟されて小説を書きはじめる。『獨歩集』に収録されている短編はことごとく〈著者の感想録〉(「『獨歩集』を読む」「読売新聞」明治三十八年八月二日)であり、白鳥は〈あれが新しい小説なら、おれにでも書けぬことはない〉(『我が生涯と文学』新生社、昭和二十一年二月)と思ったという。だが白鳥にとって、〈感想〉とは嘲笑以外のものでもなく、しかもその嘲笑には、どのような自負の支えもなかったのである。いわば因襲の中に安息して生きるものが愚劣であるとしても、そういう自分自身、それ以上の賢明な生を送っているわけではない。とすれば人々への嘲笑は、そのまま己への嘲笑でもあった。そしてこの二重の嘲笑、二重の喪失の中に、小説家白鳥の誕生は用意されていたといえよう。

たとえば、〈生神様〉と信者が慕う牧師が、臨終の床で〈淫猥極まること〉を口走るという「安心」(「趣味」明治四十年六月)。しかし一体この暴露主義はなにに通じているのであろうか。〈説教よりも、高僧伝よりも、断食祈祷よりも、柴谷牧師の譫言が私には大なる慰藉であつて、数ヶ月の重荷が急に軽くなつた気がする。私一人地獄へ行くのではない〉――。つまり瀆聖の先に何があるのでもない。己もまた〈地獄〉へ堕するしかないのである。

そして彼の代表作といわれる「何処へ」(「早稲田文学」明治四十一年一〜四月)。その主人公菅沼健次には、もはや〈行場所〉すらないのだ。彼は〈主義に酔へず、読書に酔へず、女に酔へず、己の才智にも酔へ〉ない。ただそうした自分を〈独りで哀れに感じ〉ながら、〈阿片を呑みたい〉と呟くしかないのである。もっとも「何処へ」は〈健次の足は行場所に迷つた末、遂に千駄木へ向つた〉という一行をもって収束される。〈何処へ〉も行く場所がなかったわけではない。〈足〉は自然に桂田夫人の〈肉〉に吸引されてゆく。ここでも人は、欲望のおもむくままにさまようしかない。ただそうだとすれば、彼には所詮〈何処へ〉も行く場所はなかったといわなければならない。

時代の共感

白鳥は「文壇的自叙伝」（「中央公論」昭和十三年一月〜七月）の中で、〈三十歳前後の私は、肉体の衰弱と丶もに精神までも衰弱してゐる人間の妄想を、不器用な筆を動かして吐露してゐた〉といい、〈しかしさういふ小説でも、日露戦争後の文壇の新しい気運に適応してゐたのか、世に認められて好評を得たので、私には今でも不思議に思はれる〉と続ける。ひたすら自己内面の主題を掘鑿することが、いつか時代の共感を獲得することになったという意味で、白鳥は幸福な作家であったといえよう。しかしそれはともかく、たしかに日露戦争後の厳しい政治的、社会的動揺の中で、おのがじし生きることの難しさに怯え、暗い青春を送らなければならなかった青年達に、白鳥文学の湛える倦怠と不安は、いい知れぬ感銘をもたらしていたのは事実だったのである。たとえば広津和郎は『同時代の作家たち』（文芸春秋新社、昭和二十六年六月）における回想のなかで、中学生のとき偶然に白鳥の「妖怪画」（「趣味」明治四十年七月）に接し、〈かういふのが小説なら自分などの心に非常に近いものだと感心した〉と語りつつ、〈あの暗い懐疑的な主人公の気持に同感した少年であつたといふ事は、今から考へて自分が幸福な明るい気分の少年でなかつた証拠であるやうな気がする〉といい、〈併し自分が小説に興味を持ち始めたのは、正宗白鳥氏の作品からであつた〉と、自己の文学的出発を跡づけている。

おそらく、明治末年から大正期にかけて、広津のように、自己の文学的出発を、いわゆる白鳥体験に据えていた文学青年達は少なくなかったにちがいない。同じような回想でいえば、たとえば三上於菟吉『随筆わが漂白』（サイレン社、昭和十年六月）や田中純『作家の横顔』（朝日新聞社、昭和三十年七月）などにも、その文学的出発に当たり、白鳥がいかにきわだった印象をもたらしていたかが、深い感慨をもって記述されている。むろんことは、文学青年に限られはしない。一般の多くの青年たちが、いわゆる白鳥的倦怠と不安に、自らの生の原点をさだめていたにちがいない。たしかに、彼らにとって重要なのは藤村でも花袋でもなかった。まさに白鳥の、一切の感傷と詠嘆を斥けた一種酷薄なまでの否定の姿勢に、彼等は現に強いられている自らの深刻な心のありようを見立てていたのである。

だが広津は先の場所で、〈その後二葉亭を読み、あの暗い懐疑的な人生観に共鳴を感じた。正宗白鳥と二葉亭四迷、自分はこの二作家に大きな影響を受けたと思ふ〉と述べながら、しかし〈この影響から自分は今は脱したいと熱望してゐる〉と続ける。おそらく広津ばかりではない。二葉亭から白鳥へと連なる作品脈の湛える近代知識人の暗い無為感や徒労感に深い共感を感じつつ、なお多くの青年たちは、そこにとどまることを自らに許せなかったのだ。いや白樺派の理想主義を代表として、まさにそこからの脱出の試みこそが、大正から昭和へかけての全思想的営為であったといっても過言にはならないといえよう。

青野季吉の反発

それにしても、そうした全思想的営為を一望するに際し、青野季吉の次の文章は、格好のものといえよう。〈わたしに人生の教師があったとしたら、それは正宗白鳥だったと、即座に断言することができる。それほどにも、白鳥の文学は、私の人生に深くかかわって来、人生についてわたしに教えるところがあった。（略）白鳥が「徒労」や「地獄」のような一聯の作品をかいたのは、明治四十二、三年頃だったと思う。それはわたしが中学を出て、小学教師などをしてしばらくぶらぶらした後で、早稲田へ入った頃である。それらの作品からはじめて、それにつづく白鳥の諸作品が、当時いかにわたしを強く捉えたかは、簡単な言葉では容易に伝えることができない。／その根本の理由はやはり時代と社会にあったと、ハッキリいうことができる。その時代は、日本の資本主義の方からいえば帝国主義的に強大になりつつあったわけだが、個人の自我という方から、どこへ行っても社会の壁にぶつかり、極端にいえば、自我の夢や伸張を殺すことによってのみ生きることができるような時代であった。卑近な例でいっても、それはヒドイ就職難の時代で、わたしなど大学を出るということに、何の明るさも感ぜず、むしろ新しい不安が加わるばかりであった。／白鳥の作品のつよく放射したニルアドミラリイは、そういう時代に放っぽり出され、そういう社会の壁に頭をぶつけた――イヤ、頭をぶつけない先に脅《おび》えた――青年には、実にピッタリと来る気持であった。それが文学として表現されているということで強い救いにもなったのである。／根本の理由がそのように個人的なものでなく、時代的・社会的なものであったから、わたしと同時代者、その中で特に文学的青年は、個人の条件や相違を越えて、一様に白鳥に「心酔」したと云っても過言ではない。それは獨歩や、花袋や、秋声や、藤村に対する以上であった。というのはその頃自然主義的人間をあらわすのに「醒めた人」という言葉がよく使われたが、白鳥は生れながらの「醒めた人」のような印象を与えたし、またそういう点で、純粋の近代インテリらしい息吹きを感じさせたからである。／しかしそのように白鳥のニルアドミラリイに「心酔」していることが、青年の身としていつまでも堪えられることはできなかった。何としても生きたい。壁にぶつかって額を割っても生きたい、というのが人間である。私がそういう反発というか、抵抗というか、そんなものを感じはじめたのは、いつからであったか。そういう心の変化に明確な一線を画しがたいが、大正の中頃、読売の記者として、じっさいに自分の生《なま》身《み》で社会の壁にぶつかり、乃至はぶつかることを余儀なくされた頃からであったのは間ちがいない。／それからのわたしは、白鳥から脱出しよう、白鳥に抵抗しようという一線を、かなり性急に辿った。言葉をかえていえば白鳥の人間は、社会の壁に背を向けて、皮肉や勝手な想念で自慰している人間であるが、自分はその壁を破れないまでも、その前に立ちすくむことでなしに、それに立ち向かうことで何とかして自我を生きたいという一線である。それには勿論、当時、転換してきた時代の拍車もあった。わたしが社会主義をつかみ、乃至社会主義につかまれ、文学の面でプロレタリア文学を唱え出したのは、その一線を「性急に辿った」結果であった〉(「正宗白鳥について」『現代日本文学全集　正宗白鳥集』月報、筑摩書房、昭和三十年九月)。

大分長い引用になってしまったが、しかしここには、明治末年より大正、昭和にかけて、自然主義的人間観を克服すべく、そして社会主義的人間観を確立すべく、次々と受け継がれた闘いの流れが、つまり石川啄木の「時代閉塞の現状」にはじまり、いわゆる「民衆芸術」論、「第四階級の文学」の主張、そしてプロレタリア文学運動と、その後の日本近代文学をもっとも熱情的に主導した闘いの流れが、青野という個人の精神の遍歴に凝縮された形で、描き出されているといってよいだろう。

青野が、いわばやむにやまれぬごとく白鳥に〈反駁文〉を書き、白鳥との論争、いわゆる「批評方法に関する論争」に進み出たのは、大正十五年六月より十月にかけてであった。丁度彼が、いわゆる〈目的意識〉論を携え、文壇の中央に進み出た時でもあった。もとより彼の理論的整合性はいまだ必ずしも十分でなく、研鑽を重ねたその後のプロレタリア文学の理論的整合性に比ぶべくもないといえようが、しかし白鳥に象徴される〈社会の壁に背を向けて、皮肉や勝手な思念で自慰している人間〉(?)の生き方を、もっとも超えるべき生き方として斥け、〈その壁を破れないまでも、その前に立ちすくむことでなしに、それに立ち向かうことで何とかして自我を生きたい〉と願う情熱は、理論的水準をこえて、その後のプロレタリア文学運動を、その底で支える根源的な衝動であったとはいえよう。

だが、プロレタリア文学運動は、そうした情熱にもかかわらず無残な敗退に終わる。強権の圧力に顕現されるまさに冷酷な〈社会の壁〉の前で、それは自らの理想の破綻を知るのである。そして太平洋戦争。もちろんその長い暗黒の時代を、あるいは死を賭して、または獄に下りつつ、初心を貫き通した少数の人々はいた。しかし多くはその苛烈な現実の中で一身の生存を保ち完うすべく、いわゆる転向を余儀なくされてゆく。あたかもそれは、自らの内奥に住むエゴイズムの虫の、這い出し、傍若無人に蠢きまわるが如き光景であったろう。

そしてこのことは、その地獄の季節に、純粋なるべき青春を送った新しい世代に、もっとも衝撃的であった。たとえば荒正人は「第二の青春」(「近代文学」昭和二十一年二月)において、そうした人間性の醜悪と卑小を、またそこに裂目をのぞかせる人間性の暗澹たる虚無の相貌を、自らの内と外に、常住に見てしまったものの危機を訴えながら、同時に、まさにそうした虚無の暗澹たる相貌から目を逸らさなかった正宗白鳥に思いを馳せつつ、そこに自らの危機を脱出する可能性を占っていた。〈人間はエゴイスティックだ、人間は醜く、軽蔑すべきものだ。そして人間のいとなみの一切は虚無に収斂するのだ――このことを痛切にかんじようではないか。一切はそのうえでだ〉。もとより荒はそうした〈エゴイズム〉の感覚を通して、〈ふたたび高次のヒューマニズムを模索しようと希ふのだ〉。そしてたしかにここに戦後の白鳥像構築の端緒がある。だがはたしてそのようなことが可能なのか。いや、この荒の言葉からは、一切が振り出しに戻されたという感が湧いてくる。つまり荒の必死の叫びにもかかわらず、むしろ数十年の思想の流血を嘲笑するごとく、白鳥の〈虚無〉の暗さ――〈一切は虚無に収斂する〉のだ――が、ますます深く、たしかな手応えとなってよみがえってくるといえよう。白鳥の〈虚無〉の射程は深く遠いといわなければならない。

――『近代文学3―文学的近代の成立―』(有斐閣双書、昭和五十二年六月)――

白鳥とトルストイ——「思想と実生活論争」をめぐって——

トルストイの未発表日記「一九一〇年」が邦訳されて、白鳥は昭和十一年一月十一日〜十二日「トルストイに就て」(上)「人生探求の意欲に充ちた日記」(下)「わが敬愛するその姿」)を「読売新聞」に発表する。以下(下)の結末の部分を写してみる。〈廿五年前、トルストイが家出をして、田舎の停車場で病死した報道が日本に伝つた時、人生に対する抽象的煩悶に堪へず、救済を求めるための旅に上つたといふ表面的事実を、日本の文壇人はそのまゝ信じて、甘つたれた感動を起したりしたのだが、実際は細君を怖がつて逃げたのであつた。人生救済の本家のやうに世界の識者に信頼されてゐたトルストイが、山の神を怖れ、世を恐れ、おど〳〵と家を抜けて、孤往独邁の旅に出て、つひに野垂れ死した径路を日記で熟読すると、悲壮でもあり滑稽でもあり、人生の真相を鏡に掛けて見る如くである。あゝ、我が敬愛するトルストイ翁!〉(後の言及のため、これをM2とする)。

これに対し、小林秀雄が直ちに「作家の顔」を同じ「読売新聞」(同二十四日〜二十五日)に発表し、以下半年にわたる論争——いわゆる「思想と実生活」論争が取り交わされたのは周知のことであろう。〈あゝ、我が敬愛するトルストイ翁! 貴方は果して山の神なんか怖れたか。僕は信じない。彼は確かに怖れた。日記を読んでみよ。そんな言葉を僕は信じないのである。彼の心が「人生に対する抽象的煩悶」で燃えてゐなかつたならば、恐らく彼は山の神を恐れる要もなかつたであらう〉(これをK1とする)。

ところで、この論争の帰趨はさて置き、これより十年前、白鳥はこれ（M2）とほぼ同じ主旨の長文の論文――「文芸時評（トルストイについて）」を「中央公論」（大正十五年七月）に書いている。まずゴーリキーの『トルストイの思ひ出』に始まり、チェルトコフの『晩年のトルストイ』、アルツィバーシェフの『トルストイ論』等に触れ、ことに『晩年のトルストイ』から多くが参照されている。

〈私は、トルストイの著書は随分読んでゐるが、この人の作品ほど人生の種々相を作中に蔵した人はないと思つてゐる。「あらゆる人間がその裡に自己の一部を、恐らく、彼れの一部に自己の全部を見出し」得られるのである。人生の概念的類型的種々相しか現し得なかつたシエークスピアとは比較にならない。無類の客観詩人と云はれてゐる沙翁よりも、主我的主観的作家としてゐる杜翁の作品に於て、人生が一層複雑に、一層多種多様に現れてゐるのだから不思議だ。トルストイは、欧州の常識に従つて、キリストを崇拝し、原始的基督教を鼓吹してゐたが、それは溺れた者が藁でも掴まうとしたのと同様で、彼れに取つてそれが何の足しにもならなかつたことは、『晩年のトルストイ』を読むとよく分るのだ。全体、二千年来の伝統的迷妄から離れて見たら判ることだが、トルストイはキリストとは比較にならない厚みのある人間なのだ。人間以上の神と名づくる者を信じ、キリストを神の子であると信じる昔ながらの信仰を持つてゐる人なら兎に角、さういふ旧信仰を脱却してゐる現代人が――ことに、基督教国の先入主的妄信に感染してゐない筈の日本帝国の現代人が、――人としてのキリストを、人としてのトルストイ以上に思ふのは没分暁漢であると、私は感じてゐる。キリストは僅か三十余年で夭折したのではないか。八十余歳までの人生の風波を凌いで来たトルストイに比べて、人生の体験に於いてどちらが富んでゐたか、それは云ふまでもないことである。無論年齢ばかりを標準には出来ないが、「人間が空想し得られる限りの才能を有つてゐた」トルストイは、天分に於て、キリストに比べても、昔の誰れに比べても劣つてゐよう筈はなかつた〉。

〈論より証拠、トルストイ全集と、四福音書と比べて見るがいゝ、どちらが人生の書物として内容に富んでゐるか。トルストイが四福音書に帰依したのは、彼れの空想裡の福音書に帰依したのである。希臘の神話を材料として、後世の詩人が自己の創作を試みる如く、トルストイは、キリストや原始的宗教を素材としてそれを心のまゝに使つて、自己の傑れたる創作を試みようとしたのだ。孔子が堯舜を題材として、それによつておのれを語つたやうなものである〉。〈キリストは聡明であつたから、その説くところが人心の機微に触れたのであつたが、由来説教といふものは手易いものなのだ。人に向つて道を説くことはさう困難ではない。キリストは荒野で短日月の試練を経たのに過ぎないが、トルストイは八十年間現世の試練を受けたのである。キリストは光明を示し、トルストイは口先や筆先で光明らしいことを云ひながら、彼れの一生は、詰りは暗黒裡のうめきを聞かせたのであつたが、しかし、前者の光明はお伽噺の光明で、後者の暗黒は大地と人心の底に渦を巻いてゐる現実の暗黒である〉。

〈トルストイは、その該博な智識と、変化極まりなき豊富な生活と、明快勇敢な理知とを持つて、八十年間人生の試練を経ながら、最後の日にその生存の無意義であつたことを暴露したことは、私たちの胸にいかに手頼りない思ひを伝へることであらう〉。〈『晩年のトルストイ』には、この苦虫を噛み潰したやうな文豪が七転八倒の苦しみをつゞけたことが目前にその人を見てゐる如く現れてゐる。曲亭馬琴がその老妻に悩まされたのといくらか似てゐる。馬琴がその作品に於て人倫五常の道を説法しながら、自己の家庭に於いては表向きの綺麗事とは異つた現実の悩みを悩んでゐた如く、トルストイは、「左の頬を打たれゝば右の頬を向けよ。」などと原始宗教の教旨を人民に強ひながら、自分はヒステリーの老妻のために、肉を削がれ骨を削られてゐたのである。財産の抛棄出版権の抛棄などを企てながら、剛慾な老妻に妨げられて自説の実行が出来なかつたゝめに、この老文豪の心の平和がいつまでも得られなかつたやうに、周囲の崇拝者は云つてゐるが、さういふ外形的の自説を実行したつて、彼の心が太平になつたとは思はれない。一つの不満が充たされれば、他の不満が彼の心に巣をつくつたに違《ち》がひない。……また老妻ソーフイヤ・アンドレエヴナにしても、孫や曽孫まで数に入れると、二十八人にもなる大家族をかゝへながら、トルストイの空想の犠牲になつて無財産の窮境に陥るのを怖れて、極力反抗したのは、人間性として当然のことなのである〉。

〈ストリンドベリーの『死の舞踏』をもつて、あまりに誇張した作り事のやうに云ふ人があるが、それは男女関係の奥底を知らないためではあるまいか。晩年のトルストイ夫婦の暗闘は、ストリンドベリーの筆によつて描かるべき題材である。トルストイ家出前の日記や書簡の抄録は『死の舞踏』にも勝る凄惨たる響きを私などの胸に伝へるのである〉。〈彼れの妻は、多年彼に対して囚人を監視する看守のやうな態度を持してゐた。トルストイは彼女の目を離れて、一行の文章を作ることも出来なければ、親しい友人と自由な談話を試みることも出来なかつた。トルストイの深夜の瞑想をさへ許すまいとするやうに、彼女は真夜中に爪立足して、夫の寝室を扉の隙間から覗くのであつた。……ありとあらゆる要求や、またその要求に類する願ひなどを夫の前で口にしたばかりでなく、若し彼れが拒んだ場合には、それを自分の一切の行為に現し、彼れの意志に逆らつてまでも、自分に、従はせようと試みた。この目的を果すために、彼女はヒステリーや狂気の発作に罹つたやうに装ひ、自殺すると云つて脅かし、毒薬を呑むとか呑んだとか佯り、半裸体のまま雨や雪の降つてゐる中へ、また夜中の戸外へ走り出るのであつた。……さうして家庭の人達が、そんな仕打ちをして、結局あなたは彼れを殺してしまふことになるだらうと告げると、彼女は冷やかに、「あの人の魂が私に対して死んでしまつてから、もう長いことになるし、あの人の身体なんか、どうなつてもかまやしない」と答へた。それで、若し彼れが本当にあなたの仕打ちのために死ぬやうなことがあれば、あなたはどうするつもりだと訊かれると、彼女はよくかう答へた。「さうなれば私は伊太利へ行かう。あすこへはまだ行つたことがないから」〉。

〈数十年寝食を共にした妻の口から出る冷語骨を刺すのである。そして、絶世の文豪トルストイがいよいよ最後の決心をして、平和を求めるために自分の家を逃出すに当つても、妻に気取られはしないかと戦慄して、家を出掛けても、道を取り違へて、茂みの中へ落ちて、ひつ掻かれ木にぶつかつて倒れ、……追跡を予期して恐れて震へた〉。〈世界的に有名な「家出」について、故文豪のために敬虔なる釈明を試みるべく『晩年のトルストイ』といふ一書を著したチエルトコフなどは、仙人が魔女に苛まれてゐるやうに、この人生の一事実を取扱つてゐるが、トルストイはそんなお目出たい仙人でもなく聖者でもなかつたゞらうと、私は思つてゐる。……「一日中ものういみじめな状態。夕暮近くなつて、この気持ちが、物柔かな心——愛撫を、愛情を求める心に変つた。私は幼児がするやうに、誰れか自分を愛して呉れるいつくしみ深い人の胸に顔を押しつけて、思ふさま泣き、柔しく慰めて貰ふ事を切望した。しかし、私がそのやうにして近づき得る誰れがこの世にあらう?」と、彼れは晩年の日記に書いてゐる。彼れは二十余人の児孫に擁せられ、世界の人々に尊敬愛慕されながら、峻烈なる孤独の淋しさに震へてゐたのである。財産抛棄や四福音書の信仰などは、この淋しさを忘れんとする果敢なき彼れの夢に過ぎなかつたのだ〉。

〈かゝる、人としてのトルストイ、非凡な芸術家としてのトルストイ。私はそこに計り知られない興味が寄せられるが、彼れの思想そのものにはさして心を惹かれないのである〉。〈『アンナ・カレニナ』『戦争と平和』『クロイチエル・ソナタ』その他彼れのどの作品を見ても、人間の達し得る限りのうまさをもつて、人間と世相とがいきいきと描かれてゐる。十数年前、私は『アンナ・カレニナ』を初めて読んで、ウロンスキーがアンナをはじめて見るところの描写の巧妙に驚いて以来、トルストイの作物を読むたびに、空前絶後東西無比の作家として彼れを仰ぎ見てゐるのである。しかし、彼れの戯曲は、小説よりも余程劣つてゐるやうに思はれる。最も傑れてゐる「闇の力」についてさへさう感ぜられる〉。〈トルストイの所謂心機一転後の作品であつて、従つて例の教訓癖道徳臭が付纏つてゐるに関らず、芸術家として豊富な彼れの天分は、こんな作品でも単純なる教訓劇としようとしても出来なかつたのである。ニキタはロシアのある農民であるとゝもに、トルストイ自身の影法師である。ニキタの悔悟によつて人間の霊魂の光明を暗示したつもりであつても、それはトルストイ自身が、『懺悔録』や『わが宗教』に於て、光明の域に達し大悟徹底の境涯に入つたらしく自ら思ひながら、その実、最後まで煩悶孤独迷妄に悩んでゐたと同様に、『闇の力』一篇のわれ〳〵に与へる印象は、依然として闇の力である。根強い本能の跋扈《ばつこ》である〉（これをM1とする）。

さて、それから十年（昭和十一年）、未発表のトルストイの日記『一九一〇』（八住利雄訳、ナウカ社）が出されたのを受けて、白鳥は「トルストイに就て」（M2）を書く。M1とほとんど同旨の内容で、引用を重ねるのも少々気が引けるが、白鳥の言わんとすることを正確に捉えるためにも以下言及してみる。

〈最晩年のトルストイに見られる生命の煩はしさは、その老妻との関係であつたが、今度出版された日記によると、その間の事情が、委曲を尽して現されてゐるので、トルストイの小説を読むにもました感興を私は覚えたのである。さまざまな女性を生けるが如く描いたトルストイであるが、事実は小説よりも奇であり、事実は小説より深刻である。この大文豪も、女性といふものは男性に取つて、こんなに大なる悩みであるかといふことを、創作力の旺盛であつた壮年期に洞察し得ないで、八十歳といふ頽齢期に及んで、痛烈に体験したのである〉。

〈曲亭馬琴の日記では、老妻との深刻なもつれを叙したあたりが、読者の心を動かすのであるが、トルストイの「最後の日記」では、老妻のヒステリツクな言行のために一日として安き日はなかつたのである。臨終間際まで日記を記してゐるのは彼が生れながらの文学者であつて、日々の見聞感想を筆にしないではゐられないためであつたが、普通の日記（人に読まれても差支へないもの）の外に「自分一人のための日記」を別に書いて置いたなんかは、彼が八十を越しても、自己反省の強く、文学者本能の強かつたことをよく証明してゐる〉。〈「自分一人の日記」は秘しかくしに隠して、時には長靴の底にまで忍ばせて置いたのに、それまでも細君に見つけられたりしたのだ〉。

〈トルストイ夫人の強烈なる愛憎、強烈なる非常識の嫉妬心を、ヒステリーの結果とのみ解し去るのは、この日記を読み得たものではないと私は思ふ。トルストイが一切の遺稿の処分、著作権拋棄の実現をも依託したチエルトコフに対する夫人の嫉妬、八十を過ぎたトルストイとチエルトコフ（妻子まである壮年者）との間に変態的色欲関係ありと確信してゐるやうな法外の嫉妬心に於いて、私は突き詰めた人間心理の究極を見られるやうに思ふ。自分一家を無財産の悲境に陥れようとする著作権拋棄行為に左袒《さたん》し、家族に秘密に実行権を所有せんとしてゐるチエルトコフに対する憎悪憤懣の思ひ、――すなわち、トルストイの一生の精神的労作の結晶たる著作を、自由に支配せんとするチエルトコフは、トルストイの肉体をも奪はんとする人間のやうに、トルストイの細君の心に映ずるに至るのは徹底した心理の自然の経路のやうに思はれる。精神を奪ふのは、精神の宿る肉体を奪ふのと同様なので、それが常人では理屈でさう想ふだけなのだが、神経がヒステリックに磨ぎ澄まされたトルストイ夫人の目には、それが現実の姿として映じて、傍目には異様に見えるやうな嫉妬心を起すに至つたのである〉。〈「夫は心身共に弱り、自分自身の意志を失ひ、すべてチエルトコフの影響下にあり、彼のみを恐れてゐる」といふ妻君の観察は、必ずしもヒステリー女の妄想とは云へまい。傍人は皆夫人を狂女あつかひし、トルストイを気の毒に思つてゐるが、夫を見るは妻に如《し》かず、夫人の方が傍の健全な人々よりも却つてよく晩年のトルストイの心をよく洞察してゐたのではあるまいか〉。

そしてすでに引いた、〈廿五年前トルストイが家出して〉から〈ああ、我が敬愛するトルストイ翁〉へと続いて終わるのだが、以上二篇ともまことに明快、晩年のトルストイの日々を描いて、人性への智慧と慈愛を湛えた好論といわなければならない。

これに対して小林秀雄が「作家の顔」で反論し、いわゆる「思想と実生活」論争が始まったこともすでに触れたが、では一体小林は、どんなことを言い、どんなことを言わんとしたのか。

〈あゝ、我が敬愛するトルストイ翁！　貴方は果して山の神なんか怖れたか。僕は信じない。彼は確かに怖れた、日記を読んでみよ。そんな言葉を僕は信じないのである。彼の心が、「人生に対する抽象的煩悶」で燃えてゐなかつたならば、恐らく彼は山の神を恐れる要もなかつたであらう。正宗白鳥氏なら、見事に山の神の横面をはり倒したかも知れないのだ。ドストエフスキイ、貴様が痫癪で泡を噴いてゐるざまはなんだ（傍点小林）。あゝ、実に人生の真相、鏡に掛けて見るが如くであるか〉。――前半の部分は以後の論争の過程で小林が自説の前提として繰り返し挙げるもので、検討を要するが、〈ドストエフスキイ〉以下、人の肉体的欠陥をこんな下卑た言葉で揶揄中傷することなど誰が思いつくか？　いったいにこの論争における小林の〈比喩〉や〈箴言〉（？）はきわめて拙劣で独断的、独善的で、チンプンカンプンの所も多い。が、それはさて、続く〈あらゆる思想は実生活から生れる。併し生れて育つた思想が遂に実生活に訣別する時が来なかつたならば、凡そ思想といふものに何の力があるか。大作家が現実の私生活に於いて死に、仮構された作家の顔に於いて更生するのはその時だ。或る作家の夢みた作家の顔が、どれほど熱烈なものであらうとも、彼が実生活で器用に振舞ふ保証とはならない。まして山の神のヒステリイを逃れる保証とは。かへつて世間智を抜いた熱烈な思想といふものは、屢々実生活の瑣事につまづくものである〉の部分も、この論争の核心に触れるものなので、検討を要するが、終わりの〈世間智を抜いた熱烈な思想といふものは、屢々実生活の瑣事につまづくものである〉も含め、まるで白鳥その人の言を聞いている如くであることに、ひとまず注意しなければならない。

さらに小林は、〈偉人英雄に、われら月並みなる人間の顔を見付けて喜ぶ趣味が僕にはわからない。リアリズムの仮面を被つた感傷癖に過ぎないのである〉と続ける。しかしこれが白鳥を皮肉って言っているなら、白鳥は決して〈喜〉んでいるわけではない。〈偉人英雄〉も〈屢々実生活の瑣事につまづく〉ことに慨嘆しているのだ。また〈僕は、今日までやつて来た実生活を省み、これを再現しようといふ欲望を感じない。さういふ仕事が詰まらぬと思つてゐるからではない、不可能だと思ふからだ〉も、〈臨終間際まで日記を記してゐるのは彼が生れながらの文学者であつて、日々の見聞感想を筆にしないではゐられない〉などの白鳥の言葉を、日本自然主義の、いわゆる〈卑近な日常の経験の再現[2]〉として批判して言っているなら、白鳥は決して、〈過去〉を〈再現しようといふ欲望〉が満たされるなどと思ってはいない。それがむしろ〈不可能〉だと思っていたのであって、だがにもかかわらず、あるいはだからこそ、〈絶えず〉、〈人生の真相再現〉に執していたのではないか。[3]

さてこれに応じて、白鳥が「文芸時評（抽象的煩悶）」（「中央公論」昭和十一年三月）を書く（M3とする）。白鳥はまずK1の冒頭の部分――トルストイの〈心が、人生に対する抽象的煩悶で燃えてゐなかつたならば、恐らく彼は山の神を怖れる要もなかつたであらう〉、〈あらゆる思想は実生活から生れる。しかし、生れて育つた思想が遂に実生活に訣別する時が来なかつたならば、凡そ思想といふものに何の力があるか〉を引き、〈必ずしも愚説とは云へない。「日記」に対する私の視点を転ずればさうも云へないことはない〉としながらも、〈トルストイ夫人がチエルトコフに対して非常識な嫉妬を感じたのも、チエルトコフがト翁の著作権抛棄行為に共力して家族を無視したことが原因であつて、夫の精神を奪ふものに対する憎悪が変形して、ト翁とチエルトコフが男色関係ありと幻影を描くやうになつたのであらう。トルストイにしても、「抽象的煩悶」が夫人といふ形を取つて現れてゐたのだ。夫人から逃げることは、抽象的煩悶から逃げるやうなものだつたのだ〉、〈本来、実生活から全く遊離した抽象的煩悶はない筈で、ト翁の目に、夫人は、「著作権抛棄」といふ熱心な願望を妨害する女性として映じてゐた。普通の男なら、山の神の激しいヒステリー的反抗に根負けして、折角の願望を思ひ切るかも知れないのに、ト翁はあくまで断念しなかつた。そこに私は翁の強みを思ふ〉と、以前と同じことを言っている。

それにしても小林の、〈人生に対する抽象的煩悶で燃えてゐなかつたならば、恐らく彼は山の神を怖れる要もなかつたであらう〉という逆接表現を、かりに順接表現に変えれば、〈人生に対する抽象的煩悶で燃えていたので、恐らく彼は山の神を怖れる要があつたのだ〉となり、少しははっきり〈思想と実生活の密接な関係〉（Ｍ４）に触れることになって、さてこそ白鳥が〈さうも云へないことはない〉と言った所以だったのであろうか（？）。

そして白鳥は〈「尊敬する翁よ。……その生命を個々の人間、そして全人類に捧げよ……伯爵を返上し、財産を血縁の人々及び貧しき人々に分ち与へ、無一文の乞食になつて町から町へ忍び歩け……」といふ或る大学生（キエフの一大学生）からの手紙に接した時、翁は、「家出することは自分も衷心から考へてゐるが今まで多くの理由のために実行できなかつたのだ」と返事をしてゐる。これによつても、翁は抽象的煩悶の解決のため、すべてを棄てて家出することを兼ねて考へてゐたことは分かつてゐるのだが、自殺行為を憧憬してゐる者も、容易に実行に移し得られぬ如く、翁の家出もいつも空想裡に描かれてゐるだけであつた。家出を決行させたのは夫人の鞭によつて追ひやられたゝめなのだ。人を強く動かすものは、やはり現実の力である。家出の数日前にもまだ家出を躊躇してゐた〉とつづける。

〈「自分一人のための日記」の十月二十六日に、「この生活がいよ〳〵息づまるやうになつて来た。……外面生活を変更しないで、内面的な仕事に没頭しながら、彼女を堪へ忍んで行かう。神よ、力を与へたまへ」と書いてあるくらゐで、翁が、寒空に向つて家出なんかしたくなかつたことは推察される。それが、その翌日の日記には、「可哀さうな女とは思ふが、むか〳〵するほど醜悪だ」と書いて、家出を決行することになつたので、つまり、抽象的煩悶は夫人の身を借りて凝結して、翁に迫つて来て、翁はゐても立つてもゐられなかつたのである。それ故、この二つの日記が偽書でない限りは、トルストイが現身の妻君を憎み妻君を恐れて家出をしたことは、断じて間違ひなしである。鏡に掛けて見る如し〉。〈「無一文で流浪しろ」といふ大学生の手紙は、かねてのト翁の思想に意義を認めた上の忠言であつたが、その思想に力が加つたのは、夫婦間の実生活が働きかけたゝめである。実生活と縁を切つたやうな思想は、幽霊のやうで案外力がないのである〉。まことに、トルストイの家出決行への道行きが委曲を尽くして語られている。〈鏡に掛けて見る如し〉、まだ問題があるのか？　と言えよう。

しかし小林はなおも白鳥に反論を挑む。「文芸春秋」昭和十一年四月号の「思想と実生活」である（この論をK2とする）。

小林はそこで問題となっているM2の結末の部分とK1の〈彼の心が、「人生に対する抽象的煩悶」で燃えていなかつたならば、恐らく彼は山の神を怖れる要はなかつたであらう〉、〈あらゆる思想は実生活から生れる。しかし、生れて育つた思想が遂に実生活に訣別する時が来なかつたならば、凡そ思想といふものに何の力があるのか〉を再引し、さらに重ねて、〈彼の思想を空想に終らせなかつたのも、細君のヒステリイといふ現実の力の御蔭なので、「つまり、抽象的煩悶は、夫人の身を借りて凝結し翁に迫つて来て、翁はゐても立つてもゐられなかつたのである。それ故この二つの日記が偽書でない限りは、トルストイが現身の細君を憎み、細君を怖れて家出したことは、断じて間違ひなしである。鏡に掛けて見る如し」〉とM3から引用し、〈人類救済の本家の様に世界の識者から思はれてゐたトルストイが細君を怖れて家出するとは滑稽である。彼自身も、この滑稽を自認してゐる。「この滑稽さ加減はどうだ。いかにも重大な立派な思想を、教へたり説いたりしながら、同時に女達のヒステリイさわぎに巻き込まれて、これと闘ひ、大部分の時間を潰してゐるのだ」（九月廿七日）一体これが何か面白い事柄なのであらうか。ヒステリイといふ様な一種の物的現象は、ソクラテスの細君以来連綿として打続ゐてゐるものの様に思はれる〉と続く。無論誰も〈面白い〉などと言っていないことは繰り返すまでもない。

ここから論は長いドストエフスキイ論となる。小林の以後のドストエフスキイ論の始まりといえよう。まず小林はドストエフスキイの乱脈を極めた生活を暴きながら、〈ドストエフスキイが生活の驚くべき無秩序を平然と生きたのも、たゞ一つ芸術創造の秩序が信じられたが為である。創造の魔神にとり憑かれたかういふ天才等には、実生活とは恐らく架空の国であつたに相違ないのだ〉という。

そして加能作次郎の〈彼がその偉大な芸術や、深い思想を通じて、一生涯かゝつても果し得なかつた、人生とは何ぞやといふ大問題の解決の懸案を、一九一〇年の彼の実生活が見事に果してゐるやうな気がする〉（東京朝日新聞）という記事に触れ、小林は〈芸術も思想も絵空ごとだ、人は生れて苦しんで死ぬだけの事だ、といふ無気味な思想を、彼が『アンナ・カレニナ』で実現し、これを捨て去つた事は周知のことだ〉とし、が〈自分が眺めたぎりぎりの人生の真相に絶望し、そこから再び立ち上がらうとしたところに『わが懺悔』の信念が誕生した〉という。しかし白鳥も、そしてこの場合加能作次郎も、トルストイが依然その〈信念〉にさえ〈大悟徹底〉しえないことを、〈一九一〇年の彼の悲劇的生活が、人生そのものの象徴のやうな気がする〉（加納）といったのだ。だが小林は〈そこに人生そのものの象徴を見ると言ふ事が、正宗氏や加納氏の様に、実生活に膠着し、心境の練磨に辛労して来たわが国の近代文人気質の象徴なのである〉と、〈実生活に膠着〉する〈わが国の近代文人気質〉の所以に帰すのである。

そして小林は、〈実生活を離れて思想はない。併し実生活に犠牲を要求しない様な思想は、動物の頭に宿つてゐるだけである。社会的秩序とは、実生活が思想に払つた犠牲に外ならぬ。その現実性の濃淡は、払つた犠牲の深浅に比例する。伝統といふ言葉が成立するのもそこである〉云々と続ける。〈動物の頭に宿つてゐるだけ〉などと言う諧謔（？）はあまりにも低劣で笑うことも出来ない。なお小林は後にも〈人間を他の生き物から区別する一番大事な理由〉（K4）などという〈迷言〉を吐いている。

これに対し白鳥が応じる。「文芸時評（思想と新生活）」（「中央公論」昭和十一年五月）である（M4）。この論争について、白鳥が言を寄せたのは、一応これが最後である。

まず白鳥が冒頭、〈ト翁は最後まで文学者であり、自分の文学を棄てたのではない〉と言い、〈「自分が眺めたぎりぎりの人生の真相なるものに絶望し、その再現を嫌厭したところに、『わが懺悔』の信念が誕生した」のであらうが、それに関らず、ト翁は絶えずその嫌厭した人生の再現をやつてゐたではないか。面倒な研究をするまでもない。例の「最後の日記」そのものが、嫌厭した人生の真相再現の有力な実例ではないか。日記の形を取つた人生の真相の再現である。他人に見せない筈の日記まで書いて、自分の周囲の嫌厭すべき実相を再現し、自分の心境を再現しないではゐられないのによつても、翁の文学者的再現慾の如何に強烈であつたかが察せられるではないか〉という箇所は白鳥における、いわゆる〈有りのまゝ的写実論〉に関わって興味深いが、今は措く。白鳥も、〈しかし、かういふ事はどちらでもいゝ。トルストイの家出問題なんかどちらでもいゝやうなものだ。肝心なのは、「実生活を離れた思想があるか」無いかの問題である〉と、一先ず論争の当面の主題に帰り、K2の〈実生活を離れて思想はない〉以下を引用しながら次のように言う。

〈これは一通りの穏当な見解である。常識を超脱し得ない我々の見解に類似している。それでこの見解に依ると、この評論家が、ト翁の家出は、人生に対する抽象的煩悶に燃えてゐたゝめの所行で、山の神を怖れたゝめといふやうな、俗人的現実問題に依るのではなかつたと放言し、実生活から生れ育つた思想も遂に実生活に訣別する時が来なかつたならば、凡そ思想といふものに何の力があるかと力説したことが、意味のない空言になるのではあるまいか〉と駁するのである。

〈或る人々が自分の実生活を思想の為めに犠牲にして、社会の秩序が保たれるのは、本当であるとゝもに有り振れた考で、どの内閣の文部大臣でも同意しそうだ。その「社会の秩序」なるものは、正真正銘の人間界の実生活のことであり、人を突いて犠牲者たらしめる力を持つたその思想は、実生活と訣別するどころではない。実生活に食入つてゐるのだ。実例を挙げて云ふと、封建時代の主従関係の思想により、自分の身を主人の犠牲にし、或は子女を主人の身代りとしたりして、封建社会の秩序を保つ場合には、その封建思想は、封建社会の実生活と訣別するどころか、深い関係を保つてゐるのだ。また封建打破の新思想の保持者にしても、現在の実生活から脱却しても、将来の新たなる実生活を夢見てゐればこそ、その思想に力が加はるのである。傍観者には痴人の夢と思はれる思想でも、常人はその思想と実生活との密接なる関係を信じてゐればこそ、思想の犠牲にもなるのであらう。そして小林氏の謂ふ如く、実生活の不断の犠牲によつてそんな思想は育つのである。従つて「抽象的思想は幽霊の如く、現実の刺戟を帯びてこなければ、思想に活気も帯びて来ない」と私の云つたことも小林氏の論法を推し進めた考も、つまりは同様になりさうだ〉。

〈ト翁の抽象的煩悶も実生活の犠牲によつて育つたので、その家出も実生活の強い現れたる、夫人のヒステリー的行動のために、翁の抽象的思想が生動した結果であると云つてもいゝことになりさうだ。さうすると小林氏の最初の意気込みが、平凡常套に落ちて、わざわざ異説を立てた甲斐がないやうに思はれる。「トルストイは抽象的煩悶抽象的思想に燃えてゐたゝめに家出したに極つてゐる。夫人のヒステリーなんか怖れて家出したといふ凡俗者流の言葉は断然信じない」との、最初の意気込みから判断して、この論者の批評家魂は一層磨きすまされ、実生活無視、抽象的思想讃美を強調し、「この世は仮りの住ひにして、永遠の住ひは天の彼方にあり」と信じてゐた中世紀人にでも類似した境地に達し、その優越的態度で文学でも政治でも見下すやうになるのかと、ぼんやり期待してゐたのに、最初の家出について、明々白々たる「日記」の記事をも痛快に蔑視し、異様な批評家魂をちらつかせた甲斐もなく、その態度を持続けて思考の道を進み得ないで、次第に考へ方が、昭和の現代文士らしい常識に成下つてしまつたらしい。人間は現代を超越し能はざるの一例とすべきか〉。

そして〈小林氏が今度の評論に、重要な言葉として用ひてゐる「実生活」といふ言葉は、どういふ意味が含まれてゐるのであらうか。晩年のトルストイについて考へると、翁の実生活には夫人のヒステリー的言行が最も重要な分子を占めてゐることは、その日記を読む誰れもが直ぐに気のつくことであり、これを除外すると、晩年の翁の「実生活」は余程希薄になり、あの「日記」その物も痩せ細つて、世上の読者の興味も極めて乏しくなりさうである。然るが故に、若し我々が小林氏の所論を卜翁の生涯に当嵌めるとすると、「実生活」といふ文字を、「妻君の強烈なるヒステリー」と書替へて読んでもいいのだ〉と、ほとんど駄目を押すごとく、この論争に終止符を打っている。

これに対し小林は「文学者の思想と実生活」（「改造」昭和十一年六月）に、まず自身の「思想と実生活」（K3）の結末の部分と白鳥の「思想と新生活」（M4）の後半の部分を併記しながら、〈誤解もこゝに至つては極まれりといふ可きである〉と言って駁論する（K4）。

小林はまず〈文学者の論争〉というものが、〈到達した結論よりも、結論に到達する道順に意味があるといふ強い傾向を帯びてゐる〉と言い、〈僕が正宗氏に理解して戴きたい点は、「思想が実生活に訣別するに至らなければ、思想といふものに何の力があるか」といふや、奇矯な言を弄した所以のものは、結局喋つてゐるうちに思想と実生活とは切つても切れぬ縁があるといふ以外の結論に到達し得なかつたといふ事とは自ら別だと言ふ点なのだ。思想を実生活から絶縁させよといふ様な狂気の沙汰を誰が演ずるか。結論は最初に在つたのである〉という。相変わらず難解な言い様だが、予め二人の結論が重なるだろうこと、しかも〈思想と実生活とは切つても切れぬ縁がある〉という、まさに白鳥の持説に重なるだろうことを弁疏しているかのようだ。

そして小林は、〈僕がこの問題で発言の機を捕へたのは、トルストイの家出の原因は、思想的煩悶になく実際は細君のヒステリイにあり、そこに人生の真相を見る云々の正宗氏の文章を読んで、永年リアリズム文学によつて鍛へられた正宗氏の抜き難いものの見方とか考え方とかが現れてゐると思ひ、それに反抗したい気持ちを覚えたからである〉。〈正宗氏は、トルストイの家出の直接な原因は細君のヒステリイであつた事を極力主張する〉。〈氏は飽く迄も細君のヒステリイをとつて動かぬ。人生に対する抽象的煩悶もあつたかも知れぬが、その煩悶は細君の身を借りて凝結し、或は細君のヒステリイのために生動して、翁に家出を迫つたのだと。尊敬すべきリアリズムだ。ぼくは、かういふリアリズムには心を動かされないのである〉。

〈問題は、トルストイの家出の原因ではない。彼の家出といふ行為の現実性である。その現実性を正しく眺める為には、『わが懺悔』の思想の存在は必須のものだが、細君のヒステリイなぞはどうでもいゝのだ。どうでもいゝといふ意味は、思想の方は掛替へのないものだが、ヒステリイの方は何とでも交換出来るものだといふ意味だ。彼の思想は子供の病気に凝結してもよろしいし、犬の喧嘩で生動しても差支へないのである。若し細君のヒステリイが、トルストイの偉大を証する上に掛替へのないものとするなら、そんな深い意味を、この単なる事実に付与したものはまさしくトルストイの偉大さではないか。即ち思想ではないか。伯夫人のヒステリイだからと言つて何か変哲があつたわけではない。世の幾千万の女の十五分間で永遠に消失する可憐なるヒステリイを尻目に掛けて、独りトルストイ夫人のヒステリイだけが高名になるのも亭主の思想のお蔭ではないか。トルストイの思想が後世に遺る為には、必ずしも細君のヒステリイを必要としなかつたのだが、細君のヒステリイが名誉あるものとなる為には、亭主の掛替へのない思想が要つたのである〉。

まさしく〈奇矯な言〉、あるいは独りよがりの拙い諧謔というしかないが、問題は〈細君のヒステリイがトルストイの偉大を証する上に掛替へのないものとする〉云々などと言うことでもなければ、〈細君のヒステリイが名誉あるものとなる為には〉云々などと言うことでもない。細君のヒステリイによって、トルストイの思想が、いや存在そのものが危殆に瀕していることなのだ。

続けて小林は、〈凡そ人間の凡人性に感慨をもほすのに、何もトルストイを選ばなくてもよいではないか〉、〈選ばなくてもよいと言ふより、寧ろ僕は選んではならぬと言ひたいのだ。さういふ事は偉人を遇する道ではないと思ふし、偉人の真相を不必要に歪める事だと思ふ〉という。まさしく偉人神話、偉人信仰、しかもそれを〈不必要に歪めて〉てはならぬという。しかし相手の白鳥は、細君のヒステリイにすべてを投げ棄てて、まさしく赤身となって、〈七転八倒の苦しみ〉（M1）を苦しむトルストイの、むしろその赤心の姿にこそ、正直感動しているのではないか。要するに次元が違うのだ。

小林はまた〈バルザックに、君の描いた幾百の人物のどれが君の真相をよく語つてゐるか、と質問しても、返答は期待出来まい。ジイドにも同じ事を自問して、どれも自分だと自答してゐる文章がある。かういふ熱烈な文学者といふものには、生身の自分といふ人間の真相などといふものはあまり意味がないのだ。生身のうちに生きてゐる文学だけが、思想だけが重要なのだ。創造の魔神につかれた文学者等にとつて、実生活とは架空の国であつたに相違ないのだ。実生活を架空の国にするのは、なにも実生活を逃避することを意味しない。逃避しようとしても付纏ふものが実生活といふものだからだ。例へば実生活中の最大事件たる死といふものを、人間はいかにしても逃避出来ないことを考へてみればよい。その意味で死は実生活の象徴である。若し人間に思想の力がなかつたならば、人間は死を怖れる事すら出来ないのである。といふのは思想は死すら架空事とする力を持つてゐるといふ証拠である。この思想の力が最も狂暴に現れる時、自殺といふ行為が現れる。思想は実生活を否定しこれに訣別する。自殺者の神経衰弱的思想は、自殺者の神経衰弱から生れたにせよ、それが力ある思想である事に変りはない〉という。

しかしこれも問題の多い言葉である。

まず〈創造の魔神につかれた文学者にとつて、実生活とは架空の国であつたに相違ない〉という言葉は、すでに

K2で、〈ドストエフスキイが生活の驚くべき無秩序を平然と生きたのも、たゞひとつ芸術創造の秩序が信じられたが為である。創造の魔神にとり憑かれたかういふ天才等には、実生活とは恐らく架空の国であつたに相違ない〉と述べられていた。が、それはさて〈実生活を架空の国とするのは、何も実生活を逃避する事を意味しない。逃避しようとしても付纏ふものが実生活といふものだ〉というとすれば、ではなぜそれが〈架空〉なのか。むしろそれこそ〈現実〉ではないのか。

〈例へば実生活中の最大の事件たる死といふものを、人間はいかにしても逃避出来ないことを考へてみればよい〉と小林は続ける。〈その意味で死は実生活の象徴である。若し人間に思想の力がなかつたならば、人間は死を怖れる事すら出来ない〉――ここまでは半ば肯つておこう。ただ、〈思想は死すら架空事とする力を持つてゐる〉というのは本当か。〈実生活を架空の国とするのは、何も実生活を逃避する事を意味しない。逃避しようとしても付纏ふものが実生活といふものだからだ〉と小林は言う。が、死が〈いかにしても逃避出来ない〉という〈実生活の象徴〉とすれば、死は〈架空事〉とはならず、〈否定しこれに訣別する〉ことはついに不可能ではないのか。

例えば漱石は『こゝろ』で〈先生〉に、〈己れが己れを殺す〉という〈自殺〉について、〈「自殺する人はみんな不自然な暴力を使ふんでせふ」〉と言わせている。が、それに対し、〈「すると殺されるのも、やはり不自然な暴力の御蔭ですね」〉と答えた〈私〉に、〈先生〉は〈「殺される方はちつとも考へてゐなかつた。成程さういへば左右だ」〉という。つまり〈先生〉は迂闊にも、〈己れが己を殺す〉、とは、いわば己が〈力ある思想〉で死を選ぶことをのみ考え、己が無惨にも、そして益体もなく殺されて、もの言わぬ骸と化していくことを考えに入れていなかったといわなければならない。要するに、人間は〈自殺〉を選んでさえ、決して〈死〉を自由にすることは出来ないのではないか[4]。

そして小林はさらにまたドフトエフスキイに触れ、〈彼があれほど実生活の無秩序を平然と生きて、これを整理しようとも統御しようともしなかつたのは、文学創造上の秩序を信じる事強かつたがためだ。彼が真に生きてゐたのは実生活に於てではない、夢に於てだ。かういふ考へ方は、決して浪漫的見解ではないと信ずる。ドストエフスキイといふ例が極端なだけで、人間はすべて夢だけを信じ生きてゐるのである。人間に信ずる事が出来るのは夢だけだからだ。実生活は信じなくても在るからだ。何と言はうが、僕等に付纏ひ、追ひかけるものだからだ〉という。だが、そうだとすると、すでにありつねにあって、〈僕等に付纏ひ、追ひかける〉実生活と〈夢〉と、人間はどちらと真に向き合っているのか。

そして最後、小林はほとんど断言的に、〈完全な思想は実生活から断然袂を別つ〉と結論する。が、〈だから数の思想は古今東西を通じてかくも強力に人間を支配してゐるのである。さういふ不完全な思想は、つまりその計量の正確不正確が、その現実性を決定するに十分なのであるが、文学的思想の如き不完全な思想は、その計量的性質に於て欠陥があるから、計量の正確不正確ばかりでは、その現実性を決定し難い。だからその現実性の保証として思想発表者の信念を必要とし、信念は社会を、歴史を、保証人としなければならないといふ次第になるのである。従つて文学的思想の実生活との訣別といふ光景が曖昧たらざるを得ない事になる。併し、いかにそれが曖昧にせよ、文学的思想も思想たる以上、実生活とはつきり訣別する完全な思想の姿を常に憧憬してゐるのだ。実生活と離れて飛行しようとするのが思想本来の性格であり、力であるからだ。かういふ力の所有者である事が、人間を他の生き物から区別する一番大事な理由なのである。抽象の作業が最も不完全となり、その計量的性質が最も曖昧になると、思想は実生活のなかに解消され、これに屈従するより他に為すところを知らないやうになる。これを僕等は、通常、思想と呼ばず、風俗習慣と呼んでゐる〉と付言する。またまた随分と判りづらい文面である。

だが、これを要するに、〈数の思想〉とはすべてが多数決で決まるということであり、それは社会と歴史、つまりはいわゆる〈時勢〉（漱石『こゝろ』）と、その積み重ねから帰納される〈風俗習慣〉、あるいは〈伝統〉（K2）

によって決まるということではないか。無論そこから〈離れて飛行しようとする〉ことは自由である。結果、おそらく思想は独断と孤立を招き、いわゆる仏教的悟達の境地に留まればよし、結局最後は〈野垂れ死〉に行き着くしかないのではないか。――〈思想の力は、現在あるものを、それが実生活であれ理論であれ、ともかく現在あるものを超克し、これに離別しようとするところにある〉。〈トルストイが思想の犠牲者として家出したのは、彼がその思想を信ずる事余りに病的だつたので、灯台下暗しで、細君のヒステリイとの関係を十分に思索する暇がなかつた為である〉という言葉で、小林は一先ずこの論争を終息する。最後の一行もなんとも不思議な文章である。ただ〈思想〉を深く信じ過ぎると、足元の〈現実〉を見失いがちであるとでも解釈すればよいか。

かくして論争は一応幕を閉じた[5]。しかし総括的に幾つかのことを指摘しておきたい。まず一番印象的なのは、この論争における小林の発言が、間接的にも直接的にも、日本自然主義への批判に貫かれていることである。日本自然主義のいわゆる〈卑近な日常の経験の再現〉に対する批判（K1）についてはすでに触れたが、〈正宗氏や加納氏の様に、実生活に膠着し、心境の錬磨に辛労して来たわが国の近代文人気質〉（K2）、〈その煩悶は細君の身を借りて凝結し、或は細君のヒステリイのために生動して、翁に家出を迫つたのだと。尊敬すべきリアリズムだ。ぼくは、かういふリアリズムには心を動かされない〉（K2）、〈氏の思想には又わが国の自然主義小説家気質といふものが強く現はれてゐるので、さういふ世代の色合ひが露骨に感じられる時には、これに対して反抗の情を禁じ得なくなる〉（K3）、〈永年リアリズム文学によつて鍛へられた正宗氏の抜き難いものの見方とか考へ方とかが現はれてゐると思ひ、それに反抗したい気持を覚えた〉（同）、〈わが国の自然主義小説の伝統が保持してきた思想恐怖、思想蔑視の傾向は、いろいろの弊害を生んだのである〉（同）等々。

たしかに白鳥は、〈自分の目で直接に見、自分の耳で直接に聞いたことほど確実なことはないので、そこを根拠として、人世を描くのが、普通の作家としては、手堅くつて間違も少いのである〉と言う（『自然主義盛衰史』）。このいわゆる〈素朴実在論〉（あるいは〈実用実在論〉）。それは日本自然主義文学がその誕生以来、繰り返し非難される時の蔑称といえるが、そう呼ばわり決めつけるだけで済むほどことは単純ではない。いや日本自然主義はその〈自分の目で直接に見、自分の耳で直接に聞いた〉ものを〈根拠〉として、変わることなく〈人世を描〉きつづけてきたのだ。

しかも人間は、見たり聞いたりする、そのもっとも直接的な経験を、今、今、今の瞬間に捉えながら生きている。が、次の瞬間、人間はその経験を〈……した〉〈……だった〉と言葉によって〈想起〉する。言葉によって――とはそうした過去の経験を、〈意味〉として確認するのだ。(6)

そして、まさしく〈「最後の日記」〉において、トルストイもこうしていたのだ。

まずこの場合、トルストイは面前に繰り広がる細君の形相や叫喚を〈自分の目で直接に見、自分の耳で直接に聞〉く（知覚する）。そして一日が終わり夜になって、あのミネルヴァの梟が飛ぶように、彼はそのいまだ曖昧模糊として流動する経験の意味を、〈日記〉の中に、つまり言葉の中に〈憎むべき〉、〈恐るべき〉ものとして捉える。〈彼女を堪へ忍んで行こう。神よ、力を与へたまへ〉から〈可哀さうな女とは思ふが、むか〳〵するほど醜悪〉だと、思いを揺らし、次第にそれを固めてゆく。おそらくこれが、白鳥が〈抽象的煩悶は夫人の身を借りて凝結して、翁に迫つて来て、翁はゐても立つてもゐられなかつた〉（M3）と言い、あるいは〈夫人のヒステリイ的行動のために、翁の抽象的思想が生動した結果である〉（M4）と言った所以ではないか。

すでに白鳥はM2で、トルストイの〈「最後の日記」〉を巡り、〈臨終間際まで日記を記してゐるのは彼が生れながらの文学者であつて、日々の見聞感想を筆にしないではゐられないためであつたが、普通の日記（人に読まれても差支えのないもの）の外に「自分一人のための日記」を別に書いて置いたなんかは、彼が八十を越しても、自己反省の強く、文学者本能の強かつたことをよく証明してゐる〉と言っている。またM4でも〈例の「最後の日記」そのものが、嫌悪した人生の真相再現の有力な実例ではないか。日記の形を取つた人生の真相の再現である。他人に見せない筈の日記まで書いて、自分の周囲の嫌厭すべき実相を再現し、自分の心境を再現しないではゐられないのによつても、翁の文学的再現慾の如何に強烈であつたかが察せられるのではないか〉と言っている。――〈日々の見聞感想を筆にしないではゐられない〉、〈自己反省の強く、文学者本能の強かつたこと〉、〈人生の真相の再現〉、〈自分の周囲の嫌厭すべき実相を再現し、自分の心境を再現しないではゐられない〉、〈文学的再現慾の如何に強烈であつたか〉等々、これら白鳥の言葉はすべて（先ほど述べたように）、過去の経験の〈意味〉を〈想起〉する、つまり、まさに〈言葉によって〉検証し、あるいは確認すること、要するにその〈文学的再現慾の如何に強烈であつたか〉について語られているのではないか。

また白鳥は、〈人としてのトルストイ、非凡な芸術家としてのトルストイ。私はそこに計り知られない興味が寄せられるが、彼れの思想そのものにはさして心を惹かれない〉といい、〈彼れのどの作品を見ても、人間の達し得る限りのうまさをもつて、人間と世相とがいきいきと描かれてゐる〉、〈トルストイの作品を読むたびに、空前絶後東西無比の作家として彼れを仰ぎ見てゐるのである〉。しかしそれは〈うまさ〉であって、それ以上のものではない。[7]そして晩年、トルストイが〈『懺悔録』や『わが宗教』に於て、光明の域に達した大悟徹底の境地に入つたらしく自から思ひながら、その実、最後まで煩悶孤独迷妄に悩んでゐた〉（以上M1、つまり論争の十年前の文）こと、さらに最晩年、〈トルストイに見られる生命の煩はしさは、その老妻との関係であつたが、今度出版された日記によると、その間の事情が、委曲を尽して現されてゐるので、トルストイの小説を読むにました感興を私は覚えたのである。さまざまな女性を生けるが如く描いたトルストイであるが、事実は小説よりも奇であり、事実は小説より深刻である。この大文豪も、女性といふものは男性に取つて、こんなに大なる悩みであるかといふことを、創作力の旺盛であつた壮年期に洞察し得ないで、八十歳といふ頽齢期に及んで、痛烈に体験したのである〉（M2）といっている。つまり白鳥は、そうしてトルストイが日々の〈煩悶孤独迷妄〉を、刻々に写し出している「最後の日記」を、トルストイの〈小説を読むにました〉深い感動に心震わせて読み取っているのだ(8)。

思えばこの「トルストイに就て」（M2）の副題が(上)「人生探求の意欲に充ちた日記」、(下)「わが敬愛するその姿」であったことを忘れてはならない。トルストイの「晩年の日記」、白鳥はそれをまさにトルストイの、〈人生探求の意欲に充ちた日記〉として読み、それを綴るトルストイの熾烈な〈人生探求〉の〈姿〉に、措く能わざる〈敬愛〉の情を捧げていたといえよう(9)。

注

（1）この論争の昭和文学史的意味については、本書所収「白鳥の〈虚無〉」および「正宗白鳥研究史」で少しく触れた。

（2）平野謙『昭和文学史』筑摩書房、昭和三十八年十二月。

（3）白鳥は後年「自然主義盛衰史」の中で、〈扮装を凝らさない生地の人生、それがあるがまゝに描ければ、それは、文学の極致で、言分はない訳であるが、実は生地の人生はなか〳〵描けないと云ふ事なのだ。自然主義文学の復習をして来た私は、有るがまゝの人生が描かれてゐると思ひ〳〵、その筆の巧拙を考へ〳〵してゐたのであつたが、実は有るがまゝの人生は、人間わざでなか〳〵描けることでないことが分つて来た。筆先がうまく動いて、文章の綾で何がなしに読者が魅せられるときには、それが人生の真実であり有るがまゝの人世であるように思ふのだが、しかし、多くのそれは、作者の世界であり、作者だけの人世であり、正真正銘の人世はどこか別の物であるのぢやないかと、私には思はれだした〉〈しかし文学はそれでいゝのだ。作者好みの解釈でいゝのである。そこに作者それ〴〵の真実が現はれてゐる訳だ〉と言っている。なお本論は本書所収「『自然主義盛衰史』について」と重なる所が多い。

（4）このことについて拙著『漱石の「こゝろ」を読む』（翰林書房、平成二十一年四月）で詳述した。

（5）白鳥のものは福武版全集、および『思想・無思想』読売新書、昭和二十八年八月、小林のものは『小林秀雄全集』第三巻（新潮社、昭和三十一年八月）による。

（6）〈人はつねに今、今、今の今現在の瞬間、その《知覚》と《行動》の中を生きている。いわば自分が今現在生きているさなかの充溢と躍動、しかし人がそうした自分を振り返る時、人はまたつねに《……した》《……だった》と《過去形の言葉》の中に生きなければならない。たとえそれが一瞬のことであっても、その一瞬の後、一瞬前のことを、人は《過去形の経験》として《想起》する。とすれば《過去》とは《……した》《……だった》という《過去の想起》《過去の言語経験》、つまり《過去物語》なのだ〉（拙稿「歴史其儘と歴史離れ」『鷗外白描』翰林書房、平成二十二年三月）。ただし〈過去そして夢とは〈想起〉においてはじめて経験される。従って（カントの物自体に倣っていえば）《想起》以前に《過去自体》（そして《夢自体》）はないのだ。しかも過去（そして夢）が実在しないとすれば、《想起》にはなんの根拠もなく、ただ偶然にまかせて次から次へと《想起》される。その意味で、まさしく過去は夢であり、夢はそのまま夢なのである〉。〈さらに《想起》は、それがどんなに不条理なものであっても無謬である。正誤を比べる根拠がないのだから。無論、過去が不条理で、偶然の戯れ同然でしかないとすれば、人はなにを信じて生きて行けばよいか。だから人は、裁判所で行うように、証言の一致や物証、さらに疑いようのない自然法則によって一つの真実を立証しようとするだろう。しかしそれでもそれは一つの真実であって、絶対の真実であるとはかぎらない、すべては《驚嘆すべき精妙さで動く宇宙が全くの偶然の産物なのかあるいは多くの人が主張するように至高の存在による配慮であるかが判別不可能》なのと同様に、本来的に立証不可能なのである〉。〈この空恐ろしいまでの事実。しかし人は、その事実を信じ難い想いで受け容れざるをえないのである〉（拙稿「『夢十夜』―〈想起〉ということ―」『獨歩と漱石―汎神論の地平―』翰林書房、平成十七年十一月）。なお以上いずれも大森荘蔵『時間と自我』『時間と存在』等を参照。

（7）『文壇人物評論』にもある逸話だが、白鳥は『自然主義盛衰史』で、〈自然主義盛んな時分、私は逍遥にむかつて、「文学はつまり技巧だけの物ぢやないでせうか」と云ふと、「さうさ、二葉亭もさう云つてゐた」と逍遥は答られた〉と、逍遥の言った言葉を印象深く傾聴した記憶を繰り返している。たしかに白鳥にとって〈うまさ〉とは〈技巧のうまさ〉であって、〈筆先がうまく動いて、文章の綾で何がなしに読者が魅せられる〉という意味の〈うまさ〉であったといえよう。

（8）『小林秀雄全集』第三巻（前出）の解説で、小林の僚友というべき河上徹太郎は〈正宗氏は、十九世紀思想界の巨人であるトルストイも、その死に際しては思想や芸術の光栄や苦悩は問題なく、一介の凡夫として細君のヒステリーの犠牲になつて横死したのであり、人生の実相は斯くの如し、といつた訳である。これは氏の奉じる自然主義的リアリズムから来るニヒリズムであつて、それを推し進めてゆくと、わが仏教的人生観の持つ迷ひや悟りの境地に落ちゆくものである〉と言っている。しかしこれでは、ニヒリズムに陥りながら、なお〈自然主義的リアリズム〉を奉じて動じなかった白鳥、しかもそれゆえの人間や文学に対する旺盛な興味や関心、あえて言えば愛情については、ほとんどなにも触れられていないと言えよう。

（9）河上は同じ解説で〈小林はこの偉人といふこととヒステリーといふことを手もなく結びつけるリアリズムに反抗したのである〉と言うが、これでは「最後の日記」を読んで、トルストイが〈峻烈なる孤独の淋しさに震へてゐたのである〉（M1）と言い、しかもなお〈人生探求の意欲に充ちた〉その〈姿〉に寄せた白鳥の万感の思いを、ただただ従来の偏見に捕らわれて、なにひとつ読み取れていないと言わざるをえない。因みに棚田輝嘉「正宗白鳥と小林秀雄─いわゆる『思想と実生活論争』について─」（「国語国文」昭和五十八年十二月）に、〈あゝ、我が敬愛するトルストイ翁！〉、これは〈皮肉でも反語でもない、白鳥の心底からの敬愛の念によって発せられた言葉だったのである〉とある。なおここには、後年小林が白鳥に対する自らの〈短絡〉的見解をいわば劇的に修正してゆくことへの言及もある。

──今回書き下ろし──

正宗白鳥研究史

本名忠夫。明治十二年〜昭和三十七年。別号剣菱、XYZ、三木庵主人など（いずれも「読売新聞」時代）。岡山県和気郡伊里村穂波に生まれる。少年時代、民友社の出版物を愛読、キリスト教に関心を寄せ、ことに内村鑑三の著書から大きな影響を受ける。明治三十四年東京専門学校文科卒。同三十六年読売新聞に入社。美術、文芸、演劇に関する記事を書く。処女作は「寂寞」（明治三十七年）。四十年の第一短編集『紅塵』、四十一年の第二短編集『何処へ』等にて、自然主義文学運動に参加、重要な位置を占める。以後も「入江のほとり」（大正四年）、「牛部屋の臭ひ」（大正五年）等の名作を次々に発表、文壇に揺るぎない地歩を築いた。大正末年より「人生の幸福」（大正十三年）等の戯曲や、のち『文壇人物評論』（昭和七年）等に纏められた評論によって新生面を開く。戦後の混乱の中にもただ一人の自然主義文学運動生え抜きの大家として活躍、旺盛な筆力を示し、「今年の秋」（昭和三十四年）等の佳作を生む。『正宗白鳥全集』全十三巻（新潮社、昭和四十年〜四十三年）、『同』全三十巻（福武書店、昭和五十八年〜六十一年）がある。

［研究史の展望］戦後白鳥に対する発言は、まず「近代文学」派の人々によって開始された。その発言のニュアンスは様々だが、たとえば荒正人は「第二の青春」（「近代文学」昭和二十一年二月、のち『第二の青春』八木書店、同年所収）に於て、プロレタリア文学運動の敗退から太平洋戦争へと続く暗い時代の下で、自己の人間形成を遂げる

しかなかった世代の宿命、つまり人間性の奥に骨がらみ巣食うエゴイズムを認識しなければならなかった世代の宿命を語りつつ、そうした人間性の卑小と醜悪、そこに裂目をのぞかせる人間性の黒々とした深淵と虚無そのものから目をそらさなかった白鳥に深い共鳴を示したのである。もちろん荒にとっては、そのような自己の世代の宿命ゆえに、この宿命からの出発を、つまりそのような人間性の深淵と虚無をたじろがず凝視しうるもののみに可能な、新たなるヒューマニズムへの出発を説いたのであるが、それは「白鳥的ペシミズム」(『第二の青春』)に、〈わたくしは、戦時中かれのペシミズムにかんじた共感を手掛りとして、文学的な解決を企てたく思ふ――白鳥的ペシミズム克服を自分の肉体の切実な問題としてとりあげてみようと考へるのである〉という箇所からも、明らかであろう。

このような発言は、さらに平野謙の「ふたつの論争」(「人間」昭和二十二年十一月、のち『戦後文芸評論』真善美社、同二十三年所収)においてもうかがわれる。すなわち平野は、いわゆる「思想と実生活」論争を取り上げ、それを、昭和十年、正面の敵マルクス主義文学運動の無慙な挫折を見送った小林秀雄が、現代文学の真中に突っ立ち、〈社会化された自我〉という論点によって白鳥に決然として挑戦していったものと整理し、かたわらその挑戦に、肉体に依拠して動かず思想への深い不信と侮蔑を語って飽きない白鳥の、自然主義的人間観を克服する正統な血路を見立てたのである。言うまでもなくこれらの発言には、「近代文学」派の人々が通った隠微な転向――荒によれば〈国内亡命者〉としての日々の中で、その生存を保つために、ぎりぎりの所で自身もまた縋らなければならなかった肉体のエゴイズムへの苦い確認と、それを乗り超えるものへの熱い模索が示されている。しかしとまれそうした地点で、白鳥が自らの弱点の象徴として位置づけられていったことは注目されてよいであろう。さらに小田切秀雄の「横溢する老年の精気―正宗白鳥のことなど―」(「展望」昭和二十四年四月、のち『近代日本の作家たち』正、厚文社、同三十年)は、白鳥の否定を自己の生身を破り切り焼き尽くしたりはしない範囲のものであり、〈たてまえ〉であると見て、白鳥の否定の背後にある闊達自在な生活者を暴き出し、その〈個人主義的エゴイズム〉を、〈人間性の全面的な要求や主張にまで発展してゆくこと〉を拒むもの、そして所詮時代の激動に揺り動かされて低迷、彷徨、頽廃してゆくもの、いなむしろ革命の陣営に対する反動の役割を負うものと決めつけたのである。ここには荒や平野が白鳥に対するときに示すいいわくいいがたい陰影は払拭され、もっぱら否定的対象として白鳥が批判されているわけであるが、しかし民主主義革命から社会主義革命へという時代の夢の中で、あるべき人間像との対比において、白鳥がこうした否定的契機として定着されていったことは必然であったのだ。一方このような白鳥のトータルな評価を支えるものとして、白鳥の初期作品への検討等も行われていった。そうした仕事は、たとえばすでに早く、片岡良一の「白鳥氏の輪郭」(「古典研究」四十、昭和十四年十一月、のち『自然主義研究』筑摩書房、同三十二年)等によって進められていたのであるが、この時期、たとえば四巻刊行され中絶となった『正宗白鳥選集』(南北書園、昭和二十二年〜二十四年)における荒正人、佐々木基一、杉森久英の解説等によって一層深まっていったのである。断るまでもなく、こうした初期作品、つまり自然主義運動の重要なメルクマールたるべき作品の分析は、日本自然主義文学運動の総体的な検討と密接に関わりながら進められていったのであり、たとえばそのリアリズムの日本的性格等の指摘、つまりよく言われたような、社会的な視野を失い、もっぱら閉ざされた自我の鬱屈と憂愁をのみ追うそのリアリズムの日本的性格等の指摘は、白鳥の初期作品、ことに「何処へ」等の作品に対する批判と密接に関わりながら深められていったのである。白鳥の初期作品に対する批判を通して、日本自然主義文学運動の限界が指摘されていったといってよいほどなのである。こうした方向での研究の到達点は、猪野謙二の「自然主義の文学――白鳥と泡鳴を中心に――」(岩波講座『日本文学史』十一、昭和三十三年、のち『明治の作家』岩波書店、昭和四十一年)である。自然主義文学運動の全体的な考察に沿って、その徴表であった〈無理想〉〈無解決〉とか〈幻滅〉とかいうものが、白鳥の場合、もはや旧思想、旧道徳への反抗や偶像破壊のためのものでなく、むしろそれがどこまでも新しい知識人青年の抜き差しならない属性として確認されている所に、花袋や天渓に遅れて運動に加わった新人白鳥の独自性と、あわせて白鳥に顕現された自然主義文学運動そのものの帰趨とを捉えながら、その作品世界を、日本資本主義の急激な発展がもたらした皮相な近代化の中で、その根底に潜む時代の矛盾を鋭敏にとらえた知識人青年の孤独と倦怠の姿それ自体の表出として把握し、さらにそれらの知識人青年の内部に示された近代的な自我意識の成熟に言及しつつ、しかしながらそれがとりもなおさず客観的な社会や国家からの自己疎外をしか意味しなかったとし、総じて白鳥の文学世界を、行動への契機を喪失して内にとぐろを捲くしかなかった知識人青年の無為な内面の、それなりに完結した情景描写として統括したものである。

ところで、こうした論考の他に、またおのずから別種の趣きを持つものもあった。敗戦の激動期に白鳥がいちはやく復活し、精力的な創作活動を再開したわけであるが、自然主義文学運動を自ら生き、大正、昭和とつねに文壇の一線で活躍してきたこの老大家の、衰えを知らぬ生気に対して、人々は瞠目しつつその謎を尋ねて多くの白鳥論を書いたのである。たとえば寺田透「正宗白鳥」(「文学」昭和二十二年七月、のち『作家私論』改造社、同二十四年)「批評家としての白鳥」(「文芸」同二十三年二月)とか、中村光夫「ロマンチスト白鳥」(同二十四年三月、『中村光夫作家論集』1、講談社、同三十二年)等はそれぞれ独自な観点から、そうした白鳥の生涯と文学の秘密に鋭く迫っていて、ついて見るべきものとなっている。

さて以上の発言は、評家の問題意識に貫かれ、それぞれに有益であり、またそれ自体研究の展開を担ってきたわけであるが、白鳥研究の上でなによりも重要な文献は、吉田精一の「正宗白鳥」(『自然主義の研究』上下、東京堂、昭和三十年~三十三年)である。白鳥文学の形成過程を、「読売新聞」時代の諸記事や自然主義文学運動当時の諸作品、さらに大正期、昭和期の厖大な原資料をもらさず精査、復元する中で、客観的、実証的に洗いあげたもので、ここに白鳥研究は、はじめて白鳥の全体像を現出させることができたのである。おそらく今後の研究は、この文献を基礎として進展してゆくしかないであろうが、それにしても単なる精査、復元ではなく、それを通して、たとえば白鳥文学を四類型に分け、強迫観念や幻覚、さらに狂気の世界を描くいわゆる「妖怪画」の系譜の作品をその一類型に数えながら、これを〈余人にない白鳥的な世界〉と言い、その不気味さを〈白鳥文学の最も本質的な性格の一つ〉と語り、こうした自我分割や二重自我、自我喪失といった潜在心理の剔抉に通ずる白鳥の特異な方法から、白鳥の生涯と文学の原点を追求する手がかりを捉えようとする等、大変示唆的なものとなっている。たしかにそうした作品群を執拗に辿るとき、いわゆる白鳥の社会や国家から閉された自我が、いかに閉ざされたままであらねばならなかったかの必然が、次第に深刻に理解されてゆくのであり、単なる否定的対象であることを越えた、白鳥における問題のありようの深淵が見えてくるのである。

他に大岩鉱『正宗白鳥』（河出書房新社、昭和三十九年）、後藤亮『正宗白鳥—文学と生涯—』（思潮社、昭和四十一年）、兵頭正之助『正宗白鳥論』（勁草書房、昭和四十三年）、山本健吉『正宗白鳥』（文芸春秋、昭和五十年）等があり、ことに中二著はキリスト教信仰を軸として白鳥の生涯を俯瞰していて、その全貌をそれなりに見通すのに有益である。

［今後の研究課題］白鳥研究の場合、なによりも作品論の整備ということがある。キリスト教との関わりや自然主義との関わりにおいて、思想史的、文学史的な発言は断片的なものを含めて数多くあるといえるが、それが堅実な作品の分析の上に立った発言であるとは言いきれない。思想史や文学史の流れに平均化しえない白鳥固有の問題があり、そうした問題はやはり作品との直接な邂逅を経て、把握することができるものといえよう。たとえばすでに述べたように、「妖怪画」の系譜に連なる作品群の味読を通して、思想史や文学史の流れに包括しえない白鳥固有の実存的危機意識を捉えることにより、かえってそうした危機意識と関わる思想史、文学史の創造を白鳥論を通じて推し進めてゆくことが可能であり、また白鳥はそうした課題に耐えうる大きな存在と思えるのである。白鳥の五百以上もある作品の凡てを、一つ一つ検討してゆくことはそれこそ不可能に近いが——そしてだからこそほんの

数編の作品が繰り返し語られ、定説めくものが出来ているわけだが、しかし定説を動かすテコは、まさしく作品の一つ一つに秘められているといえよう。

［研究の指針］白鳥についての研究史には畑実の「正宗白鳥」（「国文学」昭和四十三年六月、臨増「現代文学研究の手帳」）がある。ついて見るべきであろう。また白鳥論は多いといっても、漱石や鷗外、藤村に比べれば格段に少ない。目録に載った目ぼしいものをすべて読んだとしても、たいした時間にはならないといえよう。目録類としては『日本現代文学全集』三十（講談社、昭和三十六年）に付せられたもの、それ以降のものとしては先の兵頭正之助『正宗白鳥論』に付せられたもの、福武版全集第三十巻のそれがよいであろう。さらには「日本近代文学」の展望、目録に目を通すことも必要である。なお広津和郎『年月のあしおと』（講談社、昭和三十八年）の等の回想録類も貴重である。

──「正宗白鳥」（『日本近代文学研究必携』学燈社、昭和五十二年一月）──

『自然主義盛衰史』について

現実といふ永遠の現前である。その背後に何物も隠さない現象といふ死の姿だ。
――小林秀雄「『悪の華』一面」――

『自然主義盛衰史』は昭和二十三年三月より十二月まで雑誌「風雪」に連載された。単行本としては同年十一月に六興出版から出版されている。豊富な追憶を綾に、白鳥がそこから生まれ自ら育てた自然主義という日本近代文学の本流をなした文学動向が、平明直截にして粘りづよい筆力によって描かれたものである。

正宗白鳥にはこの種の回想録が多い。代表的なものでも『文壇的自叙伝』（昭和十三年）、『文壇五十年』（同二十九年）等。内容的には、この著はそれらの書と重複する箇所を含んでいる。しかし特にこの書からは、なにか白鳥の鼓動のようなものが伝わってくる。敗戦を契機として白鳥が目覚ましい活躍を示したといわれるが、その活躍の印象は、あるいはこの著あたりから多く出発しているのではあるまいか。

冒頭、徳田秋声の記念碑や島崎藤村の記念堂が建設されたことの仄聞から、追憶の筆は花袋秋声誕生五十年記念祝賀会に及ぶ。が、その文面の背後にあるものは、決して楽しい想い出を語るというようなものではない。この著はさながら点鬼簿に似ている。白鳥を追憶へ駆る直接的な由因は、むしろ多くの同僚の死そのものであった。〈私は自然主義作家群の一員として、文壇に生存を続けたやうな形になつてゐるのだが、この部面の重なる作家は殆んどすべて逝去した。私の知友は全く無くなつて、私一人、世に残されてゐるやうな侘しい感じに襲はれてゐる。先頃上司小剣の葬儀に列して、ことに痛切にそれを感じた。藤村秋声秋江は、終戦前、まだ東京空襲なんかの無かつた時分に逝去したので、終戦後、面目一新した時代に、相会して旧を談じ、現在を語り、「お互ひによく生きて来たものだ」と、共同の感慨を洩し合つた相手は小剣一人であつた。その小剣も突如としてこの世を去つた。かうなつたら、文壇に於て私が腹の底まで打解けて話の出来るやうな相手は全然無くなつた訳である〉──この著には、そのような白鳥の深い孤独感が湛えられている。そしてその孤独感は沈静な自省へと繫がってゆく。自分が結局は自然主義作家そのものであったという自覚と、自然主義の誄を読むものはすでに自分一人だという自覚へと。この著には、白鳥の自然主義にたいするいわばひたむきな哀悼の念が、ときには自負となり感傷となり弁疏となって流れている。おそらくその精神の高揚こそが、一切の自然主義的なるものの克服の叫ばれた戦後の文学状況において、白鳥の発言をあれほどみずみずしいものにさせたのだろう。

それにしても、自然主義の解説として白鳥のものほど興味深いものはない。長谷川天渓や島村抱月が中途で消えたあとに、書きつがれてゆく数々の自然主義的作品を、白鳥ほど擁護し愛惜したものはいない。彼の長い批評活動のピークともいえる『文壇人物評論』（昭和七年）における藤村や花袋の偏重にもそれが示されている。そこに骨の髄まで自然主義作家であった白鳥の面目がある。言うならば彼の評論そのものが、すでに〈自然主義とは何か〉という問いの対象になっているのだ。それは決して、優れて論理的でも分析的でもないといってよいが、なによりも白鳥によって擁護され愛惜された自然主義そのものが茫漠とした文学理念であったといえよう。しかし茫漠としながらも、それは確実にひとつの文学理念として近代日本文学を縦に貫通してきたのである。その自然主義の跡をこれまた茫漠として追うこの著をみてゆくことは難しい。しかしいまは、白鳥がなにを中心にしてその追跡を続けていったかということから考えてゆこう。

白鳥はこの著の初めに、〈藤村は小説は上手でない。思想も深くはない。人柄が必ずしも傑れてゐるとは云へまい〉、〈それにも関はらず私は、自分が見て来た過去の文学を思出すと、まづ藤村に目が注がれるのである〉、〈私の自然主義文学回顧は藤村を中心として回転をつゞけさうである〉と断っている。その言葉通り、ここには終始藤村の一生の歩みが、深い共感をもって綴られている。むろん読売新聞日曜付録のこと、竜土会のこと、モデル問題のこと、「早稲田文学」のこと、イプセン会のこと、自由劇場のこと、そのような自然主義の興亡にかかわる事件の記述にこと欠くものではない。しかしそれらのさまざまな記述ののちに、かならず白鳥は藤村に還ってゆく。「家」の主人公が小泉三吉であり、「生」の主人公が吉田銑之助であるなら、この著の主人公は島崎藤村であるといえよう。おそらく白鳥にとって、藤村への絶ちがたい関心を語ることが、とりもなおさず自然主義の本質に迫ることだったのである。

では、なぜ白鳥はそれほど藤村に心惹かれるのか。「島崎藤村」（『作家論』）の中で白鳥は次のように言っている。――〈私のやうなものでもどうかして生きたい〉と藤村は書いた。〈誰だつてどうかして生きたい〉のだ。藤村の小説には、その悲願が〈痛切に根気よく〉現われている。藤村の文学はいわばその一点に集中している。絢爛とした文飾が施されているわけではない。ただ〈どうかして生きたい〉、そのために我が道を切り開いてゆこうとする、その懸命に生に喰いさがってゆく藤村作中の人物の姿に、強い感動を覚えるのだと。そしてそのような藤村への凝視は、十数年後に書かれたこの著においても揺らいではいない。白鳥は繰りかえし繰りかえし藤村の文学を噛みしめている。それは決して面白く読まれるべき文学ではないと白鳥は言う。しかしここにこそ、人生は如実に写されている。そうであるかぎり永久に腐ることのない生命を、それは持っているのだと白鳥は言う。白鳥の藤村への称讃は、この著においていわば頂点に達したかの感がある。

〈生きるだけは生きなければならん。そのための悩みである〉と白鳥は繰りかえす。木曽山中に生まれた一家族が世間へ匍いだして、生きんがためにいかに悩まなければならなかったか。社会に入れられず、異性に背かれ、金銭に傷つき、骨肉の愛憎に躓く。そのような生きるための煩わしさ苦しさ。白鳥は「家」を評しつつ書いている。〈藤村の数巻の自伝小説を読み続けると、生きることの艱難が我々の胸にも浸込んで来るのである。あちら向いてもこちら向いても、艱難が人間の形を帯びて待伏せしてゐるのである。多くの人間の生涯は大抵艱難の生涯なので、花袋秋声泡鳴など、人生の真実を描いた自然主義作家の作品のどれもが、人さまざまな艱難の生涯を記録してゐるのであるが、藤村の「家」には、生きる事の煩はしさ、苦しさが、他の作家よりも板についてゐるといふ感じがする。上つ調子のところもなく、性急なところもなく、生の苦悩を見詰め、静かに溜息を吐いてゐると云つた感じがする〉。〈面白く読まれる小説ではないが、感銘深い作品である〉。

さらに、この引用にも触れられているように、〈人さまざまな艱難の生涯を記録〉するということは、多かれ少なかれ自然主義全般に共通することであったのだ。〈「苦しみ悩みつゝ生きるといふ事」は、おのづからこの派の文学に根づよく現はれるやうになつてゐる〉と白鳥は語る。獨歩、花袋、秋声、泡鳴、青果、秋江、小剣、節等々。彼等の文学に描かれたものは、醜態と狂乱の恥多い人間の姿であり、しかも〈どうかして生き〉てゆこうとする人間の姿であった。たしかに彼等の文学は愉快な文学とは言いがたい。が、〈その退屈なかに時代の真実がとぐろを捲いてゐるやうに思はれる〉のである。〈世界古来の大作の側に並べておくと、「家」なんかは、小さく慎ましやかに息をしてゐる存在に過ぎないやうであるが、小さいながらも、末永く存在して、腐ることのない作品である〉。

白鳥は「新生」を評して、日本自然主義の〈どん詰り〉と言っている。愛欲の衝動に抗しきれず姪との不倫に陥った「新生」の主人公は、世を怖れ人を怖れてフランスに逃避する。しかし〈「新生」の主人公は、あれほど後悔懺悔の気持ちを味ひながら、帰朝後はまた不徳行為を続けることになつたのである。浅間しい次第である。見下げ果てた根性と云はれさうである。しかし、人間はかゝるものと云つたやうな感じがして、我々を長大息せしむる趣きがある〉。いかんともしがたい人間の愚かさ、だからそこに〈人間の真実〉が秘められている。我々はその事実を前に呆然凝立するしかない。呆然凝立して嗟嘆するしかない。『自然主義盛衰史』一篇の底には、そう言う白鳥の長い吐息が漂っている。(1)

だがそこに、自然主義への厳しい批判は向けられた。たとえば福田恒存は、〈あゝ、自分のやうなものでも、どうかして生きたい〉という「春」の切迫した吐息を批評して、〈そこに僕たちの感得しうる実相こそは、どうにも動きのとれぬ障壁の体感であり、それにぶつかつて傷つきながらもどこか自分の生きる道をむりにも求めようとする動物的な蠢きにほかならない。このやうにひねくれたいぢらしさは、それだけで悪ではなからうか〉(「近代日本文学の系譜」『作家の態度』中央公論社、昭和二十二年九月)と難じている。白樺派やプロレタリア文学、そして敗戦を境にいわゆる日本的なものの全否定を叫ぶ民主主義文学からの批判は、すべて自然主義におけるこの人間性のいわば〈ひねくれたいぢらしさ〉に対する反撥に根ざしていた。たしかに自然主義にあっては、人間はひたすら受身の姿勢で現実に耐えるしかない。所与の現実の重圧の下に〈動物的な蠢き〉を呈するばかり。要するに彼等は現実を越えようとする意志を持とうとしない。そしてなによりも、彼等の姿を追究する作家自身が、すでに現実を〈如何ともし難い〉生の前提として諦視しているのだ……。

が、文学とはそのようなものなのか。すくなくとも自然主義の作家たちが、近代ヨーロッパ文学から学びとったはずのリアリズムとはそのようなものではない。言うまでもなく、肉体の衝動やエゴイズムや社会の矛盾を克明に描き出す文学の方法としてのリアリズムとは、実はそれらの実体を自己の洞察の下に晒すことであり、そうすることによってそれらを攻略する手がかりを掴まんとすることではないか。その下でただ手を拱いていた懸崖に登攀の足場を刻もうとする、つまりリアリズムとは、そのような現実を打開しようとする意志的な行為にほかならない。〈どうにも動きのとれぬ〉まで人間を追いこんだ肉体や自我や社会の内に深く潜んだ悪への強い憎悪と挑戦の情熱、それなしに現実をいかに克明に描写してみても、そこには絶叫と嗟嘆の浪費があるだけではないか？

むろん肉体やエゴイズムや社会の悪との対決は、それに対する周到な科学的認識によってのみなされるというようなものではない。問題はより根源的である。問題はむしろ、さまざまな屈辱的状況を強いられている人間を、人間の名において赦しえないとする強い否定の精神の存否である。あるべき本来の自己を志向する精神の存在、つまりその理想の高さ、理念の深さにかかわっているのではないか。〈人間はかゝるもの〉といったような投げ捨てた精神の境位に留まりえない激しい憧憬の精神である。自然主義の諸作品、「生」「家」「黴」「新生」等々、たしかにそこには、人生の艱難を黙然と耐えてゆく人間の記録が息苦しいばかりに描かれている。まさに〈艱難の化身〉。そしてこのことに関するかぎり白鳥のいうごとく、それは世界古来の文学にも比類ないものといえるだろう。しかしこれほどに執拗な生の記録のどこからも、それによって人間が激しく突き動かされ引きずりまわされるような高い理想、深い理念は、一向に浮かび出てこない。そしてこのことこそ、真に比類ないものといえよう。そこには、現在強いられている停滞をこえて、人間のあるべき姿へにじり寄らんような精神の高揚や鳴動はない。なによりもそういう精神の創造への冒険を、記録するものの心が拒むのではないか。

ところで、白鳥はこの著において次のように語っている。〈藤村は、告白に達するまでの丑松の躊躇煩悶をさまぐ〵に憶測したのであつたが、そこには、人間心理の観察の深さも、人生如何に関する洞察の深さもあつたものではない。そして後年の彼の体験に基く作品「新生」に於てこそ、懺悔告白の真実感が現はされたのである。その告白振りは、甚だ冴えないのであつて、作者の影たる岸本某をして、ドストエフスキー作中の人物にも、トルストイ作中の人物にも成し得なかつたのであるが、そこに一箇の人間としての真実性のあることだけは確かであつて、「破戒」に散見する作られたる心境描写言行の叙述の及ぶところでない。「新生」の作者ほどの偽善者はないと、芥川は云つてゐた。「猫かぶり」「偽善者」と、泡鳴はをり〳〵私などに向つて、藤村の罵倒をしてゐた。しかし、社会問題的小説、人道主義的小説、本格的小説とも云はれさうな「破戒」と、猫かぶり小説、偽善者小説、ねち〳〵した私小説とも云はれさうな「新生」と、相並べて、どちらが我々に感銘が深いであらうか〉。さらに〈「復活」のネフリユードフが堕落したカチユーシヤを見て、自分の昔日の罪過を思出し、人生の栄華を放棄して、彼女と艱難を共にし、贖罪の道を歩むのに比べて、「新生」の主人公の行為は自分勝手である。徹底的な悔悟贖罪の行動はないのである。しかしトルストイと藤村との素質の相違がこゝに見られるのではなくつて、「復活」は造り物語であり、「新生」は事実の記録であるからだ。私はトルストイが理想化した人物ネフリユードフの崇高な精神に感歎するとともに、「新生」の愚かな所行に人間通有の心境をみ見て苦笑するのである〉。

〈「復活」は造り物語であり、「新生」は事実の記録〉、しかも〈相並べて、どちらが我々に感銘が深いであらうか〉とは、大胆にして核心的な言葉といわなければならない。

白鳥はこの著で、自然主義出発の頃を回顧して次のように言う。〈『破戒』の出た頃から、誰れ云ふとなく自然主義の名が文壇に現はれだした。いつ誰れが最初の発言者であつたか、私も知らないのであるが、これは時代の声であつたのだらう。天に口無し、人をして云はしむると云つてゐるのであらう。自然主義的人生観自然主義的表現法がちらほら唱へられるやうになつた。さうしてゐるうちに、田山花袋がその主義を提げて、熱烈に唱道するやうになりそれに同意し、それに雷同して、口にし、筆にするものが続出した。こんな急速に、力つよく文壇を席捲したものは、今までに無かつたのであつた。藤村と雖も、それに感化されたのだ〉。つまりいまだ勃興期の茫漠としていた文学動向を、まさに日本自然主義へと導いたものこそ田山花袋であり、その先鞭を切ったものこそ「蒲団」だったのである。[2]

「蒲団」――〈自分のした事を、何でも、臆面もなく書〉いたもの、つまり自己と周辺を〈有るがまゝに描き出〉したもの、それが〈新時代の小説〉であり、〈小説の常道〉であるという確信。白鳥はこれを〈世界古今東西の文学史上特種の習慣〉といい、ただし〈浅はかな文学観〉という。〈しかし、かういふ浅はかな文学観が起らなかつたら、近松秋江の面白い小説も、岩野泡鳴の面白い小説も出なかつたにちがひない〉。いや徳田秋声の小説も白鳥自身の小説も現われなかったろう。たしかにそこには、たかだか〈文学青年的感想、勤め先での苦労、新家庭の楽しみと悩み、それ等が極めて有振れた、凡庸な事件〉の中に描かれているにすぎない。だが〈それが本当の人生なのだから、今日の翫賞《ぐわんしやう》にも耐へられるのである〉と白鳥は言う。

〈造り物語〉か〈事実の記録〉かというさきほどの問題に戻れば、白鳥はそれを〈現実に徹せんとする態度と、芸術化せんとする態度の相違〉と捉え、〈いづれが芸術の正道であるかは別として、花袋系統の文学によつて、人間の真実が明らかにされるやうになり、人間の仮面が剥ぎ取られて真相が次第に分るやうになつたのは事実である〉というのである。

かくして〈自然主義の力は偉なるかな、田山花袋の力は偉なるかな、田山花袋なかりせば、「蒲団」のやうな作品が現はれざりせば〉、あるいは〈平家にあらざれば人に非ずと云つたやうに、自然主義にあらざれば文学に非ずと云つたやうな時代が文壇に出現した〉、そしてその多くが〈自分の経過した艱難な現実の生涯を、有りのまゝに凝視して、有るがまゝに描写するやうになつた〉というのだ。しかも繰り返せば、それは〈時代の声〉であり、またそうであれば、それは〈起こるべくして起こつた〉のであって、〈打たれても、蹴られても〉、〈そう手軽に消滅する筈〉のものではない、事実、〈息根を留められることはなかつたのだ〉。

白鳥はこの著の中で、長谷川天渓、島村抱月に重ねて触れ、ことに抱月が〈進んでこの自然主義を哲学的道徳的或は審美的理論で裏付けることに努力した〉として、「序に代へて人生観上の自然主義を論ず」や「懐疑と告白」等から長い引用をあえてしながら、その〈時代の声〉を究明している。〈現下の私は一定の人生観論を立てるに堪へない。今はむしろ疑惑不定の有りのまゝを懺悔するに適してゐる。そこまでが真実であつて、その先は造り物になる恐れがある。而してこの私を標準にして世間を見渡すと、世間の人生観を論ずる人々も、皆私と似たり寄つたりの辺にゐるのではないかと猜せられる。若しさうなら、世を挙げて懺悔の時代になるかも知れぬ。虚偽を去り矯飾を忘れて、痛切に自家の現状を見よ。見て而してこれを真摯に告白せよ。これ以上適当な題言は今の世に無いのではないか。この意味で今は懺悔の時代である。或は人間は永久に亙つて懺悔の時代以上に超越するを得ないものかも知れぬ〉。そして白鳥はこれを、〈筆者の心裡の声として、我々には感銘が深いのである〉と言っている。

また先にも触れたように、白鳥はたびたびドストエフスキーやトルストイに言及し、たとえば当時自然主義派の人々には〈「クロイツエルソナタ」や「イワンイリヰツチの死」は、自然主義作品の典型の如くに珍重されてゐて、〈愛欲や死について、こんなに簡潔に深く人心に喰ひ入つたものは、近代文学史のうちに稀少であるやうに思はれてゐた〉としながら、しかし〈あれほど死に瀕した凡人の心裡を探索し検討して、描写し尽したトルストイでも、結末は彼特有のキリスト教観から光明輝く解決をした。「クロイツエルソナタ」につづくトルストイ流の禁欲的解決も徹底的であつた。しかしあの頃の我が自然主義の特色は、人生問題の未解決であつた。イプセンの戯曲は多くは未解決のまゝなので、そこに深い意味があるやうに尊ばれてゐたのだ〉と言う。そして〈さういふ当時の自然主義者の心境は、島村抱月の「懐疑と告白」と題した論文に於てよく現はされてゐる〉として、ここでもあえてその長い引用を繰り返している。〈どう考へても、今日の自分等が真に人生問題を取り扱ひ得る程度は、懐疑と告白の外に無いと思ふ。今迄の人は余りに信じ過ぎた。他人の思想を信じ過ぎたり、自分の思想を信じ過ぎたりした。或は信じて頼り縋るべき思想のあるのが一生の平和の為には仕合せかも知れないが、時勢はそれを出来なくしてしまつた。こんな世の中に立つて、我々は誰を頼りに、自分の全生活を支配する問題を打ち任せよう。何処に一つ我々を全部服従させるに足る思想があるか。我々はたゞ現在の自分の心内に振り返り見て、その紛乱に驚くのみである。口を開いて真実を語らうとすれば、たゞこの紛然たる心内の光景を有りのまゝに告白する外はない。それ以上の凡ての思想は、我れといふ真骨髄に徹するには隔たりのあるもの、我れの一部には違ひないが、隙のある我れである。充実した我れは、たゞ懐疑未解決といふ点までだと思ふ。私が他人の説を聴いて、あれまでが真実権威のある部分で、あれから先は造りものだなと感ずる境目は常に此の点である〉。〈今の私に取つては、宗教でも哲学でも、生きて血の通つてゐるのは、この懐疑的方面ばかりだと思ふ。しかし、懐疑は何時でも終点を意味するものでないから、これに住する限り、必ず何等かの形、何等かの程度で終点を知らうとする努力若くは要望が残る。その実終点は恐らく知れないものであらうとは、今までの経験が教へる所であるが、それにも拘はらず、それを知らう知らうとあせる気持ちは、古今を通じて少しも減じない。又あせらざるを得ない事情が人世の根本に横たはつてゐる。知れないものを知らうとする。このパラドツクスがやがて造花の神秘なのであらう〉。

こうして白鳥は、抱月が〈人生問題に対する自分の未解決的結論を述べてゐる〉として、〈私など、この抱月の所論には同感であつた〉と言ってゐる。そして〈トルストイやドストエフスキーの作品には、この知れないものを知らうとする強烈な努力がみられるのだが、この二巨匠の解決には、日本の自然主義者は共鳴し得られなかつたのだ〉と続けている(3)。

が、とまれ白鳥として最大限真率に、抱月の言葉を〈感銘が深い〉と言い、〈同感〉と言ったことは注目に値する。〈現下の私は一定の人生観論を立てるに堪へない。今はむしろ疑惑不定の有りのまゝを懺悔するに適してゐる。そこまでが真実であつて、その先は造り物になる恐れがある〉、〈今迄の人は余りに信じ過ぎた〉。〈或は信じて頼り縋るべき思想の有るのが一生の平和の為には仕合せかも知れないが、時勢はそれを出来なくしてしまつた。こんな世の中に立つて、我々は誰れを頼りに、自分の全生活を支配する問題を打ち任せよう。何処に一つ我々を全部服従させるに足る思想があるか。我々はたゞ現在の自分の心内に振り返り見て、その紛乱に驚くのみである〉。そしてこれらの言葉に呼応して、白鳥の心奥に激しく揺らいでいたものこそ、あの若年より連なるキリスト教への〈懐疑〉であり〈不信〉であることは多分言うを待つまい。

白鳥は続けて、〈花袋は「或僧の奇蹟」や「残雪」など宗教味のあるものを書きだした〉。〈藤村は「新生」に於て、自分の苦悶の生涯を極点まで押し詰めて、それから、歴史小説の「夜明け前」や「東方の門」に心を転じた〉としながら、まず花袋について〈こゝに神秘的魅力があるとも、宗教の光が差してゐるとも思はなかつた〉といい、また藤村についても〈最後の、未完の作品「東方の門」に於ては、日本好みの、勿体《もつたい》振つた高僧型の僧侶を出して、これに好意を寄せ、作者自身の気持をもそれに託して現はしてゐるやうである。花袋が或僧に好意を寄せてゐるのと同様である〉といいながら、しかし、これら〈宗教染《じ》みた作品には共鳴者はなかつた〉とし、〈歳を取つてから仏心を起こしたり、信神心をしだしたりするのは、人間通有の現象なので、通り一ぺんの常套では人を動かす力はないのである。宗教によつて晩年の心の平和を得るのは結構な事であるが、そこでは自然主義はおしまひになつてゐるのである。現実暴露の悲哀、未解決の人生も、詰りは神仏に帰依することによつて収まりがつくのは、西洋の作品に於てよく見られるのであるが、日本の近代文学はさういふ所へは落ちて行かなかつたし、宗教らしさは、日本の近代文学には如何にも不似合いらしく見られた〉といい、〈花袋も晩年は宗教に帰依するやうな気分を現はし、藤村も「東方の門」あたりは大分悟つた顔をしさうになつたが、自然主義もそこらで行詰まるのか〉と言っている。

さらに、これに付け加えて白鳥は、〈抱月は、「自然主義の文芸は我等を宗教の門にまで導く。宗教的といふ所にまで接続させる。創作時の目の据ゑ所はここにあるべきである」と云つてゐる。何故さうなのかと、抱月の論法をたどると、彼は、「自然主義が理想や解決やを放擲したのは、これを低し浅し狭しとして斥けたのであつて、その奥に更に最後絶対のものを求めて、直接これを揣摩《しま》せんとする所に自然主義の新生命は湧くのではないか」と云ひ、「一番奥深いものを、そのまゝ衣装を着せないで、赤裸々に掴み出したい。――極端な写実的表面に、直ちに飛び離れた絶対不可説の本体を裏づける。書いてある事実が、直ちに書いて無い全体としての人生といふやうなものを暗示する。固《もと》より全体の人生であるから、明瞭にそれを捉へることは出来ぬが、成程こんな人生もあるかと思ふと共に、それが直ちに人生全体の運命問題を提起して、限りなくこれを思ひ廻《めぐ》らさしめる。読み終つて巻を伏せると共に、一種の瞑想的情趣は、我を駆つて様々の人生問題に回顧せざるを得ざらしめる。しかして色々に想ひ得て、しかも何れにも満足するを得ず、無限に欣求《ごんぐ》の情を恣《ほしい》ままにする時は、心の活動につれて無限の快味を感ずる。吾人はこれを文芸の末尾としての宗教的情趣とも名づけよう。これが解決に一転すればそこから新宗教なり新道徳なりになるのである」と説明してゐる。人生に関して無解決の態度を持してゐる自然主義が新宗教新道徳に向つて解決の道をつけると云ふのである〉と、抱月の説を長々と引用しながら、最後、〈しかし、これは抱月の夢想であつた。日本に於ける自然主義からは、新宗教新道徳は生れ出なかつた〉とにべもなく言い放っている。

さてふたたび、いわゆる〈有るがまゝ〉問題に帰ると、白鳥は、〈漱石や鷗外のやうな自然主義反対者でも、知らず〳〵この派の感化を受けたやうな作品を綴るやうになつたのだから面白い〉と続ける。〈漱石でさへ、「道草」を書いた〉。さらに鷗外は、〈昔の「舞姫」や「文づかひ」などゝちがつた新鮮な私小説を続々と書きだした。他人を描いても、客観的態度で人生の真実を描いて、自然主義の骨法を心得たものも尠くなかつた。「渋江抽斎」などの考証的作品は、有るがまゝの人生の描写で、藤村の「夜明け前」などよりも、生地《きぢ》のまゝの過去を表現したものである。此等は、自然主義の理論を押詰めた極致の作品であると云へないことはない。そして、ここまで行けばそれでおしまひだと云つた感じがする〉と言っている。

だがしかし、白鳥はここに来て、〈扮装を凝らさない生地の人生、それが有るがまゝに描かれれば、それは、文学の極致で、言分はない訳であるが、実は生地の人生はなかく描けない〉のではないかと付言する。〈自然主義文学の復習をして来たわたしは、有るがまゝの人生が描かれてゐると思ひく、その筆の巧拙を考へくしてゐたのであつたが、実はあるがまゝの人生は、人間わざでなかく描けることではないことが分かつて来た。筆先がうまく動いて、文章の綾で何がなしに読者が魅せられる時には、それが人生の真実であり、有るがまゝの人世であるやうに思ふのだが、しかし、多くのそれは、作者の世界であり、作者だけの人世であり、正真正銘の人世はどこか別の物であるぢやないかと、私には思はれだした〉というのだ。

また他のところでも、〈この有りのまゝに書く事、敢然として真実を記録し描写せんとする事は、何処まで徹底してゐたであらうか〉と問い、〈果たして彼等の作品が真実に価してゐるのであらうか。私は甚だ疑問に思ふ〉、〈突詰めて見ると、小説は絵空事で、水滸伝もモンテクリストも、藤村の「家」も秋声の「黴」も、絵空事である点で、五十歩百歩であると云へないこともない。嘘のうちにまことが宿り、まことのうちに嘘が潜む〉と言っている。

ところで、花袋の〈有りのまゝ〉に対し、もっとも痛烈にそれを批判したのは漱石であろう。漱石は「田山花袋君に答ふ」(「国民新聞」明治四十一年十一月)で、〈活きて居るとしか思へぬ人間や、自然としか思へぬ脚色〉を書くことを主張している。書いた〈人間が活きてゐるとしか思へなくつて〉、書いた〈脚色が自然としか思へぬならば〉、その〈作者は一種のクリエーターである〉（ただし漱石は花袋への対抗上〈書く〉とはいわず〈拵へる〉といっている〉。しかし〈活きて居るしか思へぬ人間〉、あるいは〈自然としか思へぬ脚色〉としても、一体誰がそれを保証しうるのかという問題が残る（拙稿「歴史其儘と歴史離れ」『鷗外白描』翰林書房、平成二十二年三月参照）。因みに白鳥は、花袋、秋声、泡鳴、秋江等の細君らを実際に身近に見聞きしていた経験から、彼女らの観察がいかに作者らの〈自分勝手〉からなされているか。また白鳥自身のことも〈「こんな事を言つてゐると、可笑しくなる事がある」〉と言いながら、〈しかし文学はそれでいゝのだ。作者好みの解釈でいゝのである。そこに作者それ〴〵の真実が現はれてゐる訳だ〉と言っている。つまり個々それなりの真実、個々それなりの解釈、描写。それ以上のことは不可能だということか。

そして白鳥はここ（最終十章）で、二葉亭に言及する。『文壇人物評論』にもある逸話だが、〈自然主義盛んな時分、私は逍遥にむかつて、「文学はつまり技巧だけの物ぢやないでせうか」と云ふと、「さうさ、二葉亭もさう云つてた」と、逍遥は答られた〉と繰り返す。そして白鳥は二葉亭の感想「私は懐疑派だ」を〈傾聴に価ひする〉と言い、〈自然主義を追求してゐる今、二葉亭の昔語りは、聞き棄てにならないのである〉として長い引用を重ねている。

白鳥はまず〈私の技倆が不足なせゐもあらうが、しかしどんなに技倆が優れてゐたからつて、真実の事は書ける筈がないよ〉を初めとして、〈よし自分の頭には解つてゐても、それを口にし文にする時には、どうしても間違つて来る。真実の事は、なか〳〵出ない。髣髴として解るのは、各自の一生涯を見たらば、その上に、幾らか現はれて来るので、小説の上ぢや到底偽《うそ》つぱちより外書けんと、かう頭から極めてかゝつてゐる所があるから、私にやいよ〳〵真剣になれない〉、〈自分がさういふ心持で、筆をもつちや、どうしても真剣になれんから、なれるといふ人の心持が想像されない。真剣になれるといふ人があれば私は疑ふ〉、〈例へば此間盗賊に白刃を持つて追掛けられて怖《こは》かつたといふ時にや、その人は真実怖くはないのだ。怖いのは真実に追掛けられてゐる最中なので、追想して話すときにや、既に怖さは余程失せてゐる。こりや誰でもさうなきやならんやうに思ふ。私も同じ事で、直接の実感でなけれりや真剣になるわけには行かん。ところが、小説を書いたり何かする時にや、この直接の実感といふ奴が起つて来ない〉、〈否、小説ばかりぢやない。一体に人生観といふ奴が私にやさう思へるんだ〉——。

まさしく二葉亭はここで、決定的なことを言っている。いわば自分が今現在を生きている最中の充実と躍動（二葉亭の所謂〈実感〉）。その〈知覚〉と〈行動〉の中を生きている。たしかに人は、今、今、今の今現在の瞬間、その〈知覚〉と〈行動〉の中を生きている。しかし人がそうした自分を振り返る時、人はまたつねに〈……した〉〈……だった〉と、〈過去形の言葉〉の中に生きなければならない。たとえそれが一瞬の後、とは一瞬の前のことであっても、人はそれを〈過去形の経験〉として〈想起〉（〈追想〉）する。とすれば〈過去〉とは〈……した〉〈……だった〉という〈過去の想起〉〈過去の言語経験〉、つまりは〈過去物語〉、さらにいえば茫々たる〈夢物語〉、もっと言えば果敢ない〈絵空事〉なのだ。（このことについても拙稿「歴史其儘と歴史離れ」『鷗外白描』所収参照。）

こうして二葉亭に導かれて、白鳥は常住に、いわば究極の否定の深淵に当面することとなったのではないか。最後、白鳥は〈私は、数十年前の二葉亭の文学感想にも同感するのであつて、文学と人生の真実についても、稍々もすると懐疑に捉はれるのであるが〉と言いつつ、〈しかし、畢竟作り物語に過ぎないやうな文学に於て、真実の世界の活躍を、実際界の於てよりも一層いきく〵と感得することがあるのだ。これは否定されないのである。日本の自然主義文学に於て私は特にその気持ちを体験してゐる〉と言う。〈日本の自然主義作家と作品の一むれは、世界文学史に類例を見ない一種特別のものと云ふべく、稚拙な筆、雑駁《ざつぱく》な文章で、凡庸人の艱難苦悶を直写したのが、この派の作品なのだ。人に面白く読ませようと、心掛けないのもこの派の特色であつた〉。しかも〈二葉亭の所謂追憶記録で、従つて読んでも実感が迫つて来ないわけであ〉り、また、〈どこまで行つてもこれつきりかと、未解決の物足りなさを感じさゝれるかも知れないが、それだけでも感じさゝれるのは一つの修業である〉と白鳥は言う。いわばこれが、二葉亭の一切合切についての徹底した否定の末路を見送った白鳥の、〈未解決〉に耐え、〈懐疑〉に泥みつつ、この人生を生き抜くべき血路だったのかもしれない。

ともあれ、自然主義派の作家たちが、〈現実暴露の結果の懐疑幻滅に悩まされてゐたにしろ、心の底にはどうかして生きたいといふ気持が動いてゐたのである〉と白鳥は繰り返しいう。〈「私のやうなものでもどうかして生きたい」と、折に触れては思ひ詰めてゐた藤村の気持は諸家の作品のなかにも出没してゐる〉。〈「苦しみ悩みつつ生きるといふ事」は、おのづからこの派の文学に根づよく現はれるやうになつてゐるのだ〉。〈「生きたくないと思つたつて、生きるだけは生きなければなりません」〉。〈「どうかして生きたい」と、みんながそれ〴〵の苦しい生き方をしてゐるのだ〔4〕〉。

――そして、ここまで引用を繰り返して来ると、先の、これを〈動物的な蠢き〉とか、それからの〈ひねくれたいぢらしさ〉などと〈蔑視〉する言い方こそ、むしろ苦労なしの、人生そのものを〈蔑視〉した太平楽な言い草に思えてくる〔5〕。

注

（1）白鳥は〈私は、自然主義文学の最好の代表作として「家」の解説を試みた〉といって、詳細にわたり「家」を〈解説〉している。他に「新生」「エトランゼエ」。そしてこの三作に〈最も濃厚に藤村の面影が現はれてゐると思はれる〉と言っている。

(2) 白鳥は〈花袋は「蒲団」によつて意外な人気を得、急に新時代の先頭に立つた作家のやうになり、今までの懐疑逡巡の態度とちがつて、自信をもつて、続々新作を発表した。自分の行動や心境、身近の人と事件とを有りのまゝに描写し出した〉という。

(3) 序にいえば、白鳥はここで、〈抱月の所謂「懐疑と告白」、此処にあの頃の自然主義の本領が存在してゐたのである。さういふ立場から見ると、秋江の「疑惑」の如きは、作者自身は意識しないのであるが、自然主義作品の一つの見本と云つてい丶のだ。主人公たる(私)は自分の妻の所行に対する疑惑に襲はれながら、その疑問を明らかにせんと渾身の努力を試みて、その経路を有りのまゝに告白したのである。人生に対する懐疑、その懐疑を追求し告白する文学、懐疑が深ければ深いほど、その文学は底光りがする訳であつた〉という。因みにこの著において、島崎藤村が主役とすれば、近松秋江は名わき役を勤めている。

(4) 因みに『罪と罰』に次のような一節がある。〈何かで読んだことがあった。ある死刑囚が、死の一時間前に、どこか高い絶壁の上で、しかも二本の足をおくのがやっとのような狭い場所で、生きなければならないとしたらどうだろう、と語ったか考えたかしたという話だ、——まわりは深淵、大洋、永遠の闇、永遠の孤独、そして永遠の嵐、——そして猫の額ほどの土地に立ったまま、生涯を送る、いや千年も万年も、永遠に立ちつづけていなければならないとしたら、それでもいま死ぬよりは、そうして生きているほうがましだ! 生きていられさえすれば、生きたい、生きていたい! どんな生き方でもいい、生きてさえいられたら!……なんという真実だろう! これこそ、たしかに真実の叫びだ! 人間なんて卑劣なものさ! その男をそのために卑劣漢よばわりするやつだって、やっぱり卑劣漢なのだ〉(工藤精一郎訳、新潮文庫)

(5) 〈自分の目で直接に見、自分の耳で直接に聞いたことほど確かなことはない〉と白鳥は言う。このまさに、いわゆる〈素朴実在論〉(あるいは〈実用実在論〉)。人がその日常生活のなかで、最も切実に経験している事実、そしてそれをさらに〈語る〉ことこそ、またその事実に依拠して生きているなによりの証しなのだ。が、人はそれを自らに〈語る〉(思い起す)、あるいは誰かに〈語ろう〉(伝えよう)としてそれを〈言葉〉にした途端、それは似て非なる〈物語〉、いや〈絵空事〉になってしまうのである。因みにこの著で白鳥は、〈浮世は女の事と、金の事〉と繰り返し、やがて〈世の中のことは、金と女で運転するのは古今の定則で、「有りのまゝに描く」といふ自然主義小説の内容は、おのづから金と女によつて構成されてゐるのである〉と結論する。おそらく〈金と女〉(あるいは〈金と男〉)こそ人がその日常生活で、もっとも切実に経験している事実といえよう。だがその〈金と女〉〈あるいは〈金と男〉〉いう経験した事実を、人はどれほど確固として〈語る〉ことができるのか。いや、人はいかなる〈言葉〉によっても、完全に事実を再現することは不可能ではないのか。いわば夢のように、幻想の〈過去〉の中を流れ漂うしかないのではないか。また、だからこそ、人はふたたび〈小説〉に立ち向かおうとするのではないか。

付記

旧著を繰っていたら以下のような箇所があった。

《たとえば藤村は「モーパッサンの小説論」（「二六新聞」明治四十二年八月十九日〜二十四、のち『新片町より』に所収）において、モーパッサンの『ピヱル・ヱ・ジヤン』の序（馬場胡蝶訳）の〈人生は最も不同の事件、最も予期し難き、最も多く撞着せる、最も不調和なる事件より成立つ〉、あるいは〈即ち、人生は無容赦にして、次序若くは連絡あることなく、雑事件として類別せざるを得ざる如き、解決し難き、不合理なる、撞着せる幾多の結末を以て満たさる〉等の言葉を引き、〈知らざるところなき斯の Realist は、遂に自ら知ることの甚だ少きを発見した〉と言っている。さらに〈われ等は、唯、世の事物に関して、各特異の幻象を有するに過ぎず〉、だから人は〈幻想〉を語るしかなく、〈人生に於て起るあらゆるものを精確に表現するを目的と〉するとはいい条、むしろ細心に、あらゆる複雑な説明を避け、動機に関するあらゆる探鑿を避け、唯、作中の人物及び事件をして、われ等読者の眼前を過《よ》ぎらしむるに止る〉等の言葉を引き、〈事実に近づかうとして進んで行く〉べく、〈行為を心理と見て書く〉ことが残された方向ではないかと言っている。そして藤村は、こうした方向を行くモーパッサンのいわゆる〈客観派〉を〈我国〉のいわゆる〈印象派〉に重ねているが、それはたとえば〈日常の生活を重く視るといふことは、やがて芸術家を印象主義に導く自然の経路ではあるまいか〉（「印象主義と作物」）といふ言葉に徴するまでもなく、藤村自身の択るべき方向をも示しているのだ。つまり〈人生〉はただ眼前によぎる表相を表相として、〈日常の生活〉を〈行為〉や〈事実〉の継起として、辛うじてこれを記述するしかない。つけ加えれば藤村はこのことを〈如何なる人の力にも限りが有るやうに、如何なる芸術上の作風にも皆それぞ〳〵限りがある〉と慨嘆しつつ、しかもその〈限り〉において、なお〈自ら嘲るやうな調子で、「根気、根気」〉と呟きながら進むモーパッサンに、深い共感を表している。いわば〈人生〉の根源的な了解不可能性、非知性に突き当たりながら、なおねばり強くそれに面と向かって向き合うこと——、そこに藤村の〈書く〉ことに対する人知れぬ決意があったといえよう。因みに藤村は後年、このことを次のように自分の言葉として書いている。〈私は今、真実《ほんたう》に為すこともなく日を送つて居る。けれども自分等の為ることに気が付いて見ると、斯くも矛盾した、筋道の無い、理屈に合はない、それを書きつけるさへ不可能だと感ぜしめるのが私達の生活の真相だ。私達が日常の行為の一面には、自ら奈何《いかん》ともしがたき、又自ら知るところの無いものが有つて、しかもそれらの事の多くは無為とか空虚とか平凡とかの言葉に隠されて了ふ。旅などに来て恣《ほしいまゝ》にして居ると、私は毎日自分の為ることのあまりに連絡のないのに驚かされる〉、〈流動した斯の生涯は、私にとつては、ます〳〵漠然としたものと成つて行く〉（『海岸』——「柳橋スケツチ五」——「新潮」明治四十五年五月、のち『緑蔭叢書』第四編『微風』新潮社、大正二年四月所収）。しかも彼はそれを〈書く〉ことを断念しない。——言うまでもなく、これは日本自然主義における、もっとも誠実な方法論的追究の一軌跡である。が、こう見てくると、これをあの、いわゆる〈現象学的記述〉と比較する誘惑を禁じえない。〈記述することが問題であって、説明したり分析したりすることは問題ではない〉（メルロー＝ポンティ『知覚の現象学』）。いわば世界は、一切の反省や分析に先立ってすでにそこにある。〈斯くも矛盾した、筋道の無い、理屈に合はない、それを書きつけるさへ不可能だと感ぜしめる〉――。人はそれに対し、それをただ〈あるがまま〉に記述するしかないではないか。》（『島崎藤村―「春」前後―』審美社、平成九年五月、「『春』―失われし時を求めて―」第六章「青春の変容」注15）

もう一つ。

《〈自分達の思いこんでいる一枚の紙を現に言い表わそうとしても、しかも現に言い表わそうとしたのであるが、それはできないことである。というのも、思いこまれる感覚的なこのものは、意識に、つまりそれ自体で一般的なものに帰属する言葉にとっては、到達できないものであるからである〉。ヘーゲル（樫山欽四郎訳）『精神現象学』（『世界の思想』第一期第十二巻、河出書房新社、昭和四十三年九月）。》（同右。注11）

因みに、筆者はこの『精神現象学』の一節を度々引用した。例えば、『『武蔵野』を読む―六章をめぐって―』注4（『国文学研究』第百三十七集、平成十四年六月）、のち『獨歩と漱石』（翰林書房、平成十七年十一月所収）。――〈いまここ〉の〈知覚〉（〈五感〉）与件をそのまま〈言葉〉に置き直しうるなどというのは、実は〈近代実証主義〉、〈写実主義〉の〈大いなる錯誤〉であることを言うために――。

ただここまで来ると、なべて〈言葉〉＝〈文学〉とは所詮無力、無意味ということになる。そこで唐突だが、以下「芥川龍之介『お律と子等と』から『点鬼簿』へ―〈日本的優情〉〈日本的感性〉―」（『早稲田大学感性文化研究所紀要』第一号、平成十四年三月）、のち『芥川龍之介　文学空間』（翰林書房、平成十五年三月に『『お律と子等と』私論―『点鬼簿』へ―」と改題して所収）の終節を引用してみる。

《「点鬼簿」は第三章で〈父〉の死が描かれ、第四章で〈今年の三月の半ば〉、〈僕〉が母、姉、父の葬られてゐる谷中の墓地に久しぶりに妻と訪れた場面で終わる。〈久しぶりに、――しかし小さい墓は勿論、墓の上に枝を伸ばした一株の赤松も変らなかつた〉。

〈僕は墓参りを好んではゐない。若し忘れてゐられるとすれば、僕の両親や姉のことも忘れてゐたいと思つてゐる。が、特にその日だけは肉体的に弱つてゐたせいか、春先の午後の日の光の中に黒ずんだ石塔を眺めながら、一体彼等三人の中では誰が幸福だつたらうと考へたりした。

かげらふや塚より外に住むばかり

僕は実際この時ほど、かう云ふ丈艸の心もちが押し迫つて来るのを感じたことはなかつた。〉

あの「お律と子等と」の慎太郎の父の墓参りを描いた文章に勝るとも劣らぬ、美しく、哀しい一節といえよう。――母、姉、父の記憶。すべては茫々と〈過ぎ去〉って、ただそれを想い出す〈僕〉の中にだけ淡々しく存在している。そしてそれは、そのこと以外になんの根拠もないのだ。しかもそれ（〈過去〉）こそが、自己を生み育てたすべてであるとすれば、繰り返すまでもなく、それに保証されている自己の存在の、いかにはかなく空虚であることか。

〈誰が幸福だつたらう〉という問いは無意味でしかない。塚の中に住むものと、塚の外に住むものと、所詮は同じように茫漠とした虚無の中に消えてゆく存在なのだ――。

だがしかし、そのことを記すこと自体、人が〈過去〉に失ってゆくものを、せめて一つなりとも残さんという願いであるにちがいない。先に〈祈り〉といった所以である。そしてそこに、芥川の作家としての生涯が託されている。》

たしかにもう、〈祈り〉というしかないのではないか。

――「国文学」昭和四十二年七月、原題は「正宗白鳥『自然主義盛衰史』について」。今回種々書き加えた。――

あとがき

私は早稲田に入って、ずっと稲垣達郎先生に師事していた。卒論も修論もその指導下で正宗白鳥について書いた。爾来白鳥について多くを書いたが、概ね単行本に収めていない。私は本年、満で七十九歳、数えで八十歳となり、ようやく白鳥について一本を纏めることができた。いわば遠い宿願を果したという意味で感慨深いものがある。

私が最初、なぜ白鳥を研究の主軸に据えたか？　顧みれば、私は元来虚弱というほど身体は弱くなかったが、昭和二十四年、小学四年の夏、突然医師から肺浸潤の宣告を受けた。その前ツベルクリンを受けて陰性であったのでＢＣＧを受けることになっていたのだが、校医の不注意で一ケ月も間が空いてしまった。しかもその間、不幸にも私の身体にはすでに菌が入っていて、その上ＢＣＧの接種で、それが一挙に肺に広がったのである。七月末両国の花火の日、私はもう起き上がることさえできず、家人に抱かれて二階に上がり、窓から夜空に散る花火を美しく眺めた。私は子供心にも、自分に死が迫っているのを感じていた。

しかしその時、父が当時アメリカで出始めたストレプトマイシンを二十本、なけなしの蓄えから買った門前仲町の土地を売って用意してくれた。私は一家の生活を思い、私一人のためにそんな莫大な出費をさせてしまうことに胸の塞ぐ思いをした。そのことを父に言うと、父は「心配するな」と言い「お前が大きくなって子供が出来た時、同じようにしてやれ」と言った。

小伝馬町の天野真治、良治という若い医師の兄弟が、雨の日も風の日も、また嵐（八月三十一日、キティ台風）の日も、日に二回、代わる代わる自転車に乗って注射しに来てくれた。そしておよそ一ケ月少々、私の病気はまさに奇跡的に治ってしまったのである。

しかしさすがにそんな大病のせいで、私の身体は弱くなって、しょっちゅう風邪を引いたり熱を出していた。そしてその後、私はまさしく白鳥のように、生の不安、死の恐怖に脅える日々を送っていたのだ。

次は高校三年の時、私は紫斑病という奇病に罹った。夕方になると、下肢——膝から下の皮下に点々と血が滲み、やがて全体が赤く染まる。翌日にはそれが紫色に変わり、夕方になるとまた新たに赤く染まる。痛みも痒みもないのだが、ただ熱く火照って、なんとも疎ましい病気であった。

私はしばらく休学することにした。それを告げに学校に行くと、学年担当の先生（これなんのちの早稲田大学教授竹盛天勇氏である）が「どうした?」と訊くので、ズボンの裾を捲ってみせると赤く染まった脛を見て、氏は絶句していた。

この時は日に一回、近所の桑名という老医師にビタミンCの注射を受け、その他はほとんど横臥して、デュマの『モンテ・クリスト伯』を、病気のことも忘れて読み耽った。

さらに私が早稲田に入った翌年、昭和三十五年二月十九日に父が心臓弁膜症で五十六歳で急逝した。私が東大病院に入院していた父を見舞った際、その眼前で父は死んだ。私はその一春、父の遺骨や位牌の置かれた一室に籠り、線香の火を絶やさず手向け続けた。そしてその間、私は兄が買い揃えて家にあった筑摩版『現代日本文学全集』を読み続けた。特に藤村、花袋、秋声、白鳥など日本自然主義の作品。生の不安、死の恐怖。加えて家族ということ、総じて生命《いのち》ということ——。私がこれほど心魂に徹して小説を読んだことは、後にも先にもなかったかもしれない。

父の急死を目前にしたからであろう、私はその後しつこい心臓神経症に苛まれた。とにかく私はその当時、自分が三十まで生きられないだろうと思い込んでいた。

以上、私が白鳥を卒論に選んだ所以である。

この度、白鳥論を上梓するに当たり、いくつか記して置きたいことがある。

まず原稿の整理、原典や参考文献との照合、パソコンへの入力、校正等、辻吉祥氏の一方ならぬ助力を得た。原典の引用は主に筑摩版全集、福武版全集に拠った（因みに、漢字は多く新字体を用い、ルビや傍点はおおむね残した）が、辻氏はそれのみならず、読売新聞その他、初版本にまで遡って調査してくれた。ここに厚く感謝する次第である。

また氏には、本書にも「正宗白鳥と優生学―羸弱の孤愁―」等を引用し裨益を得たが、それらを発展、集成して平成二十二年六月、「近代日本文学に与えた優生思想の影響に関する研究」という論文で学位を申請し、これを授与されている（早稲田大学学位論文五三九二）。

次に、本書では小説も評論も論じ残した者も多く、戯曲に至っては全く触れずに終わっている。遺憾なことだが、もう止むを得ない。

さらに私には、漱石の「門」や「道草」等、単行本未収録の論文も多々あるが（記憶にあるものを前著『近代文学論拾遺』に掲げておいた）、これを単著に纏めることは半ば諦めている。ただ多くの雑誌や小冊子に書いた随筆類は本にして残しておきたいのだが（もう『木漏れ日の道―早稲田での半世紀―』という題名まで考えている）、これが実現する日が来るだろうか、来ないだろうか。

ただその代わり（と言ってはなんだが）、この機会に、既著を列記し、その中の近代文学に関わるものを掲げておきたい。初出等はそれぞれの書に記してある。

『鷗外と漱石―終りない言葉―』（三弥井書店、昭和六十一年十一月）――夏目漱石―「『吾輩は猫である』―言葉の戯れ―」、「『坑夫』論―彷徨の意味―」、「『それから』私論―漱石の夢―」、「『こゝろ』―父親の死―」。森鷗外

―『灰燼』論―挫折の構造―」、「『阿部一族』論―剽窃の系譜―」（一「先行論文への疑義」、二「原拠『阿部茶事談』増補過程の検討」、三「『阿部茶事談』原本の性格」、四「『阿部茶事談』増補の趨向」、五「『阿部一族』―もう一つの異本―」。）二葉亭四迷―「『平凡』―無意味な独白―」。正宗白鳥―「『文壇人物評論』―批評の反照―」。

『パリ紀行―藤村の「新生」の地を訪ねて―』（審美社、平成元年十二月）――「『新生』の旅―パリの藤村を訪ねて―」、「ペール・ラシェーズに詣でて」、「藤村のリモージュを訪ねて」、「リモージュ再訪」、「ポール・ロワイアル界隈」、「帰国前後」。

『熟年夫婦パリに住む―マルシェの見える部屋から―』（TOTO出版、平成六年八月）――「幻の藤村記念館」。

『島崎藤村―「春」前後―』（審美社、平成九年五月）――「『破戒』―自立への道―」、「『水彩画家』―幻想の深み―」、「『春』―失われし時を求めて―」（一「追憶の時間」、二「岸本捨吉像の一面」、三「青木駿一像の位置」、四「青春と死」、五「文学空間の内と外」、六「青春の変容」、七「青春の彷徨」、八「追憶の帰趨」）、「『家』―〈人間の掟〉と〈神々の掟〉―」（一「橋本家の人々」―一「冒頭の構図」、二「悲劇の解読」、三「運命の帰結」、二「小泉家の人々」―一「没落への序章」、二「権力への意志」、三「生命への畏怖」、四「終焉への相克」）、「『海へ』―他者との遭遇―」。

『画文集　パリ土産』（里山房、平成十四年七月）。

『芥川龍之介　文学空間』（翰林書房、平成十五年九月）――「『羅生門』縁起―言葉の時―」、「『地獄変』幻想―芸術の欺瞞―」、「『奉教人の死』異聞―〈その女の一生〉―」、「『舞踏会』追思―開化の光と闇―」、「『秋』前後―時を生きる―」、「『お律と子等と』私論―『点鬼簿』へ―」、「『藪の中』捜査―言葉の迷宮―」、「『六の宮の姫君』説話―物語の反復―」、「『一塊の土』評釈―〈人間の掟〉と〈神々の掟〉―」、「『少年』箚記―〈知覚〉と〈想起〉―」、「『大導寺信輔の半生』周辺―『西方の人』『続西方の人』へ―」、「『歯車』解読―終わりない言葉―」。

『獨歩と漱石―汎神論の地平―』（翰林書房、平成十七年十一月）――国木田獨歩―「『武蔵野』を読む―まず二、三章をめぐって―」、「『武蔵野』を読む―六章をめぐって―」、「『忘れえぬ人々』―〈天地悠々の感、人間存在の不思議の念〉―」、「『牛肉と馬鈴薯』その他―〈要するに悉、逝けるなり〉―」、「『窮死』前後―最後の獨歩―」。田山花袋―「『野の花』論争―〈大自然の主観〉をめぐって―」、「『重右衛門の最後』へ―花袋とモーパッサン、その他―」。正宗白鳥―「『五月幟』の系譜―白鳥の主軸―」。夏目漱石―「『草枕』―〈雲のような自由と、水の如き自然〉―」、「『夢十夜』―〈想起〉ということ―」。梶井基次郎「『ある心の風景』その他―〈知覚〉と〈想起〉―」。

『静子との日々』（審美社、平成十八年十二月）。

『漱石の「こゝろ」を読む』（翰林書房、平成二十一年四月）――「父親の死」、「静の心、その他」、「先生の遺書」、「日記より」。

『鷗外白描』（翰林書房、平成二十二年三月）――「『舞姫』論―うたかたの賦―」（一「『舞姫』前夜」、二「『舞姫』委曲」、三「『舞姫』後日」）、「『文づかひ』―イイダの意地―」、「『灰燼』論―挫折の構造―」（『鷗外と漱石―終りない言葉』より転載）、「『阿部一族』論―剽窃の系譜―」（同上）、「『大塩平八郎』論―枯寂の空―」、「『安井夫人』論―稲垣論文に拠りつつ―」、「鷗外記念館を訪ねて」、「うたかたの記」、「『灰燼』について考えていること」、「大塩平八郎」、「鷗外二題」（一「『余興』その他」、二「津下四郎左衛門」）、「歴史其儘と歴史離れ」、「抽斎私記」。

『東京下町噺―亀井堂ものがたり』（審美社、平成二十三年九月）。

『南欧再訪』（翠流社、平成二十七年六月）。

『近代文学論拾遺―漱石、藤村、その他―』（早稲田大学感性領域総合研究所、平成二十八年九月）――「日本近代の文学空間―その汎神論的地平―」（その序文）、樋口一葉―「にごりえ」。夏目漱石―「作家以前」、「倫敦塔」、「坊つちやん」、「アイロニーの回廊―『思ひ出す事など』―」、「『行人』をめぐって」、「漱石における自然」、「漱石の『こゝろ』を再読する」、「『道草』評釈―〈血と肉と歴史〉をめぐって―」。島崎藤村―「『破戒』の後―」、「『家』

序説―構成をめぐって―」、「藤村とフランス―『新生』前篇をめぐって―」、「『新生』の旅―遠い旅から抱いて来た心―」、「エトランゼエ」。志賀直哉―『和解』について」。広津和郎―「初期私小説の世界」。葛西善蔵――「『哀しき父』をめぐって」。芥川龍之介―「偸盗」、「地獄変」、「六の宮の姫君」。

最後に、出版をお引き受けいただいた明誠書林細田哲史氏に厚く御礼申し上げる。真摯にして堅実な御仕事振りに深く感謝する次第である。

令和元年八月二十六日

佐々木雅發

【著者略歴】

佐々木雅發（ささき　まさのぶ）
昭和 15 年東京生まれ。早稲田大学文学部卒。
同大学大学院博士課程修了。
昭和 46 年同大学文学部専任講師。昭和 54 年教授。
平成 22 年同大学退職。
現在、早稲田大学名誉教授、博士（文学）。

正宗白鳥考《まさむねはくちょうこう》

2019 年 9 月 25 日　第 1 刷発行
定価（本体 5,200 円＋税）
著者　佐々木雅發
発行者　細田哲史
発行所　明誠書林合同会社
〒 357-0004　埼玉県飯能市新町 28-16
電話　042-980-7851
印刷・製本所　藤原印刷
装丁　田村奈津子

Printed in Japan
ISBN 978-4-909942-06-7